求是学术丛书

象征主义诗学的中国问题研究

——基于中西文论比较视角

卢 絮 著

黑龙江人民出版社

图书在版编目(CIP)数据

象征主义诗学的中国问题研究:基于中西文论比较视角/卢絮著.—哈尔滨:黑龙江人民出版社,2021.12
ISBN 978-7-207-12431-9

Ⅰ.①象… Ⅱ.①卢… Ⅲ.①比较诗学—中国、西方国家 Ⅳ.①I052

中国版本图书馆 CIP 数据核字(2021)第 076326 号

责任编辑:李　珊
封面设计:佟玉玉

象征主义诗学的中国问题研究
——基于中西文论比较视角

卢　絮　著

出版发行	黑龙江人民出版社
地　　址	哈尔滨市南岗区宣庆小区 1 号楼
网　　址	www.hljrmcbs.com
印　　刷	哈尔滨市石桥印务有限公司
开　　本	787×1092　1/16
印　　张	18.25
字　　数	250 千字
版　　次	2021 年 12 月第 1 版
印　　次	2021 年 12 月第 1 次印刷
书　　号	ISBN 978-7-207-12431-9
定　　价	56.00 元

版权所有　侵权必究　　　　　举报电话:(0451)82308054
法律顾问:北京市大成律师事务所哈尔滨分所律师赵学利、赵景波

总　序

　　自改革开放四十余年以来,当代中国人文社科学术无论在质量还是数量方面,都取得了长足的进步。然而,也存在不少弊端与误区。其中最大的问题在于,学术研究的探索精神被经济的、功利的动机所绑架。于是,假命题出场,假冒赝品泛滥,这些都成为妨碍学术的桎梏。具有学术良知与历史担当的学者,应该视学术自由为生命、视学术真理为信仰。追求学术真理与思想独立的精神,这是学者的伦理品格和职业道德。哈佛大学的校训是拉丁文"VERITAS",即"让真理与你为友"的意思,该校训来自格言"与柏拉图为友,与亚里士多德为友,更要与真理为友"。这句简短的校训是人类大学精神,也是学术精神的珍贵遗产。

　　首先,为学贵在真诚。

　　在学术研究过程中,学者书写自己真实的生活体验,表达自己真实的心灵悸动,指向自己真实的灵魂皈依。以学术为职业,也以学术作为诘问生命意义的存在方式,并且抵达值得献身的人类事业。这样的学问之途才是有热情、有抱负、有生命的学术追求。牟宗三曾经在《生命的学问》一书中论述五十年来的中国思想。他认为:"在此五十年内,中国的思想界大体是混乱浮浅而丧失其本。……此种悲惨命运的总原因,是在'生命学问'的丧失。……个人的尽性与民族的尽性,皆是'生命'上的事。如果'生命'糊涂了,'生命'的途径迷失了,则未有不陷于颠倒错乱者。生命途径的豁朗是在生命的清醒中,这需要我们随时注意与警觉来重视生命的学问。如果我们的意识不向这里贯注,则生命领域便愈荒凉暗淡。久之,便成漆黑一团了。"牟宗三说这番话的语境不同于今天,然而所面临的思想病态今天依然存在。他认为:"生命的学问,可以从两方面来讲:一是个人主观方面的,一是客观的集团方面的。前者是个人修养之事,个人精神生活升进之事,如一切宗教之所讲。后者是一切人文世界之事,如国家、政治、法律、经济等方面的事,此也是生命上的事,生命之客观表现方面的事。"他将个人一己之小与社会众生之大,概括为一种生命的学问,统一于一种生命的精神。学术研究也应该是关于生命的学问,"由真实生命之觉醒,向外开出建立事业与追求知识之理想,向内渗透此等理想之真实本源,以使理想真成其为理想,此是生命的学问之全体大用"。

走向生命的学问,需要有澄怀悟道的心态。老子说:"致虚极,守静笃。万物并作,吾以观复。"庄子继承并发展了老子这一思想,正式提出了"虚静"这个理论范畴。"夫虚静、恬淡、寂寞、无为者,万物之本也。"老庄标举"虚静",意指人在体悟玄妙大"道"时,应该摒弃功名利禄、死生情爱等世俗观念,即做到精神上极度虚无空明,纤尘不染。要做到绝对的"心斋""坐忘",未免虚妄。然而,怀抱这种理想,践行这种修为,才有望朝向"同于大道""达于至道"之途。

其次,真知贵在趣味。

学问是什么?为什么追求学问真理?陶渊明夫子自道:"好读书,不求甚解;每有会意,便欣然忘食。"他吟诗作文只为了"自娱"。梁启超1922年在《学问之趣味》中说:"我是个主张趣味主义的人:倘若用化学化分'梁启超'这件东西,把里头所含一种原素名为'趣味'的抽出来,只怕所剩下的仅有个0了。我以为:凡人必常常生活于趣味之中,生活才有价值。若哭丧着脸挨过几十年,那么,生活便成沙漠,要来何用?"生活需要趣味,求知也不例外。求学至乐莫过于以游戏心态观之。

朱光潜说:"艺术的活动是'无所为而为'的。我以为无论是讲学问或是做事业的人都要抱有一副'无所为而为'的精神,把自己所做的学问事业当作一件艺术品看待,只求满足理想和情趣,不斤斤于利害得失,才可以有一番真正的成就。伟大的事业都出于宏远的眼界和豁达的胸襟。"他揭示了学问这一事业具有超功利的特点。这种无功利的心态,在庄子思想中体现为"物化"。"不知所以生,不知所以死,不知就先,不知就后,若化为。""昔者庄周梦为胡蝶,栩栩然胡蝶也。自喻适志与,不知周也。俄然觉,则蘧蘧然周也。不知周之梦为胡蝶与?胡蝶之梦为周与?周与胡蝶,则必有分矣,此之谓'物化'。"庄子的"物化"意在泯灭主客彼此之界限,达到了物我两忘、物我同一的艺术境界,这是一种"无所为而为"的自由境界。钱锺书说:"大抵学问是荒江野老屋中二三素心人商量培养之事,朝市之显学必成俗学。"他说的是唯学问是求的无功利心态。1929年夏,陈寅恪所撰王国维碑文中的一段话堪称杰作。其文曰:"海宁王先生自沉后二年,清华研究院同人咸怀思不能自已。其弟子受先生之陶冶煦育者有年,尤思有以永其念,佥曰:宜铭之贞珉,以昭示于无竟。因以刻石之辞命寅恪,数辞不获已,谨举先生之志事,以普告天下后世。其词曰:士之读书治学,盖将以脱心志于俗谛之桎梏,真理因得以发扬。"上述谈的都是为学术而学术的纯粹趣味。

最后,真理贵在知行。

学术研究具有理论品格,而理论具有预言的功能,即通过揭示、阐明过去已经发生、或现在正在发生的具体现象,确立相对稳定的规则。这种理论的抽象能力需要高屋建瓴的综合思维。学术研究还具有实践品格,学者需要贴近生活,贴近实际,寻找现实问题的发生点。如果脱离社会的实际,理论本身就会成为无源之水。学者需要实事求是地去分析社会生活中各种各样的现象与倾向,在理论上进行恰当的概括。学术研究的知行合一,存在于特定的历史时代语境之中,因此,学者应该有深刻的历史感。深入语境去探寻问题产生的现实原因、历史语境、历史发展及其历史传统。学术研究的历史感需要学者以求真务实的心态,在实事求是的现象分析与理论归纳中获得科学的结论。

总之,做一个真诚的人,是对研究者品性的要求;做一个有真趣的人,是对研究者生命境界的营造;做一个追求真理的人,是自我价值的完满实现。怀抱上述理想,我们创办"求是学术丛书",也借此以明心志。此为序。

李松

2012 年 10 月 20 日

目录

导论 / 1

 一、相关研究综述 / 1

 二、研究思路、内容与结构 / 4

第一章 象征主义在西方的"源"与"流" / 8

 第一节 象征主义在西方的起源和发展 / 8

  一、西方象征概念的起源 / 8

  二、作为一种文学运动的西方象征主义 / 12

  三、当代象征主义的概念定型 / 15

 第二节 法国象征主义的精神谱系及其影响 / 20

  一、审丑中之美,与万物应和 / 21

  二、现代性忧郁与通灵者 / 24

  三、神秘与纯粹的诗歌国度 / 28

第二章 五四时期至四十年代象征主义在中国的接受与阐释 / 36

 第一节 发轫期:象征主义在中国的发生(1915—1924) / 36

  一、译介与阐释 / 37

  二、革新与争论 / 39

三、尝试与拟写 / 41

　第二节　探索期：象征主义在中国的阐释(1925—1929) / 43

　　一、《微雨》里的异国情调 / 43

　　二、中国象征主义的理论初创 / 47

　第三节　深化期：象征主义在中国的深化(1930—1939) / 51

　　一、译介成果 / 51

　　二、批评的逐步深入 / 53

　第四节　衰歇期：象征主义在中国的终结(1940—1949) / 57

第三章　新时期以来象征主义在中国的研究与发展 / 60

　第一节　改革开放至八十年代末西方象征主义在中国 / 61

　　一、研究概况与代表性观点 / 61

　　二、关于鲁迅作品是否属于象征主义的争论 / 73

　　三、相关书籍出版及其他 / 76

　第二节　九十年代象征主义在中国 / 79

　　一、研究概况与代表性观点 / 79

　　二、关于象征主义本体论的研究 / 88

　　三、综述性研究及其他 / 91

　第三节　二十一世纪以来的象征主义在中国的发展与研究 / 93

　　一、研究概况与代表性观点 / 93

　　二、关于象征主义本体论的研究 / 99

　　三、相关硕博士论文概况 / 103

第四章　中西象征主义诗论的比较考察 / 106

　第一节　中西象征主义发生论比较 / 106

　　一、中西历史与文化语境 / 107

二、象征主义诞生之文学土壤 / 109

　　三、文学的他律性与自律性 / 112

第二节　中西象征主义审美论比较 / 119

　　一、中西古典审美原则 / 120

　　二、审美观念的历史嬗变 / 121

　　三、"美"与"丑"的较量 / 124

第三节　中西象征主义诗艺论比较 / 131

　　一、诗的神性与现实性 / 131

　　二、诗歌音乐性的获得与缺失 / 143

第四节　中西象征与意象关系论比较 / 156

　　一、西方诗学观念中的意象 / 157

　　二、中国传统诗学观念中的意象 / 161

　　三、中国现代诗学观念中的意象 / 163

第五章　中西象征主义文本对话 / 172

第一节　中西象征主义诗歌中的诗人自我形象 / 173

　　一、弃妇与圣徒 / 173

　　二、流浪者与盗火者 / 182

第二节　中西象征主义诗歌中的核心意象 / 195

　　一、黄昏中的恋曲 / 195

　　二、月夜里的情思 / 202

第三节　中西象征主义诗歌中的身体书写 / 213

　　一、艾略特诗歌中的身体文本类型 / 214

　　二、穆旦诗歌中的身体文本类型 / 221

　　三、现代性主体的分裂与重塑 / 231

第六章　象征主义视角下的当代诗歌 / 235

　第一节　诗歌的理想之境——论玉珍的诗歌审美特征 / 235

　　一、象征主义的诗歌之境 / 236

　　二、精神"还乡"与灵魂"守望" / 237

　　三、理想的"灯塔"与沉默的"事实" / 240

　第二节　诗歌的感官化存在——论张战的诗歌审美特征 / 244

　　一、人与世界万物的感应 / 245

　　二、诗歌之美与音乐性的表达 / 248

　　三、唤醒麻木的感官 / 251

　第三节　诗歌的个性化与去个性化——兼评起伦的诗歌创作 / 254

　　一、当代诗歌面临的机遇与挑战 / 255

　　二、诗歌的社会功能与诗人的现实担当 / 260

结语 / 264

附录一 / 268

附录二 / 271

参考文献 / 273

导　论

一、相关研究综述

(一) 关于"象征主义"的研究

本书关注的西方文论是始于十九世纪末的西方象征主义诗学。象征主义是一个极为宽泛的理论概念,它涉及文学、绘画、雕塑、建筑、戏剧等诸多人文领域,可以说是所有人义学科现代化的开端。然而象征这一概念本身又极为古老,人类自有智识开始就能自觉运用象征这一手段表达自我与世界的关系,表达丰富的内心和精神世界。但本书要讨论的象征主义是一种文学理论,更准确地说是一种现代诗学理论。它肇始于诗歌领域,无论在西方还是中国,都是诗歌这一文学体裁走向更为宽广和自由的现代化的最强劲动力,所以本书将研究视角集中于中西诗歌领域,为了避免相关术语的混乱,文中提及的象征主义是指象征主义诗论与诗歌,或统称为象征主义诗学。

西方象征主义在二十世纪初就已传到中国,有力推动了中国白话文运动,特别是新诗运动的发展。当时的中国古典诗歌传统面临前所未有的挑战,延续几千年的文脉似乎要被席卷而来的西方文化强行割裂。但实际上,从世界范围来看,所有古典传统都逃不开被更为现代的思想观念取而代之的命运,那本就是一个革故鼎新、日新月异的伟大时代,西方如此,中国也不例外。只是中国的情况更为复杂,这种改变可能不完全来自文学自身的发展,更多地来自外在的压力,它进入中国之后的发展和生存状态也呈现出丰富内涵,反映了西方文论与中国本土文学发展的复杂关系。

自二十世纪初开始，国内学术界对西方象征主义的引进、翻译、研究基本没有停止过，且主要从两个方面来进行，一方面是对西方象征主义大师们的诗歌文本的学习与模仿，另一方面是对象征诗论的探索、反思、批判和阐述。前者早期的代表为李金发、冯乃超等，后者是王独清、穆木天、梁宗岱等。本书将其称为中国早期象征主义诗人与诗论家，而后来出现的现代派诗人戴望舒，以及九叶派诗人冯至、穆旦等人，本书将其称为后期中国象征主义诗人。这么做的理由主要有两个：第一，当我们讨论西方象征主义时，很多学者认同早期和后期之分，早期西方象征主义可以追溯到爱伦·坡、波德莱尔、魏尔伦、兰波和马拉美，后期西方象征主义主要指叶芝、艾略特、里尔克等人。与之相对应的是，例如对李金发影响深远的是波德莱尔、魏尔伦等人而不是后期西方象征主义诗人，对梁宗岱、戴望舒、穆旦等人的影响则主要归于瓦雷里、艾略特等后期西方象征主义诗人，所以从历时的角度上这种分期是有中西、前后对应的关系。第二，早期和后期象征主义诗人的风格有很大的差别，例如李金发和戴望舒的诗在语言、风格、形式等各方面都存在很大差异，而九叶派诗人从很大程度上继承了现代派的诗学传统，并将其保留下来，成为当前中国新诗发展的重要组成部分。所以所谓中国后期象征主义实际上包括了以戴望舒为代表的现代派诗人和以穆旦为代表的九叶派诗人，他们共同成为中国新诗在"文革"后继续沿着现代主义的道路向前发展的基石。

关于西方象征主义与中国新诗关系的研究专著（并非西方象征主义诗歌作品集）起步很晚，直到新世纪初才出现，即吴晓东著《象征主义与中国现代文学》(2000)，此书涉及象征主义小说、戏剧、散文等，不是专门的象征主义诗学专著，且没有提及新世纪以后的情况。张大明2007年出版的《中国象征主义百年史》，属于国内象征主义研究的资料汇编，且没有涉及2000年以后的情况。柴华2016年出版的《中国现代象征主义诗学研究》，从诗歌本体论出发探讨中国象征主义理论中的诗歌本质、形式、审美等问题，没有历时性考察西方象征主义在中国的发展情况，也较少涉及中西诗论的比较，缺乏从文本细读出发获得的理论支持，而这正是本书最为突出和重要的特点。陈希教授的

《西方象征主义的中国化》(2018)是这个领域最新的力作,此书以文学变异学为理论基础,讨论西方象征主义中国化的原因、过程,考察中国文学对象征主义的接受和转化,力图构建起中国现代象征诗学体系。本书在时间上止于新中国成立前,没有考虑改革开放直到新世纪西方象征主义在中国的研究情况,中西象征主义诗歌文本对比研究的力度和深度还较为欠缺,而这两点恰恰是本书的特色之一。

(二)关于西方理论的中国问题研究

"西方理论的中国问题"是美国杜克大学教授、欧洲科学院外籍院士刘康先生最新提出的一个课题,在国内文艺理论界引起广泛关注和影响。刘康教授近来发表了一系列文章,如《西方理论在中国的命运——詹姆逊与詹姆逊主义》《西方理论的中国问题——一个思想史的角度》《西方理论的中国问题——中国文艺理论与政策的谱系思考》等。刘康教授以中西文明互鉴和对话为前提,从思想史、学术规范和方法的角度,提出"世界的中国"(China of the World),而非"世界与中国"(China and the world)的理念,试图超越传统中西二元对立的思维,从理论实践上真正达到中西融合、平等互动的目的。自从西方理论进入中国,其实"中国问题"(China Question)就成为西方理论本身的、内在的问题,而思考中国在西方理论中的意义以及中国对西方理论的影响则完全是一种崭新的视角。这种新的视角也许具有理论的范式意义,因为我们不再站在一个被动、接受的理论立场,而是主动地思考在当代文艺理论建设过程中如何对于西方理论进行改造、转化和运用,即如何"化西"的问题,从"西化"的传统路径中走出来。讨论西方文论中的中国问题是有意识地将中国的问题、中国的理论置于世界义化体系之中,将中国现当代文论还原于全球现当代文论之中,从而真正了解作为一个文化大国的理论在全球化背景下的位置、现状和价值,从而更好地参与到全球理论与思想文化的生产,促进人类文明的进步与发展。

刘康认为西方理论的中国问题的研究内容包括了西方理论在中国的接受和转换,其中折射出了西方理论自身的盲点和误区,以及在中国完成本土化的理论如何能够反过去影响西方理论的发展。从研究方法上,他提倡大历史、思想史、学术史的脉络梳理,不仅进行纵向的历史化的叙述,也要从横向的角度寻找理论的关键词,进行理论的批判与创新。"中国问题"不仅是学术研究的内容,也是学术研究的方法。本书从研究的思路、内容和结构安排上都受到刘康提出的"西方理论中的中国问题"这一学术热点话题的启发。

二、研究思路、内容与结构

本书考察西方象征主义诗学(即西方象征主义诗论与诗歌)被引进中国后,如何和中国新诗产生互动与交融的关系,对中西象征主义进行对比分析和考察,力图呈现出中西文学交流与共融的完整图景。本书从两个维度进行研究,一方面是历时的、纵向梳理的维度,追溯了西方象征主义的发展脉络,分析其理论基础;考察西方象征主义自二十世纪初进入中国到二十世纪四十年代,以及改革开放以后到当下的"理论旅行"与"生存境况"。另一方面是共时的、横向对比的维度,考察中西象征主义诗学在各个层面的互动关系。比如就诗歌的本质、诗歌神性与现实性、诗歌的音乐美学特征等方面,对中西象征主义理论进行了仔细梳理和异同比较;对中西象征主义诗人及其作品进行对比分析和阐释,对当下国内诗人及其作品进行文本细读,以求拓宽当代象征诗论理论框架。所以本书采用的是整体性、宏观性和细节的、微观性研究的结合,时间性与空间性并存,点与面相结合的叙述方式,试图全面和深入地展示西方象征主义与中国新诗的互动融合,近百年来中西象征主义诗学中西互补与融合的曲折路径,阐述在全球化与现代化的世界文学格局中,中国新诗理论与实践如何确立自己独立存在的地位和价值。

本书结构和具体章节内容如下:

第一章,详尽描述象征主义在西方的起源和发展及其对西方文学及其他领域的广泛而深刻的影响。列举象征主义代表人物的诗歌创作及其文本特征,阐释其历史、文化和文学上的意义与价值。象征主义并非十九世纪末法国诗歌界的创新产物,而是整个欧洲文学艺术发展的必然结果,它所包含的诗性本质和美学原则并不是无源之水、无本之木,它和西方文化、文学乃至宗教的象征传统紧密联系、不可分割。任何一种理论的发展都有其历史渊源与文化积淀,而这些恰恰组成了一个新理论的成长基石与根本的理论色调。从波尔莱尔到魏尔伦,从马拉美到瓦雷里,法国象征主义大师们将象征主义诗歌推向一个至今难以攀越的高峰。他们互相借鉴,不断传承与创新,在诗歌的语言和表现手法上推陈出新,开启了世界现代诗歌,乃至现代文学的新篇章。

第二章,考察五四时期至二十世纪四十年代西方象征主义在中国的译介、传播和影响。重点介绍李金发、穆木天、王独清、戴望舒、梁宗岱等人在象征主义诗学阐述与诗歌创作上的情况,以及对西方象征主义的学习、运用和中国化新诗理论建构的努力。四个时期细分如下:第一,发轫期:象征主义在中国的发生(1915—1924)。通过零星提及象征主义某位诗人,进而较为深入探讨、分析象征主义诗学的特征与主张,象征主义为中国文坛带来的异国情调与美学趣味,被文人、学者逐渐认识和接受。第二,探索期:象征主义在中国的阐释(1925—1929)。这短短的五年是中国象征主义诗歌的诞生期,也是区别于西方象征主义的中国象征主义诗学理论的形成期,在诗学上具有一定的独创性。第三,深化期:象征主义在中国的深化(1930—1939)。二十世纪三十年代西方象征主义在中国进一步深入传播与蓬勃发展,文坛涌现了许多诗歌刊物,诗人、评论家的创作与建构也更为坚实深刻。第四,衰歇期:象征主义在中国的终结(1940—1949)。二十世纪四十年代象征主义诗潮逐渐回落与沉寂,由于政治与文化的制约,象征主义在与时代的冲突中走向妥协。

第三章,探讨象征主义自新时期以来在中国的发展和研究状况,分为三个阶段考察,即二十世纪八十年代、九十年代和二十一世纪以来的情况。"文革"结束之后,随着思想禁锢被逐渐打破,象征主义重新进入人们的视野。学者开始全面或深入地译介西方象征主义,进行中西象征主义的对比研究,撰写关于象征主义理论阐述的文章,利用象征主义理论进行文本分析,考察文学文本的象征主义特色成为研究的重点。二十一世纪以来,国内象征主义研究的层面更为丰富、更为深入,其中讨论西方象征主义对中国现代主义文学,特别是对中国新诗创作的影响的文章增多。在诗歌创作实践方面,新一代成长起来的诗人在各类纷至沓来的西方现代主义文学思潮的感召下,从此以现代主义创作方法为主流,打破现实主义和浪漫主义主导的审美方式,中国新诗呈现百花齐放的局面。

第四章,进行中西象征主义诗论比较,分为发生论、审美论、诗艺论以及意象论四个方面的比较。西方象征主义直接推动了中国新诗的诞生,其诗学主张在古老中国获得了重生的机会,也经过了深刻的改造与转化,结合中国古典诗学传统建立起一套至今仍不失为现代诗标杆的诗学标准。中西象征主义在审美理想、审美趣味和审美方式上有诸多相似之处,但也存在明显差异,这种差异有中西文化本源上的差异,也有文学本身的制约因素,还有中西象征主义诗人的个体选择。中西象征主义诗论中对"意象"的概念既有相似处,又有各自传统观念的制约。西方象征主义意象论的阐述直接导致以庞德为代表的美国意象派诗歌的诞生,而中国古老的意象论在新诗创作中获得重新认可和发挥,继续推动中国诗歌的发展。

第五章,从文本角度对中西象征主义诗歌进行对比研读。主要比较中西象征主义诗歌中诗人的自我形象、核心意象和身体言说等三个方面的问题。这些诗歌既包括早期,也涉及后期中西象征主义诗人及其作品。通过文本的对比研读,可以让我们更加直观地看到中西象征主义诗人在诗歌创作方面,包括题材、意象、形式和语言的选择上的异同,更有利于我们体会中西诗歌,甚至中西文化的对话和互相影响。虽然从整体上看中国象征主义诗歌受到西方象征主义的全面影响,但绝不是简单模仿和拟写的过程,李金发、戴望舒、穆旦等诗人的新诗创作具备独立而完整的创作方法、理论指导和审美体系,他们合理而巧妙地将中西两种截然不同的诗学融会贯通,深入中国社会现实,创造性地开辟了中国现代诗在语言、内容和思想层面的全新路径,为后来中国新诗的发展奠定了基础,指明了方向。

第六章,致力于诗歌批评。本章选取三位老、中、青当代诗人的最新作品作为文本案例,运用象征主义理论进行阐述与分析,从"诗歌之境""感官化诗学""个性化与去个性化"三个视角探讨当代中国新诗的发展,同时也试图进一步拓宽象征主义诗论范畴,推动诗歌理论与实践的结合。

　　本书全面而完整地把握西方象征主义在中国一百年间的发展历程,试图对中国现当代文学发展语境中的西方象征主义的接受与变异、影响与抵抗、冲突与交融等复杂现象进行阐释,展现中国当代文艺理论与创作中的文学、文化与历史观念的变迁,研究象征主义在批评实践、文艺创作和理论话语建构等层面对中国现当代文学,特别是诗歌发展产生了怎样的影响。展现中西象征主义在理论与实践两方面的异同,思考中西诗学对话的有效途径。总结中国象征主义诗歌创作与理论探索的成败得失,思考中国诗论与诗歌的未来走向。

第一章　象征主义在西方的"源"与"流"

第一节　象征主义在西方的起源和发展

长期以来,我国学界对西方象征主义的理解仅限于19世纪末至20世纪初流行于法国,后波及欧洲其他各国和美国的象征主义诗歌运动。这场为时不久的诗歌运动影响极大,不仅体现在诗歌领域,还包括戏剧、绘画和建筑等更为宽泛的艺术领域。象征主义被认为是西方现代主义乃至后现代之先驱,其文学和文化意义自不必多言,但象征主义的内涵与定义历来众说纷纭且纷繁复杂,因此有必要从学术史的角度重新厘定和认识这一概念,以便进行更为深入的研究。

一、西方象征概念的起源

从词源学来说,"symbolism"源于拉丁语"symbolum"和"symbolus",前者指"一种信仰的标志",后者指"一种识别的符号"。而在古希腊语中"symbolon"指的是一块刻上铭文的陶器片被一分为二,分别交给来自两个盟国的大使,作为双方联盟的凭证。后来这个词语慢慢引申为信物、通行证、密语、标志或仪式等诸多含义。可见,象征是指用有形之物代替某种抽象的、无形的含义,且这一概念由来已久。或者说,象征是一种间接的表达方式,以具体事物[后也指具体的意象(imagery)]为媒介,表达抽象的、内在隐含的、暗示性的思维与意义。

关于语言学意义上的象征概念,我们可以追溯到亚里士多德的学说。亚里士多德的《解释篇》开篇即有这样一段话：

> 嗓子发出的声音象征着心灵状态，书写的语词象征着嗓子发出的语词。正如所有的人并不使用相同的文字，同样，所有的人说出的语词也不相同；但以这些表达方式作为直接符号的心灵状态则对于一切人都是相同的，就如以这些心灵状态作为意象的事物对于一切人也是相同的一样。①

这段话说明语言（包括口头语言和书面语言）具有某种象征功能。语言作为符号直接表达人们的心灵状态，而这些心灵状态是人所共有的。语言可以不同，但语言所象征的心灵感受与体验是相同的，以心灵状态作为意象的事物也是如此。把象征分为声音、心灵状态（体验）、事物三个部分，虽然只是针对语言而论，然而诗学本就是关于语言的学问，亚里士多德所谈语言问题便是广泛意义上的诗学问题。实际上，这一概念对于理解十九世纪后期出现的西方象征主义理论具有重要意义，此点将在后文中继续提及。

西方近代的象征理论逐渐延伸到美学、诗学、艺术学等各个领域。自十八世纪末至十九世纪中期，德国古典主义学者与欧洲浪漫主义文学家与理论家们对于象征问题有过热烈而持久的讨论。以康德、黑格尔为代表的德国古典主义在美学范畴内讨论象征问题。例如，康德认为象征是概念的间接表现，是个体的感性直觉，但同时具有普遍意义上的概念的本质。他提出"美是道德的象征"，意味着康德所谓的美的价值在于存在于人类主体中的道德观念与道德秩序。黑格尔的贡献在于给予象征一个完整的概念，他指出象征是"直接呈现于感性关照的一种现成的外在事物，对这种外在事物并不直接就它本身来看，而是就它所暗示的一种较广泛较普遍的意义来看"②。象征具有两层含义，首先是意义，其次便是意义的表现。象征的目的并不是使人意识

---

① ［希］亚里士多德：《解释编》. 茨维坦·托多罗夫：《象征理论》，王国卿译，北京：商务印书馆2010年版，第8页。
② ［德］黑格尔：《美学》（第二卷），朱光潜译，北京：商务印书馆2004年版，第10页。

到它本身的具体的个别的事物,而是它所暗含的代表的普遍性的意义。另外,黑格尔也区分了比喻与象征、寓意与象征等概念,认为前两者是具体明晰的,后者是暧昧含混的。模糊性、神秘性和崇高性是黑格尔眼中象征型艺术的三个最主要的特征,这对于后人理解象征主义文学无疑具有重要意义,但是黑格尔并不怎么看好它,认为它是低级艺术,把它看作是理想的绝对理念的一种表现形式。对于象征在诗歌中的运用与意义,与黑格尔同时代的谢林早就有所提及,但容易被后来学者所忽略。谢林认为:

> 以有限的方式表现的无限就是美,这个定义里应该已经包括了崇高。我对此表示完全赞同,仅仅希望这样能表达得更好:美是对无限的象征表现……作诗(这是最广泛意义上的诗,它是一切艺术的基础)不是别的,就是不断地用象征来表示。①

虽然以上学者都是从哲学或者美学的角度来讨论象征问题,其目的是为建立自己的完整的理论体系而服务,但是这些闪烁其间的关于象征的含义、功能与价值无疑对于后来学者有诸多启示。歌德对于象征与寓意进行了区别,认为在寓意里,能指层即刻就被穿透以便理解所指的东西,而在象征里,能指层保持它自身的价值,保持它的不透明性;寓意是及物的,而象征是不及物的;寓意针对智力活动,而象征针对感知和智力;象征带有例证的性质,通过一种具体情况看到产生它的普遍规律。歌德对于象征的偏爱有下面一段话为证:

> 诗人究竟是为一般而找特殊,还是在特殊中显出一般,这中间有着很大的差别。由第一种程序产生出寓意,其中特殊只作为一般的例证才有价值。但是第二种程序才真正是诗的本质,它表现出一种特殊,并不想到或明指到一般。谁若是生动地把握住这

---

① [德]弗里德里希·谢林:《艺术理论》,茨维坦·托多罗夫:《象征理论》,王国卿译,北京:商务印书馆2010年版,第253页。

特殊,谁就会同时获得一般而当时却意识不到,或只是到事后才意识到。①

此处歌德赋予象征极为重要的地位,甚至认为象征就是诗歌的本质,而诗人创作诗歌的过程就是表现一种特殊,并从特殊中获得一般规律和普遍意义的过程。所有的诗,都应该是象征的,这一点和谢林的说法不谋而合。席勒对于象征的看法与他的朋友歌德类似,且进一步说明象征就是一种暗示,是艺术达到理想化的必要途径。他反对庸俗地模仿自然,"把无法表现的东西再现出来,用象征来表现自然中无法描绘的部分""自然只是精神上的一种观念,一切都不过是现实的象征"。席勒认为只有通过象征,自然才变得生机勃勃,具有人性。他希望象征能给诗歌带来新的血液,"象征的世界所涉及的东西更为狭窄而且更有意义,诗在这里会产生更强烈的效果"。席勒指出诗歌的两个途径:一是通过诗中音乐性的效果,达到存在于我们的心智活动与自然界的表象之间的类似性。二是运用自然来象征一种"活的精神语言",代表一种"心智内在和谐的象征"②。席勒所提及的诗歌的音乐性后来被十九世纪法国象征主义运动发挥到极致,而诗歌中的象征意义自此不衰。有学者曾言,在十八世纪初,半带神秘色彩的象征学说是美学理论的中心。由上可见,此言不虚。

象征也是浪漫主义文学中一个重要的概念。当代西方马克思主义理论家特雷·伊格尔顿曾说:"对于浪漫主义,象征确实成为解决一切问题的万应灵药。在象征之内,日常生活中无法解决的一系列矛盾冲突——主体与客体、普遍与特殊、感觉与概念、物质与精神、秩序与自发——都可以奇迹般地得到解决。"伊格尔顿从社会政治意义上剖析了象征理论的流行原因,揭示了其后的历史、文化与现实需求。他提出:"象征融合了动与静、动荡的内容与有机的形式、心灵与世界。

---

① [德]歌德:《论形象艺术的对象》,茨维坦·托多罗夫:《象征理论》,王国卿译,北京:商务印书馆2010年版,第260页。
② [美]雷纳·韦勒克:《近代文学批评史》(第二卷),杨岂之、杨自伍译,上海:上海译文出版社1997年版,第211页。

它的物质形体是绝对的精神性的真理的媒介,认识这一真理的是直接的直觉而非任何艰苦的批评分析过程。"象征作为物质世界与精神世界的桥梁,被赋予神圣的意义,而通过直觉直达而拒绝理性思索与分析的方式让象征蒙上了神秘主义的色彩。伊格尔顿继续分析:"象征是一种非理性主义的基石,是对据理而推的批评探究的事先破坏,而它从那时起就一直猖獗于文学理论之中。象征是浑然(unitary)之物,所以,剖析象征——把它拆开来研究它的活动机制——几乎就像试图分析神圣的三位一体(the Holy Trinity)一样亵渎神灵。"可以想象,浪漫主义的出现是对长久禁锢人们思想的理性主义、古典主义的反叛,回归中世纪神秘的精神世界是其标榜的口号之一,而象征无疑是不错的一种诗学选择。虽然浪漫主义的诗人们更多地以情感奔放与直抒胸臆的方式呈现思想,表达对现实的强烈干预热情,这和象征的内向化和自省型、暗示性和神秘性本质背道而驰,然而不能否认与它们所共同信仰的诗歌(或文学、艺术)的神圣、永恒的理想是一致的。所以伊格尔顿说:"象征,或文学作品本身,之在整个 19 世纪和 20 世纪被作为人类社会本身的一个理想模式而不断地被给出来,就几乎是无可惊异的了。"[1]

象征概念源远流长,各个历史时期的哲学家、文学家、美学家们都曾提及并逐渐予以重视。而作为十九世纪中期以后在法国兴起的象征主义运动席卷整个欧洲,甚至影响整个西方文学的发展进程,其理论渊源应该得以追溯和清理。也就是说,以法国象征主义为代表的西方象征主义思潮不是诗人或理论家们如大梦初醒,突发奇想、一蹴而就的。当我们探讨其特征与文学价值时,不应该忘记前人的贡献与启迪。

二、作为一种文学运动的西方象征主义

象征主义作为一种文学运动出现在十九世纪中期的法国。韦勒

---

[1] [美]特雷·伊格尔顿:《二十世纪西方文学理论》,伍晓明译,北京:北京大学出版社 2007 年版,第 20~21 页。

克曾从时间和空间的维度对西方象征主义做出解释:"即把一八八五年至一九一四年之间的欧洲文学称作象征主义时期,并把它看作一个以法国为中心向外辐射同时在许多国家造就了伟大作家和诗歌的国际运动。"①这一说法应该是非常简洁而中肯的,但是在时间的限定上略显拘泥。或者更为准确的做法是不要限制到某一年某一月,而是使用更为宽泛的时间概念来描述。如果说是"从十九世纪中期开始至二十世纪二十年代之间在欧洲占据重要位置的文学(诗歌)流派"会更令人信服。

无论如何,追根溯源的时候我们会首先想起波德莱尔。波德莱尔作为象征主义诗歌的先驱者早已名声显赫,而后来被人们称作象征主义主要代表的诗人,如魏尔伦、兰波、马拉美等人都已经开始诗歌创作多年,但并没有受到文学界的重视,他们被看作是一群颓废者、酒鬼、愤世嫉俗者,流连于酒吧,生活放荡不羁;或离群索居,过着远离现实的生活。1886年,一名比利时诗人勒内·吉尔发表《语言的炼金术》一书,马拉美为其写序。这本书结合解读瓦格纳的音乐,试图系统分析和肯定自波德莱尔以来的法国诗歌创作中出现的新的发展趋势和取得的成绩,对于魏尔伦、兰波和马拉美的诗学主张进行了总结与提炼,并在书中以兰波的成名诗作《元音》为例,明确提出了诗歌创作中的"听觉的色彩"的主张,而这和波德莱尔的"应和论"有许多共同之处。同一年,年轻诗人让·莫雷亚斯在《费加罗报》上发表文章,主张用"象征派"而不是"颓废派"来命名这群年轻的诗人。这篇文章后来被冠以《象征主义宣言》的美名,获得了强烈的社会响应,这一事件也被称作是象征主义流派诞生的标志。

如前文所述,任何一种文学运动或流派不是一个接一个出现,彼此之间毫无关系的。十八世纪的理性主义不是被浪漫主义彻底击溃,浪漫主义也不是被自然主义和象征主义突然取代。如威尔逊所说:"事实当然不是一套方法论或价值观完全被另一种取代,相反,一切是

---

① [美]雷纳·韦勒克:《文学思潮和文学运动的概念》,刘象愚选编,北京:中国社会科学出版社1989年版,第284页。

在反复对抗和修正中生长的。"①浪漫主义所主张的对个人情感的自由抒发、回归自然、崇尚歌咏自然、强调丰富的想象力仍然被象征主义诗人们加以运用和拓展;自然主义强调对客观事物的冷静观察和客观描述,对现实的思考和自身的反观与象征主义的诗学主张并不相互排斥,且两者非政治化、非道德化的取向实有相似之处。有学者在评价波德莱尔的诗作时这样说:

> 波德莱尔继承、发展和深化了浪漫主义,为象征主义开辟了道路,同时,他的诗中又闪烁着现实主义和古典主义的光彩。就格律的严谨和结构的明晰来说,他可以说是古典主义的追随者;就题材的选择和想象力的丰富来看,他是浪漫主义的继承者;就意境的创造和表现手法的综合来看,他又是现代主义的开创者。这种丰富性和复杂性使他的诗拥有各层次的读者,并使他成为许多流派互相争夺的一位精神领袖,被冠以颓废派、唯美派、古典派、巴那斯派(或称帕尔纳斯派、高蹈派、帕纳斯派等——笔者注)、写实派等许多帽子,象征主义、超现实主义也都把他当作自己的先驱和鼻祖。②

的确,一个诗人的作品要简单地归纳为某一个流派并非易事。例如象征派另一重要代表兰波,曾写信给帕尔纳斯派的领军人物泰奥多尔·德·邦维勒,请求他帮助发表自己的诗作:"我热爱所有的诗人,所有出色的帕尔纳斯诗人,——因为诗人就是帕尔纳斯派,——向往理想之美……我将成为帕尔纳斯派的最后一批诗人;这将成为诗人们的'信仰'。"③帕尔纳斯是继浪漫主义之后主宰法国文坛的一个诗歌流派,主张诗歌的客观化和科学化,重视诗歌的形式美,要求诗歌严格

---

① [美]埃德蒙·威尔逊:《阿克瑟斯的城堡:1870年至1930年的想象文学研究》,黄念欣译,南京:江苏教育出版社2006年版,第9页。
② 波德莱尔:《巴黎的忧郁》,胡小跃译,南昌:江西人民出版社2016年版,第10页。
③ [法]阿尔蒂尔·兰波:《兰波作品全集》,王以培译,北京:作家出版社2011年版,第295~296页。

的音律与结构,和谐的节奏与押韵,在语言的选择上做到尽善尽美,无可挑剔。他们试图纠正浪漫主义的滥情与对现实和政治的关照,信仰戈蒂耶的唯美诗学主张,即"为艺术而艺术",对诗歌形式与语言进行反复推敲、精雕细刻。这些思想对于象征主义诗人有巨大的影响,魏尔伦、马拉美等象征主义诗人一开始都属于帕尔纳斯阵容。

  法国象征主义并非完全自立门户、独立于其他文学流派,它的出现与发展是当时法国文学以及欧洲文学自身发展的要求和结果。从社会历史的角度来看,十九世纪最后的30年是欧洲社会剧烈变动的时期,自由资本主义向帝国主义过渡,垄断经济和资本剥削的强化,使得社会矛盾加剧、阶级矛盾突出,1871年法国巴黎公社革命更把摧毁旧制度,建立无产阶级新政权作为革命的理想与奋斗目标。革命的失败使得当时纷杂的社会现实和激烈的社会矛盾暂时得以沉寂,然而沉寂下面是人们心里的不平衡、更深刻的焦虑和反叛的冲动。一种"世纪末"的病症在欧洲大地悄然流行,其病症表现为:破坏传统世界的巨大渴望,神经敏感衰弱,情绪波动频繁,易陷入悲观绝望的思想境地,没有坚定的意志力,追求强烈的感官刺激,对自己及社会的未来不抱以希望。诗人作为最为敏感的群体,无疑将这些世纪末的病症体现在自己的文学创作中,也就出现了所谓象征主义文学的一些共同特征与体现的价值和意义。

三、当代象征主义的概念定型

  然而,到底什么是象征主义?如何定义它?学者和诗人们各持一说,各有千秋。就如学者所言:"生活在中世纪的人们不太会想到它们生活在那个时代,生活在十五或十六世纪的人们也不会在他们的名片上书写文艺复兴时代的某某先生。对于象征主义者来说,同样如此。他们如今是象征主义者当初并不是。"他们只是"正在创造象征主义"[①]。每一个文学概念的诞生都是有后发性的特征,象征主义也不例外。它作为一个文学用语是文学家和理论家们实践、观察、总结和

---
① 葛雷、梁栋:《现代法国诗学美学描述》,北京:北京大学出版社1996年版,第84页。

归纳的结果,是一个文学史概念。或者也可以说是文学知识的积累、认知、传播的必要工具。对于身处其中的诗人们来说,叫什么并不重要,重要的是他们的声音能被听见,他们的文字得以流传。

魏尔伦说:"象征主义?我不明白——也许是德语吧。而且,象征主义到底为何物,我也不感兴趣。我痛苦、哭泣或者享受,我知道这都不是象征……我的本能中没有任何东西,迫使我寻找我自己流泪的原因;我不幸,写作的诗歌便悲伤,如此而已,除了本能所认为的美文之外,他们所说的别的种种讲究,并不存在!"可见,魏尔伦并不承认自己是象征派的主将,甚至他认为诗歌的美来自本能,他并不是用象征来表达自己的所有情感体验。而马拉美在被人问及是否开创了象征主义这一运动时,他说:"我讨厌流派及所有诸如此类的东西……我之所以被视为流派领袖,是由于我对青年人的意见兴趣甚浓,再就是也许我诚恳地认可年轻人的作品,的确给我们带来了新意。"①但他还是给象征主义下了一个定义,说它"逐步地唤起某个客观事物的意象以表露某种情绪,或正好相反;是一种选定某个客观事物,再从中提炼某种'情绪状态'的艺术"②。马拉美、魏尔伦和兰波被称为象征主义三剑客,可他们都不曾给象征主义一个完整的定义。

让·莫雷亚斯在《象征主义宣言》中这样描述象征主义:"赋了思想一种敏感的形式,但这形式又并非是探索的目的,它既有助于表达思想,又从属于思想。同时就思想而言,决不能将它和其他外表雷同的华丽长袍剥离开来……在这种艺术中,自然景色,人类的行为,所有具体的表象都不表现它们自身,这些赋予感受力的表象是要体现它们与初发的思想之间的秘密的亲缘关系。"③莫雷亚斯此处提及了几个关键词,"思想""形式""表象",这是我们理解象征主义非常重要的几个概念,诗歌的思想重于形式,但离不开形式;具体的表象不表现自

---

① 潞潞:《面对面——外国著名诗人访谈、演说》,北京:北京出版社2003年版,第8页。
② [法]查尔斯·查德维克:《象征主义》,肖聿译,太原:北岳文艺出版社1989年版,第2页。
③ 户思社、孟长勇:《法国现当代文学:从波德莱尔到杜拉斯》,北京:北京师范大学出版社2015年版,第2页。

身,而是要反映与思想之间秘密的关联。莫雷亚斯虽然不是象征主义的重要代表诗人,但是他对象征主义的热诚不比任何诗人更少。

"象征主义一词一方面让人联想到朦胧、神奇、对艺术的不懈追求;另一方面也从中发现了难以名状的美学精神或可见与不可见的事物之间的应和关系。"[1]瓦雷里提及了象征主义一条重要的美学原则,即对诗歌音乐性的重视,这也是马拉美一直强调的观点。其次,对于象征主义提倡的神秘性、朦胧性、万物之间的应和关系等,瓦雷里也有清醒的认识和总结。

埃德蒙·威尔逊则把象征主义定义为:"利用刻意钻研的手段传递个人独特感受的尝试,而这手段就是由多种混杂的隐喻所表达的概念的复杂联想。"这个定义简单明确,但是对象征主义对于语言的精雕细刻与诗歌技艺的精益求精似乎颇有微词,是带有主观色彩的一种概念。但是威尔逊总结的象征主义的几个文学原则,确实值得肯定。他说:

> 根据象征主义的预设,我们可以设定以下原则:每种感受或感官、每一刻的意识都是独一无二的,因此,我们实际经历的感受是无法通过一般文学的传统和普遍语言来重现的。每一位诗人都有自己的个性,每一个时刻都有自己的语调和元素的组合。诗人的任务是去找寻和发明一种特别的语言,以表现其个性与感受。这种语言必须用象征符号来完成,因为这样独特、一瞬即逝而又朦胧的感受,是不能直接用语言陈述或描写的,只能用一连串的字句和意象,才能对读者做出适当的提示。象征主义者本身充满把诗歌变成音乐的想法,希望这些意象能像音乐中抽象的音符与和弦。然而我们的语言始终不是乐谱里的符号,真正的象征主义所用的符号,就是与本体相剥离的喻体——因为一个人毕竟不会单纯地欣赏诗歌中的颜色与声音等抽象事物,他一定会猜想

---

[1] 户思社、孟长勇:《法国现当代文学:从波德莱尔到杜拉斯》,北京:北京师范大学出版社2015年版,第2页。

这些东西有何寄托。①

　　法国象征主义诗歌理论非常强调诗歌的音乐性,甚至把音乐性看成是诗歌的最重要和最根本的特征,从而减弱了象征手法与技巧在诗歌创作上的进一步发展。诗歌本属于语言艺术,其音乐性或声音属性只是语言特征之一,过分强调之,似乎背离了诗歌艺术的本质,从而与象征概念的原初含义相去甚远。难怪法国象征主义的代表们都不太认可这一概念,甚至宣称自己不是象征主义者。因此,我们应该有所警觉,任何一个理论流派的划分其实都是文学史意义上的划分,其命名的准确性和合法性都是值得商榷的,只有深入其文学创作现场与文本内部,才能更为实事求是地进行批判实践。

　　法国象征主义传播到当时的俄国后,对于俄国文学的转型和发展起到了非常重要的作用。一批年轻的象征主义诗人很快成长起来,并对象征主义概念进行理论上的理解与阐述。沃伦斯基说:"象征主义首先是同颓废主义完全对立的。"②这种说法可能会招来很多疑惑,但是值得注意的是俄国象征主义和法国象征主义已经有了重要的区别,俄国诗人们甚至希望象征主义诗歌能充当起"救世"的重大历史使命,能够帮助俄国摆脱封建王朝的统治,走向现代社会。所以俄国的象征主义非但没有颓废的气息,反而具备了革命的勇气和精神力量。沃伦斯基还说,"象征主义是艺术描写中现象的世界与神的世界的结合","象征主义面向生活中普通的和直观的事件,面向一切明显的事实的世界,面向自然现象和人的精神现象。知觉越是准确、清醒,对具体事实描写的浪漫主义色彩越少,观察得越清晰、冷静,对艺术就越好。尽可能广泛地把握现象世界这一点,应成为任何一种哲学或诗的创作的基础。因此,象征主义艺术和任何一种艺术一样,是从普通现象开始的"③。

---

① [美]埃德蒙·威尔逊:《阿克瑟斯的城堡:1870年至1930年的想象文学研究》,黄念欣译,南京:江苏教育出版社2006年版,第15~16页。
② [俄]沃伦斯基:《颓废主义与象征主义》,《十月革命前后苏联文学流派》(上编),翟厚隆编选,上海:上海译文出版社1998年版,第9页。
③ [俄]沃伦斯基:《颓废主义与象征主义》,《十月革命前后苏联文学流派》(上编),翟厚隆编选,上海:上海译文出版社1998年版,第11~12页。

第一章 象征主义在西方的"源"与"流"

关于象征主义强调的神秘性后文还会提及,而它与现实世界的关系却经常被忽略。沃伦斯基在此处无疑补充了这一点,即象征主义连接了现象的世界(自然现象)和神的世界(精神现象)两个似乎不可重叠的空间,提出了象征主义者对于普通事物的独特关注。关于这一点,巴尔蒙特也曾说:"现实主义者永远是单纯的观察者,象征主义者则永远是思想家。""这一个还在做物质的奴隶,那一个已进入理想性的境界。"①虽然言辞有明显的偏向性,但是也的确明确地区分了现实主义和象征主义的区别,即象征主义者不是单纯的现实世界的观察者、反映者和记录者,更应该对于万千世界进行深入的探索与思考,做精神和思想境界的开拓者。

对于法国象征主义特别强调的诗歌的音乐性,俄国诗人们也有自己的理解。别雷说:"能使整个人为之神往的不是事件,而是某些象征。音乐是象征的理想表现。因此,象征是永远具有音乐性的。从批判主义到象征主义的转变必然伴着音乐精神的觉醒。""象征唤醒心灵中的音乐。当世界来到我们心灵时,音乐就鸣响起来。当心灵已成为世界时,音乐就将在世界之外。"②在别雷的眼中,象征不是个别现象而是普遍现象,不是个体事件而是应该广泛存在的世界观。音乐可以作为象征的理想表现形式,人天生具有音乐精神,只是隐藏于心灵深处不为人所知,需要象征予以唤醒。音乐和象征的关系就如孪生姐妹般存在,两者相互依托,互为表里。

别雷从思想和世界观的宏大角度肯定了象征主义对于艺术的作用的开拓,象征主义往往表现为时间与空间的结合来表现思想。艺术能够表现思想,从本质上来说,一切艺术都是象征的。在作为一种使永恒与其空间、时间表现相结合的方法的象征主义之中我们能看到柏拉图思想的认识。艺术应当表现思想。实质上一切艺术都是象征的。一切象征性的认识都是有思想的。把一切艺术都归于象征,也许有些

---

① [俄]巴尔蒙特:《象征主义诗歌浅谈》,《十月革命前后苏联文学流派》(上编),翟厚隆编选,上海:上海译文出版社1998年版,第16页。
② [俄]别雷:《象征主义是世界观》,《十月革命前后苏联文学流派》(上编),翟厚隆编选,上海:上海译文出版社1998年版,第24~25页。

夸大其词,甚至否定了艺术在其他表现形式上的特征和优势,但是别雷认为的象征性的认识都是思想的,却有其道理。柏拉图的"理式"或"理念"或者也可以说是一种象征,它无处不在,是宇宙的法则和道理。柏拉图把文艺当成是"模仿的模仿""影子的影子","和真理隔着两层",要把诗人和艺术家都赶出理想国,或许只是一种恐吓,他希望诗人们向着那永恒的"理式"不断靠近,发现真理,到达理想的精神世界。

或许我们需要一种更为大众化的象征主义概念:它是一种通过间接的方式表达思想感情的艺术,不是描述和说明,而是通过暗示和隐喻,给读者提供联想与想象的空间,让读者通过阅读与感悟把存在于作者头脑中的情感和形象再次创造出来。这样的定义也许并没有太多新意,但是更具有普遍性和适用性,也更能在本质意义上接近西方传统的象征意义。

上文从历时性角度,梳理了自古代、近代至现代西方象征概念的起源与发展状况,从文学史意义上对这一概念进行总结与归纳。从中可以清晰地看出在西方美学和诗学领域,象征主义一直占有重要地位。必须指出的是象征主义并非十九世纪末法国诗歌界的创新产物,而是整个欧洲文学艺术发展的必然结果,它所包含的诗性本质和美学原则并不是无源之水、无本之木,它和西方文化、文学乃至宗教的象征传统紧密联系,不可分割。这提醒我们在研究现代西方文论时,不能把眼光仅限于现代,而是要积极追溯理论的"源头"与"流向",因为任何一种理论的发展都有其历史渊源与文化积淀,而这些恰恰组成了一个新理论的成长基石与根本的理论色调。

第二节 法国象征主义的精神谱系及其影响

从波尔莱尔到魏尔伦,从马拉美到瓦雷里,法国象征主义的精神谱系具体而清晰。波德莱尔擅长审"丑中之美",他主张的"应和"论和魏尔伦的"诗的艺术"遥相呼应;马拉美强调诗的音乐性和魏尔伦如出一辙,对诗歌神秘感的追求和兰波的"通灵说"密切关联;瓦雷里的"纯诗论"继承了马拉美对纯粹的诗歌王国建造的热情,将象征主义诗歌推向一个至今难以逾越的高度。法国象征主义的出现与发展是当时法国文学以及欧洲文学自身发展的要求和结果。诗人们依赖于自身的感官经验与精神幻想追求至纯至美的诗歌境界,打造现代诗歌的理想王国。下文将条分缕析其中代表诗人及其诗作特征,尝试勾勒法国象征主义的精神谱系,以帮助我们更好地理解象征主义的内涵。

一、审丑中之美,与万物应和

痛苦的童年和跌宕起伏的人生经历往往决定诗人看待这个世界的独特角度和方式,也会成为其文学创作的情感基调。波德莱尔的童年经历使他对家庭和社会失望至极,一生沉溺于声色犬马的生活和精神的绝望中。他善于发掘人生与社会中无处不在的恶,大胆而毫无保留地揭露人类精神的苦痛、存在的罪恶、人性的虚伪、理想的幻灭、救赎的不可能等,并用象征性的诗歌语言暗示与启迪。这些被反复强调的恶,实则反映了他内心深处对于美好、善良和理想生活的向往。

在《恶之花》序中波德莱尔写道:"什么是诗?什么是诗歌的目的?就是把善同美区分开来,发掘恶中的美。"①《恶之花》是一首绝望中的希望之歌,是伊甸园里的禁果,只有心怀美好的人才能领略其中的美学价值。他在评论戈蒂耶的一篇文章中说:"丑恶经过艺术的表现化而为美,带有韵律和节奏的痛苦使精神充满了一种平静的快乐,这是艺术的奇妙特权之一。"他评价城市题材画家贡斯当丹·居伊的系列丑恶题材的画作:"使这些形象珍贵并且神圣化的,是他们产生的无数的思想,这些思想一般他说是严峻的、阴郁的……他只会遇到纯粹的艺术,也就是说,恶的特殊美,丑恶中的美使这些形象具有特殊美的,是它们的道德的丰富性。它们富于启发性,不过是残酷的、粗暴的

---

① [法]波德莱尔:《恶之花》,郭宏安译,北京:中国戏剧出版社2005年版,第125页。

启发性……"①

波德莱尔颠覆了传统的美学观念,拓展了美的领域,打破了美与丑的绝对分界,不忌讳对丑与恶进行细致入微的描绘,而目的是要从丑中发现美,挖掘美,表现美,赋予丑以特殊的思想性、道德的丰富性和令人惊讶的启迪性。为此,波德莱尔勇敢挑战权威和当时社会文化对人们思想的禁锢,不惜为此走上法庭据理力争。难怪高尔基如此评价波德莱尔:"生活在恶之中,爱的却是善。他给法国留下了一些流露出冷酷的绝望气息的阴暗狠毒的诗而死去了。为了这些诗,人们在他生前称他做疯子,在他死后称他为诗人。"②

诗歌《应和》被认为充分代表了波德莱尔的诗学主张,也深刻影响着后来的象征主义诗人们的诗歌观念与创作。"自然是座庙宇,那里活的柱子/有时说出了模模糊糊的话音:/人从那里过,穿越象征的森林/森林用熟识的目光将他注视。"诗歌一开始就指出大自然如一座象征的森林,它向人传达神秘的暗语,人和大自然处于一种彼此熟悉、和谐相处的关系。

> 如同悠长的回声遥遥地汇合/在一个混沌深邃的统一体中/广大浩漫好像黑夜连着光明——芳香、颜色和声音在互相应和。/有的芳香新鲜若儿童的肌肤,/柔和如双簧管,青翠如绿草场,/——别的则朽腐、浓郁、涵盖了万物,/像无极无限的东西四散飞扬,/如同龙涎香、麝香、安息香、乳香/那样歌唱精神与感觉的激昂。③

诗人展开奇特的想象力,指出人与自然界万物之间在声音、颜色、气味等方面感官的相互呼应,由听觉到视觉,由视觉到嗅觉,由嗅觉到味觉,由味觉到触觉。各种感觉器官的阻碍被逐一打通,人与自然进

---

① [法]波德莱尔:《恶之花》,郭宏安译,北京:中国戏剧出版社2005年版,第131页。
② [俄]高尔基:《保尔·魏尔伦和颓废派》,《论文学(续集)》,北京:人民文学出版社1983年版,第7页。
③ [法]波德莱尔:《恶之花》,郭宏安译,北京:中国戏剧出版社2005年版,第15页。

入一种混沌而深邃的统一状态。此刻,万物合而为一,再也分不出物我的区别,没有感观与精神的区别。波德莱尔在散文《酒与印度大麻》中描述:"外界的物体形状扭曲了,变成另一种形状,到后来物变成你,你变为物。出现了最奇妙的迷离境界,最难以想象的内心变化……你坐着抽烟,却自以为坐在烟斗上,是烟斗抽着你,你变成蓝色的轻烟袅袅……你是迎风呼啸的树,向大自然歌唱草木之曲。你时而自由翱翔,飞向无限扩张的蔚蓝的天空……"①诗人作为最为敏感而极具天赋的人群,很容易建立起人与自然界万物互相呼应的亲密关系,通过诗歌语言重建无序的世界,收获理想的秩序。

波德莱尔所强调的人与自然的和谐、人与万物的互通,与中国古代哲人所提倡的天人合一的宇宙观与自然观竟有不谋而合之处,他对烟斗与人的关系描述多么像庄子梦蝶的传说。兰波曾这样评价波德莱尔:"波德莱尔是第一位通灵者,诗人的皇帝,真正的皇帝。"②兰波的心声代表了绝大多数同时代人对波德莱尔的看法,可见他在法国诗人心目中的地位。瓦雷里则说:"波德莱尔的最大光荣在于……孕育了几位伟大的诗人,无论魏尔伦,还是马拉美,还是兰波,倘若他们不是在关键的年龄阅读了《恶之花》,也就不会有后来的这几位诗坛大家……魏尔伦和兰波在感情和感觉方面继承了波德莱尔,马拉美则在诗歌的完美和纯粹方面延伸了他。"③他的应和理论通感学说成为后来象征主义滥觞的准则与口号,从魏尔伦到兰波,从马拉美到瓦雷里,从叶芝到艾略特,后来的象征主义大师们无不要从波德莱尔诗中吸取灵感与养分,所以从某种意义上说,"象征主义之父"对于波德莱尔来说是实至名归。

---

① [法]波德莱尔:《酒与印度大麻》,张沉:《颠覆与重建——西方现代主义文学》,沈阳:辽宁大学出版社1996年版,第4页。
② [法]阿尔蒂尔·兰波:《兰波作品全集》,王以培译,北京:作家出版社2011年版,第308页。
③ [法]保尔·瓦雷里:《波德莱尔的位置》,望舒译,《戴望舒译诗集》,长沙:湖南人民出版社1983年版,第117~118页。

二、现代性忧郁与通灵者

兰波曾称波德莱尔是"诗人的皇帝",而魏尔伦是"真正的诗人"。保尔·魏尔伦天生具有一种忧郁气质,这也成为他一生驱之不散的心魔。魏尔伦的忧郁是一种现代性忧郁,从社会历史的角度来看,也是社会动荡不安和阶级斗争日益频繁与激烈的结果。"世纪病"和"世纪末"的颓废、消极情绪也使得敏感而式微的诗人逐渐远离日常生活,躲进文学的象牙塔中寻求内心安宁或借以抵抗残酷现实的压迫。魏尔伦最早受到戈蒂耶的影响,是帕尔纳斯派成员之一,前期诗歌风格仍具有浪漫主义的明显特征,而从第二部诗集《华宴集》开始,诗歌的象征主义特色更为显著。如《月光》中的诗句:

> 你的灵魂是一幅精选的风景,/那假面和贝加摩舞施展着魅力。/弹奏着诗琴,跳着舞,在他们/奇异的乔装下面,却几乎是忧郁的。/正当他们歌唱着爱情的小调,/歌唱那胜利的爱情和愉悦的生活,他们似乎对自己的幸福也不相信了,/而他们的歌与月光在一起融合,/那宁静的月光,忧郁而又美丽。/她使鸟儿们在林中沉入梦境,/使那些喷泉醉心地啜泣,/喷泉在石雕中间,苗条而又轻盈。①

这首诗歌里的月光象征着美好的理想,而月光下的人们沉迷于奢侈的物质生活,精神忧郁而空虚。这反映了当时的社会现状,十九世纪末的法国处于新旧社会更迭的关键历史时期,传统贵族和上层阶级的人们仍然沉醉于往日的荣光和纸醉金迷的生活中,无法适应社会和科技的极速变革,内心深处却充满焦虑和担忧。同时,诗人描绘了月光的宁静与优美,营造出自然万物在月光抚慰下的祥和静谧的意境。对物象客观细致的描述代替热情洋溢的直接歌咏是魏尔伦与浪漫主

---

① [法]魏尔伦:《这无穷尽的平原的沉寂:魏尔伦诗选》,罗洛译,北京:人民文学出版社2016年版,第39页。

义的最大区别,而自然界中未加修饰的美同时浸透了诗人的自我情感,是诗人个性展示与情绪抒发的载体。诗中除了"月光""小鸟""喷泉""石雕"等静物外,也有动态的贝加摩舞蹈的描写,还有"诗琴""歌唱""小调",以及喷泉的"醉心地啜泣"等声音元素的加入。这些动与静、虚与实、远与近的结合,以及物我合一、相互感应的诗歌表达方式与波德莱尔的感应论不谋而合,也使得诗歌有一种音乐的特质和美感。音乐家德彪西就曾受到这首诗歌的启发,创作其代表作《贝加摩组曲》中的《月光》,用优美的旋律重新演绎了这首诗歌。

魏尔伦对诗歌中音律、音调、节奏、韵律等音乐性的重视非比寻常。他的诗歌主张在《诗的艺术》中展露无遗。

> 音乐先于一切,为此/宁愿失去对偶,让诗在空中/更为朦胧更易消融,/其中没有笨拙也没有装腔作势。/多么必要啊:你可以有意/带着某种误解去挑选你的字眼:灰色的歌是最可贵的,在它里面/不定和确定结合在一起……因为我们还有对色调的渴望,/需要的只是色调,而不是颜色!/啊,只有色调才能联结/长笛与号角,梦想与梦想!……音乐啊音乐,永远是音乐!让你的诗/长上骄傲的翅翼,让人们感知/它是从一个爱的心灵里流出来的,向着另外的天空,流到其他爱的心灵里去。/让你的诗在冒险中得到幸运,在清晨的卷风中飘散开去。使百里香和薄荷发出香气……/而其余的一切便都是散文。(也有译者翻译成文学赝品、文字技巧等,笔者注)①

这首诗歌历来被认为是法国象征主义的理论宣言,因为它明确反对自十七世纪以来的法国诗歌中存在的各种问题,即诗歌语言的"笨拙""装腔作势""冷嘲热讽""滔滔雄辩",诗歌韵律的刻意追求,"空洞而虚假"。更可贵的是魏尔伦提出新的诗学主张,并积极实践。

---

① [法]魏尔伦.《这无穷尽的平原的沉寂:魏尔伦诗选》,罗洛译,北京:人民文学出版社2016年版,第125~127页。

首先，最为重要的即是强调诗歌的音乐性。"音乐先于一切"，"永远是音乐"，为了加强诗的音乐性，他进行了诗歌创作的革新。比如采用奇数音节，即每行五至七个音节，使得诗歌分行更为灵活多变；在诗中，他大量采用相同的词汇、同音词和象声词，使得诗歌具有节奏感和力度。如《夕阳》中"忧郁""忘记""夕阳""闪现"等词语的不断重现，形成类似于音乐的低回往复的旋律感；在韵脚的设计上考虑音乐的元素，甚至采用谱曲方式来创作诗歌，如《苍白的晨星，在你消失以前》中采用了音乐中对位法的技巧；诗歌中很多断行和停顿不再根据逻辑与语法的需要，而是根据诗人情感的自然波动设置诗行，多层次地使用从句、套句，以收到回荡往返、绵绵不绝的音乐效果。例如《被遗忘的小咏叹调》中的第三首，四节十六行，每节首句和末句的最后一个字相同，形成一个类似于封闭的想象空间，象征着诗人彷徨不前的犹豫情绪，而重复单调的韵脚渲染了诗人对生活的绝望。

其次，魏尔伦对诗歌的语言有自己独特的见解。除了以上所举的例子中可见诗人"带着某种误解挑选字眼"，对词汇选择格外重视外，他还强调了诗歌的"朦胧""灰色最可贵""不定和确定结合在一起""只是色调，而不是颜色"。这是对诗歌要营造的总体意境提出要求，可见魏尔伦更倾向一种雾里看花，水中望月的朦胧模糊的诗意美，暗示和象征的运用因此变得理所当然。这和西方传统诗学所强调的逻辑、理性和判断力截然不同，因此在他看来是一种"冒险"，然而这种冒险是值得的，它不仅开拓了现代诗歌的意境、表现的深度与广度，也为象征主义诗人找到属于自己的独特存在价值。

最后，从这首诗中我们可以看到魏尔伦对波德莱尔的"应和"论的继承与发展。音乐（即听觉）、颜色（即视觉）、香气（即嗅觉）构成了虚实相间、静中有动的诗歌空间，人的感官之间互相呼应，万物与人的"心灵""感知""爱"之间密切互动。因此，在词语与修辞的选择上，魏尔伦运用了很多看似矛盾而奇特的搭配。例如"秋天的/梵哦玲/刺伤我的忧郁""这样苍白的/钟声响着""雾气在舞蹈/草原在迷蒙中/沉沉睡去""密密的叶，/有声音/发自每条树枝""夕阳给生活镀上黄金，这样美丽""浓黑的睡眠/降临到我身上""夏天，草地上，一只闪亮的蜜蜂的嗡鸣"……这样的诗句在今天看来可能不是那么惊世骇俗,但依然充满诗意,充满想象的张力,而在一百多年前的现代诗的滥觞期,无疑具有革命性的意义。难怪有学者这样评价魏尔伦的诗作:"追寻音乐高于一切,并不意味着仅仅注重节奏与音调,而是在反对话语分析模式时,孕育另外一种话语逻辑,一种框架。目的是让词汇演奏,恰如音符之于音乐,色彩之于印象派画家。魏尔伦的诗歌配合与和谐取代话语逻辑与句法结构。从此,词语失去了严格意义上的词义和准确表述,成为暗示艺术的素材。"[1]

兰波是一个天才型的诗人,从小具有惊人的文学天赋,天性叛逆,向往无拘无束、充满刺激的生活。他放荡不羁的言行和天才般的诗情轰动当时法国文坛,也给后世留下了深远的影响。马拉美曾评价兰波是:"艺术史上独特的奇迹。横空出世的一颗流星,毫无目的地照亮自身的存在,转瞬即逝。"[2]就是这样一个才华横溢的文学青年,早早告别文坛,用自己的生命实践着他的理想与诗人情怀。

兰波的诗学主张主要体现在他给保罗·德梅尼的一封信中。他称希腊以降的诗歌"全都是韵文,一种游戏,一代又一代的傻瓜引以为荣的陈词滥调","拉辛之后,这类游戏就发霉了。它持续了整整两千年!"[3]这些略显夸张的言辞是兰波特有的言说方式,当然缺乏缜密的思考而不免夸张,但是可以看出他对当时的诗歌现状极为不满,作为年轻一代的诗人,希望能冲破传统的束缚,创作崭新的诗歌形式和内涵。兰波继承了波德莱尔的"应和论",也赞同魏尔伦关于诗歌语言的论述,他说:"这种语言将来自灵魂并为了灵魂,包容一切:芳香、音调和色彩,并通过思想的碰撞放射光芒。"他进一步说明诗歌语言与诗人灵魂应密切相关,语言是灵魂的代言者,替灵魂说话,为灵魂服务。而诗人的所有感官,嗅觉、味觉、听觉、视觉、触觉等都应向语言打开,让诗歌成为人与世界万物取得沟通和联系的中介,让思想之光闪烁其间。

---

[1] Bertrand Marchal: Lire le symbolism, Dunod, Paris, 1998, p87.
[2] [法]兰波:《兰波作品全集》,王以培译,北京:作家出版社2011年版,第3页。
[3] [法]兰波:《兰波作品全集》,王以培译,北京:作家出版社2011年版,第304页。

对于如何当一个诗人，兰波直言："想当诗人，首先需要研究关于他自身的全部知识；寻找其灵魂，并加以审视、体察、探究。一旦认识了自己的灵魂，就应去耕耘它！""我认为诗人应该是一个通灵者，使自己成为一个通灵者。必须经历各种感觉的长期、广泛的、有意识的错轨，各种形式的情爱、痛苦和疯狂，诗人才能成为一个通灵者，他寻找自我，并为保存自己的精华而饮尽毒药。在难以形容的折磨中，他需要坚定的信仰与超人的力量；他与众不同，将成为伟大的病夫，伟大的罪犯，伟大的诅咒者，——至高无上的智者！——因为他达到了未知！他培育了比别人更加丰富的灵魂！""诗人在同时代的普遍精神中觉醒，界定许多未知。""因此，诗人是真正的盗火者。""波德莱尔是第一位通灵者""新兴的被称之为帕尔纳斯派中有两位通灵者：阿尔·梅拉和真正的诗人保罗·魏尔伦。""我也努力使自己成为一个通灵者。"[①]这里，兰波不仅指出了什么是诗人，即诗人是一个通灵者，还说明了如何才能成为一个伟大的诗人，诗人要经历的所有非凡的痛苦都是为了一个目的，即丰富、培育和耕耘更好的灵魂，成为至高无上的智者。兰波把诗人比喻成为人类盗火的普罗米修斯，一位无私的具有牺牲精神的人类启蒙者的角色，实际上是给予诗人极其尊贵的地位，同时也赋予诗人崇高的责任感和使命感。可惜兰波并没有沿着自己设定的人生轨迹走下去，他内心强烈的冒险欲望和磅礴的原始冲动让他冲破所有羁绊，投身至滚滚现实洪流中。

三、神秘与纯粹的诗歌国度

马拉美是法国象征主义思潮中最具特征和领袖地位的诗人。相比波德莱尔、魏尔伦和兰波跌宕起伏的人生际遇，马拉美一生可谓风平浪静，然而对诗歌的热爱，想要彻底改变诗歌面貌的雄心却无人能敌。马拉美曾在写给魏尔伦的一封信里说："我认为，现今的时代实质

---

① [法]兰波：《兰波作品全集》，王以培译，北京：作家出版社2011年版，第305~308页。

上对于不与它同流合污的诗人来说是一个群龙无首的时代。"①而实际上,马拉美承担了这一领导者的角色,虽然他不喜欢象征主义流派这一说法,对于这个大家公认的角色也不以为然。但总有一群慕名而来的年轻诗人聚集在马拉美巴黎的寓所内讨论诗歌创作,聆听他对诗歌艺术独特而发人深省的见解,其中瓦雷里、叶芝等后来人们耳熟能详的诗人都曾是"星期二聚会"的座上客,这种非正式的私人聚会竟然长达十年之久。

同魏尔伦一样,马拉美原先也属于"为艺术而艺术"的帕尔纳斯派,后来逐渐形成自己的独特观点,有意识地建立起象征主义的理论体系和创作方法,为象征主义诗歌的进一步发展竭尽所能。马拉美表达了对于"伟大诗体"的不满。"它太废旧、太该来一场天翻地覆的变化了。"②所谓"伟大诗体"就是流行于法国数百年的亚历山大诗体,这种诗体结构严谨,讲究音律,显得工整严肃,却不免僵硬。马拉美在《关于文学的发展》一文中提出要"废除的只是那种'伟大诗体'所居的统治地位",并不是完全消除这种诗体,他希望"把诗写得舒朗一些,希望在滞重紧密的诗句中间创造出某种流动感,灵活性"。马拉美将传统的诗歌比作是乐队里的铜管乐发出的震响,而人们对这种声音已感到疲倦不堪,因为希望新的诗体能够"更自由、更新颖、更加轻灵",他甚至预言"未来的诗将具有容纳着首创性的大诗体的容量,而这种诗体又带有那种来自个人听觉的主题的无限性"③。由此可见,马拉美对于诗歌革新有强烈而自觉的意识,不仅自己勇于实践,同时他对年轻诗人寄予厚望,不仅鼓励他们创新,而且不遗余力地把自己的美学和诗学思想与他们分享。

首先,马拉美和其他象征派诗人一样非常强调诗的音乐性。马拉美认为词语本身有其客观性和独立的存在身份,词语不仅在音调上体

---

① [法]马拉美:《马拉美诗全集》,葛雷、梁栋译,杭州:浙江文艺出版社1997年版,第380页。
② [法]马拉美:《马拉美诗全集》,葛雷、梁栋译,杭州:浙江文艺出版社1997年版,第380页。
③ [法]马拉美:《关于文学的发展》,潞潞编:《面对面——外国著名诗人访谈、演说》,北京出版社2003年版,第6~7页。

现音乐性,还可以从词语的排列组合、停顿、延续,词语之间的相互流动、节奏变化,甚至诗行之间的距离、词语的大小写或字体的变化,纸张的有意留白等表现音乐性和独特的美感。马拉美对诗歌形式本身所包含的诗意、思想和具有的美学价值深信不疑。他眼中的诗歌如音乐家手中的乐器,词语如钢琴的键盘,诗人的创作获得前所未有的自由,但同时也是挑战,诗人变成神奇的魔法师,诗歌变成"魔法秀"。

如马拉美在生命末期创作的长诗《骰子一掷永远取消不了偶然》就是他献给后人的一场精彩绝伦的诗歌演出。在纸张中大量留出空白即是他刻意的安排,他在此诗的序言中说:"白色承受着重要性,并首先使人感到吃惊;诗学要求它们,就像音乐要求寂静一样。""每次意象中断或进入诗行时,纸页参与了诗,接受着别的意象的继续。""书页被看作是一个整体,就像是诗句和完美的诗的另一个方面。""以这种方法来补充退缩,延伸,逃避着的思想的赤裸,在这种赤裸中,它的画面本身对于高声朗读的人来说提供着一种遐思。"①他甚至通过不同型号的字体来提示发声语气的重要性,通过书页中部、上下部等留白来说明语调的升降。总而言之,在马拉美眼中白色的纸张和诗歌的语言之间构成一个开放的永恒空间,不管是诗行的长短变化,音乐旋律般的环绕、旋转、停止、跳跃,还是诗韵、意象和节奏的不断流动变化都在这个整体的空间内独立存在又互相依赖。它们共同构成诗歌新的形式与美学价值,诗歌从而具有饱满的思想和蓬勃的生命力,每一个词语都像诗人掷投出去的思想的骰子,又如浩渺时空中旋转变换的星辰,充满各种偶然和可能性。

对于马拉美诗歌语言的特征与贡献,他的忠实追随者瓦雷里曾这样评价:"我感到诗人的巍然形象就树立在那里,他坚信并实现了诗歌的语言总是与散文的语言极大的、几乎是绝对不同的意图。似乎他认为:诗歌在发音形式与音乐形式上和散文有根本不同,同时,它也应在意义形式上与其他根本区别。对于他来说,诗的内涵应该和平常的思

---

① [法]马拉美:《马拉美诗全集》,葛雷、梁栋译,杭州:浙江文艺出版社1997年版,第118页。

第一章　象征主义在西方的"源"与"流"

想不同,就像诗的语言与日常语言不同一样。""马拉美将语言理解为他发明的语言。""他的言语同他的作品一样,每个词都是那样的响亮、闪光、鲜艳、清澈、慰藉……有时使我感到他大概像玉器匠人对待他的宝石那样端详、掂量、透视过语言的每一个词。"①这些溢美之词不无夸大之处,但也基本反映了马拉美在诗歌语言美和形式美上的追求以及成就。马拉美的诗歌从早期的精致、细腻、柔美到后期在语言和意象上的不断创新,大胆突破,是一个逐步形成自己独特风格和有意识地突破已有诗学范畴,将音乐、舞蹈、绘画、雕塑等艺术元素,甚至中国的禅学与道家学说融会贯通在诗歌中不露痕迹得以体现的尝试。任何艺术创新都伴随着挑战与冒险,这就是为什么马拉美的诗学理论和后期诗作难以被人接受和理解的原因,但其开创性和启示性的价值不容置疑。

其次,马拉美及其提倡诗歌所具备的神秘性、暗示性和晦涩。马拉美在《自传》中曾说:"以至诗人不能有其他事情要干,而只能着眼于今后或未来而和神秘一起打交道。"②他要求诗人保持一定程度上的神秘感,通过文本的创新、语言的雕琢、思想与审美的高度与读者拉开距离,这也是他本人一以贯之的言说与创作方式。"与直接表现对象相反,我认为必须去暗示。"他认为帕尔纳斯派的诗人只是把事物抓起来进行表现,所以缺乏神秘性。"指出对象无异是把诗的乐趣四去其三。诗写出来原就是叫人一点一点地去猜想,这就是暗示,即梦幻。这就是这种神秘性的完美的应用,象征就是由这种神秘性构成的:一点一点地把对象暗示出来,用以表现一种心灵状态。"③在这里,马拉美不仅指出了象征主义诗学最大也是最具价值的特点,即神秘性;也提出了如何去实现它的方法,即暗示而不是表现的方法。然而令人诟病的一点是这样的诗往往不好理解,让读者去猜谜语实际上很容易导

---

① [法]马拉美:《马拉美诗全集》,葛雷、梁栋译,杭州:浙江文艺出版社1997年版,第391~392页。
② [法]马拉美:《马拉美诗全集》,葛雷、梁栋译,杭州:浙江文艺出版社1997年版,第380页。
③ [法]马拉美:《关于文学的发展》,王道乾译,《西方文论选》下卷,伍蠡甫主编,上海:上海译文出版社1988年版,第267页。

致阅读的疲倦和阐释的不确定性。晦涩成为马拉美诗歌创作的美学追求,"诗永远应当是个谜,这就是文学的目的所在——不可能是别的——必须再现对象"。在某种程度上,这种极端的诗学主张是导致象征主义逐渐走向没落的关键所在。

由于不断和读者拉开距离,对读者提出越来越高的要求,不仅智力、思想上,还是文学素养上,许多读者由于准备不足而力所不及,只能对象征主义诗歌望而却步。也许马拉美也意识到了这个问题,他直言:"文学完全是个人的。对于我,作为一个诗人,在这个不允许诗人生存的社会里,我作为诗人的处境,正是一个为自己凿墓穴的孤独者的处境……从内心来讲,我是一个孤独者。"[①]自马拉美之后,象征主义逐渐走向衰落,他似乎感到这种命运的悄然而至,但"孤独感"既是一个世纪末普遍的心理病症,也是马拉美自觉自愿的诗学选择,唯有如此才能保持诗歌的独立性和高贵品质。

魏尔伦与马拉美可谓惺惺相惜,他们彼此称赞和支持对方,马拉美把魏尔伦称为"青年人的先导,真正的先导者,了不起的魏尔伦"。而魏尔伦也毫不吝啬赞美之词,"肯定的,马拉美所萦怀的是美,并把荣耀看作是次要的神宠,然而他的诗丰富、富有音乐感和珍奇感,而在必要时,亦有颓唐和失度,他甚至为了保持自身的机敏、玄奥而玩世不恭,并由其风格的玄奥而成为空谷独步的诗人"[②]。这一番评价全面而中肯,不是彼此理解而惺惺相惜的志同道合者,绝不会有这样的评价。

马拉美之后,法国文坛曾沉寂一时。作为马拉美的忠实追随者,瓦雷里终将不负使命,继续高举法国象征主义的大旗,成为他自己所说的"某种形式的国家诗人"。瓦雷里在大学期间就表现出对诗歌的由衷热爱和突出天赋,曾有人预言他的名字将被人们口头称颂。然而,在二十一岁那年他和家人前往热那亚度假,他突然下定决心放弃

[①] [法]马拉美:《马拉美诗全集》,葛雷、梁栋译,杭州:浙江文艺出版社1997年版,第390页。
[②] [法]魏尔伦:《诗人:批评家论马拉美》,《马拉美诗全集》,葛雷、梁栋译,杭州:浙江文艺出版社1997年版,第391~392页。

诗歌创作,投向"纯知性和人类的自我意识"①的思考。这种对纯粹知识孜孜不倦的追求和探索成为他之后二十多年生活的全部。从二十三岁开始,瓦雷里每天将自己的思考活动及其过程详细地记录在本子上,这一习惯维持了整整五十一年。仅这一点就胜过常人许多,更为难得的是他对数学、物理、哲学和音乐等领域进行长期而持续的思考,且造诣颇高,成就斐然。瓦雷里的好友纪德曾这样批评他:"你有一个严重的缺点,瓦雷里,你像理解一切……"

正因为纪德的不断敦促,瓦雷里才重新整理自己年轻时候的诗作准备出版。而他的代表作《年轻的命运女神》本是计划写四十行左右,最后却灵感一发不可收拾,写成了五百多行的长诗。这不是一般意义上以希腊神话为基础的老调重弹,而是一种诗歌形式和诗歌精神的重塑。"这是把我的体系、我的方法和我对音乐的迫切性,跟古典的成规所作的怪物式的交媾。"②从诗歌的名字来看,瓦雷里似乎还处于马拉美创作的《海洛狄亚德》和《一个牧神的午后》的深远影响下,但是就诗歌语言的绝妙、想象力的丰富、象征主义的形式与运用,以及思想的复杂性和深刻性来看已经比马拉美胜出许多。批评家埃德蒙·威尔逊曾评价这首诗"是一次人类意识的航程,测试所有极限,探索所有远景:爱、孤独的思想、行动、沉睡与死亡","它是一出精神的戏剧,试图退出世界,抽身远望,但最终仍难逃被拉回生活与自然进程的宿命"。威尔逊把马拉美比喻成一个"水彩画家",而瓦雷里则是一个才华横溢的"雕塑家",他称"这些神话化的诗歌拥有云状的重量和密度 如果它不是云,我们也可以把它们叫做大理石质"③。这样的无穷的求知欲和追求世界的真与美的强烈愿望,使得瓦雷里比同时代人更具备广博的知识和视野,在他的诗歌中对于生与死、变化与永恒、行为与冥想,以及生命与宇宙的思考达到一个崭新的高度。

---

① [美]埃德蒙·威尔逊:《阿克瑟尔的城堡——1870年至1930年的想象文学研究》,黄念欣译,江苏教育出版社2006年版,第53页。
② [美]埃德蒙·威尔逊:《阿克瑟尔的城堡——1870年至1930年的想象文学研究》,黄念欣译,江苏教育出版社2006年版,第54~55页。
③ [美]埃德蒙·威尔逊:《阿克瑟尔的城堡——1870年至1930年的想象文学研究》,黄念欣译,江苏教育出版社2006年版,第55页。

本节从象征概念的起源入手,追溯了西方哲学与美学中对象征的概念内涵及其意义价值的探讨和嬗变的过程。旨在提出发生在十九世纪后半叶法国的象征主义文学思潮并非无源之水、无本之木,象征概念源远流长,其美学与诗学内涵丰富而多变,并非法国文学界之独创,而是西方各个时代的文学家、哲学家和美学家共同智慧的结晶。而法国象征主义也并非完全自立门户、独立于其他文学流派,它的出现与发展是当时法国文学以及欧洲文学自身发展的要求和结果;从社会历史的角度来看,也是社会动荡不安和阶级斗争日益频繁与激烈的结果。"世纪病"和"世纪末"的颓废、消极情绪也使得敏感而式微的诗人逐渐远离日常生活,躲进文学的象牙塔中寻求内心安宁或借以抵抗残酷现实的压迫。因此,象征主义诗人最为重要的特点便是自觉远离社会的丑陋,企图打造现代诗歌的理想王国。他们逐渐与世界隔离而沉溺于个人的心灵状态,自我隔绝于历史主流之外,维持独特的人格与个性,依赖于自身的感官经验与精神幻想追求诗歌的至纯至美的境界。

从波尔莱尔到魏尔伦,从马拉美到瓦雷里,法国象征主义的精神谱系具体而清晰。波德莱尔擅长审"丑中之美",将诗歌的审美领域拓展到一个新的境界,而他主张的"应和"论和魏尔伦的"诗的艺术"遥相呼应,成为象征主义诗歌创作的普遍原则;马拉美对于诗歌革新有强烈而自觉的意识,他强调诗的音乐性和魏尔伦如出一辙,而对诗歌神秘感的追求似乎和兰波的"通灵说"密切关联;瓦雷里的"纯诗论"继承了马拉美对纯粹的诗歌王国建造的热情,而他的诗歌创作几乎综合了前几位法国象征主义大师的优点,将象征主义诗歌推向一个至今难以攀越的高峰。通过诗人之间的交流与评论,他们互相学习,不断传承与创新,在诗歌的语言和形式上推陈出新,开启了现代诗歌,乃至现代文学的新篇章。

法国象征主义迅速成为一股巨大的文艺潮流,其代表作品与诗学主张传至世界各地,影响深远。例如英国的叶芝被称作是法国象征主义的继承者;在美国,庞德首创的"意象主义"是象征主义发展的延续,艾略特深受波德莱尔《恶之花》的启发创作了《荒原》；德国的里尔克受到瓦雷里的影响，斯特凡·乔治曾聆听马拉美的教诲；从十九世纪末到二十世纪初，象征主义也受到许多俄罗斯作家的重视和追捧，梅列日科夫斯基、勃留索夫、别雷等对象征主义进一步研究和阐发，形成了具有俄罗斯特色的象征主义诗学。而象征主义在五四新文化运动时期被译介到中国，对中国新诗的诞生和发展起到了非常重要的作用，下文将深入探讨这个问题。

第二章 五四时期至四十年代象征主义在中国的接受与阐释

本章将历时性梳理五四时期至二十世纪四十年代象征主义在中国的接受与阐释,主要探讨象征主义与中国新诗兴起、发展的历史与逻辑关系。象征主义诗学的中国影响可以分为如下四个时期:第一,发轫期:象征主义在中国的发生(1915—1924)。通过零星提及象征主义某位诗人,进而较为深入探讨、分析象征主义诗学的特征与主张,象征主义为中国文坛带来的异国情调与美学趣味,为文人、学者逐渐认识和接受。第二,探索期:象征主义在中国的阐释(1925—1929)。这短短的五年是中国象征主义诗歌的诞生期,也是区别于西方象征主义的中国象征主义诗学理论的形成期,在诗学上具有一定的独创性。第三,深化期:象征主义在中国的深化(1930—1939)。二十世纪三十年代西方象征主义在中国进一步深入传播与蓬勃发展,文坛涌现了许多诗歌刊物,诗人、评论家的创作与建构也更为坚实深刻。第四,衰歇期:象征主义在中国的终结(1940—1949)。二十世纪四十年代象征主义诗潮逐渐回落与沉寂,由于政治与文化的制约,象征主义在与时代的冲突中走向妥协。

第一节 发轫期:象征主义在中国的发生(1915—1924)

西方象征主义在中国发轫于五四时期至二十年代中期。象征主义的理念、风格伴随着中国新诗运动的展开,逐渐被人们所熟悉。新诗运动的领导者胡适等人积极向西方诗歌取经,甚至通过模仿、拟写等手法将西方现代诗歌的创作方法和诗学理念介绍到中国,中国新诗的诞生和发展离不开西学资源给予的营养。此后,中国学界逐渐从零星提及西方象征主义(当时对于这概念有不同的翻译版本)或某位代表性诗人,到较为深入地探讨、分析象征主义的诗学特征、主张,象征主义作为一种时髦的现代诗学理论步入中国文坛,逐渐为学界所认可。如能重返这一重要的诗学理论初入中国的历史现场,梳理这一时期西方象征主义在中国的译介与传播,对于探讨中西文论对话与发展,丰富和整理中国新诗理论的历史档案具有重要的意义。

一、译介与阐释

早在1915年,陈独秀在《现代欧洲文艺史谭》一文中介绍了象征主义戏剧家梅特林克和霍普特曼,但是把他们归于自然主义文学作家。1918年,陶履恭、鲍国宝、刘半农撰写和翻译了有关梅特林克戏剧以及象征主义诗歌的文章,"Symbolism"一词第一次进入中国,但是被翻译成"表象主义"。罗家伦在《驳胡先骕君的〈中国文学改良论〉》中谈及沈尹默的新诗《月夜》时,首次使用了"象征主义"一词。1919年,沈雁冰翻译梅特林克的象征主义戏剧《丁泰琪之死》。1920年,周作人译介法国象征派作家果尔蒙的诗《死叶》。同年,沈雁冰发表《表象主义戏曲》《我们可以提倡表象主义文学么?》等文章。谢六逸发表《文学上的表象主义是什么》一文,第一次较为全面而准确地介绍了象征主义(当时仍翻译成表象主义)诗学的几个主要特点。象征主义虽然被翻译成了"表象主义",但其诗学主张和内涵被准确地传达出来。"象征派""象征主义"等词汇逐渐被更多学者使用,并取代了"表象主义"的称号。周太玄在《少年中国》杂志上发表《法兰西近世文学的趋势》,对于象征主义文学出现的原因与意义进行分析。周太玄还重点介绍了Alfred Poizat写的《象征主义》,该书介绍了象征主义在西方的崛起、艺术特征和存在问题,指出了象征主义诗歌中所充斥的失望和悲观情绪。

1921年，托尔斯泰评价了西方象征主义几位代表人物如鲍特莱尔（即波德莱尔）、魏伦（即魏尔伦）、梅特林克、玛拉美（即马拉美）的诗，给中国读者带来了不同的声音，让他们更为客观而全面地对待这种全新的、外来的诗学理论。同年3月，周太玄在《少年中国》刊登了凡尔勒伦（即魏尔伦）的两首诗歌：《秋歌》和《他哭泣在我心里》。他称魏尔伦"是法兰西最近一个最可爱最有名的诗人"，对于中国读者大致了解这位象征主义大师并留下深刻印象是有帮助的。同样在《少年中国》杂志，李璜的《法兰西诗之格律及其解放》是国内最早深入讨论波德莱尔和魏尔伦等法国诗人的诗歌艺术和创作技巧的文章。

　　署名为拙的《鲍多莱尔（Baudelaire）1821—1921》一文，称波德莱尔是"近代的一个伟大天才，他对于19世纪后半的文坛，影响是很大的""他是恶魔的崇拜者，道德的诅咒者"。甚至认为，"鲍多莱尔是被称为颓废（Decadent）文学之祖"。① 由此可见，作者对波德莱尔颓废的文学观颇为反感，认为不符合当时的社会潮流。然而，他提及波德莱尔"愿脱离现实，降服于幻想之下。他要从污秽中去求净土，从地狱中去找乐园，从肉感中去求'美之极旨'"②，此种理解又相当深刻。这说明，作者对波德莱尔的态度模棱两可，含混不清，代表了当时大多数读者和研究者对这位诗人的看法。一方面，对其奇特的语言和美学主张闻所未闻，因而感觉新奇刺激，另一方面，对他所表现出来的颓废思想有所警惕，因而不自觉地进行某种文化上的怀疑与抵抗。

　　但是，对波德莱尔诗歌中体现的现实意义与反抗价值没有深刻挖掘，甚至不屑一顾。田汉的《恶魔诗人波陀雷尔的百年祭》一文，体现了这种诗学判断上的矛盾和思想文化上的冲突。田汉一方面呼吁"欲为大乘的艺术家，诚不可不借波陀雷尔的恶魔之剑，一斩此心中的执着"，另一方面借其他评论"推见他那恶魔的人格和恶魔的艺术的大概"。一方面称波德莱尔是"法兰西诗界之第一人""恶魔之可贵，贵在反叛"，另一方面又揶揄他"求善反得了恶，求神反得了恶魔，求生之

---

① 张大明：《中国象征主义百年史》，开封：河南大学出版社2007年版，第44~45页。
② 张大明：《中国象征主义百年史》，开封：河南大学出版社2007年版，第45页。

欢喜,反得了死之恐怖"。这种徘徊和犹疑具有一定的代表性,许多不懂原文的普通读者更是只能从译介者的介绍和极为有限的翻译作品中管窥原作,理解更是有限。然而,聪慧的译者和读者自然能从这些作品中吸取所需的精神养分,如田汉从阅读波德莱尔的"战栗"中逐渐清醒地认识到应该"矗立天地,独往独来,时时敬神不为神所支配,时时礼魔而不为魔所诱惑,譬诸饮酒醉时则为恶魔之跳舞,醒时则学耶稣之祈祷"[①],这种追求自己独立而自由的灵魂与思想,不盲目遵从权威的思想确实值得称赞,当然也给了同时代许多处于迷惘中的青年以正确的指引。

另一个颇有影响力的解读来自周作人,他评价波德莱尔的著作:"大部分颇不适合于少年与蒙昧者的诵读,但是明智的读者却能从这诗里得到真正希有的力量。"[②]他认为波德莱尔的颓废是求生意志的表现,是对现实生活的丑陋的有力揭示。这样的评价基本中肯客观、符合实际。虽然后来学者们对波德莱尔为代表的象征派诗歌中颓废、抑郁、丑恶、黑暗的文学元素颇有微词,并一度由于历史、政治的因素束之高阁,但时间终究会显示出它的公平。象征主义在中国新诗发轫之时带来了耳目一新的诗歌主张、创作方法和美学原则,给诗人带来的思想冲击确如一阵"战栗",影响深刻而持久。

由上可见,波德莱尔的作品是最初也是最多被译介到中国的。1921年之后,田汉、李璜等学者继续为介绍和传播象征主义撰写文章或翻译诗歌不遗余力。直到1925年,被称为中国象征主义诗人第一人的李金发出版诗集《微雨》,西方象征主义经过最初六年的"摸爬滚打",终于在中国文坛暂时立稳脚跟,并掀起了一场不大不小的新诗改革运动,为年轻一代的新诗实验者们带来了一股清新的空气。

二、革新与争论

国内学术界关于象征主义的介绍和研究始于五四新文化运动。

---

① 田汉:《恶魔诗人波陀雷尔的百年祭》,《少年中国》1921年第3卷,第4、5期。
② 张大明:《中国象征主义百年史》,开封:河南大学出版社2007年版,第57页。

胡适是提倡白话新诗的第一人,他大力鼓吹诗歌体裁和语言的变革:"新诗发生,不但要打破五言七言的诗体,并且要推翻词调曲谱的种种束缚;不拘格律,不拘平仄,不拘长短;有什么题目,做什么诗;诗该怎样做,就怎样做。""若想有一种新内容和新精神,不能不先打破那些束缚精神的枷锁镣铐。因此,中国近年的新诗运动可算得是一种'诗体大解放'。"①作为接受过中国传统文学教育的胡适来说,高举白话诗的大旗,大力提倡诗体改革实属不易。但是他的留学背景和对西方现代诗的阅读经验使他看到了诗歌改革的方向。他强调打破各种束缚、"枷锁镣铐",主张新的精神与内容,符合当时整个思想文化的发展趋势,顺应了当时风起云涌的社会政治形势对于文化和文学领域的要求。

　　胡适提倡和创作的白话新诗很大程度上受启于他的翻译实践,他把那首著名的《关不住了》(译作)称作是他"新诗成立的纪元"②,他出版的《尝试集》被称为是中国现代文学史上第一部白话诗集,即便如今看来这部诗集的历史价值要大于它的文学价值,它的存在意义也不应该被轻易否定。当时他也受到了许多人的批评,成仿吾就曾直言:"《尝试集》里本来没有一首是诗,这种恶作剧真是举不胜举……这简直不知道是什么东西。"③穆木天也有类似评论:"中国的新诗运动,我以为胡适是最大的罪人……一类不伦不类的东西……诗不是说明的,诗是得表现的。"④这样的说法,未必公允。在新诗发展了若干年之后,在中国诗人的现代诗阅读与创作逐步进入正轨之后,我们没有理由忘记当初那个提灯的领路人。当然,初期白话诗缺乏诗意、太过浅显,很多诗没有经过仔细思索和用心创作,有"粗制滥造""不愿多费脑力"之嫌。但是它的积极意义不容小觑,更是在青年人中一呼百应,从者甚众。同时,也是在这种对什么是新诗,如何做新诗的疑问中,对

---

① 胡适:《谈新诗》,《胡适文集》,北京:人民文学出版社1998年版,第134~138页。
② 胡适:《谈新诗》,《胡适文集》,北京:人民文学出版社1998年版,第134页。
③ 成仿吾:《诗之防御战》,杨匡汉、刘春福编:《中国现代诗论·上编》,广州:花城出版社1985年版,第69页。
④ 穆木天:《谭诗——寄沫若的一封信》,张清华主编:《穆木天的诗》,北京:北京师范大学出版社2016年版,第271页。

现代诗的本质和特性的共同思考和追求中,白话新诗诞生了。与此同时,一群远在异国他乡或坚守国内新文学阵地的学者、诗人开始关注西方现代诗歌,并积极译介各类诗学流派,其中就包括西方象征主义。

三、尝试与拟写

在胡适的号召下,一大批青年诗人和学者积极响应,开始创作白话新诗。沈尹默的新诗《月夜》(发表于1918年《新青年》第4卷第1号)一诗很短,只有四句话"霜风呼呼的吹着,／月光明明的照着,／我和一棵顶高的树并排立着,／却没有靠着。"沈尹默支持胡适提倡的"白话诗运动",却不像胡适那样用完全直白和俗语化的表达,这首诗运用了中国古典诗词讲究的"意境""留白"等技巧,也借鉴了西方象征主义所提倡的"暗示""朦胧",以及听觉和视觉等身体感官的诗性书写等主张。全诗旨在暗示冷酷的社会环境,诗人"我"与高大的权威人物"顶高的树"之间是一种"并排"的关系,表达了诗人不畏强权,敢于挑战权威,捍卫独立之人格的思想。无论从语言还是诗意角度,这首短诗是中国早期新诗中具有代表性意义的象征主义作品,初步具备了中国象征主义诗歌某些特征,也保留了中国传统诗歌的意境和韵味。

1919年,周作人发表了带有象征主义特色的新诗《小河》,并在"小序"中提及诗的风格和波德莱尔(当时翻译成波特莱尔)所提倡起的散文诗略为相似。这首《小河》后来被称作是"新诗第一首杰作"。整首诗一共五十八行,八百多个字,在形式上确实摆脱了古典诗词歌赋的规律,形式上完全用了散文体,而内容还是表达了中国旧文人的思想和情感。诗中的小河象征了当时中国文人的一种普遍心理状态和社会境遇。小河本在"稳稳地向前流动",可后来农夫在"河中筑起一道堰",河水被堰拦住,"不得前进,又不能退回,水只在堰前乱转"。而"筑堰的人,不知到哪儿去了",小河只好在原地"乱转",这种苦闷与彷徨正体现了当时知识分子不满现实,对未来充满忧虑的心情。

当时许多诗人也先后以这种方法在诗歌创作上进行尝试。如鲁迅发表的《梦》《爱之神》《他们的花园》《火的冰》等多首新诗,周作人写的《两个扫雪的人》《慈姑的盆》,周无(即周太玄)的《黄蜂儿》、刘半农的《敲冰》等。鲁迅所作《火的冰》在题目上就颇具象征含义,"火"和"冰"是两种截然不同的物质,象征了两类完全对立的人格,"火"之热烈、流动对比"冰"之冷酷、停滞,看似矛盾不可融合的物质同时出现,并体现在"人"身上,象征当时知识分子一种独特的精神状态。诗中用"熔化的珊瑚"来比喻"流动的火",新颖奇特,细想却又几分相似。全诗重复"绿白""通红""黑"等颜色词汇,来增加视觉意象的效果,重复使用"火,火的冰"等词汇来增加语言的音乐性和律动。这些诗歌体现了许多西方象征主义的诗歌特征,对中国新诗的发展起到了良好的示范作用。鲁迅早年留学日本,而象征主义在日本已早有引进和研究,相信受其影响也是理所当然。

　　周太玄为象征主义早期在中国的译介与传播做出了重要贡献,同时他也尝试创作具有象征主义特征的诗歌。《黄蜂儿》是周太玄1920年在巴黎创作,并发表于《少年中国》第一卷第9期上的新诗。这首诗描写一只黄蜂跌落水中,在水中不断挣扎被流水推着往前走,最后动不了的整个过程。近乎白描的诗歌读来却让人颇觉沉重。这只"黄蜂"如同周作人的"小河"一样,象征着弱小的个体在风起云涌的时代潮流中翻腾与沉沦的人生境况。两者都从小事物着眼,通过细致入微的细节描述呈现诗意。这和西方象征主义,特别是波德莱尔和魏尔伦的诗歌风格大体一致。同时对诗歌节奏、韵律的把握也不再局限于是否押韵,而是将情绪与感情的波动溶于诗行中。诗中某些词汇、语句不断循环往复,如"跌在水里""一叠一叠""很着急""挣扎""在水里乱转""在水里"等,既突出了焦虑、徘徊、忧郁等情绪,又使整首诗充满了旋律和和谐的音乐感。既是西方象征主义诗歌的主要特点,又是中国初期白话诗人自觉运用的一种诗学策略。综上所述,两者确有关联,但是否完全借鉴于西方象征主义,还不能妄下结论。毕竟当时被译介的西方诗歌流派繁多而芜杂,诗人们的阅读面并非狭窄,并且中国传统诗学对音律的重视由来已久,诗人早已在唐诗宋词的熏染下将诗歌的音乐性内化为一种潜意识的行为。

第二章　五四时期至四十年代象征主义在中国的接受与阐释

第二节　探索期:象征主义在中国的阐释
（1925—1929）

一、《微雨》里的异国情调

李金发出版的诗集《微雨》被称为中国第一部象征主义诗集,其中所写的诗都是他1920年至1923在法国留学期间完成的,是他这段留学生涯最好的记录。象征派当时在法国方兴未艾,波德莱尔、魏尔伦、马拉美等诗人及其诗歌影响广泛,他们很自然地成为李金发阅读和模仿的对象。李金发后来自己也说是受鲍特莱和魏伦的影响而作诗,魏尔伦是他的名誉老师。李金发的创作中许多被后人诟病之处也在于此,即对法国象征派诗歌的过度模仿和因袭使他的诗歌语言艰涩、题材狭窄而艺术想象力和表现方式趋向单一与雷同,最终陷入创作窘境,关于这一点后文还会论及。

李金发很快被称为"中国诗界之晨星""东方的波德莱尔""引进法国象征派手法的第一人""诗怪"。赵景深称他开辟了一条新诗路径;黄参岛说他的诗是真正具有西洋特征的诗。《微雨》出版不久之后,李金发又出版两本诗集——《食客与凶年》《为幸福而歌》,的确给当时的诗坛带来了全新的诗歌景观,给年轻一代的诗人指出了一条迥异的诗歌道路,其独特的语言、意象与异域风格引起了人们广泛的关注与讨论。苏雪林对李金发的诗歌特色和创作艺术做过完整而全面的分析,她的研究也影响到后来许多评论者的观点,包括主编《中国新文学大系》的朱自清,朱自清也说李金发是"一支异军",是将"法国象征诗派的手法介绍到中国诗里的第一人",诗人卞之琳后来评价:"闯出了中国诗现代化的另一条别径。他最先从法国引进了象征派诗,动摇了19世纪西方浪漫诗派一直影响中国新诗的垄断局面,立了一功。"[①]从上可以看

[①]《翻译对于中国现代诗的功过——五四运动70年的一个侧面》,《世界文学》1989年第3期,第300页。

出,李金发的诗的确给中国诗坛注入了新鲜的空气,引起了广泛而持久的关注,为中国新诗的发展做出了重要贡献。

前文提到李金发的诗歌是对法国象征主义诗人的模仿性创作,这可以从诗歌语言、题材、风格和美学追求等方面来一探究竟。首先,是对诗歌语言的"暗示性""朦胧""神秘性"的重视。象征主义之父波德莱尔曾说:"艺术越想达到哲学的明晰性,便越降低了自己。"① 诗歌也不例外。被李金发称为"名誉老师"的魏尔伦曾在《诗的艺术》中提及诗人要"带着某种误解挑选字眼",诗人要尽量避免使用意义简单而明确的词汇,能够引起"误解",即多种解读和引发人们联想和想象的词汇是值得提倡的。他还强调了诗歌的"朦胧""不定和确定结合在一起"② 等。这显然不是追求意义明确与主旨统一,或者西方传统诗学所强调的逻辑、理性和判断力。

另外,马拉美对诗歌语言的暗示和神秘性的重视更是有过之而无不及,不仅提倡不同于散文的诗歌语言的独特性,更是积极进行诗歌语言与形式的实验,力求挖掘诗歌语言最大限度的潜能和表现力。马拉美认为:"与直接表现对象相反,我认为必须去暗示。""诗写出来原就是叫人一点一点地去猜想,这就是暗示,即梦幻。这就是这种神秘性的完美的应用,象征就是由这种神秘性构成的:一点一点地把对象暗示出来,用以表现一种心灵状态。""诗永远应当是个谜,这就是文学的目的所在——不可能是别的——必须再现对象。"③ 马拉美所强调的诗歌语言的神秘性和暗示性如果走向极端,只会导致诗与读者之间的距离越来越大,成为诗人的自说自话或自怨自艾,最终让象征诗走向衰落。

以上三人的诗论对李金发的影响是非常明显的,李金发的诗歌语言具有以上特征。"晦涩""难懂""不知所云"成为许多人读完李金发

---

① [法]波德莱尔:《随笔》,伍蠡甫主编:《西方文论选》下卷,上海:上海译文出版社1988年版,第225页。
② [法]魏尔伦:《这无穷尽的平原的沉寂:魏尔伦诗选》,罗洛译,北京:人民文学出版社2016年版,第39页。
③ [法]马拉美:《关于文学的发展》,伍蠡甫主编:《西方文论选》下卷,上海:上海译文出版社1979年版,第262、263页。

的诗歌后的感受。朱自清的评价算是较为中肯的,他说李金发的诗,"没有寻常的章法,一部分一部分可以懂,合起来却没有意思,他要表现的不是意思而是感觉或情感;仿佛大大小小红红绿绿一串珠子,他却藏起那串儿,你得自己穿着瞧。"[1]这种说法非常形象,我们也可以从中想见李诗之所以晦涩难懂的原因,那就是一味地雕琢词汇本身的含义与选择,并没有很好地关注语义之间的贯通或和谐,更不会顾及语言是否通顺,是否符合表达习惯与语法要求,以致出现一些生硬的组词、奇特的比喻、概念与感受的混搭等。

如《在淡死的灰里……》一诗中的题目用"淡死"一词来修饰"灰"是闻所未闻的,如果写成"淡灰的死",可能更符合汉语的表达习惯,然而也是这种奇特的搭配让人印象深刻。又如诗句"不能给人以温暖之摸索""你将无痛哭的种子""若忧闷堆满了四壁"等,即便是新诗发展了近一百年的今天看来,这种词汇的用法与搭配仍值得思索、推敲。再如《弃妇》中的"弃妇之隐忧堆积在动作上",《生活》中的"抱头爱去""在你耳朵之左右,/沙石亦遂销磨了"。《不幸》中的"把你的琴来我将全盘之不幸诉给他,/使他游行时到处宣传"等,这些句子有些语病迭出,有些所指模糊,语义含混不清,着实让读者不知所云。

不仅他自己创作的诗歌有此缺陷,他翻译的作品也是如此,卞之琳评价李金发翻译的魏尔伦的一首小诗:"学过雕刻、住过巴黎、中文写作里处处夹杂了发文的李诗人竟连原诗的表层意思都不懂,也不理诗中的规范语法、普遍格律,把它译得牛头不对马嘴,结果不知所云。"[2]

从某种意义上说,这些诗句也挖掘了现代汉语的表达潜力,拓展了诗歌语言的暗示与象征的功能,造成了一种独一无二而令人印象深刻的抒情效果。同时开启了读者的想象空间,使他们产生前所未有的审美体验。直至今日,李金发诗歌中某些常用的表达方式和表现手段仍被沿用和继承。例如用拟人化的手法来表现自然景物与日常事物,

---

[1] 朱自清:《中国新文学大系·诗集》(影印本),上海:上海文艺出版社2003年版,导言。
[2] 卞之琳:《五四以来翻译对于中国新诗的功过》,《译林》1989年第5期。

《完全》中的"我待黑夜来抚慰,/偏见新日的微笑",《园中》的"在古墙的根下,蜗牛冥想远征之计",《一无所有》的"落日为了晚霞而嫉妒,/还想有半秒的回顾,/奈毛发愈散愈赤/颊儿亦涨红了,只得羞赧地掩面而去",《律》的"月儿装上面幕,/桐叶带了愁容……树儿这样消瘦",《盛夏》的"芦花欲进水底去找清凉,/奈沙鸟偏要与他们絮语",《弃妇》中的"衰老的裙裾发出哀鸣,/徜徉在丘墓之侧"……这样拟人化的句子非常普遍,难以枚举。

还有一些看似奇特的搭配实际上表达了诗人的某种情绪,或能让读者眼前一亮,体会出其中的深意。如《园中》"在肥胖的花园里,/有狗儿和兔群作土",夏日里花园中草木茂盛的样子被"肥胖"一词表现得淋漓尽致。《夜之歌》中"粉红之记忆,如道旁朽兽,发出奇臭",用一种颜色来描述记忆非常少见,但读者很快就能感受到诗人的情感状态,而后又用表嗅觉的词汇"臭"来进行意思的转折,和前面的视觉印象形成对立之处,相辅相成造成一种奇特的表达效果。又如《寒夜之幻觉》里的诗句"窗外之夜色,/染蓝了孤客之心",一个"染"字和"蓝"字写尽了寒冷之夜一个漂泊异乡的游子的孤苦心境,令人动容。

以上是对李金发诗歌语言特征的总结,在题材的选择和诗歌风格上他和法国象征主义学派有着极为相似的特点,悲哀、忧郁的唯美倾向贯穿着他的诗歌创作。波德莱尔的《恶之花》是要从恶中发现美、挖掘美,将社会的丑恶无情披露,将人的精神苦闷解救出来。对美的追求是其最终目的与归宿,他曾说:"我几乎不能想象……任何一种美会没有'不幸'在其中。"[①]这与他自身的人生经历不无关系,这一点我们在上一节已经讨论过,这里不再赘言。

李金发学习美术的原因之一就是觉得中国人的生活太缺少美了,他回国后创办的杂志就叫《美育》,从名字我们就可以知道他的用心之处了。他认为艺术可以不顾及道德;艺术的目的就是创造美;艺术家的目的是表现美。由此可见李金发唯美主义的艺术追求,这也成为他

[①] [法]波德莱尔:《随笔》,伍蠡甫主编:《西方文论选》下卷,上海:上海译文出版社1988年版,第225页。

诗歌与雕塑创作的艺术准则之一。至于哀伤与幽怨,是李金发诗歌的普遍风格。这一点在《弃妇》中表现得非常明显,第一节"长发披遍我两眼之前,/遂隔断了一切羞恶之疾视……",描写了一个被抛弃的妇女悲惨与肮脏的处境,社会对她的歧视与不公平待遇。第二节"靠一根草儿,与上帝之灵往返在空谷里……",写出了弃妇内心的"哀戚"无人可以理解,无处可以控诉,只能"长泻在悬崖""随红叶而俱去"。第三、四节继续陈述弃妇的"隐忧"与"烦闷"无法遣散,连"裙裾"都已"衰老",发出"哀吟",泪水已流尽,而世界仍冷漠以对,毫无怜惜。整首诗歌通过弃妇这一象征性的形象书写人生的苦闷和彷徨,反映诗人的生活境遇与心灵状态。总之,诸如"痛哭""忧愁""恐怖""死亡""悲愤""懊悔""崩败""疲乏""残忍""忧戚"等词汇在其诗中屡见不鲜,无不反映了青年诗人漂泊异乡的孤苦,爱情的失落,理想的覆灭等悲惨和绝望的心境,当然也是动荡不安的社会环境与积贫积弱的祖国带给诗人的无尽苦闷。

李金发诗歌的语言特征、主题、风格和给中国新诗发展带来启示意义。当时李金发的诗引起了社会广泛的讨论,褒贬不一,但总体来说还是赞誉多过贬损,特别是受到很多年轻读者和诗人的喜爱和拥戴。

二、中国象征主义的理论初创

在二十世纪二十年代末期,大量诗集纷纷出版,例如,李金发出版了三本诗集,穆木天的诗集《旅心》(1927),王独清的诗集《圣母像前》(1927)、《死前》(1927)、《威尼市》(1928),鲁迅的散文诗集《野草》(1927),邵洵美诗集《天堂与五月》(1927)、《花一般的罪恶》(1928),冯乃超诗集《红纱灯》(1928),蓬子诗集《银铃》(1929),戴望舒诗集《我底记忆》(1929)等,这些作品受到广泛关注。这个时期是中国象征诗创作最为繁荣的时期,是中国新诗史上第一次出现的诗歌高潮,时间较短,但成绩斐然。除了象征主义的诗歌创作外,相应的象征主义诗歌理论研究也丝毫不逊色。很多既是诗歌创作者,也是理论研究者,理论与实践相得益彰,互相促进。关于象征主义诗歌理论的探讨,代表性作品有周作人为刘半农的诗集《扬鞭集》写的序、李金发的诗集《食客与凶年》自跋、穆木天的《谭诗——寄沫若的一封信》、王独清的《再谭诗——寄木天、伯奇》、梁宗岱的《瓦莱里评传》、李青崖论文《现代法国文坛的鸟瞰》等文章。

　　穆木天不仅积极进行诗歌探索，出版诗集，对于诗歌理论的思考也没有停止过。《谭诗》一文表达了对中国初期白话诗的不满，他直言不讳"中国的新诗运动，我以为胡适是最大的罪人"。他提出诗和散文应有所区别，"诗不是说明的，诗是得表现的"①。诗与散文要有清楚的分界，要有纯粹的诗的"Inspiration"。诗人要求对内心世界、人的"潜在意识""内生命"保持持续的关注力，而我们生活的外部世界则交给散文家去表现。这种"一般人找不着不可知的远的世界，深的大的最高生命"同西方象征主义所提倡的诗的"神秘性"和表现"心灵状态"等观念有很大的相似性。"诗的世界是潜在意识的世界。诗是要有大的暗示能。"诗源于"平常生活的深处。诗是要暗示出人的内生命的深秘。诗是要暗示的，诗最忌说明的"。他认为诗不是要求明白无误的学科，"诗越不明白越好。明白是概念的世界，诗是最忌概念的"②。

　　这些理论分析不仅和西方象征主义一脉相承，还有一定的深入挖掘和发展，难能可贵。即便在今天，诗歌的散文性、散文诗的合法性、诗歌是否真的"越不明白越好"等问题还时有争议，但更多的人承认诗的非说明性和非确切性的。"一首诗是表现一个思想。一首诗的内容，是表现一个思想的内容。"不仅是内容的完整性和一致性，情绪和情感的表现也应该是完整而统一的，他说"心情的流动的内生活是动转的，而它们的流动动转是有秩序的，是有持续的，所以它们的象征也应有持续的。一首诗是一个先验状态的持续的律动"。的确，许多新诗往往意象过于复杂，象征系统过于庞杂，导致诗的主旨不明确，思绪紊乱而意义散漫。

---

① 穆木天：《穆木天的诗》，北京：北京师范大学出版社2016年版，第271页。
② 穆木天：《穆木天的诗》，北京：北京师范大学出版社2016年版，第270页。

第二章　五四时期至四十年代象征主义在中国的接受与阐释

时至今日,现代诗依然存在这样的毛病,穆木天的主张仍有巨大的现实意义。他说:"中国现在的诗是平面的,是不动的,不是持续的。我要求立体的,运动的,有空间的音乐的曲线。我们要表现我们心的反映的月光的针波的流动,水面上的烟网的浮飘,万有的声,万有的动!一切动的持续的波的交响乐。"诗歌还要有音乐的律动,如一场交响乐给人以听觉上的享受。他还说:"思想与表现思想的声音不一致是绝对的失败。暴风的诗得像暴风声,细雨的诗得作细雨调。"这一点和西方象征主义主张的"音乐性"和人与万物之间的"感应""通感论"等诗歌主张类似,从形式和内容上要求诗歌表现高超的艺术性,对诗人提出更高的要求和期待。但是,这种要求如果过于严苛便会走入形式的死胡同。例如穆木天写的很多诗歌,在形式上都过分强调和精心安排诗歌主题与音律的统一性,大量使用排比句式和叠词、拟声词等,以至于失去了自然流畅的语言美,不免产生视觉和听觉上的审美疲劳。如诗歌《雨丝》《苍白的钟声》和《我愿》就是其中代表。

穆木天认为诗歌要有强大的哲学作为基础,"诗的背后要有大的哲学,但诗不能说明哲学"[①]。要用象征的方法表现出哲学的内涵,而不是明白地说明它。要用诗歌去思考,去思想。在诗歌中体现哲学思维,或者诗人的哲学观、世界观和宇宙观,应该是穆木天一个新的理论贡献。中国传统文学里的"诗言情""诗言志"早已深入人心,而他提出"以诗去思想"却是一个崭新的诗学命题。较之西方现代诗,中国现代诗缺少的恰恰是这个诗歌维度的开拓和发展,即便是新诗百年后的今天,中国现代诗还需在这一点上继续努力。

王独清的《再谭诗》是对穆木天写的《谭诗》一文的回应。在读完穆木天的文章后,他因找到了知己而非常惊讶。对于当时的中国新诗,他也同样表示不满,认为诗人不肯下功夫去写诗,写出来的诗是些不伦不类的东西,所以他明确指出要寻找中国新诗的发展出路,就要

---

① 以上均引自穆木天:《穆木天的诗》,北京:北京师范大学出版社2016年版,第260~275页。

治愈文坛的"审美薄弱"和"创作粗糙"两个问题,就要提倡"纯诗"(Poesie Pure)。"纯诗"概念实际上是法国诗人瓦雷里在1920年提出的,是法国象征主义从波德莱尔、魏尔伦至马拉美的发展历程后的一个理论总结。"纯诗"或者后来瓦雷里所称的"绝对的诗"都是从诗的语言层面提出的要求,首先是区别于散文的诗歌语言的纯洁性。

其次是诗歌的音乐性,即语言所表现出来的节奏、韵律和声音。所谓"纯"与道德性无关,只是词语之间的内在关系以及语言与其支配的人的整个感觉领域的关系。王独清则从诗人的角度提出更高的要求,即做一个唯美的诗人。诗人的趣味要异于常人,写出纯粹的诗,即(情+力)+(音+色)=诗。前面两者在诗中的表现还算容易,而"音"与"色"在新诗中是较难的,也是值得大力提倡的,在诗歌中加入"音"与"色",就会达到所谓的"音画"效果。

王独清也在诗歌实践上履行着自己的诗歌原则,例如《我从Café中出来》和《月下的歌声》等作品。整首诗分为两大节,每一节在数字相同的诗行上安排一样的字数、长短和押同样的韵,使诗歌在形式上和阅读时产生律动感。而"长短的分行"也能表现出作者"高低的心绪",使诗歌"读起来终有一贯的音调"。这样有意识的安排,确实使王独清的诗歌独具一格。

与穆木天一样,王独清的诗中也有大量的叠字叠句,并且夹杂了许多法文或英文词语以增加异域情调,这样的安排增加了阅读的难度,可能不自觉地就把不懂外语的人排除在潜在读者之外,这种审美上的高要求和创作上的精工细雕远离了普通大众,也不符合时代发展的需求,自然也无法承担新诗发展的真正使命。

二十世纪二十年代末是中国象征主义诗歌创作与理论建设成果颇为丰硕的一个时期,以李金发的诗歌、穆木天和王独清的诗歌理论为代表,不仅将西方象征主义诗歌中最为精华的部分体现在诗歌创作中,也总结和提出了许多诗歌创作的具体方法和理论原则,为中国新诗的进一步发展提供了宝贵的可借鉴的资源,为开启中国现代诗序幕做出了重要贡献。在象征主义进入中国之初,中国诗人试图将西方最新的诗学方法和古老的中国诗学传统互通有无、相互交流和学习,并在实践中不断融合与创新,其态度是非常自觉而诚恳的。这种认识上的自觉和诗学实践上的刻苦努力时至今日都值得称颂,只是因为当时中国正处于民族危亡之际,这种纯文学上的追求,唯美主义的"为艺术而艺术"的诗学主张似乎和时代格格不入,也难以承担文学的现实使命,加上诗人自身的能力有限和生活境况的变化,以及诗歌本身的晦涩难懂、消极颓废等特征,使得象征主义诗歌逐渐便被其他的诗歌潮流取代。很多象征主义诗人也开始改弦易辙,或否定自己的象征主义诗歌和理论主张,或改变自己的创作方向。

第三节 深化期:象征主义在中国的深化（1930—1939）

二十世纪三十年代初期,西方象征主义仍在持续二十年代的传播与发展势头。值得一提的是 1930 年中国左翼作家联盟在上海成立,标志着中国共产党对于文艺活动的领导,从思想上和组织上指导文艺创作与批评,并逐渐成为当时文学活动的主流。

一、译介成果

这段时期,关于象征主义的译介成果相当显著。戴望舒翻译的《保尔福尔诗抄》(1930),后又参与翻译了《魏尔伦诗钞》,刊载于 1930 年上海《现代文学》。1932 年,戴望舒译特·果尔蒙的《西茉纳集》,把果尔蒙称为法国后期象征主义诗坛的领袖。戴望舒的翻译一直持续至四十年代,诗歌翻译给他的创作和理论阐述也带来潜移默化的影响。戴望舒所说的诗歌的"微妙",诗歌内在的音乐性等特征也体现在他自己的创作中,《雨巷》《印象》《夜》《我的记忆》等代表作就处处体现着这种"感觉的微妙"。1932 年 11 月,戴望舒在《现代》第 2 卷第 1 期上发表《望舒诗论》,其中全面阐述了他对现代诗的理解和主张,虽然和象征主义相去甚远,但是无一不是在象征主义基础上的进一步阐发和创新。他指出"诗不能借重音乐,它应该失去音乐的成分""诗不能借重绘画的长处"①,这明显是和西方象征主义反其道而行之。事实上,他强调的是一种诗歌内在的韵律,"诗的韵律不在字的抑扬顿挫上,而在诗的情绪的抑扬顿挫上,即在诗情的程度上"。对于"诗情",戴望舒的理解是"新的情绪和表现这情绪的形式","不是某一官感的享乐,而是全官感或超官感的东西",是诗人内在精神的体现,是一种超越感官的灵魂的升华与呈现。

戴望舒无论在诗歌创作还是理论上的创新都体现了中国诗人寻求中西诗学融合与贯通的不断努力,他把中国传统审美中对"幽微精妙"处的细细品味,诗人在某个时刻对"微妙感觉"的捕捉和象征主义特殊的手法技巧相结合,在语言的表达上摒弃李金发等初期象征主义诗歌的晦涩难懂与颓废、堕落的思想,寻求一种"表现与隐藏之间的朦胧美,从而使新诗现代性的艺术在双向吸收与融合中,实现了一种新的艺术平衡"②。戴望舒的同学杜衡曾在《望舒草》这部诗集的序中谈及其诗歌的特征,用"象征派的形式,古典派的内容"来形容,似乎很恰当。

另外,邢鹏举翻译了《波多莱尔散文诗》,并附徐志摩序和译者序,译者希望读者不要受到波多莱尔颓废思想的影响,他称波德莱尔是"超然派",也是"社会革命家",这对全面了解波德莱尔的作品风格和思想内涵是非常有帮助的阐释。除了对波德莱尔进行介绍和评论外,邢鹏举也总结了西方象征主义的一些基本特征,认为象征派的诗"轻刻画而重声音""轻描写而重暗示"。梁宗岱翻译了保罗·梵乐希(瓦雷里)的《水仙辞》(1931年上海中华书局2月出版)。卞之琳翻译波德莱尔的《应和》《音乐》《流浪的波希米人》等(载《新月》1933年第4卷第6期),还有马拉美的《太息》(1931年10月《诗刊》第3期)、《海风》,和瓦雷里的《友爱的林子》等诗歌。卞之琳在《译者识》中谈及魏尔伦象征主义作品的主要特点:"亲切与暗示",这算是非常新颖的阐

---

① 戴望舒:《流浪人的夜歌:戴望舒作品集》,中国华侨出版社2012年版,第232页。
② 孙玉石:《中国现代主义诗潮史论》,北京:北京大学出版社2010年版,第147页。

述。他认为魏尔伦用"联想的方法",在诗中"唠叨谈心""有趣而动人"。这样的评价别开生面,让人印象深刻,此前或者之后的许多对于魏尔伦的评论都离不开"颓废""忧郁""堕落"等用语,而卞之琳能从中看到不同一般的诗歌特点,实属难得。此外,曹葆华在三十年代翻译了大量象征主义理论方面的文章,如阿瑟·西蒙斯的《象征主义文学运动》,威尔逊的《阿克萨斯的城堡》中的许多章节,关于"纯诗"理论的文章如瓦雷里的《前言》《诗》,墨雷的《纯诗》和雷达的《论纯诗》,叶芝的《诗中的象征主义》等,后来集合成书《现代诗论》(上海商务印书馆,1937年出版),成为三十年代西方象征主义在中国传播的重要工具,其中的纯诗理论和穆木天、王独清和梁宗岱的中国象征主义诗论相得益彰,互为借鉴。

二、批评的逐步深入

在书籍出版方面,这个时期主要有徐霞村编写的《法国文学史》(1930年北新书局出版)和方壁(矛盾)编的《西洋文学通论》(1930年上海世界书局出版)。茅盾站在无产阶级革命立场上抨击"世纪末"的颓废文学,包括象征主义、神秘主义、未来主义等,认为这些作品共同的特色是排斥社会问题和政治问题,对灵魂的奥妙感兴趣,诗人都是个人主义者。在谈到俄国象征主义时,则认为他们不是什么颓废派。另外,高滔的《近代欧洲文艺思潮史纲》(1932年12月北平著者书店出版),中国文艺年鉴社编写的《中国文艺年鉴 第一回 1932年》(上海现代书局1933年出版),穆木天译编《法国文学史》(1935年5月由上海世界书局出版),朱自清编选《中国新文学大系·新诗》(1935年10月由上海良友图书印刷公司出版)等都具有一定影响力,为西方象征主义在中国的传播与发展做出了贡献。

在文学评论和诗论建设方面,以下情况值得关注。沈从文撰写的《我们怎样去读新诗》,《现代学生》(1930年10月创刊号),从历时的角度分析了自1917年以来中国新诗发展的轨迹,把象征派的李金发以及之后的胡也频、戴望舒、石民、邵洵美等人归为一派,并把他们的作品优缺点进行比较与分析,是文学史上最早探讨象征派诗歌创作轨迹与成果的文章。梁宗岱撰写的《论诗》一文,载于《诗刊》1931年4月第2期。梁宗岱以法国象征主义诗人波德莱尔、魏尔伦、瓦雷里和马拉美的诗歌作为例证,以他们的诗论作为基础进行进一步的阐述。例如他认为"艺术底最高境界"是看不出诗人的"心机与手迹",列举瓦雷里的《海墓》《年轻的命运女神》和魏尔伦的《秋歌》《月光曲》。其次,他觉得"诗是我们底自我最高的表现,是我们全人格最纯粹的结晶",诗歌不止"徒是情感,而是经验",诗人"一方面要注重艺术底修养,一方面还要热热烈烈地生活,到民间去,到自然去,到爱人底怀里去,到你自己底灵魂里去"。从这点看出梁宗岱的观点和前期象征主义诗人们(同时也是西方象征主义有着明显的区别)只关心自我,反映个人生活,注重表现内在情感状态和神秘的精神世界,或与茅盾所说的"极端个人主义"不同,他开始关注社会现实,提倡热烈的而非"颓废的"生活,反对躲在象牙塔内"为艺术而艺术",追求"纯粹的"诗歌。

梁宗岱还提及新诗发展与中国诗学传统的继承问题,他说中国有几千年的诗歌传统,"丰富,伟大,璀璨,实不让世界任何民族,任何国度"。他不认为传统就是糟粕,或提倡新旧对立,"已不是新旧诗底问题,而是中国今日或明日的诗底问题,是怎样才能承继这几千年底光荣历史,怎样才能够无愧色去接受这无尽藏的宝库底问题"。梁宗岱显然已从象征主义初期诗人对西方诗学的全盘接受、西化和模仿中清醒过来,自觉地将目光放回中国传统诗学,寻求古老诗学传统的现代转变。可以说梁宗岱的这种思考是具有前瞻性和历史价值的,也延续了周作人等学者在中西诗学方面进行沟通、融合的思考,而戴望舒等人的诗歌创作更是在这方面的勇敢而成功的实践。

对于诗的音韵问题,梁宗岱也采取了一种较为折中而灵活的态度,"尽可以自制许多规律",但音韵排列出来不是给眼睛看的,而是给耳朵听的,这其实是指出了例如穆木天和王独清早期诗歌中由于对"音"与"色""音画"效果的过度追求,从而带来了语言上的千篇一律和缺乏诗歌内在的音乐性和律动等问题。

梁宗岱后来还撰写了《象征主义》(载1934年4月《文学季刊》第

1卷第2期），后来有学者称这是"一篇真正领会了象征派的精髓,用中国人自己能懂的语言写出的充满诗情画意的论文"①。首先,梁宗岱把修辞上的象征和"文艺上的象征"作了区别,指出后者的两个特点是"融洽或无间,即一首诗的情与景、意与象的惝恍迷离,融成一片",和"含蓄或无限,即一首诗暗示给我们的意义和兴味的隽永"。其次,梁宗岱认为所谓象征是"借有形寓无形,借有限表无限,借刹那抓住永恒,使我们只在梦中或出神底瞬间瞥见的遥遥的宇宙变成近在咫尺的现实世界,正如一个蓓蕾蓄着炫熳芳菲的春信,一张落叶预奏那弥天漫地的秋声一样"②。这样充满诗意的表达本身就是象征主义的最好代表。而梁宗岱结合中国传统文化中的"物我两忘""形神俱忘"等概念来阐释象征主义,无疑更能让人接受并理解。"我们内在的真与外界底真调协了,混合了。我们消失,但是与万化冥合了。"这种与宇宙万物合为一体,从而达到精神境界的最高澄明与自由并非是西方的观念,而全来自中国传统的自然与宇宙哲学,所以让读者恍然大悟,对西方象征主义学说有了更多的亲近和信赖。

梁宗岱对于波德莱尔的《恶之花》更是推崇至极,"其中几乎没有一首不同时达到一种最内在的亲切与不朽的伟大"。波德莱尔的诗"在我们灵魂里散布一阵'新的颤栗'——在那一颤栗里,我们几乎等于重走但丁底全部《神曲》底历程,从地狱历净土以达天堂。……在那里,臭腐化为神奇了;卑微变为崇高了;矛盾的,一致了;枯涩的,调协了;不美满的,完成了;不可言喻的,实行了"③。

梁宗岱从传统文化中找到了和西方象征主义极为相似的观点,并以此进行阐释和归化,从而希望让象征主义在中国的土壤上开出绚烂之花,这是现代文学史中一次非常成功的西方文论中国化的尝试,为后来学者所效仿,甚至时至今日都有借鉴和学习的价值。

此外,这段时间有许多学者对于中国象征主义创作进行评论,还体现在苏雪林撰写的《论李金发的诗》(载1933年7月《现代》第3卷

---

① 张大明:《中国象征主义百年史》,开封:河南大学出版社2007年版,第256页。
② 梁宗岱:《梁宗岱文集Ⅱ·评论卷》,北京:中央编译出版社2003年版,第67~68页。
③ 梁宗岱:《梁宗岱文集Ⅱ·评论卷》,北京:中央编译出版社2003年版,第79页。

第3期),刘心(李金发)撰《论侯汝华的诗》(载1933年7月《橄榄月刊》第34期)、《序文两篇》(载1933年8月《橄榄月刊》第35期),穆木天写的《王独清及其诗歌》(1934年5月《现代》第5卷第1期),蒲风撰写的《五四到现在的中国诗坛鸟瞰》(载1935年3月《诗歌季刊》第1卷第2期)等文章中。苏雪林对李金发诗歌的解读非常可观且具体,依据文本进行深入探讨与归纳,给后来的学者以很多借鉴之处。其中她谈到李金发的诗歌艺术特征如"观念联络的奇特","拟人法和省略法"的常用,语言上的白话与文言的夹杂等。李金发和蒲风对西方象征主义自进入中国以来对中国新诗的发展的影响予以肯定,并勾勒了中国象征派诗人各自类似而又互相区别的诗歌风格。

30年代中后期诗集出版也非常频繁,但主要集中于1935年至1937之间,如王独清的《王独清诗歌代表作》(1935),路易士的新诗集《行过之生命》(1935),金克木的《蝙蝠集》(1936),卞之琳选译的《西窗集》(1936),邵洵美的《诗二十五首》(1936),徐迟的《二十岁人》(1936),戴望舒的《望舒诗稿》(1937)、路易士的《爱云的奇人》(1939)等。

由于抗日战争的爆发,国内政治形势空前紧张,许多诗人开始将目光转移到风起潮涌的现实,同时改变自己的文学主张,尽量向大众化、通俗化和具有鼓舞民族士气的现实主义文风转变。这也是时代和历史的要求,在社会动荡不安、民族危急存亡之际,的确没有表现个体、小我的伤感和忧郁的空间,也不允许诗人们安静地坐下来思考文本和语言的内在美,象征主义诗人所向往的理想的精神世界和现实形成巨大反差,使他们不得不考虑象征主义存在的必要性和合法性。例如,曾大力译介和宣传过西方象征主义的诗人兼批评家穆木天后来因为参加了左联,其思想来了一个大转变,在《我的文艺生活》一文中,他说自己是"盲目地,不顾社会地"走到了"象征圈里了",认为自己二十年代的诗歌创作是"不要脸地在那里高蹈",甚至认为自己"已往的文艺生活,完全是一场幻灭"。而象征派的诗不论形式如何美,如何富有音乐性和艺术性,始终和时代脱节,"不过把青年的光阴浪费些"[①]。

---

① 穆木天:《我的文艺生活》,《穆木天的诗》,北京:北京大学出版社2016年版,第257~258页。

而另一个诗人王独清也出版新诗集《锻炼》(1932年上海光华书局出版),表示"颓废与浪漫"已"和我绝缘","要是我真是诗人,那就再让我锻炼,/锻炼到,我底诗歌能传播到农工中间""这儿有的是革命,革命,革命"等,诗歌的风格、题材和创作目的以及作者的创作缘由都有了彻底的改变,这也是当时许多革命青年面对社会现实选择的一条符合历史潮流的文学道路。

第四节　衰歇期:象征主义在中国的终结
（1940—1949）

随着抗日战争的爆发,国内民众需要团结一心,积极抗日。而被挂以颓废、消极、堕落之名的西方象征主义受到冷落和排斥,甚至极力抵制。虽然仍有零星刊载对于波德莱尔等人的介绍和诗歌翻译,但和往日相比已相距甚大。

1942年,梁实秋撰文《文学的堕落》批评文学不能是官能享乐的过度放纵,他将文学堕落的矛头直指西方象征主义,认为晦涩就是文学堕落的表现之一。从波德莱尔、兰波、魏尔伦到马拉美全部成为他批判的对象。梁实秋认为象征主义是一种文学的"畸形发展",马拉美所强调的诗歌的神秘性属于"故弄玄虚"。从以上言语可以看出,梁实秋对象征主义似乎非常厌恶,甚至希望除之而后快。尽管受到无论来自著名学者还是普通大众的抵制和反对,还是有一部分诗人和翻译家秉承象征主义所带来的现代诗学精神,继续在这　领域不懈耕耘。戴望舒就是其中　位。

1944年2月戴望舒在香港《华侨日报·文艺》周刊第2期发表《诗论零札》,指出诗的"佳劣不在形式而在内容。有'诗'的诗,虽佶屈聱牙的文字写来也是诗;没有'诗'的诗,虽韵律齐整音节铿锵,仍然不是诗。只有乡愚才会把穿了彩衣的丑妇当作美人""诗情是千变万化的,不是仅仅几套形式和韵律的制服所能衣蔽""诗的韵律不应只是肤浅的存在。它不应存在于文字的音韵抑扬这表面,而应存在于诗情的抑扬顿挫这内里"。在他看来,音乐以"音和时间",绘画以"线条和色彩",舞蹈以"动作",而诗歌以"文字"来表现"情绪的和谐"。① 另外,戴望舒还翻译了瓦雷里的文章《文学的迷信》和《艺文语录》。同年8月,戴望舒撰文《诗人梵乐希逝世》。10月,《中法文化》第1卷第3期刊发《梵乐希纪念专号》。之后在《中法文化》《法国文学》《文艺生活》等刊物上陆续有关于波德莱尔、魏尔伦和瓦雷里的诗歌译作刊出。戴望舒译《魏尔哈仑诗两首》(《诗创造》1947年8月),出版的相关书籍包括《法国文学的主要思潮》(徐仲年著,1946年商务印书馆出版)、《法国文学史》(吴达元编,1946年商务印书馆出版),戴望舒译《恶之华掇英》(1947年怀正文化社出版)。此外,在四十年代后期至五十年代陈敬容等翻译里尔克和波德莱尔的诗作,但非常少见且受到许多的攻击和责难,后新月派与现代派被称为"两股逆流",西方象征主义更被看作是始作俑者。

反对象征主义诗歌的声音此起彼伏。学者们主要从语言的晦涩、主题的阴暗、对青年人的思想误导,造成不健康、颓废的社会氛围等方面加以指责。这样基于政治意识形态,而不是文学本体论为关照的评论基本上代表了从四十年代后期开始一直到改革开放之后的中国文坛的主流声音。从此,象征主义销声匿迹,象征主义的代表诗人更是被雪藏或成为各种政治运动批判和打击的对象。李金发、穆木天、王独清、梁宗岱等人的诗歌和诗论逐渐被人们有意或无意地遗忘,他们所代表的中国象征主义诗歌和诗学被认为是颓废主义、个人主义和不合时宜的产物,是资产阶级"遗毒",被清理出历史舞台。

本章从历时角度着眼,分四个时期探讨五四时期至上世纪四十年代西方象征主义在中国的译介、传播、发展和衰落的过程。象征主义随着中国五四运动和新诗运动的兴起被介绍到中国,受到知识分子的极大关注和欢迎,并为中国新诗发展做出了重要的贡献。中国诗人,

---

① 戴望舒:《诗论零札(二)》,《流浪人的夜歌:戴望舒作品集》,北京:中国华侨出版社2012年版,第238页。

特别是年青一代具有强烈的反封建反传统思想的诗人,找到了一种新的诗学表达方式,一种崭新的诗歌语言。象征主义诗歌的翻译和创作成为他们倾诉、排解内心苦闷、压抑和愤懑的有效工具。中国文坛从零星地提及西方象征主义某位诗人到翻译其中的主要诗篇,从介绍某几位主要诗人到全面译介象征主义诗派,从译名的五花八门和模糊不清到能够深入地探讨和分析象征主义诗学主张,并积极进行象征主义诗歌创作,在中西文论对比的基础上,阐述具有本土特色的中国象征主义诗学理论,引领中国现代主义诗学和现代主义文学的诞生和发展。

但是,中国现代处于内忧外患和民族存亡的危急时刻,救国家民族于危难是每个中华儿女应尽的职责,小我的喜怒哀乐自然要让位于民族和家国大义,对于生命意义的探索和思考也不得不让位于解决衣食住行等实际困境,而诗歌更应承担起鼓舞士气、振奋人心、凝聚民意等历史作用。而象征主义诗歌本身的特点与诗学主张似乎无法胜任这些要求,其表达的颓废、迷茫、失望等情绪和追求诗歌内在本质的纯粹性和神秘性等主张与时代潮流格格不入,因此逐渐被迫退出历史舞台。

第三章　新时期以来象征主义在中国的研究与发展

在中国特殊的历史政治环境影响下,对于西方象征主义的诗学研究和诗歌实践曾沉寂达几十年之久,实际上国内学术界重提象征主义及其巨大影响是在"文革"结束之后,改革开放伊始之时。随着思想禁锢被逐渐打破,西方各类文艺思潮涌入中国,象征主义作为现代主义文学思潮的桥头堡重新进入人们的视野。袁可嘉、赵毅衡、张英伦、陈慧等学者开始全面或深入地译介西方象征主义,针对鲁迅、艾青等人作品进行中西象征主义的对比研究等。随后逐渐出现更多的学者撰写关于象征主义的文章,中西象征主义诗歌、小说、戏剧等各种文体获得关注和研究,利用象征主义理论进行文本分析,考察文学文本的象征主义特色成为研究的重点。

二十一世纪以来,国内象征主义研究的层面更为丰富、更为深入,其中讨论西方象征主义对中国现代主义文学,特别是对中国新诗创作的影响的文章开始增多。在诗歌创作实践方面,新一代成长起来的诗人在各类纷至沓来的西方现代主义文学思潮的感召下,结合自身经验和社会的发展开始了在文本实践上大胆的革新和创造。当代著名诗人北岛、顾城、舒婷、海子等迅速成长并崛起,即开启了"朦胧诗",即第二代诗人的黄金时代。诗歌从政治的附庸和代言的身份独立出来,诗歌把神变成了人,表现手法以象征为主,诗意朦胧,甚至有些晦涩,反映普通人的英雄主义情结,是一种带有伤痕的抒情。中国新诗从此以现代主义创作方法为主流,打破了现实主义和浪漫主义主导的审美方式,诗歌开始多元化。

第一节　改革开放至八十年代末西方象征主义在中国

一、研究概况与代表性观点

新时期伊始,万象更新。经济政策上的改革开放同时也伴随着文化艺术和思想观念上的迅速改变。与西方社会与文化隔绝多年后的国人急需寻找崭新的精神食粮,曾经被人为禁止传播的西方小说、诗歌、戏剧等多种文艺题材作品如潮水般涌向中国社会,西方现代与当代文学理论同时被介绍进来。以前极少有机会接触这些的年轻一代知识分子显然眼界骤然开阔,欣喜万分。他们如饥似渴地阅读这些外来思想和理论,进而思考、比较中国传统文论,尝试建立有别于西方的中国自身的现代文论体系。

自四十年代后期几近停滞的西方象征主义文论研究被重新纳入学者的研究版图,从1979年始有文章发表于文论期刊,研究的主题、范围也越来越宽泛。笔者以"象征主义"为词,在知网上搜索了1979至1989年即改革开放初至八十年代末的研究论文。经笔者的仔细阅读与甄别,从论文的研究主题、内容上大致归纳为五个层面的研究,即关于西方象征主义的译介与评论,中西象征主义(关系)比较研究,关于象征主义理论本身的研究,运用象征主义进行文本阐释,中国象征主义及诗人作品研究。并依据这些研究主题统计了每一年的论文发表情况,制作表格(表3-1)和趋势变化图(图3-1)如下。

表 3-1

内容/篇数 年份 （总篇数）	关于西方象征主义的译介与评论	中西象征主义（关系）比较研究	关于象征主义理论本身的研究	运用象征主义进行文本阐释	中国象征主义及诗人作品研究
1979(2)	2	0	0	0	0
1980(1)	1	0	0	0	0
1981(10)	7	1	1	0	0
1982(13)	6	1	2	1	3
1983(14)	2	3	2	4	3
1984(8)	3	1	1	1	2
1985(10)	4	2	1	0	3
1986(14)	1	6	1	2	4
1987(12)	1	1	3	0	7
1988(25)	3	7	6	0	9
1989(19)	5	2	4	0	8
合计（篇数）	35	24	21	8	39

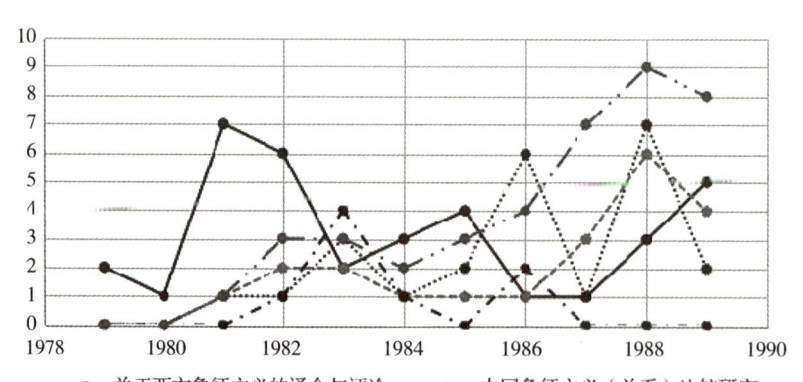

图 3-1

结合以上两个图表,我们可以获悉在改革开放初期,特别是前面四年的时间,国内关于西方象征主义的研究集中在译介和评论方面。这说明历经差不多半个世纪的文化隔绝,西方象征主义已不被国人所知,只有通过懂得外文(英语或法语)的研究人员(人数非常有限)的积极翻译和推介,象征主义才再次进入中国学界,成为人们学习和参考的对象。其中做出重要开拓性贡献的学者有袁可嘉、张英伦、伍蠡甫、沈恒炎等人。从总体篇数来说,这一层面论文不算少数,且评论性的文章约多于译介性文章,特别是八十年代后期,这一变化值得注意。可能的原因除了上述所说的人们对西方象征主义渴望了解与学习外,对这一理论的合理性以及是否符合中国文学发展需求的疑问也相应增多,因此褒贬态度也是非常明显的。特别是当涉及是否可以用西方象征主义来解读中国经典文学作品,如鲁迅的《野草》和《狂人日记》时,争议就开始了,并形成当时国内文论界一个相当广泛而严肃的争论话题。这一点下文还将详细谈及。

关于中西象征(关系)比较研究的层面分别在1986和1988年形成两个较小的研究高峰。主要文章有如《萧乾与象征主义》《鲁迅与象征主义》《抗战前后的中国象征派诗——法国象征诗对中国象征诗影响研究之一》《勃洛克与戴望舒》《艾青与西方象征主义》等文章。从整体上看,这些文章集中于某个作家和西方象征主义的关系研究,一般性和概括性阐述多于具体和细节的文本对比,但是作为中西文学比较的新的尝试不啻为新时期以来一个值得关注的研究方向,在之后的九十年代和新世纪阶段,这样的文章涌现更多也更为广泛且深入。

第三个层面是关于象征主义理论本身的研究,结合以上图表我们可以清楚地了解,这一阶段的后期,主要是1988年相关文章出现最多。例如《象征主义与意象主义诗歌之比较》(张淑媛)、《关于象征主义的思考》(许桂亭)、《象征主义诗歌与比兴手法》(陈宇)、《象征:在新时期文学的嬗变中》(黄泽新)、《象征和意象浅析》(张沛)、《论文学的广义象征性》(陶长坤)等。非常可贵的是在经过前期的译介与评论后,中国学者开始思考象征主义本体论问题,他们也很自然地将这种外来的文学名词和中国传统文论中的某些相似概念进行对比思考,其实这也是一种中西比较的眼光,先不论他们所谈及的优劣问题,就观察和研究的视角来说也是极为难得的。并且,对于西方象征主义能否为中国文学发展服务,能否成为现实主义文学的有益补充也越来越获得更多学者的肯定,特别是对于象征主义在中国新诗创作中的功能和作用持有乐观态度。

在这一阶段运用象征主义进行文本阐释的文章并不多见,而且很多是有关小说和戏剧文本的研究,由于研究课题所限,笔者暂且不把这类文章放在考察之内。最后一个层面是关于中国象征主义及诗人作品研究,即只要讨论中国象征主义、象征主义诗人和他们的作品的文章都在考察范围之内。从以上图表来看,这类文章的总数是最多的,但主要集中在这个阶段的最后三年,即1987、1988和1989年。具有代表性的文章有《我国象征主义的源流与特点》(吕永、周森甲)、《论中国现代象征诗派之升沉》(邱文治、杜学忠、穆怀英)、《象征主义——中国文学的传统方法》(王齐洲)、《新象征主义诗潮——现代现实主义研究之二》(陈剑晖)、《中国象征派诗歌理论的奠基者——重读穆木天的早期诗论》(孙玉石)、《沈宝基,中国的象征派实验诗人》(王友轩)等。大概是受到中西象征主义比较研究的影响,有学者开始思考在中国古典文学中是否也存在象征主义的因素,从文章来看答案是非常肯定的,但应该和西方象征主义进行概念上和内涵上的区分,因此这类文章也显示出独有的价值与意义。不仅让我们从崭新的角度重新阐释中国古典文论与文学,同时也拓宽了象征主义理论研究的范畴。

而关于象征主义诗人,例如李金发、艾青、戴望舒等人的诗歌,以及梁宗岱、穆木天的象征主义诗歌理论的研究也开始出现。这无疑具有重要的文学史意义,因为政治意识形态的影响,很多在三四十年代出名的诗人及其作品都曾成为打击和批判的反面教材,不是被人们遗忘就是被拉上历史的审判台进行批斗。重新发现和挖掘这些诗人的作品价值,并进行有益的观点更正与补充,在某种意义上填补了中国现当代文学史的空白,延续了五四以来中国文学发展的命脉,特别是中国新诗发展的命脉,这是文学史书写的必然要求,也是中国现当代文学健康发展的基础。

　　以上是对改革开放至八十年代末期相关研究的综合描述。以下将更为详细具体地论述其中重要的研究议题、内容和特点。首先要提及的是袁可嘉先生,他是新时期中国学界介绍和研究象征主义等现代诗学流派第一人,为象征主义顺利登陆中国做出了重要贡献。他于1979年撰写的文章《欧美现代派文学的创作及其理论》认为:由于国内长期以来全面反对资产阶级文学的思想,人们给现代派扣上了三顶大帽子,即"政治上反动、思想上颓废、艺术上搞形式主义",其实这是一种以偏概全的极左做法。他指出:"从总的倾向看,现代派反映了垄断资本主义时代资产阶级社会的解体和资产阶级文学的没落倾向",其中有很多作品确实有颓废、悲观、色情甚至反动的东西,"但这不是现代派的全部,甚至也不能说是它的主流。有少量的现代派作品是革命的,进步的"[1]。

　　文章对于文学的革命性、进步性和现实主义的主张并没有太多异议,但是从客观的角度对于西方现代派文学做了较为公允的评价,例如他挖掘了大多数现代派作品的历史价值和文学意义,认为它们"从特殊的角度,用特殊的艺术方法,相当广泛而深刻地反映了帝国主义时代资本主义社会的种种矛盾","由于这种种矛盾是生活中实际存在的,因此这种反映即使是从资产阶级世界观出发的,即使采用了荒诞的手法,也会具有一定的真实性,也可以在反映现实上达到一定的深度"。由此可见,对于西方现代派的肯定最终落在了对现实的反映和揭露社会矛盾上面,这是中国文论界长期以来形成的习惯性批评方法和批评视域,问题不在于袁可嘉先生自己,而在于当时社会与文化政治对文学批评的干预过多,影响过人造成的持续性后果。

　　难能可贵的是,袁可嘉看出了现代派具有"十九世纪现实主义和浪漫主义文学所不曾触及过的题材、理论、艺术手法和批评方法",并列举很多作品作为佐证,甚至大胆评论"在精神生活的描写和心理的

---

[1] 袁可嘉:《欧美现代派文学的创作及其理论》,《华中师院学报》1979年第3期,第55页。

分析方面,现代派应当说是有超过古典文学的地方"。这是非常具有学术眼光和理论勇气的表现。此文中,袁可嘉提及西方象征主义"为现代派的起点。这是符合历史实际的",肯定了象征派的基本理论和创作方法,认为它"对整个一百多年来现代主义文学运动以及整个现代资产阶级文学有极大影响,可以说是奠定了现代主义文学的基础"。在此基础上,袁可嘉从题材和艺术方法两个方面简要比较了象征主义与浪漫主义、现实主义的区别,认为前者强调的是"内心和精神深处畸形的东西",在方法上强调"有光有色(有物质感)的形象"。显然"畸形"一词欠妥,其明显的贬义可以看出作者对于象征主义题材的选择持有否定态度,对于象征主义采用的夸张荒诞的艺术方法也并不赞同,因此需要用"马克思列宁主义、毛泽东思想的透视镜,就不会被这种曲折离奇的反映和手法所迷惑"。总的说来,袁可嘉还是站在无产阶级文学立场上对西方象征主义做出自己的分析和评价,即便对于马拉美、瓦雷里、叶芝和艾略特等后期象征主义代表的褒奖也止于他们不是"颓废的",而是"生活上都是严肃的,在创作上也是严肃的"作家。但是袁可嘉重提西方现代派,并且主张不要"一律斥之为反动或颓废",而是要一分为二地分析和总结,仅是这一点就足以证明他对于新时期文学发展的贡献。

此后,袁可嘉对于西方现代派文学进行持续的研究和探讨,对于西方现代派在中国的译介和传播做出非常重要的贡献。他撰写的另外一篇象征主义诗歌专论分别是《象征主义诗歌(上)》和《象征主义事物(下)》,更加详细和具体地考察了西方象征主义的缘起、发展以及影响。其主要理论贡献在于历时性梳理了象征主义的发展过程,将象征主义及其代表人物分为先驱(包括爱伦·坡和波德莱尔)、前期象征主义(包括魏尔伦、兰波和马拉美)、后象征主义(包括瓦雷里、里尔克、叶芝和艾略特)三个阶段。并结合文本分析,深入思考和探讨各个时期的象征主义诗学特征,区分代表性诗人及其诗歌的文学特征和诗歌理论主张。同时客观指出后期欧洲各国的象征主义实际上并没有形成统一的风格,"这时的象征主义美学原则与各国不同的国情、诗歌的不同传统、诗人的不同气质相结合,显得五彩缤纷,更难以用一、二句话来概括它了"①。

对于西方现代派(包括象征主义)在中国的译介和传播其实还必须提及另一个重要的人物,即诗人兼译者卞之琳。早在三四十年代,卞之琳就开始翻译、讲授和研究西方现代主义诗歌,并积极进行现代诗的创作。后来由于国内社会政治形势发展变化,其研究中断将近四十年,新时期之后卞之琳重新拿起他的译笔翻译瓦雷里的诗歌。在《引言》中卞之琳分析了国内长期以来对于西方现代诗的一贯排斥态度,并希望"矫枉过正",能从"重新读读西方现代派诗当中格律严谨而运用自如,形象生动、意味深长而并非没有逻辑的瓦雷里晚期的这一路诗"②,按照新时期的实际需要进行自由取舍。继而提出一系列值得思索的问题,例如,"我们的无产阶级也罢,他们的资产阶级也罢,大家都处在共同的现代世界里,彼此不同的反应中是否也有某些共同点?"③

卞之琳的译诗遵循自闻一多开始的新格律体形式,即尽量保留原文中的格律形式,在韵脚和每行音节的安排上都经过深思熟虑的处理,在形式和风格上尽量保持与原诗一致。这种译介方法是当时较为普遍而受到认可的,现在看来却未免有为了满足音律上的要求而丢失了原文思想和精神之嫌,虽然也有相当具有美感的诗行,但总体来说形式上显得较为固定、呆板,语言上有时难免过于生涩或过于平铺直叙,例如《风灵》一诗,"无影也无踪,/我是股芳香,/活跃和消亡,/全凭一阵风!/无影也无踪,/神工呢碰巧?/别看我刚到,/一举便成功!"④在译诗形式上,卞之琳主张灵活多变的格律体诗,认为这是诗歌和散文的区别所在,支持艾略特所说的"没有诗是真正自由的"这一说法。

此外,卞之琳谈到新诗的形式可以向西方现代诗借鉴,但其内容

---

① 袁可嘉:《象征主义诗歌(下)》,《外国文学研究》1985 年第 4 期,第 3 页。
② 卞之琳:《新译保尔·瓦雷里晚期诗四首引言》,《世界文学》1979 年第 4 期,第 264 页。
③ 卞之琳:《新译保尔·瓦雷里晚期诗四首引言》,《世界文学》1979 年第 4 期,第 265 页。
④ 卞之琳:《诗四首》,保尔·瓦雷里著,卞之琳译,《世界文学》1979 年第 4 期,第 269 页。

和精神应该具有"民族精神",具有中国特色,他谈及自己早期曾套用瓦雷里晚期诗歌中常用的形式,但"内容完全是中国的,甚至是我国古意的翻新,与瓦雷里的诗内容并不相干"①。诗人不仅要掌握中国古典诗词和民歌的要素,也要结合西方诗歌的新的表现手法,还要认识五四以来中国新诗的传统,总结诗艺上的成功和失败。

对于新诗的形式问题,卞之琳一直持有一种开放的态度,即便是无韵自由诗也是可以接受的,但是他非常明确地指出重要的不是形式,而是保持民族精神和气质。现代主义的自由形式值得学习,但引进西方形式的同时,需要有中国人自己的内容。卞之琳主张在形式上向西方学习,但语言和内容上还是需要多借鉴中国传统文学和民族语言的。他举例说到李金发的中文与法语能力都有所欠缺,所以导致他的诗歌翻译和诗歌创作都出现了很多的语言问题,"牛头不对马嘴来译诗,影响了自己也多半不知所云而写诗"②。"语言的纯洁性""引进象征派,他有功,败坏语言,他是罪魁祸首"。笔者认为这样的评价未免言过其实,李金发的诗歌艺术特色在前文中已有所探讨,不再赘述。其诗中的各类艺术问题的确存在,但绝对说不上是败坏了语言。

实际上,当时的中国新诗刚刚起步,大家都是处于诗歌实验阶段,都是摸着石头过河,语言问题的存在是普遍现象,而不是李金发的个别现象。当然,卞之琳的这番评述,包括他在多篇文章中对台湾现代诗的发展持相当否定和质疑的态度,也是符合当时国内的文学批评语境的,这说明当时社会和文学艺术并没有完全开放,传统观念和意识形态观念仍发挥重要作用。

八十年代前期,除了以上两位学者对西方象征主义进行介绍和研究外,还有张英伦、江柳、沈恒炎、秦旭卿、陈慧、伍蠡甫等人撰写的相关评论和研究文章。张英伦从文本出发详细介绍和分析了自波德莱尔始至瓦雷里终的法国象征主义代表人物的代表作品和艺术特征,主

---

① 卞之琳:《新译保尔·瓦雷里晚期诗四首引言》,《世界文学》1979年第4期,第265页。
② 卞之琳:《翻译对中国现代诗的功过——五四运动70年的一个侧面》《世界文学》1989年第3期,第300页。

张用"严谨的、科学的态度"把象征主义置于"所在的总的社会政治形势,以及总的文学氛围中,加以全面的考察"。他认为法国象征主义"归根结底属于资产阶级文学的范畴"①,在本质上不同于无产阶级的诗歌,其"非社会政治倾向的个人自由主义思想内容,作为历史的陈迹,今天对我们已毫无意义。""而艺术上的成功经验,却不失其借鉴价值。"②张英伦的观点是可以代表当时很多研究者的心声的,也就是说西方象征主义在内容和诗歌所传达的社会意义、人生价值观上是不值得提倡与学习的,是和人民大众的需求相背离的,但是其诗歌的艺术创作技巧还是值得研究和借鉴的。

江柳的文章虽也表达了相似的观点,但是对波德莱尔、魏尔伦等诗歌中的颓废、晦涩等特征加以批判,认为"象征派的诗成了难于读懂的诗,走入了背离群众的死胡同。广大读者不懂的艺术,是不会有出路的。以'高深莫测'欺人惑世,是艺术没落的表现"。江柳认为象征派作家"毕竟是资产阶级作家",他们始终"摆脱不了资产阶级文艺思潮的影响,使他们摆脱不了主观主义的精神羁绊","是不可能出现伟大作品的"③。由此可以看出,当时的学者对于西方象征主义基本上还是保持一种审慎观望的态度,并不打算全面接受和积极响应其中的诗学理论和主张。

其中伍蠡甫撰文《西方文论中的非理性主义》将象征主义、神秘主义、唯意志论和直觉主义称为十九世纪末西方文论非理性主义的"逆流","资产阶级和无产阶级的对立愈来愈尖锐,资产阶级的思想意识日趋没落和反动,唯心主义哲学泛滥成灾,同时出现了形形色色的颓废派文学。"④姑且不说这样的文艺阶级论是否正确,他在之后对马拉美的理论解读的确是属于阐释过度行为。例如他认为马拉美对诗歌神秘性的强调,说明"象征的主旨归根结蒂就在于对神秘的暗示,而诗人首须排除科学,抛弃理智,才能接受这种暗示"。其中还断章取义地

---

① 张英伦:《法国象征主义诗歌概观》,《诗探索》1981年第1期,第183页。
② 张英伦:《法国象征主义诗歌概观》,《诗探索》1981年第1期,第187页。
③ 江柳:《泛论象征派诗歌》,《黄石师院学报》(哲学社会科学版)1981年第1期,第120页。
④ 伍蠡甫:《西方文论中的非理性主义》,《外国文学研究》1982年第2期,第3页。

认为马拉美主张"诗人须百般地维护和歌颂这个已经腐朽糜烂的旧社会";而"变革""革命"无法使诗人"保持孤独感或精神稳定",而"瓦勒里把象征派诗论的虚无主义和非理性主义大大加剧了"。①伍蠡甫对于西方文论中的象征和神秘主义持有非常严厉的批判态度,甚至不惜用诸如"反理性、反科学、反社会发展规律"等强烈的字眼来予以否定,还批评这种非理性主义"实际上不是把宗教神秘塞入文艺,便是将文艺引向虚无"。而马拉美等象征主义者无非是妄想"龟缩在极其狭隘的小天地里便可逃避革命的冲击"。②由此可以看出,伍蠡甫对于象征主义或者西方现代文学和文论基本上属于一种政治的、意识形态式的指导原则和批评方法论。

实际上,在另一篇文章《现代西方文论漫谈》中,他的这种偏颇观点更为明显,也显出其武断性和历史局限性。例如,他总结现代西方文论各个流派的共同点或"总的轮廓"是"逃避现实,宣扬意志自由,并强调下意识,从而追求自我表现,此路走不通了,或者皈依上帝,或者搞些语义分析与结构研究,或者流为荒诞,而自我和形式主义则可以说是最为本质的东西"。③伍蠡甫的观点应该代表了当时国内很大一部分学者对短时间内大量涌进国门的西方文论的一种普遍看法。他们的理论立足点是马克思主义唯物论和无产阶级的文艺思想观念,对于与之相对甚至有几十年隔阂的西方现代文艺创作和思想持有下意识的质疑和否定态度。一方面说明学者自身的眼界和视域不够宽阔,对于西方文论往往一知半解就开始大放厥词,抓取其理论零碎强加否定;一方面也说明现代西方文论如象征主义等要进入中国,并对当代中国文学创作与理论造成影响并不是一帆风顺的事情。

由于中西知识结构、政治体制、社会文化观念、历史语境等迥然不同,西方象征主义要原封不动地植入中国本土文化和文学土壤是非常困难的事情。中国固有的诗歌传统、批评话语和理论建构方式对其产生一定的抵触,甚至否认都是可以理解的。中国现实主义文学传统极

---

① 伍蠡甫:《西方文论中的非理性主义》,《外国文学研究》1982年第2期,第4、5页。
② 伍蠡甫:《西方文论中的非理性主义》,《外国文学研究》1982年第2期,第106页。
③ 伍蠡甫:《现代西方文论漫谈》,《文艺研究》1981年第6期,第94页。

为强大,而且占据政治和意识形态优势,要做到两者平等对话、交流和融合是需要大量时间、耐心和历史机遇的。

除了对西方象征主义的评介性文章,这个时期还出现了许多关于"象征""象征主义"和"象征手法"等更为客观、具体和深入的研究文章。而这些文章也具备了初步的中西比较的视野,因为他们历时性地考察和发现"象征"在中国传统文学中的悠久历史和发展过程,非常自觉地把中西文论和诗论中的相关因素开始进行对比研究。例如,赵毅衡较早地将美国当代诗学与中国诗学进行联系,撰写文章《意象派与中国古典诗歌》,把美国诗人庞德对中国古典诗歌的翻译与影响介绍给国人,同时,从具体文本出发考察了中国古典诗歌对于意象派诗歌创作的有益影响,亦简单提及意象派诗歌与西方象征主义思潮的关系与区别。这篇文章应是国内学者进行中西文论对话的第一次勇敢尝试,并为中国古典诗歌的现代转型及意义进行了正面积极的评价,至今读来仍然让人颇受启发。

陈慧较早地提出象征手法、象征主义和象征主义手法三者的区别与联系,认为象征手法在古今中外的文学创作中非常普遍,其处理的是"似与不似""主观与客观""含蓄与明朗""具体与抽象"四种关系。这种总结是非常具有概括性和启发性的,但是此文对于西方象征主义颇有微词,认为其来自"宗教唯心主义",诗歌创作的目的是发泄"苦闷","神秘构成了象征,象征是为了神秘",是"极端唯心主义","逃避现实、反对思想","最适宜于表现人们在特殊状态下的心情,如迷惘惶恐、内心分裂、耽于幻觉,以及其他变态的、病态的、半疯狂的心理"[①]等。对象征方法、象征主义等概念的阐述和区分是这段时间国内对象征主义研究的主要内容,其基本观点是认为象征并非西方文学的产物,在中国传统文学中早就普遍使用,而象征主义则来自西方,并属于资产阶级文学的范畴,和社会主义理论指导下现实主义文学互相对立,其文学创作上的缺点远超过优点,可取之处并无太多。

---

① 陈慧:《象征手法、象征主义和象征主义手法》,《河北学刊》1982 年第 3 期,第 125 页。

同时，秦旭卿、刘以焕、尹鸿、张仁福等学者(参考文章可见《论象征》《象征主义探源》《试论文学的象征手法》等。)也试图从中国古典文学中寻找象征的古老轨迹，对于象征做一番本体论式的考察和研究，同时对中国象征派的兴衰进行描述。例如秦旭卿认为，"象征和借喻、借代等修辞格不属于同一科学范畴。象征是文艺创作的一种表现手法，它属于艺术科学范畴。借喻、借代等修辞格是增强语言表达效果的手段，它是属于语言科学范畴的"①。这种区分似乎还值得推敲，因为象征的目的也可以说是用来增强语言表达效果的，语言和艺术也不是两种截然不同的类别，二者是否是科学还有待商讨。尹鸿则对文学创作中的象征手法下了一个定义，即"用某种具体的事物暗示出另外的在某些方面与之有某种程度相近或相似的思想或事物"。文中还区分了象征主义与象征手法，认为前者"属于文学史范畴"，后者属于"文学方法范畴"。这种区分是具有说服力的。

难能可贵的是尹鸿并不像其他许多学者那样将象征主义和现实主义割裂或对立起来，认为象征主义同样"反映了作家对现实的独特感受和认识"，也是一种"表现生活的手段"，"象征的目的是增加文学的美学效果，决不是故意与读者为难"，象征手法应该做到"通体透明"，即"隐而不晦、含而不糊"等。② 象征主义与现实并不对立，所以一味斥责象征主义表现心灵、理想或神秘朦胧的个人感受的学者是带有学术偏见看法的。

吕永、周森甲的文章《象征主义也是一种基本创作方法》中把象征主义和浪漫主义、现实主义看作是鼎足分立的文学基本创作方法，并从反映世界的角度和方法进行定义，即："如果对本来要反映的主观世界与客观世界都重在间接表现，而另外创造一个能从差异中见同一的双关性形象，去暗示所要着重表现的事物、情志，那就是象征主义了。"③并把中国的象征主义从历时上分为"原始象征主义、古典象征

---

① 秦旭卿:《论象征》,《湖南师院学报》(哲学社会科学版)1981年第4期,第101页。
② 尹鸿:《试论文学的象征手法》,《文谭》1983年第7期,第24页。
③ 吕永、周森甲:《象征主义也是一种基本创作方法》,《文艺研究》1985年第4期,第116页。

主义和现代象征主义三个阶段",分别属于"史前阶段""开始于《诗经》和《楚辞》""从'五四'开始"。作者认为象征主义也有各种类别,比如颓废象征主义、积极象征主义和革命象征主义等。而很多优秀的文学作品都是象征主义与浪漫或现实主义结合的产物,因此不能一味地诋毁和无视它的客观存在,应该认真研究和掌握其内在规律,推动它的发展。

《我国象征主义的源流与特点》是一篇会议论文,详细梳理了从古至今中国文学中出现的象征主义创作手法,进一步将象征主义按照时间顺序分成原始、古典、现代和社会主义象征主义等四个阶段,总结和归纳例如诗歌古典象征主义的类型,对小说、戏曲和造型艺术如建筑、工艺、雕塑、绘画等象征主义的运用进行举例说明。并和西方的象征主义进行了对比分析,总结了我国象征主义的民族特点,例如"我国的象征主义的主流,一向是紧密联系现实的""一向是注重思想倾向与社会效果的""一向是注重内容与形式的完美统一的""一向是注重隐而不奥的风格的"。与之相对应的是西方象征主义大相径庭的特点。此文有许多观点值得商榷,但其研究视域的宽广和古今、中西对比的研究方式和路径值得后来研究者学习。

二、关于鲁迅作品是否属于象征主义的争论

自八十年代初至中后期,学界就鲁迅及其作品《野草》《狂人日记》等是不是象征主义,以及他与西方象征主义的关系展开了持续时间较长(自1981左右至1988年左右共七八年的时间)、反响较为热烈的讨论。实际上早在二十年代,沈雁冰曾就评论过鲁迅的《狂人日记》具有"淡淡的象征主义的色彩",而《野草》的创作也在鲁迅翻译日本厨川白村的《苦闷的象征》之后。鲁迅自五四开始就非常关注西方现代派文学在中国的译介和传播,他自己本身就是积极的翻译者和传播者,其创作是否受西方现代派文学的影响其实是不言而喻的。但在特殊的历史时期,由于受到主流舆论的影响甚至是最高权力者的直接认可,鲁迅一直被认为是伟大的现实主义文学家。新时期开始,一些年轻的研究者开始用不同的眼光来看待鲁迅的作品,其中孙玉石就是表

现突出的一位。孙玉石在研究鲁迅的散文诗《野草》时指出，鲁迅"抛弃了西欧象征主义艺术大师们的颓废与神秘，借用他们所创造的艺术方法来构成象征性的形象"，例如《螃蟹》《古城》《火的冰》等作品中的形象"完全是象征的艺术形象"。继而孙玉石大胆提出《野草》中大量象征主义方法的运用说明它是"新文学初期一部象征主义的作品。这种象征主义用来表现革命的感情和哲理，已经与欧洲十九世纪末的象征主义不同，而成为革命的象征主义。《野草》开创了现代文学中象征主义道路"。①这些具有突破性意义的研究和所得结论一开始肯定会受到质疑，并有人站出来指出其"错误"。例如署名钦文的文章标题就开门见山——《鲁迅不是象征主义者》。作者的所谓理由也很奇怪，认为散文诗《野草》是鲁迅作品中"最薄的一册"，所以不能凭《鲁迅全集》中"这最小的一部分"来认定鲁迅是象征主义者。

而另一篇文章——《试论〈野草〉的象征主义》则深入文本，详细分析了《野草》中的许多篇章来证明"象征主义"的存在，同时也比较了鲁迅和西方象征派诗人的区别，例如他"重主观表现，重象征、暗示，但他又没有像象征派诗人那样把自然风景作为幻想的存在"，"在运用象征手法时，交织地运用了写实手法"。②可见，作者并没有直接指出鲁迅是象征主义者，而是认为鲁迅在《野草》中"交织运用了象征主义、现实主义、浪漫主义三种艺术手法"，而象征只是其突出性的特点而已。观点与之相对的文章也相继出现，例如刘正强的《"象征主义说"质疑》一文认为，有必要区分"象征主义"与"象征手法"两个概念，而"鲁迅与西方象征主义流派的悲观、颓废有着本质的不同。他抒发的是有现实触发的感慨而不是宣扬个人主义和神秘主义"③。文章由批判象征主义的颓废和形式主义继而批判整个西方现代主义，把现代主义置于现实主义与积极浪漫主义的对立面，是应该否定的东西，而"革命的象征主义"更是不成立。最后，作者把《野草》归于"积极浪漫

---

① 孙玉石：《〈野草〉与中国现代散文诗》，《文学评论》1981年第5期，第56页。
② 谢昭新：《试论〈野草〉的象征主义》，《安徽师范大学学报》（哲学社会科学版）1982年第2期，第39页。
③ 刘正强：《"象征主义说"质疑——〈野草〉创作方法辨》，《昆明师范学院学报》（哲学社会科学版）1983年第4期，第29页。

主义"的作品。

应该说,像这样把象征主义和现实主义、浪漫主义进行绝对对立的观点还是有一定的代表性的,而许多学者从心底里认为象征手法和象征主义手法,以及象征主义自然不可同日而语,是应该严格加以区分的。

值得一提的相关研究还有如下:日本学者相浦杲从比较文学的角度探讨鲁迅的《野草》创作与厨川白村的关系(《辽宁大学学报》,1984年第1期),认为《野草》前十五篇确实更多象征主义作品的特征,通过文本的对比和许多量化的研究证明《苦闷的象征》与《野草》创作的复杂关系,继而指出中西文学交流和相互影响的客观情况。

熊玉鹏则旗帜鲜明地指出"《野草》是刻意运用象征主义方法创作的别开生面之作",其特征是"重主观世界的表现""重象征手法的妙用""重形式的创新",而《野草》也不是西方象征主义文学的简单模仿和移植,而是一本"独出机杼的创新之作",在象征手法的运用上也是更为丰富多变,是西方象征主义的进一步发展和创新,因而《野草》当之无愧是一本"象征主义的杰作"[①]。

史福兴从鲁迅对外国文学的阅读、翻译和自身创作三者结合比较,指出他借鉴象征派手法进行了开创性的文学创作,我们不应该"忽略或回避他得利于象征主义艺术手法的事实"[②]。

张仁福也大胆提出《狂人日记》"不能说是现实主义",也不是现实主义与象征主义的"调和"的结果,而是"早期的中国式的象征主义"[③]。

另外,吴小美、封新成撰文比较鲁迅与波德莱尔的散文诗,提出两者的相似处与区别,但不影响他们都进行了"伟大的创造",值得我们

---

① 熊玉鹏:《将彼俘来,自由驱使——〈野草〉与象征主义》,《中国比较文学》1984年第1期,第118、123页。
② 史福兴:《鲁迅与象征艺术》,《齐齐哈尔师范学院学报》1985年第1期,第105页。
③ 张仁福:《〈狂人日记〉创作方法申议——兼谈中国象征诗潮的兴衰》,《赣南师范学院学报》1985年第2期,第2、7页。

为之"战栗"①。吴凤详撰文描述了《野草》的象征体现,其象征的构成、象征的层次和象征的特征等,分析较为全面但并不深入,且许多观点也已被前人论述过。

至此,关于鲁迅的散文诗集《野草》是不是象征主义作品的争论也告一段落,结论应该说比较明显了,《野草》的总体艺术特征和主要的艺术创作手法都体现了象征主义的特征,无疑是象征主义作品。但它和西方象征主义的主张和艺术风格又是有明显差异的,在象征技巧的运用、语言表现的方法和文学作品所体现的精神面貌以及社会影响等方面都有本质的区别,也可以说是鲁迅对于西方象征主义的进一步创新与推动,是象征主义创作方法在中国的一次成功的实验与转型。

三、相关书籍出版及其他

八十年代出版的有关象征主义介绍和研究的书籍也值得一提。其中由袁可嘉为主选编,由艾青、郭沫若、卞之琳、袁可嘉等名家翻译的《外国现代派作品选》(上下),共四本,于1981年由上海文艺出版社出版,几乎囊括了西方现代派最主要的诗作和文论,具有破冰解冻之意义。袁可嘉著《现代派论·英美诗论》,1985年由中国社会科学出版社出版,对后期现代派艾略特、叶芝等人的诗歌、诗论有详细研究。

1988年关于象征主义的书籍出版颇多,主要有吴亮等编《象征主义小说》,时代文艺出版社出版。昆仑出版社出版文学批评术语丛书,其中一本为查德维克的《象征主义》。由约瑟·皮埃尔撰写,狄玉明等译的《象征主义艺术》由人民美术出版社出版。奠自佳,余虹编著的《欧美象征主义诗歌赏析》由长江文艺出版社出版,是国内第一本专门以象征主义诗歌为对象的专辑。刘淯写的《〈文心雕龙〉的象征主义理论》(齐鲁书社,1988年版),是国内学者第一次用西方现代文论探讨中国古典文论问题,视角非常新颖,可惜没有引起很大反响和后续

---

① 吴小美、封新成:《"北京的苦闷"与"巴黎的忧郁"——鲁迅与波德莱尔散文诗的比较研究》,《文学评论》1986年第5期,第87页。

效应。1989年出版的相关书籍包括肖聿译的查德维克的《象征主义》（北岳文艺出版社），黄晋凯、张秉真等主编的《象征主义·意象派》（中国人民大学出版社）。和九十年代和新世纪相比，八十年代关于象征主义的书籍基本是属于翻译与介绍方面的，没有专门的研究专著，也没有硕博士论文的出现，因此，相对比较单一和薄弱。

从以上内容可以看出，西方象征主义在中国的研究从单纯的译介和评论开始进入理论与实践深入、创新发展的阶段。从理论接受的态度和程度上来说，也有非常明显的变化和进展，开始从严厉的质疑、批判和否定到相对客观和缓和的中西理论对比、描述。其中不乏独立的思考与理论发现，譬如对象征主义一些核心概念的提出、阐述和辨析，对中国象征主义的源流与发展进行理论上的总结概括等。虽然很多学者提出的观点和研究的结论值得商讨，理论叙述上也带有明显的时代特征与历史局限性，但是在改革开放伊始，社会与文化观念还没有全面开放的阶段，他们能站在文艺理论的前沿，以严肃认真的态度对待蜂拥而进的各种西方现代理论，并进行卓有成效的思考，足以表现出这些学者的前瞻性目光与理论勇气，是非常难得的。

在诗歌创作领域，八十年代是一个诗歌复兴的年代，年轻一代的诗人在诗歌观念和艺术方法上有别于他们的前辈，虽然诗歌与政治的关系依旧紧密，但是追求个体的感受、自我生存的困境等成为新的诗歌主题。随着西方诗歌和诗歌理论被大量介绍到中国，这成为这些"新诗潮"诗人重要的阅读资源，西方象征主义的作品当然也在其列。在四十年代后半期颇具活力的"七月诗派"和"中国新诗派"（"九叶派"）在"文革"后重新归来，他们以个人的坎坷人生经验书写中国新诗历史的曲折，在主题、风格和艺术方法上有极大的相似性。很多诗歌以情绪饱满的直接抒情方式，宣泄、控诉、愤怒、哀叹成为诗歌的主调。

也有极具象征性的作品，例如艾青的《鱼化石》《镜子》《礁石》，牛汉的《鹰的诞生》《半棵树》《华南虎》，邵燕祥的《愤怒的蟋蟀》，白桦的《阳光，谁也不能垄断》，流沙河的《蝶》和昌耀的《寓言》等作品。这些作品的共同特征是自觉并灵活地运用了象征主义的手法表达内心的感触、情绪或诉求，通常借助于自然物作为客体描述的对象，但已超出简单的借代、比喻或象征的修辞关系，而是一种整体上的、主客观相融合的诗意表达方式，因此说这些作品属于新时期的中国象征主义作品也不为过。只是因为这些作品中不单单体现了象征主义的特征，也同时具备很多现代诗流派的风格，甚至也兼具浪漫主义式的抒情方式，所以不能一概而论，简单归类。

以年轻诗人为主体的"新诗潮"运动兴起于"文革"后，最初以大学生或民间自办诗歌刊物为载体刊发诗人自己的作品，并迅速形成全国性规模与影响的诗歌运动。其中《今天》成为代表性刊物，而北岛、芒克、舒婷、食指、顾城、江河、杨炼等成为代表性诗人，后被称作"朦胧诗派"。关于朦胧诗或新诗的讨论热烈而持续，甚至形成有过激烈冲突和明显分野的支持和反对的两大阵营。谢冕、孙绍振、徐敬亚撰写相关的理论文章为之辩护，而许多老一代具有威望的诗人如臧克家、艾青等却予以反对。

需要指出的是"朦胧"一词其实不足以描述这些年轻诗人的诗歌特征，反对者所称的"晦涩难懂""不知所云"也实在是强加之词。如北岛的诗歌主要体现一种怀疑和否定的精神，对历史政治意识形态的嘲讽和对个人命运与人性弱点的反抗与披露，采用了许多具有确定性价值取向的象征意象，这些象征性意象并置、对立或撞击，给读者以强烈的情感共鸣和诗意想象空间。如《语言》《在黎明的铜镜中》《船票》《红帆船》《走向冬天》等作品。江河则写了许多表现时代和民族历史的"史诗"，但通常是以个人的视角介入历史，甚至重新改写中国古代神话传说，表现一种新的人与历史、人与自然，人与宇宙万物的关系，如《纪念碑》《追日》《斫木》等作品。这些作品的创作时间可能在七十年代末，但形成持续性影响无疑是在八十年代。海子的创作也集中在八十年代，但其影响力自九十年代影响至今，是中国新时期诗歌不可忽略的代表性诗人。他的许多诗歌具有象征主义的特征，例如《亚洲铜》《抱着白虎走过海洋》《黑夜的献诗——献给黑夜的女儿》《龙》等。

《今天》于1980年停刊，随后许多朦胧派诗人要么出国，要么逐渐淡出人们的视野,但是他们的诗歌却已深入人心,形成持续性的影响。诗歌理论界曾经对朦胧诗进行了长达六年的争论。著名评论家谢冕、孙绍振、徐敬亚的三个"崛起"论,是最重要的诗论文章。

八十年代中后期,中国新诗"第三代"开始崛起,以韩东、余坚为代表,他们主张反崇高,反文化,反抒情,追求一种平民化和日常化的诗风,甚至日常到琐碎和无聊的程度,以叙述为主,诗到语言为止,实际上是对朦胧诗和意识形态的强烈反拨。诗歌在社会中发挥宣传、鼓动或政治诉求的职能逐渐丧失,代之以表现更为个体的、个性化的诗歌追求。因此"实验类""第三代""新生代""非非主义"等诗人群体出现,后又有"口语诗""学院派""知识分子写作""民间写作"等不同的创作倾向和流派的出现。象征主义、黑色幽默、意象派等创作手法仍然获得许多诗人的认可和运用,而把日常的物象进行机械化的组装,或者出人意料的语言表述使得诗歌的意义扑朔迷离、波谲云诡,让人无法理解和想象,带有强烈的诗歌实验的味道,他们引领中国新诗向多元化、多层次和个人化的方向前行。

但是,随着经济建设成为社会主题,文学走出政治意识形态中心,诗歌也逐渐走向边缘,虽然还有许多的诗歌社团、刊物和诗歌流派在八十年代中后期涌现,但诗歌退出历史大舞台,而成为大学、民间、某些地区团体甚至个人的诗意呈现和表达工具成为必然。

第二节　九十年代象征主义在中国

一、研究概况与代表性观点

如果说八十年代西方象征主义在中国主要还处于译介和传播阶段,那么自八十年代后期至九十年代国内对象征主义的研究在质和量两个方面都有进一步的发展,研究深度、宽度都有所提高,相关研究专著也随之不断增多。笔者以象征主义为关键词在知网上寻找相关文章,试图通过关于西方象征主义的译介与评论、中西象征主义(关系)比较研究、关于象征主义理论本身的研究、运用象征主义进行文本阐释、中国象征主义及诗人作品研究等五个方面进行考察分析。所做图表如下：

表 3-2

年份 (总篇数)	关于西方象征主义的译介与评论	中西象征主义(关系)比较研究	关于象征主义理论本身的研究	运用象征主义进行文本阐释	中国象征主义及诗人作品研究
1990(16)	6	3	3	0	4
1991(18)	3	4	0	2	9
1992(21)	8	3	3	2	5
1993(9)	3	1	1	1	3
1994(21)	5	3	2	3	8
1995(18)	2	2	5	1	8
1996(34)	13	6	2	1	12
1997(23)	4	2	3	3	11
1998(25)	8	3	6	2	6
1999(25)	5	6	3	2	9
合计(篇)	57	33	28	17	75

从以上图表可以看出，九十年代与象征主义相关的文章数量比八十年代多了很多，其中有参考价值的文章达到210多篇，比八十年代将近翻了一倍。就以上所述五个层面来说，关于中国象征主义及相关诗人和作品研究的论文数量最多，而对于西方象征主义的译介与评论文章也在总数上仅次于前者，比上一个阶段来说也增多不少。关于象征主义理论本身的研究论文数目仍居第三位，和前一阶段的数目相差不大。最后是运用象征主义进行文本阐释的文章数目相比八十年代有所增多，但总体来说居于研究弱势。对于西方象征主义的译介和评论在1992、1996和1998年达到高峰，特别是1996年。如果说八十年代主要是针对法国象征主义的介绍和评论，

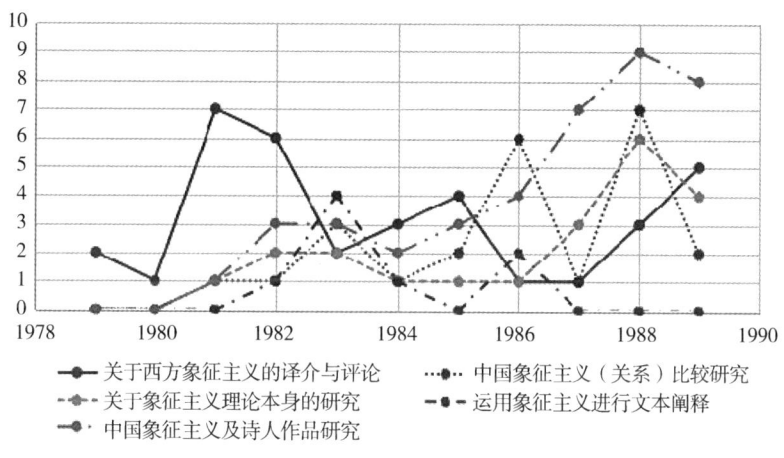

图 3-2

例如波德莱尔、魏尔伦和马拉美等前期象征主义者的译介的话,那么九十年代中国研究者们更多地关注瓦雷里、叶芝、艾略特和里尔克等后期象征主义者的介绍和评价。

另外一个研究的重点和卓有成效的方面是关于俄国象征主义的译介和评论。应该说有半数甚至以上的论文都是围绕俄国象征主义或白银时代的俄国代表性诗人的研究,主要发表在《俄罗斯文艺》上面,代表性研究学者有刘文飞、周启超、韦建国、汪剑钊、汪介之等人,通过这一阶段的努力,国内有关俄国象征主义的研究达到较为全面和深入的水平,同时也掀起了俄罗斯文学研究的一个高峰,相应的研究专著和论文集也开始出版,更详细的内容下文将继续提及。

关于中国象征主义及其相关诗人、作品研究是这一阶段中国现当代文学研究的热点话题,分别在 1996 和 1997 年达到一个高峰。如果说八十年代关于主要代表性诗人如李金发、戴望舒、卞之琳及其作品的研究较为概括和综合,那么这个阶段的研究逐渐细致,研究者们深入诗歌文本内部,试图寻找象征主义的蛛丝马迹和深远影响,例如李景冰在《文艺评论》上发表的文章《中国象征主义诗歌的两极——由戴望舒、梁宗岱想到的》以及尹康庄关于中国象征主义诗歌和诗歌批评的系列文章。此外,这个阶段研究者开始把目光投向象征主义诗论和诗论家,例如对穆木天、王独清、梁宗岱、茅盾等关于象征主义的接受、阐释、评论以及理论建构等都有相当多的关注。在以现代派、现代主义、现代诗等字眼为题的文章中也总会涉及关于象征主义的诗歌和诗论,这也反映了西方象征主义在学者心目中的位置,当然也是符合文学与诗歌发展历史事实的。同时也出现了象征主义诗人之间的比较,例如李金发和戴望舒的比较、卞之琳和戴望舒的比较等。还有研究者关注当下,将中国现代诗、先锋诗和朦胧诗等的创作和象征主义诗歌进行对比研究,找出其中渊源以图促进新诗的良好健康发展。

关于中西象征主义关系及其理论与创作比较的文章最多出现于1996年和1999年。主要的特征是分时段、综合性描述性文章增多,关于象征主义在中国的传播、影响研究增多。例如龙泉明的《二十年代象征主义诗歌论》(《文学评论》),吴晓东的《象征主义在三十年代中国文坛的传播》《象征主义在四十年代中国文坛的传播》(《中国文学研究》)等,尹康庄的《象征主义与20世纪文学》《五四作家对象征主义文学思潮的译介》(《中国现代文学研究丛刊》)等,刘淮南的《中西象征之比较》(《中国文学研究》)、陈旭光的《严肃时代的自觉——论四十年代现代主义诗潮对象征主义的反思和超越》(《文学评论》)、王泽龙的《论西方象征主义对中国现代主义诗歌的纯诗化影响》(《外国文学评论》)等。研究方式的多变和内容的继续深入细致是这个阶段关于中西象征主义比较研究的两个重要突破,如果八十年代主要集中于某个代表性诗人与象征主义的关系研究,而九十年代这类文章有所减少,取而代之的是一种更为开阔的历史视野,同时也更加注意中国象征主义的独特性和民族性,或者说是对西方象征主义的一种有益补充和发展,这无疑有利于我们摆脱西方象征主义的巨大影响,从而在理论方面找到新诗发展的新方法和新途径,以图促进新诗创作的繁荣。

关于象征主义理论本身的研究论文数量不多,主要集中在1995年和1998年。代表性文章有张目的《象征:现代主义诗歌的意义统摄》,姜书良的《超时空思维与象征主义源流》,李万庆和罗继仁的《象征——诗创作的张力策略》,向天渊的《论象征主义诗歌的"死亡主题"》,王康艺的《论象征主义诗歌的"反向"悲剧体验》以及尹康庄关于黑格尔和歌德的象征主义理论研究等。和八十年代不同的是,研究者们不再对于象征主义、象征手法和象征主义手法等概念进行反复的争论,或者学界已基本达成共识,明白了象征主义和象征手法的异同,所以将研究视角深入象征内部,探讨在诗歌创作中如何更好地使用这一理论原则。虽然这样的探讨还不多,还不具备充分的说服力和足够的影响力,但是关于理论探讨和建设的研究始终应该是中国学者自觉的行为,因为我们在这一方面实在太依赖于西方,以至于集体"失声",中国现代文论的体系建设任重而道远。

最后是关于运用象征主义进行文本阐释的文章,和八十年代一样,这类文章还不够多,很多类似的文章主要集中在小说、散文和戏剧文本的探讨,而这并不属于本书探讨的范围,所以并没有包括进来。实际上,中国当代诗歌创作在九十年代陷入前所未有的低潮时期,很多在七八十年代非常有名、创作丰富的诗人要么出国留学,要么下海经商,甚至远离了诗歌领域。诗歌被人们遗忘,这是受当时整个中国社会、经济和文化发展所制约的,当诗歌不再成为能够干预和影响人们思想、生活的一个重要的因素,那么它就会失去继续繁荣的价值,诗人也不能因此提高自己的生活水平与社会地位,当然会选择退出诗歌舞台。与之相对应的是诗歌批评的没落,这里所说的诗歌批评是针对当下的诗人及其作品创作而言的。能够运用相关诗歌理论进行诗歌批评和创作指导的人更是少之又少。

经过系统分析知网上的相关代表性文章,下文将继续从象征主义比较论、象征主义本体论和象征主义综述论三个方面进行更为详细的论述,以期对于这个时期的国内象征主义诗歌研究有一个更为具体客观的评价。上文已经提及八十年代的中西象征主义诗论比较主要集中于中国传统诗学中的象征主义手法或诗歌中的象征因素与西方象征主义的比较,其目的无疑是想证明象征主义在中国由来已久,我们不必自惭形秽。对于国内研究者对西方象征主义的选择性吸收与借鉴,以及中西象征主义的代表性人物及代表性诗学主张进行深入比较逐渐增多。

进入九十年代以后,袁可嘉先生对于象征主义及西方现代主义文学在中国的发展和研究,以及其成就和局限性等撰写过具有总结性质的系列文章。如《从现代主义到后现代主义——20世纪英美诗追源》《西方现代主义文学在中国》《西方现代主义文学的成就、局限和问题》等。在《西方现代主义在中国》一文中,袁可嘉将现代派自五四前后到九十年代在中国的译介和研究分为五个阶段,三个高潮期,其中年代的划分具有说服力和可信度,给后来的研究者提供了宝贵的经验。其中最为难得的是他将新中国成立后至"文革"结束这段时间国内对西方现代派,包括象征主义的批判和抨击进行了反思性回顾,列举了他自己在六十年代初发表的系列否定现代派的文章,诚恳地指出:"全面否定现代派,政治上上纲过高,进而抹煞其艺术成就,显然做过分了。"①而对于改革开放以后国内对于西方现代派的大力推介、学习模仿的高涨的热情和存在的问题也给予适时地提醒,"前期工作的特点是勇猛而不够沉着,狼吞虎咽多于细嚼慢咽,数量和速度重于质量。无论在创作或理论方面,机械的搬运模仿多于胸有成竹的借鉴创造"②。

对于西方现代派的成就和局限,袁可嘉主张客观而实际地研究、探讨和批判。一方面肯定现代派对于西方现代各种社会矛盾和人的危机等深刻揭露和反映,在艺术成就上称其是继古典主义、浪漫主义、现实主义文学之后的第四大流派。袁可嘉站在马克思主义理论为指导思想的立场上把现代派归为"近现代欧美资产阶级文学范畴",把现代派创作中存在的诸如"唯心主义、反理性主义和形式主义"等"严重局限"归于"作家们的资产阶级世界观"③等,这些论述仍然带有政治论、阶级论的色彩,是不值得提倡的。

---

① 袁可嘉:《西方现代主义文学在中国》,《文学评论》1992年第4期,第27页。
② 袁可嘉:《西方现代主义文学在中国》,《文学评论》1992年第4期,第29页。
③ 袁可嘉:《西方现代主义文学的成就、局限和问题》,《文艺研究》1992年第3期,第140~141页。

第三章 新时期以来象征主义在中国的研究与发展

九十年代初李双在其文《新文学象征主义诗论探微》中比较王独清和西方象征主义的"纯诗"论,认为法国象征主义中的纯诗理论是"当作一种艺术理想来追求的",而王独清则"更多地还是当作一种艺术表现手段来肯定"。西方象征主义中的"纯诗"是主张语言成为诗的"实体","诗除了自身外并无其他目的",而王独清主要针对的是"白话诗艺术形式极不完善而言的"。①

李双认为穆木天对于西方象征主义的哲学内涵理解更为深刻,他看到了"象征派形而上学的神秘主义的哲学本质",但是西方象征主义认为诗自身即是哲学,而不是哲学的载体,诗和象征主义所提倡的"永恒世界""理念世界"和"宇宙精神"是不可分割的统一体。穆木天则没有领会到"诗本身与哲学的合一",他所说的"国民意识""国民诗歌"与西方象征主义诗歌实则相去甚远。

李双认为梁宗岱的进步在于"认为象征应和诗的整体性相关""但他从来没有将象征看成一种存在方式",他从中国哲学中的"天人合一"与"物我两忘"等观念解读西方象征主义的确是较为深刻和合理的。李双通过研究具体诗人和理论家对于西方象征主义的借鉴和选择,得出的结论是"强大的传统文化的影响制约着他们的选择,而且社会现实的需要也影响到他们的选择"。因此中国的象征主义者在接受西方象征主义理论时"始终有所保留,始终试图加上中国特色",而不得不"最后放弃"。②

与李双有相似观点的文章是陶长坤的《象征主义与"五四"新文学》,文中梳理了五四新文学中的象征主义作品,认为"中国现代象征主义是西方象征主义与中国古典象征主义结合的产物,但有别于西方象征主义,具有鲜明的中国特色"。"西方象征主义重主观轻现实,重形式轻内容,重审美轻功利,而中国'五四'时期的象征主义却与'五四'精神相一致,重社会功利,重思想内容,基调高昂,并与现

---

① 李双:《新文学象征主义诗论探微》,《中国现代文学研究丛刊》1990年第2期,第130页。
② 李双:《新文学象征主义诗论探微》,《中国现代文学研究丛刊》1990年第2期,第137页。

实主义、浪漫主义相融合"。①

　　由上可见,研究者的比较视野不仅限于中西横向比较,同时也从历时的角度考察了中国学者与诗人对于西方象征主义不同的解读、吸收和借鉴,属于一种古今的时间纵向性比较。遗憾的是文中没有提及新时期诗歌状况与西方象征主义的关系,有待其他学者进一步展开研究。

　　殷国明从一种世界文学的视野来看待象征主义,梳理了在不同国家象征主义的不同定义,认为"世界性的象征主义文学实际上也是一种不同国家和民族的文学在某一种基本文学精神方面产生共鸣的应合现象"②。作者认为一个国家和民族在历史意识上与象征主义相通的因素越是久远和深厚,在文学创作中的"应合"就越强烈,而创造和发挥的可能性就越大。不过这种论断似乎还缺乏一定的科学依据,只能说明象征主义和民族传统实际上是可以沟通和融合的。

　　其次,殷国明谈及象征最能概括和解释中国汉字的特征与艺术精神,而这和中国人的思想方式密切相关,说明"中国人拥有根深蒂固的象征性思维方式","中国汉字的'六书',实际上表达了一种系统的象征主义的思维模式","几乎囊括了所有的象征类型"等,这些观点都颇具有新意和一定说服力,但论证缺乏更严密的逻辑推理和事实支撑。又如他说把中西文学进行一种广泛的比较,会发现"中国文学比西方文学更具有象征的气质和形态,与此相反,西方文学倒是更注重于模仿和写实"③。显然这样的宽泛意义上的感觉式的阐释是不值得提倡的,但是文章具有开阔的研究视野,也深入挖掘了中国传统文学与文化上的象征因素,有一定参考价值。

　　张清华把中国新诗的象征主义美学意蕴与中国古典诗歌和西方象征主义诗歌进行比较观照,指出它兼备中国古典美学传统和现代性潮流,具有自身存在的独特价值。他认为象征是艺术本质的审美特征

---

① 陶长坤:《象征主义与"五四"新文学》,《内蒙古师大学报》(哲学社会科学版) 1990 年第 4 期,第 111 页。
② 殷国明:《中国文学与象征主义》,《广东社会科学》1991年第5期,第77页。
③ 殷国明:《中国文学与象征主义》,《广东社会科学》1991年第5期,第79页。

之一,而中国传统美学中的比兴、讽喻等基本表现手法与"天人合一、神与物游"的审美人生哲学都在很大程度上暗合了西方现代以来新兴的艺术思维,特别是暗合了象征主义美学思潮强调外界事物与人的内心世界的对应契合,强调通过有声有色的物象来暗示、比喻、象征主体世界的一系列艺术特点"[①]。作者很有新意地提出中国新诗不仅继承了中国古典诗歌的"感性"传统,也积极吸取了西方后期象征主义所强调的"知性"特征,即将人的现代性体验通过理性思考与哲学把握体现在诗歌创作中,并有意识地进行历史与现实的深层次思考与探索。作者通过列举大量国内还有台湾诗人的现代诗创作来证明中国新诗中的象征主义美学意蕴是民族文化传统与西方象征主义美学思潮"双重启悟下生长起来的","这是一种必然的双重选择"。作者对中国新诗抱有极大赞誉之情,在九十年代初当中国新诗发展处于低潮,无法引领当代文学与文化走向时,能有这样的积极思考和肯定实属难得。

吴晟将五四时期李金发等为代表的象征派诗与七十年代末八十年代初诗坛出现的朦胧诗进行对比研究,指出两者的共同点和差异,前者代表了消极颓废的个人主义观念,而后者充满积极向上的反抗与战斗精神,前者"抒发个人哀戚",而后者"替一代人呼号",因此前者为"感伤",后者为"悲壮"。[②] 其次,作者还指出象征派诗歌在意象、结构和主题上表现为"单层建构",而朦胧诗为"多层组合"。[③]这些观点都还值得商榷,朦胧诗是不是象征派诗歌的进一步发展也不能简单而论,但是作者这种比较的视野,从历史政治和文化背景分析两个诗派出现的原因以及价值等都非常值得借鉴。

丁力则将新时期朦胧诗与西方象征诗派就生成背景、主题意蕴和艺术表现等层面进行平行比较,寻找它们的相似性与差异。他从文化和审美心理角度发现朦胧诗与象征派诗表现了共同的"反叛特征",而

[①] 张清华:《传统与现代:中国新诗象征主义美学意蕴的比较观照》,《聊城师范学院学报》(哲学社会科学版)1991年第2期,第100页。
[②] 吴晟:《象征派诗、朦胧诗异同论》,《江西师范大学学报》1990年第1期,第71页。
[③] 吴晟:《象征派诗、朦胧诗异同论》,《江西师范大学学报》1990年第1期,第73页。

认为两者在主题意蕴上有"较为显豁的差异",例如前者是对具体时代的否定,而后者全面否定世界与人生;前者体现了积极的主体态度,表现了"强烈的忧患意识与英雄主义情结",而后者是绝望的悲观态度;前者强调的是"现世人生与实践理性精神"[①],而后者渴望的是宗教性的彼岸世界。这些非常具体而细节的区分是非常必要的,应该说新时期诗歌自朦胧诗始积极借鉴西方现代主义诗歌艺术的技巧,包括象征主义的各种手法是不容置疑的,但是中国文学自身发展的必然结果,是新时期的诗人们继承和发扬五四新诗优秀传统结出的硕果。此外,吕永、李怡、刘淮南等学者所写的关于中西象征主义之比较的文章也值得关注,可见《中西交汇的"象征"说》《卞之琳与后期象征主义》《中西象征主义之比较》等文章。

综合而论,他们都通过中西象征主义在历史源流、诗学特征、文化背景等方面的差异与相似性来主张新诗的发展应该尝试"中西融合"的方式,而就创作方面来说,戴望舒、卞之琳、冯至等一批三四十年代的中国现代诗的出现恰好体现了这一特征,他们往往结合西方象征主义的表现手法和诗艺技巧,营造符合中国诗歌传统的意境与氛围,贯彻了"古为今用,洋为中用"的诗学主张。而新时期以来的诗歌创作,如朦胧诗、八十年代后期出现的第三代诗歌或者口水诗等已与西方象征主义愈行愈远,中国现代诗的创作逐渐出现了百花齐放、反复冗杂而泥沙俱下的局面。

二、关于象征主义本体论的研究

通过阅读九十年代关于象征主义的研究论文,笔者发现关于象征主义本体论的研究逐渐增多。一方面说明国内学者不满足于介绍、阐释和接受西方象征主义理论,而对于深入探讨与发展这一中西共有的诗学理论具有理论自觉性与自信,另一方面也说明随着新时期诗歌本身的发展变化,传统的象征主义的理论已不足以满足解释和言说各种

---

① 丁力:《新时期朦胧诗与西方象征派诗》,《广东民族学院学报》(社会科学版)1994年第1期,第68页。

新诗创作现象,需要更新更具创意的眼光来研究现代诗,通过挖掘和发现新的诗歌现象丰富和发展象征主义理论。抛开国别和语言的隔阂,将象征主义理论视为一个世界性的现代诗学的概念,从而让中国学者积极参与到现代文学理论的建构与互动中来,这是非常具有意义和价值的事情。

例如,臧棣就"晦涩"一词在中国现代诗歌史上的境遇进行了一番细致的梳理,从某种意义上指出"中国现代诗歌史就是一部反对晦涩和肯定晦涩的历史"①。从晦涩问题的提出到不同时期不同诗人和批评家针锋相对的论争,"晦涩"一词的确是中国现代主义诗歌命运最好的佐证,而晦涩与象征主义密切相关。

> 几乎所有批评家都自觉或不自觉地意识到,在晦涩和象征主义诗歌艺术之间存在着一种内在的美学联系。如果进一步地考察,我们就会发现晦涩理论的雏形实际上是从两种批评意识中脱胎出来的:1)是对中国古典诗学的怀念,2)是对象征主义诗学的共鸣。这两种意识也可以被认为是同源于一种强烈的批评情绪:对早期新诗浅白显露诗风的不满。②

这种判断无疑是非常准确的。西方象征主义一个核心观念便是"晦涩",虽然这个词在中文词汇中是一个不折不扣的贬义词,但我们不能无视它的价值和对中国现代诗在文学观念、诗歌想象力、表达力和审美经验上的开拓与挖掘。臧棣认同袁可嘉把晦涩当成是诗人"对艺术风格的一种自觉的冷静的追求",是"现代诗人的一种审美态度,一种独特的审美趣味",并结合了艾略特的观点,即"对现代文明的复杂性的认识导致现代诗人在观念上变得越来越晦涩"③来阐述晦涩的现代诗学内涵。

吴晓东从文学批评的角度来研究象征主义在中国的发展和演变

---

① 臧棣:《现代诗歌批评中的晦涩理论》,《文学评论》1995年第2期,第16页。
② 臧棣:《现代诗歌批评中的晦涩理论》,《文学评论》1995年第2期,第17页。
③ 臧棣:《现代诗歌批评中的晦涩理论》,《文学评论》1995年第2期,第27页。

过程,指出二十年代初的中国还未在理论上和实际上建立象征主义批评尺度,还处于理论萌芽状态。但随着象征主义诗歌的出现,批评家们开始从"诗潮"和"诗学"的角度对象征主义诗歌创作发表言论。作者认为在这方面有突出贡献的是朱自清,因为他"把散见在具体诗人论中的诗学萌芽加以总结和提炼,生成为一种具有一定普适意义的微观诗学的批评准则"①。这些批评标准的形成对于读者领悟象征诗歌是具有指导性作用的。作者对于刘西渭、曹葆华、唐湜的象征主义批评实践与诗学观点有所总结,也是对这一研究领域的一个有益补充。但遗憾的是,中国并没有形成系统而具有延续性的象征主义批评体系,很多批评观点都是限于就诗论诗,或者就某一诗人的诗歌风格进行总结性论述,理论建构的乏力和象征主义诗歌创造的一度繁荣并不相吻合,但这也不仅限于诗学理论层面,中国文学批评从总体上缺乏成熟和系统的理论建构,这是不可否认的基本事实,也是任重道远的一个美好目标。

荣光启从诗学空间的角度解读法国象征派诗歌的理论主张颇具新意。他指出抽象思维和理智应该进入诗学空间,法国象征派的"诗歌空间在历经情感直抒、客观观察、暗示与联想、神秘与梦幻、象征、理念、哲思诸景观之后,对纯粹审美的追求上升到一个切实的境地"。在诸如里尔克和艾略特的作品中,"现实世相、主体忧思、传统文化、宗教情怀、生命哲思、生存冥想、乐章式的诗歌形式诸多因素在象征的语境中交织合鸣,诗歌空间的建构已是一部语言、情思、文化、宗教多重复合的交响乐,已是一座既指向现世生存更指向永恒无限的诗歌现代主义宏伟宫殿"②。作者认为这无疑是现代主义诗歌的最高典范,能给予中国新诗发展一个正确的指引方向。应该说诗歌由浪漫主义走向象征主义,从直白抒情走向隐喻与朦胧,在抒情方式上提高到文化、哲理和宗教的层次,同时关注现实世界与永恒世界的一个无限敞开的诗

---

① 吴晓东:《象征主义与中国现代文学批评》,《中国现代文学研究丛刊》1996年第2期,第6页。
② 荣光启:《诗歌空间的自律——围绕法国象征派诗的一次叙说》,《广西师范大学学报》(哲学社会科学版)1996年第2期,第168页。

意空间是现代诗发展的正确途径。

尹康庄就从人类观念和宇宙意识两个层面对于中国现代象征主义的美学价值进行了阐释。他指出,"象征主义创作美学显出优势,它以象征为桥梁,去达到各种阶级观念与人类观念的沟通,使得由此产生的哲理意韵摆脱抽象议论或直露宣示的范式而融贯在更深的审美意境中,显得既简洁又隽永"[①]。作者从具体作家和具体文本(包括诗歌与小说)出发,探讨了中国新文学中的象征意义及其美学价值。所谓宇宙意识在中国新文学中也表现出和西方象征主义不同的一面,中国作家更融合了传统的地域意识和哲学内蕴,具有明显的民族特征。

此外,还有一些学者撰写了关于中国象征主义的文章,其中一些观点值得关注。例如李景冰认为戴望舒和梁宗岱代表了中国象征主义诗歌的两极,"若说戴望舒承袭的是象征主义自然感性的一极,代表诗人如魏尔仑、果尔蒙、耶麦等,梁宗岱承袭的则是理念冥想的一极,代表诗人如马拉美、瓦雷里等。前者更多的是基于才情和天分,后者却是苦修后的结果"[②]。何云波、李连生的《象征及象征主义文化探源》一文认为,象征主义诗人发现了人与自然的相互沟通、契合与应照关系,试图回到事物本身,回到人之初的神秘世界,即回到物我不分和人神合一的神话状态,是一种语言和心灵上的寻根与回归。而作者认为中世纪基督教似乎成为十九世纪象征主义文艺思潮和现代主义的直接源头,值得商榷。

三、综述性研究及其他

九十年代关于象征主义的研究还有一大特征,即概括性、综述性的文章占有相当比重,即对于西方象征主义在中国的理论旅程从历时性角度进行论述与探讨,这样的文章在文学史意义上的价值大于其理

---

① 尹康庄:《新文学的人类观念与宇宙意识——中国现代象征主义的一个美学阐释》,《广州大学学报》(综合版)1999年第1期,第63页。
② 李景冰:《中国象征主义诗歌的两极——由戴望舒、梁宗岱想到的》,《文艺评论》1996年第3期,第95页。

论贡献,也让后来者对于象征主义在中国的全貌有了更为详细的了解。例如《法国象征主义诗歌在中国》(1991年,钱光培),《新时期"象征"研究综述》(1991年,同文);罗振亚的系列文章,如《制作"合适的鞋子"——三十年代现代诗派的艺术创新》(1994),《病态的诗化青春——三十年代现代诗派的情思空间》(1995),《艰难探险:出入于"象征的森林"——二十年代象征诗派的艺术》(1995),《是逆流,还是代表性潮流?——评20年代的象征诗派》(1995),《悄然飘落的"微雨"——二十年代象征诗派的发生动因》(1996)。吴晓东撰写的《象征主义在三十年代中国文坛的传播》和《象征主义在四十年代中国文坛的传播》(1996),《严肃时代的自觉——论四十年代现代主义诗潮对象征主义的反思和超越》(陈旭光,1998)和《现代中国的象征主义诗歌批评》(尹康庄,1998)等。

在书籍出版方面,译介方面的书籍相对减少,有关象征主义的研究,特别是法国象征主义和俄国象征主义的研究专著开始出现,对于西方象征主义在中国的接受与影响研究以及象征主义与中国现代文学的关系研究也开始有相关专著出版。但总体来说数量不多,甚至少于八十年代的相关书籍,但是研究的领域和视角有所开拓,为后续的新世纪象征主义研究奠定了基础。它们分别是柳杨编译的《花非花——象征主义诗学》(旅游教育出版社,1991),金丝燕著《文学接受与文化过滤——中国对法国象征主义诗歌的接受》(中国人民大学出版社,1994),刘明厚著《真实与虚幻的选择——易卜生后期象征主义戏剧》(同济大学出版社,1994),韦建国著《俄罗斯象征主义》(广西民族出版社),尹康庄著《象征主义与中国现代文学》(暨南大学出版社,1998)等。

在诗歌创作领域,情况则不容乐观。和八十年代热闹非凡的诗坛相比,九十年代诗歌真正走入"边缘",走入"寒冬"。以上笔者所涉及的有关象征主义的研究基本限于大学或研究机构的学生、教师和研究人员。从更广阔的社会层面分析,诗歌连同文学都已被如火如荼的经济建设取代,人们不再关注文化和文学热点,将关注的目光投向经济和消费领域。一批诗人早在八十年代末出国,更多的诗人或诗歌爱好者离开诗歌领域,下海经商或另谋出路。因此,"从90年代诗歌的'存在方式'的基本特征看,它确在朝向写作、阅读的'圈子化'的方向转移"①。知识分子写作与民间写作继续各分春秋,日常生活的琐碎具体与充满宗教情怀的精神探索与强烈的历史意识在诗歌创作中各领风骚,形而上与形而下,转型还是回归的各类争论在往往既是诗人又是评论家,或学院型的批评与研究中此起彼伏。

总之,诗歌写作进入一个个人化的时代,为群众发声、歌颂或叛逆一个时代的诗歌写作已结束。比较有代表性的诗人有于坚、翟永明、西川、王家新、欧阳江河、柏桦、张曙光、臧棣、西渡、伊沙等,还有移居海外的诗人北岛、杨炼、多多、张枣等。通观这些诗人的诗作,我们发现纯粹象征主义意义上的作品几乎已经找不到,但是象征主义的相关创作手法,例如通感、隐喻、暗示、朦胧,意象的选择与跳跃,诗意呈现的省略与留白,以及具有象征性特征的语言与结构却已相当自然地出现在这些诗作中。张枣的《镜中》《邓南遮的金鱼》,西川的《死豹》《起风》,欧阳江河的《玻璃工厂》《悬棺》,柏桦的《表达》,王家新的《日记》等作品都带有明显的象征主义色彩,创作时间可能是八十年代,但在九十年代继续发挥其影响。

第三节 二十一世纪以来的象征主义在中国的发展与研究

一、研究概况与代表性观点

上文提到自八十年代后期至九十年代,国内对象征主义的研究在质和量两个方面都有进一步的发展,研究深度、宽度都有所提高,相关研究专著也随之不断增多。但是单从数量上看,新世纪关于象征主义的文章超过以往任何一个时期。笔者以"象征主义"为关键词在中国

---

① 洪子诚、刘登翰:《中国当代新诗史》,北京:北京大学出版社2005年版,第248页。

知网上进行搜索,发现文章数量每年从二三十篇到六七十篇不等,这其中大部分是期刊论文,其次是硕士论文,也有少量博士论文。笔者试图通过关于西方象征主义的译介与评论、中西象征主义(关系)比较研究、关于象征主义理论本身的研究、运用象征主义进行文本阐释、中国象征主义及诗人作品研究等五个方面进行考察分析。所做图表如下:

表 3-3

内容/篇数 年份 (总篇数)	关于西方象征主义的译介与评论	中西象征主义(关系)比较研究	关于象征主义理论本身的研究	运用象征主义进行文本阐释	中国象征主义及诗人作品研究
2000(36)	5	8	6	5	12
2001(37)	5	6	4	1	21
2002(40)	6	3	4	5	22
2003(43)	9	10	3	3	18
2004(46)	7	1	10	5	23
2005(48)	11	7	7	5	18
2006(66)	15	10	14	4	23
2007(59)	14	12	4	3	26
2008(68)	18	12	4	3	31
2009(35)	9	4	8	3	11
2010(57)	11	10	5	7	24
2011(56)	13	9	3	4	27
2012(48)	14	12	4	5	13
2013(46)	9	10	2	9	16
2014(46)	13	9	7	6	11
2015(30)	9	8	2	4	7
2016(45)	17	5	5	8	10
2017(40)	10	4	3	7	16

续表

内容/篇数 年份 （总篇数）	关于西方象征主义的译介与评论	中西象征主义（关系）比较研究	关于象征主义理论本身的研究	运用象征主义进行文本阐释	中国象征主义及诗人作品研究
2018（12）	2	4	1	0	5
2019（20）	6	2	3	2	7
合计（篇）	203	146	99	89	341

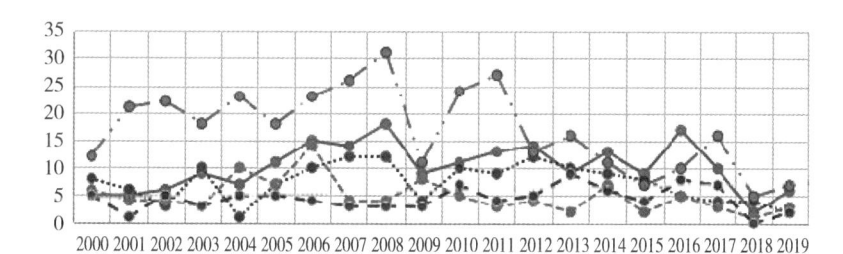

图 3-3

结合两个图表，我们可以得知新时期以来关于象征主义的研究数量有增无减，这其中占有很大比例的是各个高校的文学硕士论文。特别是 2010 年以后的硕士论文数量很多。但是这些论文在选题和研究方法上有很多雷同之处，比如研究梁宗岱、穆木大的象征主义诗论，利用象征主义理论分析国内外名著，例如鲁迅的散文集《野草》、小说《红字》《了不起的盖茨比》等，或单独研究象征主义作家叶芝、勃洛克、艾略特、艾青等的诗歌特征。

从中西诗学比较的视角出发的文章不多，值得一提的有赵莎的《T.S.艾略特与中国新诗》（华东师范大学硕士论文，2001），这篇文章从西方二十世纪现代主义诗歌和中国新诗的关系出发，通过文本细读对比和不同年代的中国学者对艾略特的接受和批评，辨析了艾略特对于卞之琳、穆旦诗歌创作影响。孟校丹的硕士论文也从中西比较的视角,从对现实世界的态度、作品的表现方法以及作品风格三方面入手,阐述了西方象征主义和温庭筠的词之间的相似性。例如两者都采取"抽象的肉感"的创作方法,作品都表现了"非个人化"的风格特征等(《从西方象征主义看温庭筠的词》,东北师范大学,2003)。崔艺花的论文《东西象征诗论比较研究》主要探讨中国古典文论的"神韵说"(以王士禛为例)和西方象征主义的异同,探索超越历史和文化的普遍文学特征、批评观念和标准(延边大学,2005)。

然而,自2010年之后,从中西比较的视角来研究象征主义的文章逐渐增多,且研究更为具体和细致。例如胡曼莉的论文《论波德莱尔"应和论"在中国现当代诗坛的接受》,分析了不同时代文化语境中的《应和》一诗的多个版本及其诗学理论的传播与接受情况(西安外国语大学,2011)。张兰的文章《西方象征主义与中国新诗——以李金发、王独清、戴望舒为例》,结合中国象征派诗人的作品从文学主题、主体情绪和中国古典诗学与象征主义的结合三个层面,探讨了中国象征诗歌对法国象征主义诗歌的接受与嬗变(西安外国语大学,2012)。类似的文章还有《论中国对法国象征主义的接受》(金姗姗,2013),《魏尔伦对中国新诗(1920—1940)的影响》(田子玄,2014),《法国象征主义与中国初期新诗的"神秘"向度》(唐世奇,2015),《兰波与李金发诗歌比较研究》(师冉冉,2017)。

从跨学科的视角来探讨象征主义的文章虽然不多,但值得我们关注。例如王静的《在韵律和舞姿之间——叶芝的抒情诗与舞蹈意象探幽》(广西师范大学,2006)以诗歌细读为基础,考察"舞蹈"意象在叶芝作品中的呈现状态,思考舞者的主体性、舞蹈表现原始意象和爱尔兰民族神话传说、舞蹈与叶芝的神秘哲学等问题,这种跨艺术的诗学呈现和研究方法颇具新意与说服力。无独有偶,郭君彦从音乐和诗歌的关联角度分析了德彪西和马拉美的作品《牧神午后》的艺术特征,通过梳理两者的个人关系和具体的文本对比需求,两者在创作技巧、思维、美学观念、叙事方式等方面的关系,探讨两种不同艺术的共同表达策略(中央音乐学院,2018)。

总的说来,这个时期的文章类型同九十年代的情况比较,很多在研究方法、主题上大致雷同,没有太多研究发现和理论上的创新。对于这些文章里提及的问题上文已有详细阐述,所以不再赘述。下文将着重描述二十一世纪以来关于象征主义研究的新视角、新变化和新收获。

首先,很多关于中西象征主义比较类型的文章在研究的深度和广度上继续拓展。例如宗培玉的《中西象征主义诗论审美价值取向异同比较》文章从审美价值取向的角度比较中西象征主义诗论,强调两者的差异和中国象征主义独有的民族文化传统。赵小琪的《蓝星诗社对西方象征主义表情论的接受和化用》一文考察了由台湾诗人余光中所代表的蓝星诗社诗人对西方象征主义表情论的接受和化用,即在理论表述和创作实践中非常注重情感与知性的结合,主张情感表现的客观化与形式化,体现了现代诗的象征主义传统。黄季英的《通感——象征主义的风格标志——中西文化中通感现象比较研究》一文对于中西义论中的"通感"论进行了分析,但是比较性的内容还是偏少,并没有详细阐述中西象征主义诗歌的"通感"差异。

王泽龙较为深入地考察了法国象征主义对中国现代主义诗歌的影响,并比较两者差异,如他认为中国现代主义诗人对孤独寂寞的表达是紧贴于现实生存,而法国象征主义则把它看作是人类生命的本性,即前者是对时代苦闷的表征而后者近乎生命本质的哲理体验。因此,他指出中国现代主义诗人,"切近于现实的自我思考具有现实精神品格与价值,然而又为现实所局限,在现实情感的负累中弱化了对宇宙、对人类本质的深邃的洞识力"[①]。但是中国现代诗在形式上受到法国象征主义的影响颇大,使得中国新诗具备了现代的审美特征,但是在音乐性的追求上,中国新诗并没有找到一个中西结合的契合点,这可能是因为中西两种语言发声本质上的不同所带来的阻碍。

此外,王泽龙对于中国现代主义诗歌兼具象征主义和浪漫主义,

---

① 王泽龙:《法国象征主义诗歌对中国现代主义诗歌的影响(上)》,《湖北经济学院学报》2003年第2期,第102页。

甚至现实主义的特点有所探讨，认为中国现代主义诗歌语言的陌生化也深受法国象征主义的影响，是十分正确而中肯的。王泽龙的另一篇文章比较了中西象征主义诗歌中的意象艺术，对于中国二十至四十年代的现代主义诗人对于象征主义意象艺术"有选择性地吸收"进行了探讨。例如他指出三十年代现代派诗人诗歌中意象的意境化是对后期象征主义意象的生活化、智性化的成功借鉴，而四十年代的九叶派诗人建立了一种意象象征的深层模式，体现了中国诗歌艺术传统与西方现代诗歌艺术形式的融合。

张敏则从局部和整体的角度区分了象征主义诗歌与传统诗歌的区别，即前者从内容到形式再到语言结构、风格色彩，甚至节奏和音乐性都具有象征的特点。在意象的使用上，象征主义诗歌强调意象的系统性，既有统领的意象也有分支意象，而后者以分散性为特点，意象之间没有必然的逻辑联系。另外一个较为新意的发现是张敏认为象征主义诗歌让读者从被动接受的地位转向了主动创造的地位，读者阅读象征主义诗歌时需要有主动参与的意识，而这是源于象征主义诗歌更多地采用了"私立象征"的方式。①

王宇的研究也非常独到，他从本体论和技巧论方面比较象征主义诗学和中国古典诗学，认为前者的"超验本体论"处于核心地位，强调理念世界与现实世界的二元对立，以暗示的方法揭示事物本质；而后者是中国人对"道"的一元论思想的体现，一种以"主体为中心的内倾思维不断地向自身所处现实世界开掘的过程"。象征主义把美归为一种理想世界和绝对精神，而中国古典诗学在于探寻自然与社会的本质规律。②

陈希对中国新诗对"纯诗"论的接受进行了思考，认为"中国新诗引入纯诗论，没有沿着审美——超验的路线展开，而是沿着审美——体验的路线展开"，而纯诗论蕴含了某些"东方因子"，能在中国传统

---

① 张敏：《象征：从局部走向整体——象征主义诗艺与传统诗艺纵论》，《学习与探索》2005年第4期，第108页。
② 王宇：《"超验"与"悟道"——象征主义与中国古典诗学》，《郧阳师范高等专科学校学报》2005年第5期，第30页。

诗学中找到依据。西方的纯诗论经过中国学者结合自身体验和传统诗学的阐释,已经具有了本体论意义,最终成为中国象征诗学的理论范畴。①

关于中西象征主义的比较研究,还有些文章将重点放在独立的诗人,如李金发、戴望舒、艾青、卞之琳、鲁迅等和西方象征主义的关系上,总体上来说这些文章的观点没有太多新意,而上文的几个研究阶段也有所提及,所以不再赘述。

此外,最近几年的相关文章还有李建英的《兰波与中国象征主义》,梳理了兰波在象征主义理论方面的重要作用,补充了学界对兰波研究的不足;《庞德中国诗歌英译对西方象征主义诗歌发展的影响》一文角度非常新颖,打破了在中西文论比较上单向性的"从西往东"看的惯性,给人以启示。作者认为庞德译诗中"凝练的用词""意象的交融""音乐性短语"的使用等对艾略特《荒原》和华莱士·斯蒂文斯的创作影响很大,文中列举大量文本作为佐证,具有一定说服力。

孙玉晴和肖家燕从比较研究的角度考察了《红楼梦》和《红字》中的象征主义异同,分析了"红色""溪""园"和"镜"四个象征及其展现的象征意义、表现主题和刻画人物形象方面的差异。作者比较的是小说采用的象征手法和技巧,虽然不是理论涵义上的象征主义之比较,两篇小说也并非典型象征主义小说,但这种比较的方法给人以启示。

二、关于象征主义本体论的研究

新世纪关于象征主义本体论的研究也有相当多的收获(其中许多文章探讨象征主义的暗示、神秘性、音乐性等本体特征,因为没有太多新意,此处不再提及)。而与以往不同的研究人致可以从以下几个方面来了解,首先,相关理论之间的关系研究逐渐增多,不再是孤立地看待象征主义的发展和自身理论特征,而是将象征主义与意象派、浪漫主义、存在主义等进行对比探讨,以历史发展的眼光看待一种新的文

---

① 陈希、李俏梅:《论中国新诗对象征主义"纯诗"论的接受》,《武汉大学学报》(人文科学版)2006年第6期,第743页。

学理论的产生、发展和衰落。例如刘淮南的文章《象征主义与浪漫主义不同论》从感受方式、构思方式和物化方式,以及审美追求和审美效应上来区分浪漫主义和象征主义,并结合具体作品加以分析区别。遗憾的是,这类文章并没有涉及两者更为深刻的本体论差异,只是在创作技巧层面的浅层比较。

孙绍振则深入中国新诗第一个十年的文本现场,首先通过解读胡适、郭沫若等的诗歌创作和理论主张,指出胡适实际上介绍了当时西方最新的诗歌潮流,即意象派诗歌,而郭沫若承继的却是已经落后的浪漫主义式的抒情派。可以看出,在中国新诗向西方寻求出路的同时,西方诗歌却因为庞德对中国诗歌的翻译而获得了一种崭新的创作模式,然而这种创作模式却并不受中国诗人们欢迎。孙绍振指出以郭沫若为代表的中国新诗最初抒情泛滥,为"滥情、矫情所困",才有了后来的象征主义、意象派和现代主义创作方法的"前赴后继"。的确,如作者所述,"中国新诗的浪漫主义是迟到的,当它在中国轰轰烈烈的充当诗坛盟主的时候,在世界诗坛上它已经是落伍了"。而当象征主义进入中国后,中国的抒情诗人们或多或少地受其影响,并自觉或不自觉地运用了象征主义的创作方法。作者认为戴望舒为中国新诗"开拓了浪漫主义和象征主义交融新的时期",但他的诗"始终没有和浪漫的抒情断绝联系",而绝大多数的中国新诗人都是如此。

因此,郭绍虞指出中国新诗史上"没有完全意义上的象征派",也"没有严格意义上的浪漫派","象征派和浪漫派的关系不是对立的,而是亲密友好的"。[①]这篇文章研究资料详细,论证充实,确实为我们分辨中国新诗中的浪漫主义与象征主义提供了较为清晰的研究路线。

何林军、施奕青的文章《西方浪漫主义的象征理论》考察了西方浪漫主义的象征理论,即浪漫主义对"象征""寓意""神话"和"无限"等概念的论说,当然这和后来的西方象征主义诗潮不是同一个概念,但让我们了解了象征主义并不是无源之水,无本之木。实际上,何林军

[①] 郭绍虞:《浪漫主义和象征主义的互相渗透——新诗的第一个十年研究之一》,《东南学术》2002年第3期,第137页。

的博士论文《意义与超越——西方象征理论研究》(2004)对西方象征理论的历史发展轨迹以及其美学性质与审美品格进行了全面而深入的研究,对于我们了解西方"象征"概念的来龙去脉非常有意义。

李作霖、孙利军的文章《作为语言的诗——从象征主义到形式主义》谈到了象征主义与形式主义之间的关系,他们认为象征主义非常注重语言本身的能量,把"诗美的标准交给了语言的组织和布局",强调诗歌语言自足性与统一性,影响了后来的西方形式主义,而新批评从语言论范畴提出的诗歌批评方法对当前我国的诗歌批评应具有相当的理论意义。

李应志在《突破语言的牢笼——简化象征主义诗学与哲学的语言难题》也从语言的角度论述象征主义诗学和哲学的关联,他认为象征主义不仅关心哲学本体论问题,还"明显涉猎哲学认识论问题",而对语言的超越性无疑是象征主义的最大贡献,即以物象自身的言说来代替人的言说,这似乎为哲学上的语言难题提供了可被借鉴的思路。

杨经建从存在主义的视角关照象征主义,并发表了一系列的文章,例如《20世纪中国存在主义文学的象征化》《"音乐"与"纯诗":存在主义诗学上的建构与升华——兼论中国早期象征诗派与法国象征主义诗潮的通约性》等。但他的"中国式存在主义文学"的范畴似乎过于庞大,而象征主义在他的笔下可以"用于一切时代的一切文学",又是能与"存在主义哲学理念及反映世界的艺术方式融合的诗学形态"。如果象征主义的概念可以如此宽泛和随意,那么几乎所有文学理论都可以与之融合了。显然作者意图把象征主义的论说和创作皆纳入存在主义哲学的系统之下,这种观念先行,甚至先入为主的研究途径实为不妥。而作者所提出的"忧郁的象征"与"苦闷的象征"两种不同的审美途径和创作方法前人也已经详细谈论过,并不是说加上一个存在主义的帽子就有了多少新意。

杨经建认为中国早期象征诗派的创作有存在主义的倾向,这种说法似乎也有些说不过去。的确,早期象征诗歌对于"存在的惘然与生命的困惑"有过"感喟、感叹与感怀"(虽然这三个词并非有什么区别),对于存在的生命个体有特别的关注,也许象征主义对于海德格尔与萨特等建立的存在主义多少有过启示,但反过来说似乎不合逻辑,而且有无限泛化存在主义理论的倾向。而他所说的本雅明(并非存在主义哲学家)的"废墟美学"也许形容波德莱尔诗作恰如其分,但是不完全适用于中国象征主义诗歌。抛开存在主义不说,杨经建对于象征主义中的"音乐精神"的追求上升到一个本原论的高度,认为这种精神表达了诗人对生命存在的深沉体验,表现了生命存在的自然律动等却是无可厚非的,但是将象征派的"契合"论和海德格尔的所谓"诗意地栖居"进行类比,将具有某种哲学意味的象征诗学扩展成为一种"文化诗学"又略显牵强。

杨经建扩大了象征主义诗学的研究范畴,甚至将象征主义泛化到哲学的高度,例如他认为海德格尔的"哲学呓语"背后显现的是一种"诗意的象征法则",象征已然成为本体性存在,是"人类知识的体系和智慧的结构",而象征主义艺术在神话和游戏两种基本维度上建立了"人本主义之上的文化诗学",他呼吁"人不仅应该成为人,而且应该成为诗人,只有诗人才能给眼前这个现实世界提供并创造出新的意义"。这些阐述对于象征主义的发展有一定意义,但是将某种理论无限泛化,似乎可以用它解释世间所有疑问,其实在某种程度上也是将它理想化,甚至有可能使它不再具备言说的能力。

具有某种研究新意的文章还有杨玉珍的《象征主义:无法实现的同一性》,认为象征主义虽然基于非理性的哲学,但是并未完全丢弃人对自然的主体性意识,他们揭示了被异化和扭曲的生存状态与社会现状,但并没有找到如何改变这一现实的解决途径,也许取消象征、暗示的中介,真正做到人与自然的和谐统一,才能实现真正意义上的同一性。邓程的《新诗象征派的理性主义本质》题目非常吸引人,但是文章阐述并不到位,而如果把理性主义当作是象征诗的本质,显然是不恰当的,后期象征派诗人诗作中的理性主义特质确是十分明显的,而且成为中国新诗发展不可不关注的一个方向。尹丽、刘波的文章《探索"象征主义"的现代资源》,充分肯定了象征主义作为现代派各种文化思潮的先驱意义,并从哲学意识、人生领悟、语言结构等方面挖掘象征主义艺术观念和方法中的富有启发性意义的现代资源。王艳的硕士论文《象征主义与新文学死亡主题的发生——以〈新青年〉为考察中心》,讨论象征主义文学中死亡主题的表现手法和发生意义,是一个较好的强调文本细读的研究案例。刘长华的文章《"生命共感"意识与中国象征主义诗学"契合"论》提出"生命共感"的概念,并从神话、传说和相关意象解读中国新诗与传统文化之间的密切联系,指出中国象征主义对于现实与生命的执着大于西方象征主义对于超越精神和彼岸世界的追求,阐述清晰且结合文本分析,非常具有说服力和启发性。

三、相关硕博士论文概况

除了上述具有代表性意义的研究文章外,二十一世纪以来有许多的论文(特别是硕士论文)用象征主义的理论方法探讨某一文学作品或者某个作家的写作,因为研究方法基本一致,研究结论大同小异,在此不再赘述。另外,也有不少文章从国别角度研究象征主义,如法国象征主义和中国象征主义,还有俄国象征主义和德国象征主义的文章。特别是对中国象征主义和俄国象征主义的研究已有相关博士论文,其中主要论文列举如下:

刘永红:《诗筑的远离——中国现代象征主义诗歌的诗语形态解析》,华中师范大学,2002年;曹万生:《现代派诗学与中西诗学》,四川大学,2003年;何林军:《意义与超越——西方象征理论研究》,复旦大学,2004年;汪云霞:《知性诗学与中国现代诗歌》,武汉大学,2005年;高蔚:《"纯诗"及其中国化研究》,华东师范大学,2006年;齐磊:《象征主义与中国现代诗歌》,山东大学,2007年;郑体武:《俄国象征主义诗歌研究》,上海外国语大学,2008年;柴华:《中国现代象征主义诗学研究》,南开大学,2009年;周锋:《中国现代知性诗学研究》,浙江大学,2012年;金刚:《韩国现代象征主义诗学研究》,延边大学,2016年。

从研究视角来讲,这些博士论文较为侧重象征主义诗歌的语言特征和知性特征,也有非常扎实的文本阅读与分析工作,这是研究的起点也是基础。象征主义本体论研究不多,特别是缺乏中西比较的视野,似乎论文没有关注中国古代象征传统与诗学传统,这是值得今后继续推进的研究领域。对于西方现代诗学与象征主义对中国新诗的影响研究较为热门,应该是受到学界近年来对于西方文论中国化研究的热潮影响所致。而对于国外象征主义的关注开始由欧洲、俄国转向亚洲国家,如韩国,这是一个值得研究的课题。西方象征主义作为一场席卷全球的现代主义文化运动,它的影响范围和深刻程度应该是世界性的,所以它对于亚洲其他地区和国家的影响是什么,这的确是一个让人好奇的研究课题。

这段时间的研究专著出版情况罗列如下:

吴晓东:《象征主义与中国现代文学》,安徽教育出版社,2000年;陈太胜:《梁宗岱与中国象征主义诗学》,北京师范大学出版社,2004年;陈太胜:《象征主义与中国现代诗学》,北京大学出版社,2005年;董强:《梁宗岱:穿越象征主义》,文津出版社,2005年;张大明:《中国象征主义百年史》,河南大学出版社,2007年;王彦秋:《音乐精神:俄国象征主义诗学研究》,北京大学出版社,2008年;刘永红:《诗筑的远离:中俄象征主义诗歌语言比较研究》,2011年;柴华:《中国现代象征主义诗学研究》,中国社会科学出版社,2016年。

除了其中几部是出自其博士论文外,我们看到陈太胜对梁宗岱的诗学理论研究较为深入,对其新诗形式主义理论与中国新诗发展持有相当肯定的态度。吴晓东将象征主义诗学研究延伸至小说、戏剧与散文领域,对于象征主义在各个文体中的渗透做了相当概括和全面的探讨。张大明将象征主义在中国的百年历史做了一次详细的考证与归纳,其中多有第一手资料的搜集和整理,研究分量很足,相信对于以后象征主义研究工作者来说都是一部必不可少的资料用书。刘永红和柴华的研究前文已有讲述。可以肯定的是,与已往任何一个阶段相比,有关象征主义研究的广度和深度都有了很大提高,但是研究数量不多,说明并没有形成研究热点,当然这是和整个文学理论界的研究潮流相符合的。近年来新诗创作出现回潮现象,更多的人参与到中国新诗的发展和研究中来,我们有理由期待更多相关研究专著的出现。

本章考察了新时期以来西方象征主义在中国的研究和发展,主要分为改革开放至八十年代、九十年代和二十一世纪以来的情况。如果单从对于象征主义的研究数量上来看，每个阶段都呈现出比上一个阶段成倍或成几倍的增长趋势。从研究思路上看，有关象征主义的研究逐渐从历时性宏观研究向共时性微观研究转变，即从概括性介绍说明到理论阐释与建构的转变。从中西文学关系看，研究从西方象征主义对中国文学的影响和中国文学对象征主义的接受的视角逐渐向与之相反的，或互为关照的研究方法转变。从研究方法上看，从单一的文学批评的视角向哲学、美学、符号学、艺术学等多学科、交叉学科视角转变。从研究效果与收获看，经过第一阶段（即二十世纪二十至四十年代）的译介、探索和创作上的大胆实践，到沉寂数十年后即第二阶段（八十年代）的重新延续向前发展的轨道；从第三阶段（九十年代）的研究逐渐深入与初现成果，到二十一世纪以来开拓更广阔和更深入的研究领域，并取得累累硕果，应该说象征主义在中国的研究已相当成熟和全面，中国象征主义诗学体系建构也将继续在新一代研究者那里得以完善，并以期为中国新诗在新时代的继续发展提供理论养分。

  然而值得深思的是，象征主义理论研究的繁荣并没有带来象征主义诗歌创作的春天。如果说八十年代的中国新诗还有许多成熟的象征主义作品，如北岛、海子、西川、张枣等一批新时期中国新诗开拓者的创作，那么九十年代至二十一世纪以来并没有值得特别关注的象征主义诗人和诗作出现。当代新诗创作似乎朝着两个极端的方向发展，一方面民间化、草根化和口语化诗歌创作泛滥成灾，并借助网络时代的崛起和碎片化阅读的时兴，似乎抢占了诗歌领域的半壁江山，人们已不愿意多费脑力去思索象征主义作品的暗示与神秘，只是对肤浅而狭隘的诗意略感兴趣；另一方面个人化、学院化和纯语言游戏式的创作也甚嚣尘上，或者冠以后现代、超现实主义、未来主义各种名号，或者以建立某种新诗体系、诗派为名义拉帮结派，占山为王当，实际上把诗歌引入语言的狂欢派对和能指游戏中，诗歌沦为无序的思想和混乱的个体情绪的发泄场。冷静观之，当前中国新诗热闹的背后是对理论的漠视，对新诗传统的不屑一顾，是诗人对自我的盲目崇拜和仍然处于文化与政治边缘处的集体自嗨。

第四章　中西象征主义诗论的比较考察

从西方象征主义被译介至中国，到标志着中国象征主义诞生的第一部诗集《微雨》的出版，短短数年间，中国新诗的面貌焕然一新，开始走上了独立而健康的发展道路。我们不得不承认，西方象征主义在中国新诗发生和发展史上的意义举足轻重，它彻底改变了中国新诗在诞生之初的过于直白、浅显和幼稚的特点，让诗歌语言摆脱了"大白话"的标签。西方象征主义的诗学主张在古老中国获得了重生的机会，然而也经过了合理改造与转化，并结合中国古典诗学传统建立起一套至今仍不失为现代诗标杆的诗学标准，以一种让中国知识分子和广大民众可以理解和对话的方式，争取了在中国诗学土壤中继续成长壮大的空间。中西象征主义在交会之初就具备了平等对话和融通的机遇，并在梁宗岱、穆木天、王独清、戴望舒等诗人及诗论家的努力下，形成了具有民族特色的现代诗学体系。

第一节　中西象征主义发生论比较

十九世纪后期兴起的象征主义被认为是西方文学史上现代主义的开端，象征主义运动本身延续的时间并不长，前后也就半个多世纪，但其影响之巨大可谓前无古人，后无来者。随后一个多世纪里，各种西方现代文论纷至沓来，你方唱罢我登场，其理论主张也五花八门、各有千秋，但是总能在其身上找出些象征主义的蛛丝马迹。象征主义发生之初只是代表了一种不同于古典和传统的文学主张,更准确地说只是在诗歌领域的几个年轻诗人的实验性创作成果。然而很快它就被扩散至整个西方人文领域,所主张的观念和原则也被广泛应用,这估计不是象征主义的最初实践者所能预料到的。而吊诡的是,象征主义运动在西方即将落幕之际,即二十世纪二十年代,却被几个陷入物质与精神双重困顿的中国年轻留学生如获至宝、奉为圭臬,随即传入中国,不曾想在中国这片古老而贫瘠的土地上开出了盛极一时的"恶之花"。西方象征主义赶上了中国文化试图自绝于自身延续数千年的传统,与佶屈聱牙的古文彻底割裂的改革先锋车,鬼使神差般开启了中国新诗发展的大门。这两者似乎纯属巧合,但是究其根源却大有文章。

一、中西历史与文化语境

首先,我们要将目光伸向十九世纪三四十年代的欧洲,那时候的英、法等主要欧洲国家开始进入新的历史转型期,随着科学技术的迅速发展,从手工业到机器工业的第一次工业革命即将结束,而历史将迎来范围更为广泛、影响更为深刻的第二次工业革命,电气化和机械化是这次革命的主要成就。欧洲人将从"蒸汽机时代"向"电力时代"迈进,从"棉花时代"向"钢铁时代"转变。这种经济和科技层面的变革实际上也导致了社会的生产结构与生活方式的变革;人们对于自然的依赖逐渐减少,人工创造物取代了自然产物,自然供给让位于工业供给,人类似乎可以脱离于自然而存在,对于资本主义发展所需求的自然资源的巧取豪夺成为理所当然的借口,殖民扩张成为工业化强国原始积累的必要手段。

同时,欧洲各国阶级矛盾日益突出、兵戈互兴,社会和政治局势动荡不安。1830年,法国七月革命结束了轮番复辟的波旁王朝,彻底结束封建制度的统治,而代表大资产阶级的七月王朝又被随之兴起的多次工人起义推翻,直到1871年巴黎公社成立,共和政体才逐渐在法国确立。19世纪后半期持续数十年的法国革命给欧洲各国人民上了一堂最为出色的政治课,引发了英、德、比、意、奥等国的群众起义,作为革命的主力军工人阶级和大资产阶级,以及代表顽固守旧势力的封建贵族残余势力构成了新的阶级矛盾关系,革命浪潮此起彼伏,民族矛盾和阶级矛盾交缠纠葛,而历史前进的步伐不会停止,现代社会的到来势不可当。

十九世纪后半期的中国仍沉睡在自给自足的农业经济社会,对于西方的工业革命知之甚少,甚至以天朝大国的姿态藐视西方"蛮夷"的迅速崛起。那时的中国其实还不是弱小之国,还称得上国富民强,有学者曾统计即便到了1870年,中国的GDP仍占世界的17.3%,而英国只占区区9.1%,即便到了1900年,中国的经济实力依然高居日本之上。然而,一次次中外战争的失利,一份份不平等条约的签订使得中国越来越缺乏足够的自信和资本与西方列强抗衡。加上清朝统治者的昏庸腐败,在政治上、经济上和文化上通通采取排外又示弱的政策,使得鸦片不断输入,白银不断外流,社会动荡不安,中国人民陷入水深火热之中。

中国有识之士也曾出谋献策、力挽狂澜。林则徐编写《四洲志》,魏源编写《海国图志》,洋务派引进西方先进器械和技术,以"师夷长技以制夷"之法以求自救。1894年中日甲午战争爆发,北洋海军全军覆没,标志着历经三十年的洋务运动以失败告终。坚船利炮不能挽救民族危机,政治体制的改革势在必行,以康有为为领导的"公车上书"寄希望于年轻而无实权的光绪帝,以求达到变法自强的目的。然而,政治斗争何其残酷,以慈禧为首的守旧封建势力又怎么肯将军政大权拱手让人,可怜维新变法维持百天,以"六君子"被杀,康有为、梁启超逃亡海外,光绪被幽禁而告终。延续千年的封建帝国就这样在内忧外患、民不聊生中草草结束十九世纪,进入二十世纪的滚滚洪流之中。

历史总是以惊人的相似性告示世人。从上可知,十九世纪后半期的中西方都处于社会急速转型和动荡不安的时期。从时间上来说,欧洲封建时代比中国早结束也就不过四十年,但是由于中国错失了两次工业革命的推动,在社会经济、制度、技术、文化各方面都急剧落后于西方社会,法国已开始建立共和制度,而中国的封建帝国仍在风雨飘摇中。从1840年的鸦片战争到1883年的中法战争、1900年的八国联军侵华,连续半个多世纪的时间,中国几乎都在与西方列强作殊死搏斗,但每次都以签署丧权辱国的不平等条约而结束。

同时,西方的思想观念、宗教信仰、文学艺术也在各类不平等条约的保护下,在愿意向西方学习以图自强的知识分子阶层的热烈欢迎下,大规模传入中国。这种文化输出,本身就有强大的政治、经济和军事力量作为后盾,所以根本谈不上受到多少拒绝和打压,可谓一帆风顺。古老的中国文化传统本身已是千疮百孔,然而缺乏强劲的内驱力进行现代革新,所以一批有远见卓识的知识分子,其中当然很大一部分是不甘于人后的年轻人,他们自觉或不自觉地背负起历史使命,如饥似渴地学习西方文化、文学,介绍翻译西方最为先进的理论和研究方法。其中就包括西方象征主义。

二、象征主义诞生之文学土壤

十九世纪中期的欧洲文学还沉浸在现实主义给人们带来的震撼之中。曾盛极一时的浪漫主义文学被风起云涌的革命浪潮击得粉碎,现实主义的批判锋芒无疑更贴切于现实的革命需求。强烈的现实批判意识和开阔的历史视野是现实主义的两大法宝,现实主义作家们具有的社会责任感和历史使命感似乎与生俱来,他们如实地记录现实生活,大胆地披露丑恶现实,法国的斯丹达尔、巴尔扎克、福楼拜,英国的狄更斯、萨克雷、勃朗特姐妹便是其中翘楚。之所以要谈及现实主义的大行其道和历史功绩,是要反衬紧随其后兴起的象征主义之特立独行与标新立异。这是西方小说的黄金时期,也是诗歌的短暂沉寂期。1885年雨果辞世,这似乎标志着一个浪漫主义伟大时代的落幕,法国诗坛虽有帕尔纳斯诗派(即高蹈派)摇旗呐喊形式美的崇高与精致,提倡"为艺术而艺术"的纯粹诗歌,但其严格的格律规定,机械的文字应用和公式化的辞藻把诗歌限制在一个狭小的形式空间,这是当时流行的科学主义对诗歌的渗透,逐渐违背了诗歌本身追求自由与阔达的内在要求。

历经群星璀璨的浪漫主义诗歌大潮之后,诗歌将何去何从,世纪之交的诗人们陷入了彷徨与焦虑。这种焦虑和彷徨也是属于那个时代大多数平凡个体的,是一种普遍现象而不是个体现象。缪塞曾发表长篇小说《一个世纪儿的忏悔》,将当时法国相当多青年的"世纪病"精神状态表现无疑。所谓"世纪病",就是一种缪塞口中的一种"无以名状的苦闷感觉"。这是一种精神上的流行病、传染病,具有相当普遍性和代表性。这些人往往物质生活无忧,而心灵极度空虚,缺乏爱与被爱,精神长期萎靡不振,想要改变自己的生活状态,却苦于没有和传统生活决裂,投身于伟大革命的勇气。他们享受父辈带来的无尽物质财富,却要生活在他们的光环下丧失自我的存在,蹉跎岁月,消磨人生。

面对西方列强的侵略,中国人民并没有放弃向西方学习先进技术、文化和思想的努力。维新变法运动失败之后,很多知识分子认识到"开启民智"的重要性,而将这一重要使命赋予文学,其中当然最为重要的是小说。"小说界革命"由梁启超首先提出,他在《论小说与群治之关系》中说:"欲新一国之民,不可不先新一国之小说。""小说由不可思议之力支配人道故。""小说为文学之最上乘也。"①其实在梁启超提出以小说"改良群治"和"新民"之前,中国早就在严复和林纾等一批翻译家的共同努力下掀起了中国翻译史上的一次高潮。其中小说的数量最多,据统计,至五四时期为止,中国近代共有翻译小说两千五百四十五种之多。除小说外,翻译诗歌近百篇,翻译戏剧二十余部。②当然这些翻译作品在质量上良莠不齐,选题上较为狭隘,但是对于打开国人眼界,改变中国许多传统知识分子的顽固而保守的思想起到了很大的历史作用。

在诗歌改革方面也有很多先行者,例如龚自珍提倡"尊情"和"宥情",主张尊重个人情感,解放个性;魏源认为诗文具有"考治""辩学""合听""合观"作用,表现出一定的民主思想;冯桂芬突出诗歌沟通"上下之情"而王韬强调"自抒胸臆"等。③维新运动之后,"诗界革命"

---

① 梁启超:《论小说与群治之关系》,陈平原、夏晓虹编:《二十世纪中国小说理论资料》(第一卷),北京:北京大学出版社1997年版,第50~51页。
② 陈淳主编:《西方文学史》(第二卷),成都:四川人民出版社2003年版,第243页。
③ 王运熙、顾易生:《中国文学批评史新编》,上海:复旦大学出版社2007年版,第389~399页。

得以蓬勃开展,黄遵宪提出"我手写我口",提倡改革诗文以古文为主的现象,倡导口语化及其对国家发展的重要性,他的确称得上是白话文运动的先驱。梁启超继续充当"诗界革命"的旗手,认为中国古典诗歌的发展已经到了"诗运殆将绝"的地步,非改革创新不可。苏舒曼自称以但丁、拜伦为师,而王国维的《人间词话》实则称是以西方哲学及美学观点为基础分析阐释中国古典文学的先锋之作,是中西文学理论交流融合最好也是最先的体现。

五四运动在中国历史上既是一场爱国政治运动,更是一场规模空前、影响深远的文化革命运动。自1915年开始的新文化运动是一场思想启蒙和解放运动,科学与民主成为最值得推崇的价值观,人们开始自觉反对封建传统文化中的落后观念,希望将个人从传统的桎梏之中解放出来。胡适曾撰写《中国的文艺复兴》来高度赞扬这一次伟大的思想解放运动。同时,胡适也是坚定的白话文改革的支持者和倡导者。1917年他在白话文运动阵地《新青年》上发表《蝴蝶》,这首饱受诟病的短诗被称为我国第一首白话文新诗,胡适成为白话文新诗创作第一人。他大力鼓吹诗歌体裁和语言的变革:"新诗发生,不但要打破五言七言的诗体,并且要推翻词调曲谱的种种束缚;不拘格律,不拘平仄,不拘长短;有什么题目,做什么诗;诗该怎样做,就怎样做。""若想有一种新内容和新精神,不能不先打破那些束缚精神的枷锁镣铐。因此,中国近年的新诗运动可算得是一种'诗体大解放'。"①他出版的《尝试集》被称为是中国现代文学史上第一部白话诗集,虽然用现在的眼光去阅读胡适写的新诗,会觉得过于浅白和缺乏诗意,但是它的价值在于开辟了中国诗歌创作的一条崭新的出路,而这种自由开放的诗歌形式是符合历史和时代发展需求的。

胡适提倡和创作的白话新诗很大程度上受启于他的翻译实践,他把那首著名的《关不住了》(译作)称作是他"新诗成立的纪元"②。诗中有这样的句子"我把我的心收起,/像人家把门关了",的确像是口语

---

① 胡适:《谈新诗》,《胡适文集》,北京:人民文学出版社1998年版,第134~138页。
② 胡适:《谈新诗》,《胡适文集》,北京:人民文学出版社1998年版,第134页。

化的交谈,但也有"五月的湿风,/时时从那屋顶吹来;/还有那街心的琴调/一阵阵飞来"等充满诗情画意的句子,从韵律和节奏的把握上来讲,无疑都具有了新诗应有的模样。这首诗歌源于美国女诗人萨拉·蒂斯代尔写的"Over the Roofs",胡适没有把题目直译成《屋顶之上》而是用"关不住了!"这一语气非常急切的口语化的表达进行置换,其实胡适更想要表达的应该是中国新诗的诞生是谁也阻止不了的,人们热情盼望的改天换地的新时代很快就要到来。这首诗原指爱情的不可抑制,而胡适一方面宣扬了自由恋爱的现代爱情观和婚姻观,更是在指出人们在思想和精神上挣脱传统束缚的渴望和决心。因此,从内容和形式两方面来考虑,这首译诗无疑达到了胡适所说的"新诗纪元"的高度。

从上可知,西方象征主义发生之初被称为是"颓废派""世纪病",是当时欧洲社会,特别是法国社会急剧转型,人们生活动荡不安,年轻人陷入愤世嫉俗而又玩世不恭的情绪的集中体现。从文学发展本身规律来看,也是浪漫主义的浮夸与高蹈派的雕琢艺术逐渐落幕而被取代的自然过程。西方象征主义在五四前夕被介绍到中国,前文分析了它之所以能被引进入中国,并且受到重视和欢迎,有相当复杂的历史背景,其文化以及中国文学自身发展的原因也应考虑其中。象征主义随着西方列强的大炮落在了中国古老的土地上,被一群敢于向西方学习以寻求民族独立和复兴之路的年轻人推而广之。象征主义进入中国,承担了改变上千年诗学传统和诗歌创作方式的历史使命,它像一针催长素,被注入了刚刚诞生的中国新诗的新生儿体内,可以预见中国新诗将在象征主义的影响下茁壮成长。

三、文学的他律性与自律性

从历时的角度看文学发展,有两条重要的线索,一是具有悠久传统的他律论模式,二是历时较短的自律论模式。前者往往强调文学对社会政治、经济、历史、意识形态的依赖,认为它们的变化能直接地影响和决定文学的发展。在西方文学史上,持有他律论观点的学者比比皆是。史达尔夫人(1766—1817)开启了文学与社会关系研究的先河,她考察地理因素和气候、民族心理等对于文学的影响,重视民族和时代的普遍精神而忽略作家的个人性格;泰纳(1828—1893)提出文学发展三要素——种族、时代、环境;勃兰兑斯(1842—1927)力图通过心理沟通作家、作品和社会;普列汉诺夫(1856—1918)提出经济关系决定论,将文学发展的最终动力归结为社会经济关系和生产力状况。这些都是诞生于十九世纪中期的西方象征主义时代主流的文学研究方法和理论指导。其主要思想在于文学反映现实生活,文学反映社会等实用主义文学功能论。但是同任何事物的发展规律一样,文学也总是沿着一条盛极而衰的道路不断前行。法国帕尔纳斯派的灵魂人物戈蒂耶率先提出了"一切有用的都是丑的,毫无用处的东西才真正美"的观念,这被认为是唯美主义"为艺术而艺术"的宣言。

波德莱尔曾真诚地推崇戈蒂耶,并把他和法国文学巨匠维克多·雨果和巴尔扎克相提并论,因此他也是帕尔纳斯派的坚定跟随者。第一章介绍波德莱尔的时候曾提及他放浪形骸的生活方式,他对家庭、现实的反抗与叛逆几乎成为他的天性,因此也不可能真正跟随帕尔纳斯派对于诗歌形式的死守严苛。给予波德莱尔以灵感和影响的是在美国名不见经传的诗人爱伦·坡,他在爱伦·坡的诗歌里发现了一个充满奇异和神秘的精神世界。波德莱尔称之为"清醒的魔鬼,分析的天才,能够将逻辑与想象、神秘性与算计进行最新奇和最迷人的组合,出色的心理学家,挖掘和使用艺术的种种潜力的文学工程师"①。他不仅不断把爱伦·坡的诗作和文学主张翻译到法国,不遗余力地向法国文坛介绍这位风格独特的诗人,还着力模仿其作品,甚至将他的许多诗句和诗歌观念直接据为己有。

然而,我们并不能因此否认波德莱尔的历史功绩,他勇敢挑战当时处于极盛时期的浪漫主义诗歌传统,试图从中发现一条属于自己时代的诗歌道路,因此他的反叛、颠覆以及取而代之的态度非常坚决。就如瓦雷里所说,"他面临的问题是不惜一切代价从一个大诗人群里

---

① [法]保罗·瓦莱里:《文艺杂谈》,段映虹译,北京:生活·读书·新知三联书店2017年版,第195页。

脱颖而出,这些诗人由于某种偶然,在同一个时代不寻常地聚到了一起,每一个都生气勃勃"①。而要脱颖而出的办法就是从这些伟大的诗人作品中发现缺陷和遗漏,从一种崭新的角度阐释和创作诗歌。波德莱尔正是这样做的,而且他做得非常成功。如果说浪漫主义者摒弃了诗歌的节奏与音乐性,诗歌的逻辑与深度,诗歌的神秘性与灵异性,并将语言与情感的恣肆磅礴发挥到极限,那么波德莱尔要做的就是让诗歌回归到这些领域,就如回归诗歌本质的理性与智性,即回归文学自律性的轨道。现代诗歌应该具有自身的目的,为实现自身发展的需求,在纯粹的诗歌领地生根发芽、茁壮成长。就这样,爱伦·坡为"绝对诗歌"或"纯粹诗歌"指出了一个方向,波德莱尔则朝着这个方向迅速前行。

我们可以看到《恶之花》里没有历史叙事,没有故事传说,没有纵横捭阖的宏大气势,有的只是灵与肉的冲突,丑与美的和谐对立,甜蜜与苦涩的爱情,永恒与短暂的混合。

  当天空像盖子般沉重而低垂,/压在久已厌倦的呻吟的心上,/当它把整个地平线全部包围,/泻下比夜更惨的黑暗的昼光;/当大地变成一座潮湿的牢房,/在那里,'希望'就像一只蝙蝠,/用怯懦的翅膀不断拍打牢墙,/又向朽烂的天花板一头撞去。②

波德莱尔的诗中虽然充斥着这样忧郁、苦闷、彷徨与压抑的负面情绪,这也是后来很多评论者,特别是中国接受者们所否定的地方,但是如果我们把这首诗看作是诗人诗艺求索的象征,就能够理解了。顽固而强大的诗歌传统像天空一样笼罩着诗人的内心,让他感觉沉重和厌倦,他敏感的内心渴望自由的曙光,然而却身处牢房般的现实,让他不能有丝毫的放松。尽管诗人深感孤独与沉闷,但却没有放弃"希

---

① [法]保罗·瓦莱里:《文艺杂谈》,段映虹译,北京:生活·读书·新知三联书店2017年版,第195页。
② [法]波德莱尔:《忧郁与理想》,陈淳主编:《西方文学史》(第二卷),成都:四川人民出版社2003年版,第152页。

望";尽管这种希望显得渺茫而无力,就如年轻的诗人不得不在早已功成名就的伟大诗人的影响下低头沉默,不得不接受代表至高权力的所谓官方的指控与嘲弄,甚至冒着被判入狱的风险,但是他仍然想用这"怯懦的翅膀"拍打"牢墙",向"朽烂的天花板",即腐朽的传统力量发出挑战。这种反抗和叛逆更是直指上帝,他自称为该隐的后代,撒旦的歌颂者,要将"天主揪来摔倒在地上",他高呼"撒旦,愿光荣和赞美都归于你"。①

波德莱尔在西方现代诗歌上的开拓性贡献不一而足,他更是直接影响了后来的象征派诗人,成为象征派的先驱与引航者,所以瓦雷里说:"魏尔伦和兰波在感情和感觉方面发展了波德莱尔,马拉美则在诗的完美和纯粹方面延续了他。"②

象征派将文学的自律性发挥到极限,不仅有波德莱尔作为前驱者的功劳,更有马拉美在这一方面的进一步阐释与发挥。首先,马拉美对于诗歌革新有强烈而自觉的意识,他曾表达对于"伟大诗体"的不满。"它太废旧、人该来一场天翻地覆的变化了。"③所谓"伟大诗体"就是流行于法国数百年的亚历山大诗体,也是浪漫主义诗人们热衷的诗体。其次,马拉美认为词语本身有其客观性和独立的存在身份,词语不仅在音调上体现音乐性,还可以从排列组合、停顿、延续,甚至诗行之间的距离、词语的大小写或字体的变化,纸张的留白等表现音乐性和独特的美感。马拉美对诗歌形式本身所包含的诗意、思想和美学价值深信不疑,他甚至通过不同型号的字体来提示发声语气的重要性,通过书页中部、上下部等的留白来说明语调的升降。在马拉美眼中白色的纸张和诗歌的语言之间构成一个开放的永恒空间,诗韵、意象和节奏的不断流动变化都在这个整体的空间内独立存在又互相依赖,它们共同构成诗歌新的形式与美学价值。

---

① [法]波德莱尔:《忧郁与理想》,陈淳主编:《西方文学史》(第二卷),成都:四川人民出版社2003年版,第154页。
② [法]瓦雷里:《波德莱尔的地位》,《文艺杂谈》,段映虹译,北京:生活·读书·新知三联书店2017年版,第212页。
③ [法]马拉美:《马拉美诗全集》,葛雷、梁栋译,杭州:浙江文艺出版社1997年版,第118页。

还值得一提的是,马拉美坚信并实现了诗歌语言与散文语言极大的不同的意图,而且诗的内涵应该和平常的思想不同,就像诗的语言与日常语言不同一样。他要求诗人保持一定程度上的神秘感,通过文本的创新、语言的雕琢、思想与审美的高度与读者拉开距离,这也是他本人一以贯之的言说与创作方式。"指出对象无异是把诗的乐趣四去其三。诗写出来原就是叫人一点一点地去猜想,这就是暗示,即梦幻。这就是这种神秘性的完美的应用,象征就是由这种神秘性构成的:一点一点地把对象暗示出来,用以表现一种心灵状态。"①在这里,马拉美不仅指出了象征主义诗学最大也是最具价值的特点,即神秘性,也提出了如何去实现它的方法,即暗示而不是表现的方法。

文学自律论认为文学的发展是自我生成和转化的,文学的形式、规范等交替兴衰,韦勒克认为:"这些规范、标准和惯例的被采用、传播、变化、综合以及消失是能够加以探索的。"②自律论者对审美和文学性的强调,恰恰是对于过去文学史中过分政治性和意识形态化的反拨。然而这种文学观把文学形式之外的东西都予以排除,使文学成了存在于真空中的物质,它与社会现实的血肉联系被割裂,其反映现实和社会批判的功能被忽略。文学创作的内在规律得到尊重,以审美为中心的评价机制成为自律论者信奉的圭臬。然而,也许当文学失去了评判现实的能力,躲进象牙塔享起了清福之时,也就是到了文学退出人们视线,被人们所遗忘的时候。

在中国,"文以载道"的传统由来已久,文学与政治的联姻亘古有之。如很多中国古代杰出的文学家同时又是杰出的政治家或各级各类官员,文章之事被称为"经国之大业","立言"与"立功""立德"同是"不朽之盛事"。前文已经提及,自晚清至五四运动,中国一代又一代的有识之士试图通过"开眼看世界",保持一种谦逊姿态,努力向西方学习来改变国家的命运,挽救中华民族于水深火热之中,以免"亡国灭种"。维新变法失败后展开的"文学革命""小说革命""新文化运动"

---

① [法]马拉美:《关于文学的发展》,王道乾译,《西方文论选》(下卷),伍蠡甫主编,上海:上海译文出版社1988年版,第267页。
② [美]雷纳·韦勒克、沃伦:《文学理论》,北京:三联书店1984年版,第306页。

第四章　中西象征主义诗论的比较考察

"白话文运动"和"新诗运动"等一系列文化和文学上的举措其目的非常明确,即"开启民智""改良群治"和"新民"等。文学的革新被看作是一个国家和民族革新的重要前提和必要手段,且被赋予"救世与救国"的伟大历史使命,这是传统"文以载道"思想的再次勃兴,也是中国知识分子在面临文化和精神危机时做出的重要选择。

值得我们注意的是,象征主义主张文学的自律性更胜于他律性,在这一点上和中国有识之士们的诉求应该说是格格不入甚至背道而驰的。那为何以李金发为代表的中国象征主义诗歌在二十世纪二十年代初会给文坛带来那么大的冲击,以至于让后人觉得象征主义诗歌足以代表中国新诗的开端呢?

李金发在1925年出版的诗集《微雨》被称为中国第一部象征主义诗集,诗集出版后,李金发很快获得"中国诗界之晨星""东方的波德莱尔""引进法国象征派手法的第一人"等荣誉称号。李金发诗歌的语言特征、主题、风格和传统中国诗,以及胡适、周作人等人创作的中国新诗都有很大的区别,非常具有独特的个人特征,识别度很高。当时李金发的诗引起了社会广泛的讨论,褒贬不一,但总体来说还是赞誉多过贬损、鼓励多于打压、欣赏多于轻蔑,特别是受到很多年轻读者和诗人的喜爱和拥戴。究其原因,可以从下面三个方面来理解:

第一,《微雨》中所写的诗大都是李金发1920至1923年在法国留学期间完成的。这一写作时间和背景非常重要,因为当时的李金发是一个来自贫困东方国家的穷学生,在美丽的塞纳河畔目睹法国人在物质和精神上的双重优越,而遥想远在天边的故国却正烽烟四起、炮火连天,他的心情一定是沉重而抑郁的,再加上个人情感上的一些问题(诗人正经历一场失恋),让他对于当时方兴未艾的法国象征主义诗歌情有独钟。

第二,当时的法国文坛,甚至欧洲文坛(包括当时的俄国)仍处于象征主义的强烈影响之下。波德莱尔、魏尔伦、马拉美等诗人及其诗歌被广泛称颂和传阅,他们很自然地成为李金发阅读、模仿的对象。李金发后来自己也说"受鲍特莱和魏伦的影响而做诗","我的名誉老师是魏伦。"李金发自己也曾承认他的诗歌创作受到波德莱尔和魏尔伦的影响。

第三,李金发的专业是美术,对于美以及与美相关的一切东西有一种天生的敏感以及自觉意识的追求。他当初选择以美术为专业就是觉得中国人的生活中太缺少美的成分了,或者说他觉得很大一部分中国人根本不知道什么是美,如何欣赏美。于是有了后来他创办的《美育》杂志,其初衷就是希望能在国人的美的教育上做出一些努力。他对于美与艺术的关系也是和象征主义的观念一脉相承的,他认为艺术的目的只有一个,即创造美,艺术家的工作也只有一个,就是表现美。李金发将艺术与道德,艺术与社会建设区分开来,将艺术的唯一目的定义为美的创造,而不是任何其他与艺术无关的东西,这在文艺理论层面是具有开创性意义的。

传统的中国文化里美并非独立的存在,它总和"真"与"善"放在一起被人们讨论,它不是不以人的意志为转移的客观存在物,而是依附于人的情感、道德、价值、意义等主观思想的。老子提出"大音希声、大象无形"意在说明"道隐无名""无为而无不为"的思想;"五色令人目盲,五音令人耳聋",更是直接将美的追求看作是人们成圣、成道的阻碍。在孔孟思想里,"礼乐"是国家重器,代表的是秩序和规则,是国家意志与道德的彰显。《论语·学而》说:"礼之用,和为贵;先王之道,斯为美。"又说:"里仁为美。"这里的美其实所指都是治国之道、人与人的相处之道,以及个人与国家的关系。传统文学里的美讲究的是"移情""情景交融""相由心生",柳宗元曾论:"美不自美,因人而彰",意思很明显,美绝非独立存在之物,只有在人的认识和判断下才能显示出美或者美的反面——即丑。事物的美与不美是人赋予的,没有人的发现、体验和欣赏,根本算不上具备任何意义。这种文学艺术的他律论思想在中国具有几千年的历史,在知识分子和普通民众的心里根深蒂固,实际上早就融进了我们的血脉之中。

即便是受过西方思想浸润的美学家宗白华也难以逃脱这种观念的困扰。宗白华曾说:"文艺不只是一面镜子,映现着世界,且是一个独立的自足的形相创造。它凭着韵律、节奏、形式的和谐、彩色的配合,成立一个自己的有情有相的小宇宙;这宇宙是圆满的、自足的,而内部一切都是必然性的,因此是美的。"看到这里我们也许以为他是一位不折不扣的唯美论者,或至少想要确立美的独立位置和价值了。可是转眼间他又开始阐述完全不同的观点:"文艺站在道德和哲学旁边能并立而无愧。它的根基却深深地植在时代的技术阶段和社会政治的意识上面,它要有土腥气,要有时代的血肉,纵然它的头须伸进精神的光明的高超的天空,指示着生命的真谛,宇宙的奥境。"①这样两者兼顾的说法的确让人找不到任何可乘之机进行反驳,但是细想一下这样的评论最终还是落在文艺是生活的反映,是现实社会的一面镜子,是政治意识的帮手之类的他律论思想上了。

  远在异国他乡的李金发在孤独与苦闷中遇上了西方象征主义,随后,西方象征主义经过他的手蜕变成另一种充满异国情调、却新颖别致的中国新诗形式,与历史悠久的中国古典诗歌传统形成巨大的反差,给刚刚诞生的中国新诗带来了一股清新的空气。这与其说是一种偶然,还不如说是一种历史、文化和文学发展的必然。十九世纪中期开始,中西方社会都面临着深刻的社会、政治和经济转型,也导致了生产结构和生活方式的变革,新的阶级矛盾日益突出,国家政权更迭频繁,人们生活动荡不安。在这样风云诡谲的历史时空下,中西方文化交流日益频繁,与其说是交流,还不如说是西方文化对于中国文化的压倒式影响与胜利。五四运动即是这种影响的最显著的表现,然而这也是中国要除旧革新、脱胎换骨走向现代化的必经之路,中国古典文学和诗歌在新的历史潮流推动下同样面临反躬自省、涅槃重生的命运。象征主义在西方引起的现代诗学革命同样也会发生在古老中国的土地上,最终它将证明自己不仅是欧洲的,同时也是中国的,是世界的,是属于人类文明发展的共同财富。

第二节 中西象征主义审美论比较

  中西美学观念从近代(本文中所指的近代约指十九世纪中期)以

---

① 宗白华:《美学散步》,上海:上海人民出版社2005年版,第42页。

来发生了巨大的变化，古典时期流行的美学思想受到前所未有的挑战，这源于深刻的历史文化、社会经济因素以及复杂的政治运动背景。肇始于此时的中西象征主义从文本和文论两个角度如实反映了这种美学观念的嬗变，或者也可以反过来说，象征主义的诞生从某种意义上改变了人们的审美观念，促进了现代美学"审丑"观念的生成。中西象征主义在审美理想、审美趣味和审美方式上有诸多相似之处，但也存在明显差异，这种差异有中西文化本源上的差异，也有文学本身的制约因素，还有中西象征主义诗人的个体选择。

一、中西古典审美原则

中西方文明对于"美是什么？""何为美？""美有何用？""美如何可能？"等问题的思索，以及"美"与"丑""美与自然""美与道德"的关系的探讨自古有之。审美世界是一个纯粹的精神世界，而人们对于精神世界的问题往往充满无穷的好奇心和神秘感，这也许是使得美学之谜得以流传以及形成"美是难的"（苏格拉底）感叹的基本原因。如果从客观主义和主观主义两个方面来区分各个历史时期的美学观念，我们会发现西方古典时期的"模仿说""美是数的和谐"（毕达哥拉斯），"智慧是事物中最美的"（柏拉图）具有客观主义倾向，而古罗马的"崇高学说""美与真的统一"（亚里士多德）、中世纪的"骑士精神"以及近代美学中的"浪漫主义精神"则具备主观主义特征。

中国古典美学则从一开始就充满主观性，"美"是认识和判断的结果，而不是客观存在之物。老子"自然无为"的美学思想实际上是一种生命美学，"美"的追求和人的精神境界、价值取向和人格理想的臻于完美是相统一的。所谓"五色令人目盲，五音令人耳聋"更是直接将美看作是人们成圣、成道的阻碍。而在孔孟思想里，"美"的至高代表和实现途径是"礼乐"，"礼乐"是国家重器，代表的是秩序和规则，是权力意志与精神道德的彰显，实际上和本质上的美已相去甚远。

中国传统美学范畴主要在于"志""情"与"意"，强调人与自然、人与社会，人与人之间的和谐统一之美。"美"并非独立的存在，它总是依附于人的意志、道德、情感等主观思想。"美不自美，因人而彰"（柳宗元)说的就是"美"只有在人的认识和判断下才能显示出来,而且会根据不同人的审美认识呈现出不同的美的感受。审美活动是一种在感性和理性间取得某种平衡的精神活动,审美过程强调的是心领神会和顿悟,是达到人与自然的融合,即"天人合一"的境界。随着时间的变迁,特别是近代以来,中西审美理想、审美方法和审美态度都发生了巨大的变化,两者之间仍存有明显差异,但又在某些领域极为相似。

西方美学在培根和笛卡儿之后都主张以理性为美,理性为世界的主宰和立法者。这种以理性为唯一准则的主张要求人与自然一分为二,即主客二元对立,人的审美是认识过程而不是体验过程,把握审美现象是为了认识真理和积累知识,最终知识代替了想象,反映事实代替了艺术创造。现实主义代表着理性主义的辉煌,以追求绝对的真实,追求以真实为核心、以精致的和谐为表征的艺术美。自然主义既是现实主义的继承者,也是它的叛逆者,它将科学注入文学,对"客观"的过度强调实际上使文学走上了远离现实,即"非政治化""非道德化"的道路,而这正是唯美主义者和象征主义者们所津津乐道和如获至宝的美学观念。

十九世纪中期以来一场非理性主义运动悄然而至,这也是文化发展意义上的现代主义运动,它以激烈的反叛姿态和对古典与启蒙传统的不屑一顾为特征,最终开启了西方美学史上一次巨大的"决裂"。一切古典的审美原则和审美价值标准被质疑、被批判,"美成为非美""艺术成为非艺术"。长久以来,艺术没有独立的合法性,不具备本身的审美价值,它总是依附于宗教、政治和伦理道德,为满足这些艺术之外的要求而存在,因而是他律的,功能性和寄生性的。现代主义对于艺术则提出了自律性的目标,"艺术就是艺术""为艺术而艺术"等思想不胫而走,艺术逐渐要走出对现实世界的简单模仿,不再成为宗教、伦理、道德的工具,艺术的合法性存在依据不在他处,而在于自身。

二、审美观念的历史嬗变

在这样极具现代性的思想发展背景下,西方象征主义运动应运而生。它是西方审美观念现代化带来的结果,同时也进一步推进了这种审美观念向更深刻、更宽广的方向发展。说起流行于十九世纪末至二十世纪初的这场声势浩大、影响深远的西方象征主义运动,我们总不能绕过它的两个先驱,首先是美国的爱伦·坡,其次是他在欧洲的忠诚追随者波德莱尔。生活在美国的爱伦·坡远离欧洲大陆依旧强势的理性思潮,似乎更能毫无顾忌地摆脱掉西方古老的美学传统,特别是来自新生的科学主义和理性主义对美的定义与规范。爱伦·坡曾写过一首十四行诗"献给"科学,用这种对于格律要求严格的古典诗体而不是自由体来表达对科学的态度,本身就充满反讽意味。这首诗与其说是"献给",还不如说是一次饱含深意的对科学的控诉。

> 科学,你是古典时代的忠实女儿,/以敏锐的目光改变了一切。/你这秃鹫,张着乏味的、现实的翅膀,/在诗人的心里掠食所有。

诗的第一节开门见山,揭示了科学的思想根源是来自对古典时代的崇拜,回归西方智性与理性之本源。然而这恰恰是对诗人想象力与浪漫情怀的剥夺,"秃鹫"的比喻形象而生动,既描述了科学在追求知识与真理的道路上表现出的客观、现实和不近人情,同时也表达了诗人对于科学的强烈反感。

> 当你拦阻了诗人的飞行,/他该如何爱你,如何认可你的智巧?/尽管他也张开无畏的翼,/却如何还能飞上天穹寻宝?

从诗歌的第二节我们可以看出爱伦·坡也想对科学伸出友好之手,但是科学与艺术、诗歌似乎天生就是对立的,诗人的职责是在想象的天空不断靠近神明,不断挖掘美的本质,而科学则把"神明"拉下神坛,撕开神秘的天空的面纱,让人类进入一个祛魅的世界,进入一个远离神话与想象的世界。

> 难道不是你把月神戴安娜拉下了马车,/还把那与所居之树

同生共死的树神/赶出了丛林？是不是你/把水中的仙女逐出了湍流,/还赶走了草地上的精灵/和我在罗望子树下的梦？

爱伦·坡在诗中历数科学的罪状,科学对于诗人和诗歌造成的无可挽回的悲剧,发出了振聋发聩的警世之音。就如黑格尔早就预言的"散文的时代将取代诗的时代,艺术将不可避免地走向衰亡",爱伦·坡无疑也对于诗歌的前途充满了担忧。

实用主义和功利主义的美学观念早已融入中国人的血脉,即便在新旧更迭、反封建反传统的近代中国也没有太大改变,"美而无用""华而不实"的东西一直都被人们所贬斥。然而中国近代社会经历了亘古未有的思想与文化的大变化,中国传统美学观念不断受到挑战,面临全面瓦解之势,美学上的古今、中西之争从未真正停息。这似乎决定了中国象征主义既不能全面接受西方象征主义的美学思想,也无法彻底摆脱中国传统美学观念。

中国象征主义诞生前夕,以王国维、蔡元培、梁启超为代表的知识分子就已经开始提倡非功利的西方美学思想。王国维曾感叹:"美术之无独立价值也久矣。""美之性质,一言以蔽之,曰:可爱玩而不可利用者是已。"可见他对艺术的独立合法性存在有明确的认知和肯定,希望美学不要停留在为政治、伦理服务的层次,而是真正走入精神与审美的世界。所以他认为《桃花扇》是政治的、国民的、历史的,而高度赞美《红楼梦》才是哲学的、宇宙的、文学的,《红楼梦》的价值是对固有"国人之精神",即所谓"义、孝、廉、耻"等伦理道德的违背和反抗。他也接受了叔本华的美学观念,认为"一切美皆形式之美",词的最高美学标准是"词以境界为上",提出"有我之境和无我之境""主观之诗人"与"客观之诗人"等文学审美观点,开启了中国文学理论从古典向现代转变的第一扇大门。

蔡元培以教育家的身份主张对国人进行现代美学教育,他大力提倡以美育代替宗教,以美育启迪人生,以美育完成"开启民智"的历史使命。"盖以美为普遍性,决无人我差别之见能参入其中……美以普遍性之故,不复有人我之关系,遂亦不能有利害之关系。"他肯定了美

的独立性、客观性和普遍性的存在,美不以人的意志、喜好、利害关系为转移。对于美的价值他不吝溢美之词:

> 既有普遍性以打破人我之见,又有超脱性以透出利害的关系;所以当着生要关头,有"富贵不能淫,贫贱不能移,威武不能屈"的气概,甚至有"杀身以成仁"而不"求生以害仁"的勇敢;这完全不由于知识的计较,而由于感情的陶养,就是不源于智育,而源于美育。

而正是在全社会都重提"美育"以开启民智,加强国民素养的氛围下,西方象征主义主张的对"纯粹美"的追求才能被国人接受,这也是中西象征主义能够交融的观念基础与文化前提。

三、"美"与"丑"的较量

在西方古典美学观念中,"美"即真理,"绝对的美"即绝对真理,因此对"美"的追求和对真理的追求、对善的追求是同一的。"美"是当之无愧的皇后,享有无上的尊荣。而"丑"是"美"的陪衬,是被忽略和否定的存在,艺术家所描绘的对象应该是"美",不是"丑",否则将会受到排挤,甚至惩罚。随着近代社会的发展,人们精神与物质生活均发生了巨大的变化,"美"开始失去往日的辉煌,"丑"却不断提出挑战。"丑"作为"不安甚至痛苦的感情""染上了痛苦色彩的欢乐""是一种近代社会精神的产物"。这种审美观念的变化当然不是一蹴而就的,它经历了"美"与"丑"的反复较量,经历了数代知识分子和艺术家们的反思和辩论。狄德罗说:"诗需要的是巨大的、野蛮的、粗犷的气魄。"莱辛提出"丑可以入诗""预告了一个新时代的黎明。"《拉奥孔》就是这样以奇特、野蛮甚至怪异为特征的"丑"的表达的最好展示,预示着西方审美观念的巨大转变。这种审"丑"观念实际上代表着另一种精神上的崇高,反抗了古典时代以和谐、对称和静默为标准的"美"的定义,将美学向深度和广度上进行了推进。

在西方象征主义者看来,"真实""真理"也不再是艺术的目的,

"美""愉悦""效果"才是诗人应该追求的目标。爱伦·坡曾说:"文字的诗可以简单界说为美的有韵律的创造""我把美作为诗的领域"。但是需要指出的是,他口中的美和柏拉图口中的美可不是同一回事,前者的美学观念已具备现代性特征,即美的范畴扩大了很多,包括了"特别""惊奇""怪异",甚至是"丑"。爱伦·坡善于在他的诗歌里创造虚幻的王国和人物,像梦境般营造诡异、刺激的幻象。他对于传统的代表"美"的物质表示不屑一顾,反而转向并不受人待见的丑陋或渺小之物。《乌鸦》这首诗便是独一无二的存在,他将乌鸦这一并不美、并不受欢迎的动物象征了失去的爱情,这和传统上的爱情如一朵红红的玫瑰的美学观念形成巨大反差。整首诗充满了孤独、忧愁、悲痛和致命的绝望,重复出现的那句"永不再返"像代表邪恶和魔鬼的乌鸦给人类下的一道符咒,象征着人类对爱与希望的永失。而乌鸦站立在智慧女神雅典娜的头上,这一经典意象也意味着非理性将代表科学与秩序的理性踩在脚下,被厄运紧紧追随的人类失去了神的保护,将陷入永劫不复的灵魂幻灭之中。

爱伦·坡总是善于用一种非现实、非理性的表达方式来揭露现实的黑暗,理性的局限和人类的精神困顿。他创作的一系列推理恐怖故事以同样惊奇、夸张的效果扣住读者的心弦,收到激动人心的效果。有评论者认为这是一种哥特式的美学效果,他不是反对"美"本身,而是对"美"的概念和范畴有了崭新的理解。

波德莱尔曾不遗余力地向欧洲世界介绍爱伦·坡的作品和诗学主张,他甚至模仿爱伦·坡的诗句,将它们当成自己的创造。可以说《恶之花》是在爱伦·坡的直接影响下的诗歌产物。波德莱尔赞同爱伦·坡对美的重新定义,对美的和谐条件的重新理解:"使他赢得有思想的人的欣赏的并不是那些使他有名的表面的奇迹,而是他对美的爱,对美的和谐条件的认识。"他认为"诗的本质不过是,也仅仅是人类对一种最高的美的向往""艺术家之为艺术家,全在于他对美的精微感觉,这种感觉给他带来醉人的快乐,但同时也意味着、包含着对一切畸形和不相称的同样精微的感觉"。可见,在波德莱尔的观念里,"美"和"丑"也不是完全对立的存在。

波德莱尔曾撰文高度赞美帕纳斯派奠基者戈蒂耶的诗歌,钦佩他对"美的专一的爱",说他的文字有一种"无可指责的完美的东西",因此,"渐渐地,我习惯于完美,我便忘情于这种起伏而闪光的美的风格的运动"。如果说戈蒂耶的诗歌在形式上还延续了传统的精致与优美,并没有实质上的突破的话,那年轻一代的波德莱尔显然开始自己关于"美"的独特探索。在《恶之花》序中波德莱尔写道:"杰出的诗人们很久以来就已经瓜分了诗的领地中最繁花似锦的地盘,我将要做的是另外的事情……"

波德莱尔对于美的追求贯穿他短暂的一生,这通常让人感到匪夷所思,因为《恶之花》里充斥着各种丑恶、扭曲、怪异和荒诞,人们怎么也无法将这样的作品和戈蒂耶的美丽的诗行相提并论。当然这是当时大部分人的错误理解,其实波德莱尔早就表示过将丑恶转化为美的强烈兴趣。他说:"丑恶经过艺术的表现化而为美,带有韵律和节奏的痛苦使精神充满了一种平静的快乐,这是艺术的奇妙的特权之一。"这是他在评论戈蒂耶的诗歌时一种新的发现,他要突破前人,就必须有一种创新的冲动和反叛的意识。他作为"新的一代""健康的一代"似乎永远有一种质疑和推倒一切重来的勇气。他对"漂亮"一词做出了新的解释,认为它是"一切守旧的、传统的东西的来源",是"滥用记忆,还不是脑的记忆,而是手的记忆"的结果,即这些艺术家们运用已有的艺术创作模式,"公式化"地模仿,而不是独特地创新。在波德莱尔看来,真正的艺术家应该用它来表达"一种现代的丑恶,它意味着:没有模特儿,没有自然"。由此可以看出,波德莱尔创作的《恶之花》不是无根之木、无源之水,他的审美观念决定了他创作的方向和根本目的。他是要彻底改变西方古典和传统的美学思想,沿着狄德罗、莱辛、爱伦·坡的艺术路径继续前行。

波德莱尔颠覆了传统的美学观念,拓展了美的领域,打破了美与丑的绝对分界,不忌讳对丑与恶进行细致入微的描绘,而目的是要从丑中发现美、挖掘美、表现美,赋予丑以特殊的思想性、道德的丰富性和令人惊讶的启迪性。为此,波德莱尔勇敢挑战权威和当时社会文化对人们思想的禁锢,不惜为此走上法庭据理力争。他曾这样自问自

答:"什么是诗?什么是诗歌的目的?就是把善同美区分开来,发掘恶中的美。"至于什么是诗人,波德莱尔这样说:

> 一个人不能描绘一切,宫殿和破屋,温柔的感情和残忍的感情,家庭的温暖和普遍的仁慈,植物的优雅和建筑的奇迹,一切最温柔的东西和一切最可怕的东西,每一种宗教的内在之义和外在之美,每一个民族的精神和肉体的面貌,总之是一切,从可见到不可见,从天堂到地狱,他就不算真正是一位诗人。

这里充满了美与丑、崇高与渺小、温柔与残忍、精神与肉体等似乎不可协调之物的各种对立,而诗人的职责就是用他敏锐的发现力和感受力、丰富的想象力和神奇的语言在诗中表现出来。这是生活的本质,也是生命的本质,真正的诗人应该具备这样的能力,发现美与丑并存的现实中蕴藏的诗意,将其提炼和升华,最终形成诗行。

在《致读者》中波德莱尔把人们生存的现实世界比喻成罪恶的污秽不堪的"动物园",各种丑陋狠毒的怪物横行其中,它们无恶不作,目的是要让人间沦为一片"断壁颓垣",毁灭整个世界。波德莱尔写这些丑陋之诗的原因就在于唤醒人们内心身处"美和善"的良知,把正在堕落的人类灵魂从撒旦手中拯救出来。在《美颂》一诗中他这样感叹:

> 啊,美,你究竟来自天空,还是出自深渊?/你的目光既可怕又神圣/把恩惠与罪孽交融在一起洒向人间/你把夕阳与曙光包容在你的眼神中……/你究竟来自星空,还是出自险恶的旋涡?/恐怖并不是你最不引人注目的饰物,/凶杀,伴着你最贵重的首饰,/正在你骄傲的肚皮上温情脉脉地翩翩起舞……啊,美!纯朴、令人惶恐而又无处不在的怪物!/我唯一的主宰!只要你让世界不这么丑陋,让光阴/不这么沉重,你受命于上帝还是撒旦,/你是大使还是美人鱼,这又有什么要紧?

由此可见,和爱伦·坡一样,波德莱尔不是要反对"美"、诋毁

"美",高举"丑恶"之大旗,而是对于"美"的定义和范畴进行重新阐释,"美"不仅代表着天空的神圣和高远,也代表着深渊的神秘和深邃;"美"不仅是曙光带给人们的温暖与希望,也有夕阳中的沉静与壮丽;"美"来自上帝的恩赐还是撒旦的诅咒都不再重要,重要的是它能使这个世界最终摆脱丑恶,让人的生活重新充满欢乐。

与西方古典美学观念极为相似的是,中国古典美学中也基本没有"丑"的立足之地。"丑"是作为"美"的反衬而存在。不同的是,中国古代对于美丑的判断,来源于道德伦理的价值标准,即美丑判断就是善恶判断,就是好恶判断。庄子说:"圣人者,原天地之美而达万物之理。"(《知北游》)又说神人:"肌肤若冰雪,绰约若处子"(《逍遥游》)这些都是对于具有至高德行的人的赞美,"美"并不止于形体,更重要的是德行;不止于形式,更重要的是内容。庄子在《德充符》里描述各类形体丑陋之人,他们都是身体残缺却德行高远之人,庄子对这类人尤为赞美,因为这样的人不是不丑,而是忘记了自己的丑,将这种形体上的丑转化为德行的美。因此庄子审丑之目的不是要突出"丑"的重要性和必要性,而是要告诫世人忘记外形的美与丑,忘身,而不为身所累,要成为圣人,就必须"忘其行,不忘其德"。

总的来说,中国传统思想里的美与丑,不是本体论上的美丑,而是价值论上的美丑。甚至,美丑的差别没有根本性的区分意义,"其美者自美,吾不知其美也;恶者自恶,吾不知其恶也。""恶者贵,美者贱。"(《庄子·山木篇》)中国传统文化中这种美丑相对论,美丑同一论的思想对后世影响深远,即便在西方象征主义传入中国之际的二十世纪早期,以及之后也没有太大的改变。这是理解中西象征主义诗歌中的"丑恶""晦涩""颓废""忧郁""惊异"等美学范畴的前提。

李金发创作《微雨》时正值二十出头的青春年华,但他的诗歌里充满了波德莱尔式的"丑恶"、魏尔伦式的"忧郁"、马拉美式的"晦涩"和瓦雷里式的"纯粹"。因为他正是他们的忠实读者,也是灵魂上的惺惺相惜者。西方十九世纪末的唯美主义精神遗产成为以李金发为代表的中国象征主义者,以及后来的现代派、九叶派甚至新时期朦胧诗的中国新诗创作的美学准则。李金发和上文提及的蔡元培、梁启超等人一样,觉得中国人实在缺乏美的概念和美的教育。因此,他也积极提倡美育,"先要把面孔洗光,臭的衣服换过然后出去谈天!"除了生活的美化,还要艺术的美化,"艺术史不顾道德,也与社会不是共同的世界。所以他的美的世界,是创造在艺术上,不是建设在社会上"。这和中国传统的功利主义美学观念形成鲜明对比,反映了李金发等新一代受到西方文化影响的中国人开始领会到艺术的合法性存在,附着于道德和伦理的"艺术"与"美"开始寻求独立之路。

李金发在诗中自称是一个"爱秋梦与美女的诗人,/倨傲里带点 méchant(恶意)"。他不仅爱美,对于丑恶、死亡、悲哀和梦幻的主题尤为钟爱。如《夜之歌》里的诗句:"我们散步在死草上,/悲愤纠缠在膝下。/粉红之记忆,如道旁朽兽,发出奇臭。"这不禁让我们想起波德莱尔的代表作《腐尸》的诗行"山间小路拐弯出,一具污秽不堪的腐尸/倒在一堆碎石上……天空看着这骄傲的骨架简直/像一朵鲜花那样开放。/但臭味却那么令人窒息"。《有感》一诗中的"如残叶溅血在我们脚上,/生命便是死神唇边的笑"非常有特色,同时也引起诸多争议。这短短两行诗里意象非常丰富,"残叶""鲜血""死神""唇边的笑"给读者留下奇特而深刻的印象,这是对生命易逝的感叹,也是从容面对死亡的态度。每个人的生命终会结束,就如秋天的树叶飘然降落,那叶片上残留的红如血一般鲜艳,一个"溅"字让读者领略到了心悸与心痛,感到死亡巨大的力量。生命固然短暂,如死神的微笑,但这微笑仍值得赞美,仍值得怀念。这种新奇的比喻,诡谲的想象力让国人大开眼界,也无疑拓宽了中国新诗的语言表现力和审美范畴。

中国早期象征主义的另一位代表性诗人穆木天也深受西方象征派的影响,对于中国新诗的创作进行了自觉性的理论探讨。"我同乃超(冯乃超)谈到国内的诗坛的上边,谈些个我们主张的民族彩色,谈些个我深吸的异国熏香,谈些个腐水朽城,Decadent(颓废的)的情调,我们的意见大概略同。"穆木天和冯乃超都是中国早期象征主义的实践者,从他们的交谈中可以看出他们共同爱好的诗歌题材和风格都与西方象征主义诗歌一脉相承。

穆木天提出"纯粹诗歌",要求诗的世界和散文的世界区分开来,这种思想同爱伦·坡、波德莱尔以及后来的马拉美、瓦雷里的诗歌观念同声相应。对于诗歌的审美追求,穆木天说:"我喜欢 Délicatesse(精致)。我喜欢用烟丝,用铜丝织的诗。诗要兼造型与音乐之美。"值得一提的是,这句话主要是对诗歌语言的精炼和完美的要求,这也是西方象征主义者们普遍追求的目标,从爱伦·坡到马拉美,他们的诗歌语言无不精雕细琢,极具音乐和旋律上的美感。但是对于诗歌的题材与主题却有不同要求。他主张要把美的和画的区分开来,

> 我们要表现的是美的,不是画的。故园的荒丘我们要表现它,因为它是美的,因为它与我们作了交响(correspondance),故才是美的……我们很想表现败墟的诗歌——那是异国的熏香,同时又是自我的反映——要给中国人启示无限的世界。腐水废船,我们爱它;看不见的死了先年(Antan Mort),我们要化成了活的过去(passé vivant)。

从这里可以看出,穆木天对于什么东西才是美的有自己独特的理解,即这种东西必须和自己产生情感的回应与共鸣,不是一味地模仿西方的颓废之美,那只是"异国的熏香",尽管它开拓了我们的眼界,启发了我们的精神,但更重要的是我们应该找到属于自己民族的东西,即"国民诗歌",国民的生命和个人的生命"作交响"才能写出优秀的诗歌。实际上他也是这么做的,他的《乞丐之歌》《流亡者的悲哀》《猩红的灰暗里》《献诗》《别乡曲》里所表达的情感不再如李金发诗歌里纯属个人的幽怨别愁,他塑造的乞丐、旅人、流亡者的形象代表的更像是那个动荡年代的中国人群像,抒发的是具有普遍性意义的情感。

中西古典美学原则兼具主观性特征,但是西方审美中流传甚广的"模仿论""崇高论",以及启蒙主义之后主张的理性审美原则并不适用于中国。中国人提倡的是一种生命美学,美学观念和道德伦理观念浑然一体,不可区分,对于"真善美"的追求一直都是深入民心的中国主流的审美理想。因此当西方的非理性审美浪潮席卷全球时,中国并没有接纳它的文化语境和文学土壤。但是国人实用主义和功利主义

的审美趣味在新旧更迭、反封建反传统的时代发挥了重要作用,也直接关乎西方象征主义能否成功登陆中国,以及我国新诗发展的前途。

国人对于西方象征主义美学观念的接受首先应该可以理解为"开启民智""提倡美育"的实际的社会需求,一批知识分子意图从文化、文学入手改造中国人的审美品位和精神面貌。以李金发为代表的中国象征主义开拓者们虽然有模仿西方象征主义诗歌中的"晦涩""颓废""忧郁"等诸多主题和表现方式,并因此长期受到贬损,但他们的创作无疑丰富了现代汉语的诗性特征,开拓了中国新诗的美学范畴,成功将"审丑"纳入中国文学审美版图,具备了非凡的文学史意义。

第三节 中西象征主义诗艺论比较

从波德莱尔、魏尔伦,从瓦雷里到艾略特,甚至到后来之秀的俄国象征主义,西方象征主义大师们对诗歌的本质、特性和功能的认识,诗歌语言层面的音乐性、美学和哲学的思考都未曾停止过。有关象征主义理论的讨论在西方也源远流长,而诗歌创作更是与理论阐述相得益彰,相辅相成。西方象征主义进入到中国的方式是创作实践先于理论构建,拟写模仿先于独辟蹊径。作为将法国象征诗派的手法介绍到中国诗里的第一人(朱自清语)——李金发并没有从理论的高度阐释和总结他的诗歌创作,这也是中国象征主义从一开始就呈现出来的先天性理论缺陷,不得不说是令人遗憾的。不久,穆木天、王独清发表了相关理论观点,更为全面和深入的阐述则得益于梁宗岱与戴望舒的贡献。中国象征主义理论无论在资料的丰富性、阐释的深度和广度、理论构建的后续影响力上面和西方象征主义都不可同日而语。但就象征主义最关心的几个问题,如诗歌的本质、诗歌神性与现实性、诗歌的音乐美学特征等方面,两者既有相似处又有不同点,值得仔细梳理和品味。

一、诗的神性与现实性

象征可以说我们认识世界和认识自我的一种古老手段,无论中国还是在西方,其历史和社会功能都远远大于其命名的时间。中国古代有"圣人立象以尽意,设卦以尽情伪"(《周易·系辞上》)一说,"象"指具体可感的形象;"意"指思想、情意。"象生于意,故可寻象以观意","忘象者乃得意者也,忘言者乃得象者也……是故触类可为其象,合意可为其征"(王弼:《周易略例·明象》)。象与意之间的关系是相互作用的,外部世界与作者内心世界得以沟通。对于诗人来说就是所见所听和所触摸的外部形象与内在情感的结合,创造出"意象""意境"等诗学审美范畴。

值得一提的是,《周易》的产生源于古代人们对于自然、社会和自身现象的难以解释,他们试图通过占卜神明的方式寻求解决之道。这种对于神的崇拜,认为神可以主宰世间一切,人和神之间可以通过某种方式进行沟通的观念也类似于西方象征主义的基本观念。但是值得注意的是,中国古人对于"意"与"象"的阐释工具意义要远远大于哲学意义的。也就是说他们关注的仍然是现实问题,通过"占卜"的方式预测自身或群体的命运,通过问神、敬神来达到现实安好目的,这是中西象征思想的根本性差异。

亚里士多德从语言、心灵和事物的角度说明象征问题,康德、黑格尔等德国古典主义在美学范畴内讨论象征问题,黑格尔指出象征是"直接呈现于感性关照的一种现成的外在事物,对这种外在事物并不直接就它本身来看,而是就它所暗示的一种较广泛较普遍的意义来看"[1]。黑格尔认为象征具有模糊性、神秘性和崇高性三个最主要的特征,这基本上可以代表西方近代以来的象征观念。对于诗歌中象征手法的运用,西方学者早就所阐释。谢林说:"……作诗(这是最广泛意义上的诗,它是一切艺术的基础)不是别的,就是不断地用象征来表示。"[2]歌德赋予象征极为重要的地位,甚至认为象征就是诗歌的本质,所有的诗,都应该是象征的,这一点和谢林的说法不谋而合。而席勒对于象征的看法与他的朋友歌德类似,他赞成用一种象征的方式来

---

[1] [德]黑格尔:《美学》(第二卷),朱光潜译,北京:商务印书馆1997年版,第10页。
[2] [德]弗里德里希·谢林:《象征理论》,茨维坦·托多罗夫著,王国卿译,北京:商务印书馆2010年版,第253页。

表现自然中无法描绘的部分,甚至认为自然只是精神上的一种观念。席勒指出诗歌的两个途径:一是通过诗中音乐性的效果,达到存在于我们的心智活动与自然界的表象之间的类似性。二是运用自然来象征一种"活的精神语言",代表一种"心智内在和谐的象征"。①

象征因为可以作为物质世界与精神世界的桥梁,不断被赋予神圣的意义。诗歌的神性品质不断被放大,象征主义大师以此为基础开始他们对于诗歌的认识和阐释。波德莱尔不断提及诗歌的神性品质。"诗的这种命运何等伟大!不管快乐还是悲伤,它身上总是带着乌托邦的神圣品格。"②诗歌的神圣品格来自于它体现了人与自然的应和,神与人的相似。波德莱尔评价戈蒂耶的诗歌时,感叹"仿佛有神圣的气息吹动书页"。

> 戈蒂耶结合了一种应和及万有象征(它们是一切隐喻的宝库)的天生的巨大智力,人们就明白为什么他总是能够说清楚大自然的万物在人的目光前摆出的神秘的姿态。在词中,在言语中,有某种神圣的东西,我们不能视之为偶然的结果。巧妙地运用一种语言,这是施行某种富有启发性的巫术。③

把语言创作比作是一种巫术,不得不说这奇特的比喻但又是非常贴切的。诗人和巫师的共同职责在于能与神明、与自然万物沟通交流。因此,诗人是神秘世界和现实世界的联结者,诗歌是两者实现交流的桥梁。

基于对现实世界的强烈不满和对神圣的美的追求,波德莱尔在他的诗中无情揭露和控诉现实世界的丑陋,期待在诗歌中建立永恒和极美的天堂。就如这首诗中所描绘的,"遥遥远隔而几乎消逝的世界"

---

① [美]雷纳·韦勒克:《近代文学批评史》(第二卷),杨自伍译,上海:上海译文出版社1997年版,第211页。
② [法]波德莱尔:《波德莱尔美学论文选》,郭宏安译,北京:人民文学出版社1987年版,第35页。
③ [法]波德莱尔:《波德莱尔美学论文选》,郭宏安译,北京:人民文学出版社1987年版,第79页。

"奇妙的美梦""永远漂着暑气的晴天的荣光""无休止的摇动""无限的、圆形天空的蔚蓝""我梦中的绿洲"(《遨游》)。"他正在创造一种第二现实,一种属于他的渺远而不存在的世界,他在诗中安置这个理想的世界,不仅为自己,也为他的读者。"①波德莱尔强调想象力对于诗歌和诗人的重要性。诗人需要拥有极高的想象力,这种想象力不是简单地感受外界的能力,也不是纯粹的幻想,而是"一种近乎神的能力,它不用思辨的方法而首先觉察出事物之间内在的、隐秘的关系,应和的关系,相似的关系"②。在波德莱尔的眼中,诗人似乎并不需要具备理性和思辨的能力,直觉、感应世间万物的能力更为重要。按照《恶之花》第一首诗的说法,诗人生性就属于天堂,他是被流放到尘世上来的。诗人甚至可以和上帝类比,波德莱尔无疑是想要强调艺术和艺术家诗人们天使般的本性和神圣的使命。

《应和》一诗充分反映了波德莱尔的诗学主张,也深刻影响着后来的象征主义诗人们的诗歌观念与创作。

> 自然是座庙宇,那里活的柱子/有时说出了模模糊糊的话音:/人从那里过,穿越象征的森林/森林用熟识的目光将他注视……如同悠长的回声遥遥地汇合/在一个混沌深邃的统一体中/广大浩漫好像黑夜连着光明——芳香、颜色和声音在互相应和。③

大自然如一座象征的森林,它向人传达神秘的暗语,人和大自然处于一种彼此熟悉、和谐相处的关系。人与自然界万物之间在声音、颜色、气味等感官方面相互呼应。各种感觉器官的阻碍被逐一打通,人与自然进入一种混沌而深邃的统一状态。此刻,万物合而为一,再也分不出人与世界的区别,没有物质与精神的区别。

波德莱尔所强调的人与自然的和谐,人与万物的互通与中国古代

---

① 柳扬:《花非花——象征主义诗学》,北京:旅游教育出版社1991年版,第14页。
② [法]波德莱尔:《波德莱尔美学论文选》,郭宏安译,北京:人民文学出版社1987年版,第200页。
③ [法]波德莱尔:《恶之花》(全译插图本),郭宏安译,中国戏剧出版社2005年版,第15页。

哲人所提倡的天人合一,物我合一的观念不谋而合。波德莱尔曾说过,读者从一位优秀的诗人那里获得的教育和我们从自然那里获得的教育一样的。"天是一个伟大的人,一切形式,运动,数颜色,芳香,在精神上如同在自然上,都是有意味的,相互的,交流的,应和的。"①老子的"人法地,地法天,天法道,道法自然"和庄子的"天地与我并生,万物与我为一"体现的就是这样一种思想。

兰波是天才般的象征主义诗人,他相信"诗人使他自己成为一个通灵者","我将做创造上帝的人""诗人是真正的盗火者"。"波德莱尔是第一位通灵者","我也努力使自己成为一个通灵者"②。通灵者的职责就是沟通现实世界和神的世界,诗人具备这样的能力,但必须是通过长期的、广泛的、有意识的训练的,诗人需要经历各种现实世界中的爱恨、痛苦和疯狂,才能成为一个具有这样能力的人。诗人要努力寻找和培养自身这种能力,并且相信自己的这种能力。

兰波年少成名,后来由于种种原因放弃了诗歌创作,但是他身体力行,勇于冒险和尝试不同的生活,用其短促而奇幻的一生实践他的诗歌理想。"我们一起去流浪,去岩洞饮酒,在路上吃干粮,我急于找到一个住所,确立一种生活。"③兰波的诗歌世界是宽广而博大的,是充满激情而躁动不安的。对于他来说,诗歌的神性在于反抗已有的诗歌秩序,反抗一切理性和规则,热爱生活并从生活中吸取诗歌的灵感和精华。就如《精灵》一文中所说:"他四处游历……即便崇敬消失,他的诺言依旧回旋激荡:'统统退去吧,这些迷信、这些衰朽的躯体、家庭,都只是这时代笼罩一时的阴影!'"④兰波就如一个诗歌精灵,在这个大地上四处游荡,正因为认识到了诗歌"精神之繁盛,宇宙之博大",他用坚韧不屈的精神实践着自己的诗歌理想。

马拉美是象征主义诗歌向神秘主义倾斜的关键人物,在他的眼

---

① [法]波德莱尔:《波德莱尔美学论文选》,郭宏安译,北京:人民文学出版社1987年版,第97页。
② [法]兰波:《兰波作品全集》,王以培译,北京:作家出版社2011年版,第305~308页。
③ [法]兰波:《兰波作品全集》,王以培译,北京:作家出版社2011年版,第233页。
④ [法]兰波:《兰波作品全集》,王以培译,北京:作家出版社2011年版,第261页。

中,诗歌和神秘的宗教类似,都是神圣不可亵渎的东西。他主张诗歌用晦涩、艰深的语言,用暗示、象征的手法来获得神秘感。指出象征主义的"实质是回避任何自然事物,回避任何过分直接或明确表达的思想"①。马拉美眼中的自然世界显然没有波德莱尔那么亲切,能够和人形成情感联系与共鸣,更没有物我合一、物我两忘的情景出现。"我理解了在诗歌与宇宙之间的内在关系。为了使诗歌保持纯洁,我有意要将它从梦和偶然之中解脱出来,使之与宇宙的观念相并列。"②诗歌和宇宙并列,这是诗歌尊贵身份的表现,因为诗歌和宇宙有共同的特点,即无垠、辽阔、虚无。

马拉美用极其冷静和理性的思考,力图在真实的世界之外建立一个独立的理想空间。"虚无"(le néant),"真实的虚无"(le rienqui est la vérité),"无限"(l'infini)就隐藏在这样的空间中。在世界与语言之间构成一个永恒的诗歌空间,音乐般流动的诗韵、意象和节奏在这个整体而独立的空间里存在,互相影响,相互依赖。马拉美终其一生想要实现这样一个理想,对于每一首诗歌都要求尽善尽美,绝不平庸,但显然他并没有获得成功。

《窗子》一诗被瓦雷里称为现实主义、理想主义和神秘主义三者的结合。诗中描述了一个发烧的垂死的病人在神志迷糊的状态下追求崇高的心灵境界。"他张开发烧的嘴,恨不得吞尽天上的蔚蓝","天上的蔚蓝"就是一种理想王国的象征,也是诗歌的最高境界。

> 我逃遁,扒遍所有的窗子/ 在那里我超脱人生,祝福人生,/在永恒的露水洗涤的玻璃中/ 纯洁的晨光染上"无限"的金色//我对窗凝眸,自身的回映却成了天使! 我羽化了——让玻璃窗变成艺术,变成神秘吧——/我深愿再生,把美梦织成冠冕,带到/未来的天堂,那里的"美"怒放着花朵!③

---

① 袁可嘉等:《现代主义文学研究》,北京:中国社会科学出版社1989年版,第345页。
② [法]马拉美:《马拉美全集》,巴黎:伽里玛出版社1945年版,第865页。
③ [法]马拉美:《马拉美诗全集》,葛雷、梁栋译,杭州:浙江文艺出版社1997年版,第10~12页。

诗中的窗子象征着逃离现实的,得到精神上的解脱的方法和途径。马拉美借病人之口表达了自己想要摆脱现实生活的束缚,向往自由、无限、神秘和美丽世界的愿望,成为"天使","羽化"成仙,飞向那"未来的天堂",那也是马拉美心中最渴望的完美的诗歌天堂。

瓦雷里早期是马拉美的忠实追随者,中间很长一段时间没有进行诗歌方面的工作,而醉心于理性思考和科学活动。他提及诗的情绪是情绪中最主要的部分,"一个宇宙的觉识"便是诗的分野,而诗的宇宙很像是一个梦想的世界。"诗境"是瓦雷里反复提及的一个诗论范畴,在他的眼中,诗境和梦境是极为相似的,两者的特征都是"非常不规则的,反复不定的,不知不觉而然的,又是容易消逝的。我们突然把它捉住,又常常突然把它失掉"①。这种优美的诗境犹如梦一般神秘莫测,但又是可以被感知的,它能引领我们到达一种"深远宏博优美完好的境界",能够唤起我们"人生最高的一致与和谐",这不是完全出自偶然,就是来自"一种玄妙非凡的境地"②。

综上所述,我们可以知道瓦雷里并不否认诗歌的神秘维度和神性,这是自波德莱尔以来象征主义诗歌的重要观念。但是瓦雷里也承认,"诗是一种苦工得来的杰作,也是一种智慧和毅力所造成的大建筑。诗是一种意志和分析力的产品"③。这里瓦雷里试图将诗歌从虚无缥缈的幻想世界中拉回现实,诗人不能完全靠灵感和直觉创作,不能想到哪儿写到哪儿,因为那样就会连诗人自己也不知道写了什么,那些神秘奥妙的语句没有来源,没有和读者形成共鸣,只会是"妖魔的作祟"。瓦雷里还是想和他的前辈们有所区别,诗歌毕竟不同于宗教,尽管两者之间存在很多的共性。他提倡的"纯诗"或者说"绝对诗歌"的创作也没有神秘之处,只是从语言、逻辑和理性的角度,用"最平常

---

① [法]瓦莱里:《诗》,杨匡汉、刘福春编:《西方现代诗论》,广州:花城出版社1988年版,第202~203页。
② [法]瓦莱里:《诗》,杨匡汉、刘福春编:《西方现代诗论》,广州:花城出版社1988年版,第211页。
③ [法]瓦莱里:《诗》,杨匡汉、刘福春编:《西方现代诗论》,北京:花城出版社1988年版,第213页。

的材料创造出一种虚构的理想秩序"。这里的"纯"不是道德意义上的,或者神学意义上的"纯",而是"一种分析性的思想","和物理学家说的纯水的'纯'是一个意思"①。瓦雷里最终还是将他的诗学理想寄托于语言的纯粹性和日常生活。从《海滨花园》中无限的生命冥想到《年轻的命运女神》到《与泰斯特先生促膝谈心》,瓦雷里逐渐回归现实,就如泰斯特最终回到他妻子的怀抱,他像笔下的浮士德一样感叹:"在我的外部生活中,最纯粹的一瞥,最细微的感觉,最细小的行动和活动,都获得了与我内在思想的构思和意旨同样的尊贵……这是最高的境界,在其中任何事物都可用一个词概括:生活。"②

综上所述,西方象征主义从神圣而神秘的诗歌殿堂开始转向关注日常和普通生活,马拉美的诗学主张最终因为曲高和寡而注定只能成为文学殿堂高冷的摆饰品。这也说明文学如果脱离生活现实,脱离它的阅读者和聆听者,就失去了继续生存和发展的基础,逐渐被其他的诗学观念和流派所替代。

上文提及象征作为一种人与神沟通的方式在中国源远流长,中国人的天人合一的宇宙观和世界观也在某种意义上和西方象征主义的观念相似。而象征作为一种文学方法和诗歌技巧也是被广泛使用的,这就是我们熟悉的"比兴"手法。"比,以彼物比此物;兴,先言他物,以引起所咏之辞。"(朱熹语)这不仅是一种简单的修辞,而且是一种诗学观念和创作思维。"诗学之正源,法度之准则"说的就是赋、比、兴在诗歌创作中的重要性,而比和兴则是诗歌的灵魂。所以周作人在《〈扬鞭集〉序》中说:

> 象征是诗的最新的写法,但也是最旧,在中国也'古已有之'。……这是外国的新潮流,同时也是中国的旧手法;新诗如往这一路去,融合便可成功,真正的中国新诗也就可以产生出来了。

---

① [法]瓦莱里:《西方现代诗论》,杨匡汉、刘福春编,花城出版社1988年版,第216页。
② [英]查尔斯·查德威克:《花非花——象征主义诗学》,柳扬编译,北京:旅游教育出版社1991年版,第50页。

由此可见周作人对于西方象征主义寄予了很大的希望,中国新诗在产生之初就自觉融合了中国古老的诗学传统和西方新潮的象征主义,可以说是非常幸运的。这也为后来中国新诗不断向现代主义发展奠定了基础。李金发在《食客与凶年》的自跋中也有类似的提法:"东西作家随处有同一思想、气息、眼光和取材,稍为留意,便不敢否认,余于他们的根本处,都不敢有所轻重,惟每欲把两家所有,试为沟通,或即调和之意。"李金发虽有中西沟通和调和的意图,却始终由于自己的能力有所限制,也是由于历史与现实的种种原因,他最终没有成功实现这一目的。

对于西方象征主义诗论加以理论阐释和延拓的中国学者并不多,穆木天、王独清、梁宗岱和戴望舒是其中的佼佼者。穆木天《谭诗》一文提出了一个根本性的诗学命题,即诗歌的"纯粹性"。这个命题也是西方象征主义的基本命题,波德莱尔、瓦雷里都有提及,但主要是从语言层面和诗歌技巧方面提出的要求。穆木天在此基础上有新的阐释和说明。他认为诗歌是"内生活的真实的象征",内生活指的应该是人的精神生活,可以和物质生活或者叫外生活加以区分。他认为诗歌和散文应各自有分工,明确提出两种文体的区别。这一点和西方象征主义如波德莱尔、兰波、魏尔伦所提倡的散文诗写作又有所不同。他指出"纯粹的表现的世界给了诗歌作领域,人的生活则让散文担任"。散文记录人的现实生活,诗歌则表现纯粹的精神世界,而这样的世界又是什么样的呢?穆木天说这是一种"一般人找不着不可知的远的世界,深的大的最高生命"。

读到此,我们一定有某种熟悉感,因为他的观点同西方象征主义所提倡的诗的神秘性、高贵和伟大,诗人是通灵者、天使甚至造物者本身等观念有很大的相似性。穆木天眼中的"诗的世界是潜在意识的世界""一首诗是一个先验状态的持续的律动"。诗源于"平常生活的深处。诗是要暗示出人的内生命的深秘"。穆木天认为诗歌要有强大的哲学作为基础,"诗的背后要有大的哲学,但诗不能说明哲学"[①]。他

---

① 穆木天:《穆木天的诗》,北京:北京师范大学出版社2016年版,第270页。

强调要用象征的方法表现出哲学的内涵,而不是明白地说明它。我们要用诗歌去思考,去思想,在诗歌中体现哲学思维,或者诗人的哲学观、世界观和宇宙观。这可以说是穆木天的诗学理论贡献,因为中国传统文学里的"诗言情""诗言志"只是说明了诗歌能帮助人们抒发内心情感、愿望和理想,但穆木天认为诗歌还有其大作用,即我们应该"以诗去思想",用诗意的眼光去看待生活和世界万物,发现其中深藏的奥秘。

梁宗岱是瓦雷里的学生,自然遵从老师教诲,所以他的很多诗论是瓦雷里的延续和发展,并结合中国传统诗论做出自己的理解。他评价瓦雷里的诗"深沉而伟大",这种"深沉而伟大"不在于诗人"对于生与死的观念,而在于茫漠的天海间,诗人心凝神释,与宇宙息息相通,那种沉静的深邃的起伏潆洄"①。宇宙是一个宽泛的概念,在西方象征主义诗人心中是一个崇高和理想的世界,是大自然也是充满神性的天堂,是一种纯粹性的精神追求。梁宗岱认同这种观念,并将这种宇宙观和中国传统道家和佛学的观念有机地融合在一起。

首先,他创作的诗歌中不乏"基督""上帝""修道院""圣母"等西方宗教词汇,也杂夹了很多"尼姑""庙宇""地母""夜神"等充满中国文化色彩的名词,这种语言的中西夹杂其实体现了中西观念的交融,虽然有时不免让人心生怪异,但诗歌的神秘性和宗教感也表现无遗。其次,梁宗岱心中的宇宙其实也是西方象征主义诗人心中理想精神世界。"这大千世界不过是宇宙底大灵底化身,生机到处,它便幻化为和表现为万千的气象与华严的色相。""我们只是消逝的万有中的一个象征。"②既然万物和我都是这宇宙大千世界的幻化,都是象征,诗人的职责就是把灵魂感受到的这种"神游物表的光明极乐的境域"表现出来。人类的灵魂犹如一个幽邃无垠的太空,一个无尽藏的宝库,因为灵魂和宇宙合为一体,同是真正的诗歌的表现对象。"诗是我们底自我最高的表现,是我们全人格最纯粹的结晶。"③灵魂的伟大在于

---

① 梁宗岱:《梁宗岱文集Ⅱ·评论卷》,北京:中央编译出版社2003年版,第22页。
② 梁宗岱:《梁宗岱文集Ⅱ·评论卷》,北京:中央编译出版社2003年版,第74页。
③ 梁宗岱:《梁宗岱文集Ⅱ·评论卷》,北京:中央编译出版社2003年版,第28页。

"真","真是诗底唯一深固的始基,诗是真底最高和最终的实现""我们内在的真与外界底真调协了,混合了。我们消失,但是与万化冥合了"①。诗人在创作的时候做到心凝形释,物我两忘,不知何者为我,何者为物,这才是象征的最高境界。这也符合梁宗岱所认为的象征的两个特点:"融洽或无间"和"含蓄或无限"。

瓦雷里所说的纯诗在梁宗岱看来就像音乐一样,它能够使自己成为一个绝对独立和自由,比现实更为纯粹和不朽的宇宙。而象征不单单是一种修辞方法,更是借助诗人如梦般的诗行将遥远缥缈的宇宙变成近在咫尺的现实的工具和途径。诗歌不仅是情感,还是人的经验,诗人不仅要有深厚的艺术修养,还要热烈地生活,"到民间去,到自然去,到爱人底怀里去,到你自己底灵魂里去。"从这一点看,梁宗岱对于诗歌神性的追寻也和马拉美的理想分道扬镳,而是沿着瓦雷里回归"生活"的诗歌路径,将诗歌的神圣殿堂建立在了现实的大地上。令人遗憾的是,梁宗岱并没有继续阐释象征主义与现实的关系,西方象征主义旅行到中国之初,因为其"颓废""晦涩""神秘主义"的倾向更为人所知,以至于形成了牢固的偏见。当时的中国深处民族危难之际,开启民智,救国图存是头等大事。这样远离普通大众,对读者学识素养要求更高的诗歌显然不会受到大众的欢迎,这是象征主义在中国逐渐偃旗息鼓的根本原因。

中国新诗发展到二十世纪三四十年代,已经开始走出单纯地模仿西方现代诗歌的阶段。虽然象征主义的说法早已不再流行,但其影响是显而易见的。在戴望舒的诗歌和诗论里,我们仍然可以看到西方象征主义的影子,但是更多的是诗歌理论和实践的变化和创新。通过比较的视野和细读的方法我们可以更加清楚地了解中国新诗发展的图景。戴望舒的诗歌观念深受西方象征派和现代派的影响,但更加开放和包容,诗歌创作兼具东西方之美,是中西诗歌融合的典范。他认为诗歌的美不单在语言,而是诗情,"单是美的字眼的组合不是诗的特点""新诗最重要的是诗情上的 nuance 而不是字句上的 nuance(法文:

---

① 梁宗岱:《梁宗岱文集Ⅱ·评论卷》,中央编译出版社2003年版,第5页。

变异)"。"不应该有只是炫奇的装饰癖好,那是不永存的。""真的诗的好处并不就是文字的长处。""竹头木屑,牛溲马勃,运用得法,可成为诗"。① 戴望舒并没有像西方象征主义那样追求诗歌语言的尊贵和神圣,他有意将诗人永远向上的眼光拉向低处,拉向普通人的日常生活,关注琐碎的身边的事物。他取消了诗歌的神秘不可知论,把诗人拉下神坛,这当然也和他更加客观而实在的世界观和宇宙观有十分紧密的联系。比上面所说的几位象征主义诗人似乎有更为明显的"宇宙意识"。

在诗歌《赠克木》中他说:

> 我们要去了解无垠的太空干什么呢？……弄了一辈子,还是个未知的宇宙。//星来星去,宇宙运行/ 春秋代序,人死人生,/太阳无量数,太空无限大,/我们只是倏忽渺小的夏虫井蛙。

可以看出戴望舒的人生观似乎非常现实,与其对于神秘莫测的东西保持天大的热情,不如对于我们能够掌握的世界多些了解。人生短暂,没有必要浪费时间在一些难以捉摸的事情上面。这似乎和《雨巷》里忧郁徘徊的书生戴望舒有很大差异,这首诗确实表现了一个非常勇敢、独立的、自我意识非常强大的戴望舒。

> ……我和欢乐都超越了一切的境界,/自己成了一个宇宙,有它的日月星,……或是我将变成一颗奇异的彗星,/在太空中欲止即止,欲行则行,/让人算不出轨迹,瞧不透道理,/然后把太阳敲成碎火,把地球撞成泥。

从雨巷中走出的诗人似乎有了兰波似的狂热,他自己就是宇宙,就如兰波是乘着"兰舟"纵横人间的通灵者。但戴望舒没有游向无穷

---

① 戴望舒:《流浪人的夜歌:戴望舒作品集》,北京:中国华侨出版社2012年版,第232、233、234、236页。

的天际,他回到了自身,回到了一个既能理性地思考,又会适时做梦的诗人。如《我思想》里写的:"我思想,故我是蝴蝶……/万年后小花的轻呼/透过无梦无醒的云雾,/来震撼我斑斓的彩翼。"①他把代表西方笛卡儿理性思想的著名话语"我思,故我在"巧妙地和代表中国道家物我合一的宇宙观和世界观的庄子梦蝶结合在一起,表达了在诗歌中融合中西两种截然不同的观念的意图。蝴蝶象征着诗人在无限的时空中的漫游,也体现了主体意识和主体思想生生不息和永恒价值,即便是在天际间漫游"一万年"以后,"小花的轻呼"也能唤醒我。整首诗歌意境如梦如幻,思想高度浓缩,呈现自我与大自然、宇宙浑然一体的东方审美氛围,又深含西方理性哲学的思考。

综上所述,西方象征主义对于诗歌的神性品质深信不疑,自波德莱尔以降的象征主义诗人们都以建立一个神秘、高贵、神圣的诗歌殿堂为己任。诗人与巫师无异,是人与神,人与宇宙、自然沟通交流的中间人。诗人这种纯洁的天使本性和神圣使命一直是西方象征主义大师们的特征和共同遵循的原则。中国新诗在产生之初就自觉融合了中国古老的诗学传统和西方新潮的诗学理念,对于诗歌的本质探讨虽然受到西方象征主义影响,但始终没有彻底割裂"诗言志,歌永言"的传统诗论,诗歌来自生活,也最终归于生活。穆木天、梁宗岱虽反复强调诗歌的神圣性,后来都或多或少转向关注现实和日常,而戴望舒的象征主义诗歌就是这种变化的最好体现。

一、诗歌音乐性的获得与缺失

从远古时代到现代文明社会,文学与音乐一直是人类生活的精神伴侣,见证和推动了人类的发展进步。无论是中国还是在西方,诗与歌,即诗与音乐本就融为一体,不可区分。西方的史诗通过口口相传的方式传唱后世,可以说,它首先是音乐作品,其次才是文学作品。如果要便于传唱,就要易于聆听和背诵,所以在词汇音节的选择,诗行内

---

① 戴望舒:《流浪人的夜歌:戴望舒作品集》,北京:中国华侨出版社 2012 年版,第 101 页。

外的节奏、韵律和旋律上都提出了要求。西方古典格律体诗歌中的音韵变化方式之多,种类之丰富,规定之严格,让人瞠目结舌,可见音乐性对于西方诗歌的重要性。

中国古代第一部诗歌总集《诗经》大部分作品是民歌、民谣或祭祀歌曲,是用来吟唱和传颂的。《诗经》的句式以四言为主,四句成章,一句两个或三个节拍,具有很强的节奏感。其中有许多重章叠句、双声叠韵,歌唱起来回环往复,余音绕梁,同一旋律的反复吟唱就如现在的歌曲旋律。此外,我们都知道中国古典诗词中的五言和七言律诗在字句、押韵、平仄、对仗各方面都有严格规定,这些其实都是诗歌音乐性的体现。由此可见,诗歌与音乐的结合是一个古老的话题,很长一段时间内,甚至是诗人们创作诗歌时的习惯性行为。

因此,西方象征主义对于音乐性的强调似乎是遵循传统,可以理解的。但是值得注意的是,古典诗歌里的音乐性其目的在于传唱,在于体现诗歌朗诵时听觉上的美感,而西方象征主义更多是从思想、哲学的角度上提出诗歌音乐性。席勒提出诗歌创作的两个途径之一,便是通过诗中的音乐性来表达人类的心灵活动与自然万物之间的类似性。这种观点被后来的西方象征主义诗人们得以践行。

波德莱尔对诗歌音乐性的要求来自对美的追求,以及诗人与自然万物的应和。他评论雨果的诗"形式,姿态与运动,光和色,声音与和谐",是"诗句的音乐性与自然深刻的和谐相适应"[①]。他对爱伦·坡的诗歌推崇有加,因为"坡赋予韵律一种极端的重要性,他是带着同样的细心和精妙分析精神从韵律中所获得的数学、音乐的愉快和一切有关诗艺的问题的。"[②]坡对于变化多端叠句和韵式的多样化恢复和增强了诗歌的旋律和音乐性,给读者带来奇特感和愉快感。波德莱尔同样认为,"丑恶经过艺术的表现化而为美,带有韵律和节奏的痛苦使精神充满了一种平静的快乐,这是艺术的奇妙的特权之一"。波德莱尔

---

① [法]波德莱尔:《波德莱尔美学论文选》,郭宏安译,北京:人民文学出版社1987年版,第96页。
② [法]波德莱尔:《波德莱尔美学论文选》,郭宏安译,北京:人民文学出版社1987年版,第207~208页。

自己的诗歌创作就充满这种看似矛盾的审美品格。他选择的诗歌主题平凡甚至丑陋,展开的意象神秘诡谲,但他遵循严格的格律,诗行始终均衡,用韵相当讲究,各种韵式和谐地结合以产生音乐的美感。如他的诗歌《猫》的开头四句"Les amoureux fervents et les savants austères/ Aiment également, dans leur m?re saison,/ Les chats puissants et doux, orgueil de la maison,/ Qui comme eux sont frileux et comme eux sédentaires."这一节的押韵是 abba 的格式,每一行有基本相同音步,第一、三行押头韵,第一行和第四行诗行内部还有押韵。因此,先不论诗歌语言词汇和意境诗情的特征,单是在听觉上整个诗节就形成了抑扬顿挫、流畅优美的音乐感。

波德莱尔非常推崇瓦格纳的音乐,认为他的音乐能反映精神的人与自然的人一切过度的、巨大的、雄心勃勃的东西。他曾在写给瓦格纳的信中这样说:"我时常感到一种很古怪的感觉,这是要了解、要让自身渗透的豪情和享受,确实是感官的快乐,活像上升到空中或滚到海里的那种快感。"[①]这样的情感也反映在他的诗作《音乐》之中,"音乐时常抓住我,像大海一样/向着苍白的星,/冒着漫天浓雾或向太空茫茫,/我扬帆去远行……我感到心中各种激情在颤动,似遭难的航船……"[②]可见,波德莱尔能够有意识地将他的诗歌创作和音乐联系起来,音乐的旋律结合内心情感的波动,化为美轮美奂的诗歌语言。

"音乐先于一切"(De la musique avant toute chose)是魏尔伦主张的观点。

  音乐先于一切,为此/宁愿失去对偶……灰色的歌是最可贵的……你下笔的时候请务必注意/勉力让诗的韵脚安分守己/如不提防,押韵就会不像话!/……音乐啊音乐,永远是音乐!让你的诗/长上骄傲的翅翼,让人们感知[③]

[①] [法]波德莱尔:《恶之花》,郑克鲁译,长沙:湖南文艺出版社 2014 年版,第 90 页。
[②] [法]波德莱尔:《恶之花》,郑克鲁译,长沙:湖南文艺出版社 2014 年版,第 90 页。
[③] [法]魏尔伦:《这无穷尽的平原的沉寂:魏尔伦诗选》,罗洛译,北京:人民文学出版社 2016 年版,第 125~127 页。

为了加强诗的音乐性,他进行了诗歌创作的革新。比如采用奇数音节,使诗歌分行更为灵活多变;在诗中,他大量采用相同的词汇、同音词和象声词,使得诗歌具有节奏感和力度。他使用谐音与叠韵,利用重读元音和重复辅音音节,产生不仅是听觉上的,更有视觉意义和思想暗示的效果。他努力使诗歌的整体效果就像一首完整的歌曲或一部交响乐或音乐剧。魏尔伦注重诗歌中色调和节奏的变化,富于意象和情调的变幻,善于捕捉诗人在某个瞬间的诗情,并用跳跃式的、轻快的,甚至有些女性化的灵动的词汇来串联一首诗歌要表现的情感。

魏尔伦诗歌中的音乐性不是外加的,而是一种浸入式的融合,音乐和语言早已融为一体,不可分割。就如查德威克所说:"波德莱尔诗中那种亚历山大体缓慢、有规律的节奏(缓慢有节奏的,庄严的语调)便被一种较快而无规则的节奏所取代了。"①事实上,我们可以从魏尔伦的很多诗歌中找到音乐的元素。例如在诗歌《苍白的晨星,在你消失以前》采用谱曲方式创作而成,其中采用了音乐中对位法的技巧,对位法是一种古老的音乐创作技巧,是复调音乐的主要创作方法,即两条或多条相互独立的旋律同时发生,但又能够彼此融合的音乐形式。诗歌中很多断行和停顿不再根据逻辑与语法的需要,而是根据诗人情感的自然波动设置诗行,多层次地使用从句、套句,以达到回荡往返、绵绵不绝的音乐效果。另外一首《草地上》,魏尔伦更是把乐谱 Do, mi, sol, la, si 直接写入诗行,让读者在阅读诗歌的同时,不自觉地哼唱起来,不仅不觉得奇怪,更增强了整首诗轻快、闲适和俏皮的元素。

追寻音乐高于一切,并不意味着仅仅注重节奏与音调,而是在反对话语分析模式时,孕育另外一种话语逻辑,一种框架。目的是让词汇演奏,恰如音符之于音乐,色彩之于印象派画家。魏尔伦的诗歌配合与和谐取代话语逻辑与句法结构。从此,词语失

---

① [英]查尔斯·查德威克:《花非花——象征主义诗学》,柳扬编译,北京:旅游教育出版社1991年版,第24页。

去了严格意义上的词义和准确表述,成为暗示艺术的素材。①

的确如此,与波德莱尔一样,魏尔伦对于诗歌中的音乐性的强调主要在于提高整首诗歌要表现的情感,而不仅仅是听觉上的享受,建立一种暗示、神秘和似有似无、欲休还说的忧郁氛围才是魏尔伦的诗歌中音乐元素要承担的职责。

马拉美和其他象征派诗人一样非常强调诗的音乐性,甚至把诗人和音乐家等同起来。

> 我所做的音乐,不是人们从词语音调的相似性上所获得的,这样的想象自然而然;但除此之外,话语排列所产生的神奇;或者说话语只能停留在这样的状态,作为与读者物质交流的工具,如同钢琴的键盘……诗歌与乐队一样,只不过它是文学的、沉默的。②

诗人通过语言的排列、停顿、延续获得音乐性,词语之间相互流动、进行节奏的变化,如同音乐家对于音乐符号的运用。甚至通过诗行之间的距离、词语的大小写、字体的变化,纸张的有意留白等也可以表现诗歌的旋律和音乐感。马拉美相信词语发出的声音与人的感觉之间有一种固定关系,而诗人的任务就是去发掘和利用。马拉美认为声音象征(sound symbolism)是一门"未来的科学"。他曾在一封信中写到"我正在演奏",俨然把自己当成了一个音乐演奏家。马拉美对诗歌形式本身所包含的诗意、思想和具有的美学价值深信不疑。但他清楚,如果语言不赋予声音以意义,诗歌中的音乐是徒劳的,他认为词语能像弦乐或铜管乐一样迅速地接近灵魂。

在他看来,音乐就是理念的旋律,是某种比交响乐更神圣的东西。"接近于理念的诗歌,它最好的状态是音乐——它不会接纳劣等的东

---

① Bertrand Marchal: Lire le symbolism, Paris:Dunod,1998,p. 87.
② Bertrand Marchal: Lire le symbolism, Paris:Dunod,1998,p. 93.

西进入。"马拉美意图通过诗歌的音乐性达到诗歌进入神秘而神圣的思想殿堂的目的。音乐不是目的,而是工具,是过程,是诗人手里拿着的长笛,它的目的只在人与神的沟通,是诗人成为神,成为圣人的必经之路。

马拉美的诗歌神秘论包含了音乐这门特殊的语言。

> 音乐呈现了最抽象的写作和仪式,不具备任何实体与形象。正是它的抽象性令它成为最直接的语言。音乐打破了形象与表征的阻隔。音符与间隔带给乐器的音响以抽象的颤动,由此能够立即转变成情感的颤动。①

在马拉美看来,音乐就是一种超自然的存在,是理念的精神化形式,而诗人笔下的纸张和他要创造的诗歌语言之间构成一个永恒开放的空间,不管是诗行的长短变化,音乐旋律般的环绕、旋转、停止、跳跃,还是诗韵、意象和节奏的不断流动变化,都在这个整体的空间内独立存在又互相依赖。

需要注意的是,西方象征主义对音乐性的强调不是简单地继承古典诗歌中对于格律规范的强调,实际上他们是最为反对这一点的。他们把音乐性看成是诗歌的最重要和最根本的特征,是从诗歌的思想性和哲学性来考虑的。音乐和诗歌语言不是分离的关系,而是交融为一体的关系,它们之间互为表里,互为表征,共同完成诗歌的象征功能。波德莱尔曾说:"正是由于诗,同时也通过诗,由于同时也通过音乐,灵魂窥见了坟墓后面的光辉。"②"象征唤醒心灵中的音乐。当世界来到我们心灵时,音乐就鸣响起来。当心灵已成为世界时,音乐就将在世界之外。"③当然,这也是西方象征主义的诗歌理想,并且这种观念影

---

① [法]雅克·朗西埃:《马拉美:塞壬的政治》,曹丹红译,开封:河南大学出版社 2017 年版,第 90~91 页。
② [法]波德莱尔:《波德莱尔美学论文选》,北京:人民文学出版社 1987 年版,第 206 页。
③ [俄]别雷:《象征主义是世界观》,《十月革命前后苏联文学流派》(上编),翟厚隆编选,上海:上海译文出版社 1998 年版,第 25 页。

响了很多的人,包括后来在中国新诗史上占有重要一席的新月派和九叶派诗歌。对于音乐的过分追求,减弱了象征手法与技巧在诗歌创作上的进一步发展。诗歌本属于语言艺术,其音乐性或声音属性只是语言特征之一,过分强调之,似乎背离了诗歌艺术的本质,从而与象征概念的原初含义相去甚远。如埃德蒙·威尔逊所说提及,象征主义者本身充满把诗歌变成音乐的想法,希望这些意象能像音乐中抽象的音符与和弦。然而我们的语言始终不是乐谱里的符号,真正的象征主义所用的符号,就是与本体相剥离的喻体——因为一个人毕竟不会单纯地欣赏诗歌中的颜色与声音等抽象事物,他一定会猜想这些东西有何寄托。①

  中国现代诗在刚起步的时候就是大白话,胡适认为:"新诗发生,不但要打破五言七言的诗体,并且要推翻词调曲谱的种种束缚;不拘格律,不拘平仄,不拘长短。"②胡适不是不会传统诗歌,但他认为严格而古板的格律是束缚中国诗歌发展的大障碍。受到西方诗歌——对于胡适来讲主要是英美现代诗的影响,胡适觉得中国新诗也应该完全摒弃格律,想怎样说就怎样说,想写什么主题就写什么主题。站在诗歌革新的角度,胡适的这些主张是充满勇气和智慧的。试想如果没有这样一位勇于突破传统禁锢的诗人摇旗呐喊,中国新诗的诞生可能还要推迟数十年。

  胡适虽然尽量想要摆脱格律的束缚,但实际情况却是有些出入。如他的译作《关不住了》,该诗是美国女诗人 Sara Teasdale 的作品"Over the Roofs",原诗共三个诗节,每一节都是"abab"式的押韵方式,每一行基本由五音步九音节组成,所以这首诗还是属于格律诗。胡适的翻译风格首先体现在题目上,他并没有依照原题翻译成《屋顶上》,而改成了《关不住了》,体现了口语化和现代诗的特点,同时也非常契合整首诗歌的风格,表达了急不可待的爱情体验。其次,胡适并不是完全没有注意诗歌的格律,例如每一个诗节的第二、四句,他都用了相同

---

① [英]埃德蒙·威尔逊:《阿克瑟斯的城堡:1870 年至 1930 年的想象文学研究》,黄念欣译,南京:江苏教育出版社 2006 年版,第 15~16 页。
② 胡适:《谈新诗》,《胡适文集》,北京:人民文学出版社 1998 年版,第 134 页。

的汉字,以此体现原诗的韵式。译诗中每一诗行用的字数基本相同,用四到五个"顿"体现诗歌中的旋律,且和原诗的音步数保持基本一致。胡适曾说这首译诗的第三节"有点近乎自然的趋势",也是他自己相对比较满意的翻译。第三节的诗句是这样的:一屋里都是太阳光(My room was white with the sun)/ 这时候爱情有点醉了,(And Love cried out in me,)/ 他说,"我是关不住的,('I am strong, I will break your heart)/ 我要把你的心打碎了。"(Unless you set me free.')我们可以看到这里胡适恰恰十分注意了诗歌音乐性的表现,例如每一句字数、停顿都有意贴近原诗,没有太大的区别。"醉了"和"碎了"虽然押韵,但是原诗中并没有"醉了"这个词汇,属于增译;"碎了"是在第三句,他调整到了第四句,而原诗第四句的"set me free"基本没译,胡适这样安排,可能最主要的目的还是为了保持诗歌在音乐性上和原诗尽量保持一致而进行的灵活处理。

  对于诗歌音韵的理解,胡适这样说过:"诗的音节全靠两个分子:一是语气的自然节奏,二是每句内部所用字的自然和谐。至于句末的韵脚,句中的平仄,都是不重要的事。语气自然。用字和谐,就是句末无韵也不要紧。"[1]胡适并不是象征主义诗人,以他为例主要是想说明中国新诗在诞生之初其实还是非常注意诗歌音乐性的表达的。当然,这一方面有中国传统诗歌格律的固有影响,另一方面则是新诗创作者们也曾主动、积极地探索新诗写作的音乐性特征。其中穆木天、梁宗岱和戴望舒等人就在不同时间和场合阐述过自己的观点。

  穆木天提出诗的统一性和持续性的时空间的律动原则。诗歌的律动,即诗歌音乐性问题。他说:"中国现在的诗是平面的,是不动的,不是持续的。我要求立体的,运动的,有空间的音乐的曲线。我们要表现我们心的反映的月光的针波的流动,水面上的烟网的浮飘,万有的声,万有的动! 一切动的持续的波的交响乐。"[2]一首好的诗歌在情绪上是统一的、持续的,犹如水的流动,这也是生命的流动,或轻缓或

---

[1] 胡适:《谈新诗——八年来一件小事》,杨匡汉、刘福春编:《中国现代诗论》(上),广州:花城出版社1995年版,第9页。
[2] 穆木天:《穆木天的诗》,北京:北京师范大学出版社2016年版,第267页。

疾驰,或婉转或浑厚,如一首动听的乐曲。诗歌律动的变化要和诗歌表现的思想内容的变化保持一致,"暴风的诗得像暴风声,细雨的诗得作细雨调"。他的诗歌《雨丝》通过大量叠字、叠词、排比、并列的使用,营造出了一种在听觉上淅淅沥沥、不绝如缕的音乐氛围,在视觉上也让读者感觉到了细雨飘飘、渺茫朦胧的意境。例如"纤纤的条条的""淅淅的""微动微动微动线线的""漠漠冥冥点点零零参差的""寂动寂动"等词读来可能觉得拗口,却仿佛轻轻的雨点落向大地的声音,这是由单纯的语言构成的曲谱,具有音乐旋律一样的自足性,这是由雨丝弹奏的自然乐章,诗人仿佛只是一个诚实的记录者。

穆木天在《谭诗》中曾说:

> 在人们神经上振动的,可见而不可见,可感而不可感的旋律之波,浓雾中若听见若听不见的远远的声音,夕暮里若飘动若不动的淡淡光线,若讲出若讲不出的情肠,才是诗的世界。

面对这个诗的世界,他要求自己"深汲到最纤纤的潜在意识,听最深邃的最远的不死的而永远死的音乐"[1],他将自己这种诗歌的理念在《苍白的钟声》里进行了非常成功的实践。

> 苍白的 钟声 衰腐的 朦胧/ 疏散 玲珑 荒凉的 蒙蒙的 谷中/
> ——衰草 千重 万重——/ 听 永远的 荒唐的 古钟/ 听 千声 万声

这是诗歌第一节,全诗分为六节,基本都是这样的形式。词汇之间有意的空白,明显的停顿,非常形象地体现了一声一声钟响传入耳朵的状态,而破折号的使用又表达了钟声的持续和绵绵不绝,诗人通过这样独创性的形式改造,把读者立刻带入到诗歌营造的氛围当中,好像我们也跟着诗人来到了荒凉而空幽的山谷,听到了悠长而孤寂的钟声。"苍白"一词的使用现在看来一点也不奇怪,可是在新诗发展之

---

[1] 穆木天:《穆木天的诗》,北京:北京师范大学出版社2016年版,第269页。

初应该算是非常勇敢的尝试,听觉化为视觉,通感的用法体现了作者悲哀、寂寥的心情,和耳边听到的钟声确有情感上的共通之处,也体现了万物应和,物我合一的象征主义观念。当我们谈论一首诗歌的音乐性时,往往只是关注它所拥有的韵式和格律,而很容易忘记语言本身能够体现出来的"音乐",也往往忽略这些形式底下的象征本质。穆木天还有其他同时代象征主义诗人的尝试,的确拓展了诗歌形式的多样化和复杂性,在这一点上中国象征主义并不比西方象征主义对现代诗歌发展的贡献要小。

梁宗岱关于诗歌音乐性的阐述也是非常丰富的。他甚至认为中国新诗要摆脱西方的影响,走出自己的一条新路,可以有光辉的未来,"除了发现新音节和创造新格律,我们看不见可以引我们实现或接近我们的理想的方法。"①可见,梁宗岱对于诗歌音乐性的重视,这也是当时很多新诗创作者的共同想法。因为汉字虽有平仄,却不像西方文字有轻重之分,所以他主张用"字组""停顿"的方式来划分诗行里的节拍,即用"×拍×音"来表述一行诗的韵律,字数则不一定要整齐划一,以免显得硬凑和牵强。梁宗岱还是非常同意他的老师瓦雷里的观点,即不能完全放弃诗歌的音律,因为"最严的规律是最高的自由"。他说:

> 诗人底妙技便在于运用几个音义本不相属的字,造成一句富于暗示的音义凑泊的诗。

梁宗岱的诗歌翻译和创作基本上遵循了一定的韵律原则。他翻译了为数不少的长诗,每一行的字数、节拍和停顿基本相同,让人读起来有音乐的旋律感,短诗反而有时候更加灵活处理。

例如他翻译的那首著名的莎士比亚十四行诗:

> 我怎么能够把你来比作夏天?(Shall I compare thee to a

---

① 梁宗岱:《梁宗岱文集Ⅱ·评论卷》,北京:中央编译出版社 2003 年版,第 160 页。

summer's day?)/你不独比它可爱也比它温婉;(Thou art more lovely and more temperate;)/狂风把五月宠爱的嫩蕊作践,(Rough winds do shake the darling buds of May,)/夏天出赁的期限又未免太短;(And summer's lease hath all too short a date;)/天上的眼睛有时照得太酷烈,(Sometime too hot the eye of heaven shines,)/它那炳耀的金颜又常遭掩蔽;(And often is his gold complexion dimm'd;)/被机缘或无常的天道所摧折,(And every fair from fair sometime declines,)/没有芳艳不终于凋残或销毁。(By chance or nature's changing course untrimm'd;)/但是你的长夏永远不会凋落,(But thy eternal summer shall not fade,)/也不会损失你这皎洁的红芳,(Nor lose possession of that fair thou ow'st;)/或死神夸口你在他影里漂泊,(Nor shall Death brag thou wander'st in his shade,)/当你在不朽的诗里与时同长。(When in eternal lines to time thou grow'st;)/只要一天有人类,或人有眼睛,(So long as men can breathe or eyes can see,)/这诗将长存,并且赐给你生命。(So long lives this, and this gives life to thee.)[1]

原诗格律每一行采用五音步抑扬格,句尾韵脚是"abab cdcd efef gg",梁宗岱的翻译则采用每一行十二字,五处停顿,即十二音五拍,韵脚和原诗相同的方式,节奏鲜明,韵律和谐,最大限度地保留了这首诗在音乐上给予读者的感受。难能可贵的是,梁宗岱对诗歌音乐性的注重也不仅仅是听觉意义上的。他认为一个字的声音与意义不可分割,它们甚至彼此有象征的含义。字没有独立的价值,诗人应该"把音义本不相属的字,造成一句富有暗示的音义凑泊的诗"[2]。可见,音乐性和诗意两方面的完美结合才是梁宗岱眼中的诗的最高表现,是最纯粹的诗歌。

戴望舒在诗歌音乐性上的观点似乎和西方象征主义有意做出区

---

[1] 梁宗岱:《梁宗岱译诗集》,长沙:湖南人民出版社1983年版,第105页。
[2] 梁宗岱:《梁宗岱文集Ⅱ·评论卷》,北京:中央编译出版社2003年版,第169页。

分,他不是说诗歌不需要音乐,而是"诗不能借重音乐"。他想强调的是"诗的韵律不在字的抑扬顿挫上,而在诗的情绪的抑扬顿挫上,即诗情的程度上""韵和整齐的字句会妨碍诗情,或使诗情成为畸形的""诗不是某一个官感的享乐,而是全官感或超官感的东西"①。"诗情"是他所提出的一个重要诗学概念,指诗人创作时的情感、感触、情绪,以及诗歌中所体现出来的这些特征,一种"微妙的"情感体验。例如他很欣赏纪德对诗歌的韵律的理解,"句子的韵律,绝对不是在于只由铿锵的字眼的连续所形成的外表和浮面,但它却是依着那被一种微妙的交互关系所合着调子的思想的曲线而起着波纹的"②,他不主张新诗如格律诗一样有铿锵有力的韵律,新诗就应该是格律自由的诗,且新诗要用新的自由的形式表达新的情绪。"自由诗与韵律诗之分别,在于自由诗是不乞援于一般意义的音乐的纯诗。"③此处,戴望舒想要区分的是新诗中的韵律诗和自由诗,他认为前者是一般意义的音乐成分和诗的成分并重的混合体,而把音乐成分看得比诗的成分还要重显然不对。

  戴望舒在谈及林庚的四行诗时就批评了这样一种"新瓶装旧酒"的做法,也就是说太过于格律整齐的诗就仿佛是用白话写着古诗,是"白话的古诗"。新诗与旧诗的区别不仅是形式上的区别,还有内容上的区别。如林庚的《偶得》"春天的寂寞像江南草岸/桥边渐觉得江水又高涨/孤云如一朵人间的野花/便落在游子青青衣襟上",反过来被戴望舒改成了古典诗:"春愁恰似江南岸/水满桥头渐觉时/孤云一朵闲花草/簪上青青游子衣。"④无论主题、思想和情感的表述感觉被戴望舒改过的古典诗更像是诗,而前面林庚的原诗不过是把自己写的古典格律诗改成了大白话而已。写至此,不禁让人感叹,中国新诗发生

---

① 戴望舒:《流浪人的夜歌:戴望舒作品集》,北京:中国华侨出版社2012年版,第232页。
② 戴望舒:《流浪人的夜歌:戴望舒作品集》,北京:中国华侨出版社2012年版,第253页。
③ 戴望舒:《流浪人的夜歌:戴望舒作品集》,北京:中国华侨出版社2012年版,第253页。
④ 戴望舒:《流浪人的夜歌:戴望舒作品集》,北京:中国华侨出版社2012年版,第256~257页。

之初诗人们经历了怎样的曲折的历程。林庚的尝试也不是毫无意义，起码他勇于尝试，让人看到了中国新诗的各种可能性。

戴望舒虽然不愿意看到这种勉强为之的、人工雕琢的痕迹太过严重的诗歌韵律，但是对于诗歌内在的旋律，一种似有似无的在表现与隐藏间徘徊、移动的旋律却是他的诗歌所要塑造的音乐性。如他脍炙人口的诗歌《雨巷》就符合这样的音乐性特征。

撑着油纸伞，独自/彷徨在悠长、悠长/又寂寥的雨巷，/我希望逢着/一个丁香一样地/结着愁怨的姑娘……①

这是诗歌的第一节，也给整首诗定下了一个略带忧伤的、唯美的、有着特有的东方韵味和神秘感的氛围，或者是戴望舒自己说的"诗情"，那种"微妙的"心灵感触。"油纸伞""雨巷""姑娘"这些江南水乡特有的意象在其余的诗节中反复出现，给人以电影般清晰而古典的画面感。"彷徨""悠长""丁香""愁怨"等词汇反复出现，就像一首歌的旋律一样回复往返，如动听的歌声在耳边久久缭绕，不禁慢慢陷入诗歌所营造的如梦如幻、恍惚朦胧的心灵秘境之中。如果仔细分析，我们会发现这首诗其实有许多诗人精心安排的韵律，特别是韵脚发后鼻音"ang"的音特别多，如"巷""长""娘""芳""徨""怅""光""茫""郎""墙"，这些押韵一般没有连着两行出现，而是隔几行出现，平均分布在每一节的第一、三或六行句末。后鼻音有把声音拖长、拖深的音韵效果，让声音在口腔和鼻腔里形成共鸣，给人带来空旷、悠远的感官享受，同时也表现了作者要描写的雨巷幽深、寂寥的特征。就这样雨巷的物理属性与诗人的心理、情感完美地融合在一起，读者反复吟诵这首诗的时候也会很自然地沉迷到这种情境之中，仿佛同诗人一样看到了"一个丁香一样的/结着愁怨的姑娘"。

中国新诗在形式上受西方象征主义的影响颇大，使中国新诗最终

---

① 戴望舒：《流浪人的夜歌：戴望舒作品集》，北京：中国华侨出版社2012年版，第25页。

摆脱了传统格律诗的桎梏，走出了一条自由发展的道路，也逐渐具备了现代的审美特征。这是中国现代文学发展史上一次重大的历史转折，可以说没有中国象征主义诗人的开创性工作，没有他们在理论和实践层面的锐意革新，就不会有后来各种流派的中国现代诗的发展。无论中西，象征主义作为一个诗歌流派已经不复存在，但不可否认它开启了中西现代诗的大门，是现代诗开枝散叶的根基。然而，由于历史、政治和现实的原因，中国象征主义诗论并没有得到很好的传承与发扬，甚至长期被革命年代的思想意识形态误解和压制。这种情况一直延续到中国改革开放之后才有所改观，之后便以一种更为多元、包容和开放的形式继续推动中国新诗的发展。"朦胧诗派"的崛起也可以说是中国象征主义在新的时代以一种新的面貌展现在世人面前。中国象征主义曲折的历史命运再一次证明文学自律性的力量何其巨大，文学要求独立于政治意识形态的渴望多么强烈。说到底，这也证明了人类对美的追求，对精神和灵魂自由的向往天经地义、无可厚非，且不是任何历史潮流可以阻挡的。

中国新诗发展一百年，几代诗人和诗歌理论家们承前启后、继往开来，早就不是一个象征主义所能概括得了的。随着时代的发展，网络和新媒体的深度介入，中国新诗在经历几番沉浮后又强势进入公众的视野。写诗和读诗的人越来越多，诗歌的主题、风格、形式越来越丰富多彩、百花齐放，虽然没有主导的诗歌流派，也还没有出现享有普遍盛誉的所谓诗歌大师的出现，但是诗歌的崛起已成定势，又一个诗歌的繁盛时代已经到来。

第四节　中西象征与意象关系论比较

关于象征的概念，前文已经提及。从最宽泛的意义上来说，象征是指，以具体事物或具体的意象（image）为媒介，表达抽象的、隐含的、暗示性的思维与意义。这里的 image 指的是具体客观的事物，它本身不具备主观情感或意义，只是单纯地存在于自然界或人的感官世界之中。而文学艺术中的意象概念早已不单纯地表达它的自然属性,它已经具备主观的人工属性。现在的意象最宽泛的概念可以表达为一种客观物象经过主观情感活动创造出来的艺术形象。更科学的解释为:认知主体在接触过客观事物后,根据感觉来源传递的表象信息,在思维空间中形成有关认知客体的加工形象,在头脑里留下物理记忆痕迹和整体的结构关系。

象征与意象的关系密不可分,可以说没有任何意象的诗歌一定不是象征主义诗歌,而象征主义诗歌对于意象的积极探索直接促成了另一个诗学派别的诞生,即以庞德为代表的美国意象派。可以说意象派是西方象征主义与中国古典意象诗学理念结合的产物,是中西诗学理论进行成功对接、融合产生的完美"混血儿"。当然,这不在本书探讨的话题范围之内,但对于中西诗学中的意象概念进一步梳理,在具体文本中对中西象征主义诗歌中的"核心意象"进行比较研读,无疑具备长远的诗学价值和意义。

一、西方诗学观念中的意象

亚里士多德认为诗是模仿自然的产物,语言所象征的心灵感受与体验是相同的,以心灵状态作为意象的事物也是如此。他把象征分为声音、心灵状态(体验)、事物三个部分,意象没有被单独提出,但它与象征的各个组成部分紧密关联,甚至有意义等同的地位。黑格尔认为:

> 象征一般是直接呈现于感性观照的一种现成的外在事物,对这种外在事物并不直接就它本身来看,而是就它所暗示的一种较广泛较普遍的意义来看。因此,我们在象征里应该分出两个因素,第一是意义,其次是这意义的表现。意义象征就是一种观念或对象,不管它的内容是什么,表现是一种感性存在或一种形象。[①]

[①] [德]黑格尔:《美学》第1卷,朱光潜译,北京:商务印书馆1979年版,第10页。

黑格尔并没有明确把意象作为一个艺术性概念提出,但他对象征的呈现方式作出了准确的描述。一种被感性关照的外在事物具有暗示的普遍性意义,一种感性存在和形象的感性表现,这其实就是诗学意义上的意象的本质。

"象征是一种逐步唤起某个客观事物的意象以求表达某种情绪,或者选取某个客观事物,从中提炼出某种情绪状态的艺术。"①象征从一开始就与具体事物、意象、体验、情绪等息息相关,它们形成一种相互依赖、相互影响的关系。如果将象征看作为一种诗歌创作的手段与策略,那么诗歌中象征的过程可以简单归纳为:事物意象体验诗情。当然,诗人也极有可能将这一过程完全调转过来,即诗情体验意象事物。虽然诗人的情感、感受、情绪等心理诸多因素是诗歌产生的源头,但是"一种感情在找到它的表现形式——颜色、声音、形状或某种兼而有之之物——之前,是并不存在的,或者说,它是不可感知的,也是没有生气的"②。也就是说感情的呈现需要有一个可见、可听或可触及的依托之物,诗人与音乐家、画家和建筑家一样,他们在寻找这种依托之物的过程中创造艺术,并获得普遍性意义。

波德莱尔认为自然总是以某种神秘的形态出现在诗中。

> 自然总是呈现在我们面前,不管我们朝哪个方向转,总像一个谜包裹着我们;它同时以好几种形态出现,每种形态越是可以被我们理解和感知,就越是鲜明地反映在我们心中,这些形态是:形式,姿态和运动,光和色,声音与和谐……这三种印象仿佛直接来自自然,同时钻进了读者的大脑。从这三重的印象中,产生了事物的寓意。

---

① [英]查尔斯·查德维克:《象征主义》,肖聿译,太原:北岳文艺出版社1989年版,第2页。
② [爱]叶芝:《诗歌的象征主义》,杨匡汉、刘福春编:《西方现代诗论》,广州:花城出版社1988年版,第225页。

第四章 中西象征主义诗论的比较考察

他认为雨果能用雕塑家一般的技巧在诗中"削出事物的不能被人遗忘的外形",又像一位画家使之色彩鲜艳、光彩夺目,这样的印象"产生了事物的寓意"。

波德莱尔虽然没有用"意象"的概念来概括诗歌中的这些特点,但显然他谈及了意象的本质,即具有人的情感的宇宙万物。这些"人以外的一种东西(植物或矿物)的形象",具有"它的表情、它的目光、它的忧愁、它的温情,它的巨大的快乐、它的讨厌的仇恨,它的沉醉或它的恐惧",总之,是所有"具有人性的东西,以及非凡的、神圣的或恶毒的一切"。①波德莱尔也善于在他的诗歌中塑造具体、深刻而独特的意象。例如最为著名的"恶之花""女人""腐尸""猫"等寓意着现代工业社会与人性的罪恶、腐败与堕落;而"太阳""灯塔""大海""信天翁"代表着波德莱尔心目中美丽、真实、勇敢与善良的理想形象。

作为美国意象派的创始人,庞德认为意象不是一种图像式的重现,而是在瞬间呈现的理智与感情的复杂经验(或称情结),是一种各种根本不同的观念的联合。正是这种"情结"的瞬间出现才给人以突然解放的感觉,才给人以摆脱时间局限与空间局限的感觉,才给人以突然成长壮大的感觉。②从某种意义上来讲,意象更像是一个心理学上的概念,它总是和人的各种感觉,特别是视觉与听觉息息相关。因此,视觉意象与听觉意象在诗歌中出现的次数往往要远多于其他感觉意象。正如威尔逊所说,诗人的任务是去找寻和发明一种特别的语言,以表现其个性与感受。这种语言必须用象征符号来完成,因为这样独特、转瞬即逝而又朦胧的感受,是不能直接用语言陈述或描写的,只能用一连串的字句和意象,才能对读者做出适当的提示。

象征主义者本身充满把诗歌变成音乐的想法,希望这些意象能像音乐中抽象的音符与和弦。然而我们的语言始终不是乐谱里的符号,真正的象征主义所用的符号,就是与本体相剥离的喻体——因为一个

---

① [法]波德莱尔:《波德莱尔美学论文选》,郭宏安译,北京:人民文学出版社 1987 年版,第 96、101 页。
② [美]庞德:《回顾》,杨匡汉、刘福春编:《西方现代诗论》,广州:花城出版社 1988 年版,第 62 页。

人毕竟不会单纯地欣赏诗歌中的颜色与声音等抽象事物,他一定会猜想这些东西有何寄托。①此处,我们需要理解西方象征主义诗学里的意象其实质是指与本体相剥离的喻体以及"抽象事物的寄托",它是一种象征符号,它的作用是对读者进行"适当的提示",以期表达独特的、转瞬即逝的朦胧的感受。

美国学者威尔斯曾出版《诗歌意象》一书,从类型学的角度给诗歌的意象进行分类。这些分类基于伊丽莎白时代的英语诗歌文本,但对于所有时代的诗歌分析似乎也具备一定的阐释力度。他将意象分为七种类型,即装饰性意象(Decorative)、潜沉意象(Sunken)、强合(或浮夸)意象(Violent or Fustian)、基本意象(Radical)、精致意象(Intensive)、扩张意象(Expansive)、繁富意象(Exuberant)②。这七种意象依次从最低级排列至最高级,也就是说从最接近语言本身的含义向更有想象力和象征意义的顺序排列。装饰性意象(Decorative)发展到极致成为精致意象(Intensive),浮夸意象(Violent or Fustian)发展到高级阶段成为繁富意象(Exuberant),它们似乎与诗人内心情感世界并不产生紧密联系,更多只是语言层面的耕耘与铺排,如果回到西方象征主义的诸多文本,我们会发现无论是波德莱尔、魏尔伦到马拉美,还是后期象征主义代表叶芝、艾略特和里尔克的诗歌,其中潜沉意象(Sunken)、基本意象(Radical)、扩张意象(Expansive)三种类型更为常见。因此,我们也可以把这三种意象称作是诗歌艺术里最具有象征意义的意象类型。

韦勒克、沃伦认为上述三种意象最为高级,因为它们的共同点就是都具有特别的文学性(即反对图像式的视觉化)、内在性(即隐喻式的思维),比喻各方浑然一体的融合(即具有旺盛的繁殖能力的结合)。潜沉意象诉诸感官以具体的意象,但不做明确的投射和清楚的呈现。它缺乏暗示,适用于沉思性的诗歌。基本意象是指比喻的各方仅在根基上会合,在一个看不见的逻辑面上会合,并不在并列的、明显

---

① [英]埃德蒙·威尔逊:《阿克瑟斯的城堡:1870年至1930年的想象文学研究》,黄念欣译,南京:江苏教育出版社2006年版,第15~16页。
② [美]雷纳·韦勒克、沃伦:《意象、隐喻、象征、神话》,杨匡汉、刘福春编:《西方现代诗论》,广州:花城出版社1988年版,第398~399页。

的表面上会合,把一些没有明显感情联想的、散文式的、抽象的或实用性的东西作为隐喻的表达工具。扩张意象是预言和进步思想的意象,是"强烈的感情和有独创性的沉思"的意象,即比喻的各方面都给人的想象以广阔的余地,它们彼此强烈地限制、修饰,相互作用、相互渗透。①

实际上,关于意象的分类可以从很多层面进行,例如常见的自然意象、动物意象、行为意象、描述性意象、虚拟性意象、情感意象、理智意象,视觉意象、听觉意象、嗅觉意象、触觉意象等等。而意象与象征在何种意义上获得沟通和理解呢?除了上文提及过的几位文论家的观点外,韦勒克、沃伦的阐述更为简练和明晰。他认为象征具有重复和持续的意义。一个意象可以被转换成一个隐喻一次,但如果它作为呈现与再现不断重复,那就变成了一个象征,甚至是一个象征(或者神话)系统的一部分。② 应该说,当意象不足以深刻时,它就不具备感动人的力量,而当它成为象征时,才是最高级与完美的时刻。象征主义诗人就是在最大程度上使用具有象征意义的意象的,他们善于寻找和发现这种神秘而瞬间即逝的感受,并用最恰当的意象表现出来。

二、中国传统诗学观念中的意象

意象在古汉语里是两个独立的词汇,"象"指具体可感的形象,"意"指思想、情意。《周易·系辞上》有"圣人立象以尽意,设卦以尽情伪"一说。后人阐释《周易》时又有了自己的理解,"象生于意,故可寻象以观意","忘象者乃得意者也,忘言者乃得象者也……是故触类可为其象,合意可为其征。"(王弼:《周易略例·明象》)设卦占卜是中国古代人与自然、神祇沟通的重要方式,也是他们日常生活非常重要的一部分。所以从一开始,意与象含义就充分体现了中国人的宇宙观、自然观,也影响各个时代人们对文学中的意象的理解和阐释。

---

① [美]雷纳·韦勒克、沃伦:《意象、隐喻、象征、神话》,杨匡汉、刘福春编:《西方现代诗论》,广州:花城出版社1988年版,第401~404页。
② [美]雷纳·韦勒克、沃伦:《意象、隐喻、象征、神话》,杨匡汉、刘福春编:《西方现代诗论》,花城出版社1988年版,第381页。

意象在中国古代文论中占有极为重要的地位,是诗歌品鉴与欣赏的常用术语。刘勰在《文心雕龙·神思》中说"独照之匠,窥意象而运斤",意指即便是能工巧匠也要经过深思熟虑,在头脑里形成具体形象才开始挥动手中的斧头,更何况是写诗作赋的文人。他提出诗人构思时应做到"神与物游",即强调主观精神与客观事物的契合交融,心与物的相通与感应,所谓"人心之动,物使之然也"。(《礼记·乐记》)精神受到外物的感召,主动地去接近、理解和认识外物的本质,继而与外在之物合二为一,不分彼此,精神即物质,物质即精神,主体即客体,客体亦是主体。

到了唐代,"兴象"作为一个诗学范畴被提出,即指诗人在外界事物的触动下,以自然感发的方式创造的审美意象。司空图在《二十四诗品·缜密》提出"意象欲出,造化已奇",对于意象在诗歌创作与欣赏中的地位给予肯定。严羽在《沧浪诗话·诗辨》中大赞盛唐诗歌:"故其妙处,透彻玲珑,不可凑泊,如空中之音,相中之色,水中之月,镜中之象,言有尽而意无穷。"意象的生成对于诗歌审美意境的提升似乎比语言本身还要技高一筹,语言不能企及之处,却是意象大显身手之时。明朝诗人王廷相又言:"夫诗贵意象透莹,不喜事实黏著,古谓水中之月,镜中之影,可以目睹,难以实求是也。"(《与郭价夫学士论诗书》)胡应麟《诗薮》中提及《古诗十九首》,"兴象玲珑,意致深婉,真可以泣鬼神、动天地"。又言"古诗之妙,专求意象"。

清末王国维在《人间词话》里对"境界"一词颇为重视,"词以境界为最上。有境界则自成高格"。对于什么是诗词的境界,他结合具体文本进行了非常独到的解释:"有我之境,以我观物,故物皆著我之色彩。无我之境,以物观物,故不知何者为我,何者为物。古人为词,写有我之境者为多,然未始不能写无我之境,此在豪杰之士能自树立耳。"值得一提的是,王国维眼中的"有我之境"到"无我之境",以及"以我观物"到"以物观物"的转变,实际上和刘勰所说的"神与物游"达成了本质上的统一,其中体现的无不是中国人天人合一、道法自然的思想观念。"自然中之物,互相关系,互相限制。然其写之于文学及美术中也,必遗其关系、限制之处。故虽写实家,亦理想家也。又虽如何虚构之境,其材料必求之于自然,而其构造亦必从自然之法律。"遵循自然之道,一切法乎自然,这是中国人安身立命的处世之道,也是文人墨客进行文学创作时需要秉持的基本原则。

王国维所说的"境界"之中的物我关系和"意象"中的主客体关系实质无二。"境非独谓景物也。喜怒哀乐,亦人心中之一境界。""诗人必有轻视外物之意,故能以奴仆命风月。又必有重视外物之意,故能与花鸟共忧乐。"①至此,意象已经不单是客观世界存在之物,它是诗人主观感受的对象,是情感的依托与投射对象。大千世界、茫茫宇宙之中无一物、无一景不可以成为诗人笔下的情感触发点和托付者。就如王国维所提:"诗人对宇宙人生,须入乎其内,又须出乎其外。入乎其内,故能写之。出乎其外,故能观之。"②"感时花溅泪,恨别鸟惊心""春蚕到死丝方尽,蜡炬成灰泪始干""飘飘何所似,天地一沙鸥"……诗句中多样化的意象塑造体现的正是中国古代诗人对意象的深刻理解和成熟、灵活的运用。

三、中国现代诗学观念中的意象

现代的意象一词似乎更倾向于一种偏正的语义结构,即寓"意"之"象",能够寄托人的主观思想与情感的客观物象,但绝不是忽略"意"的重要作用,而只谈"象"。它们是主观的"意"与客观的"象"的结合,外部世界与作者内心世界得以沟通,象与意之间相互作用、互为表里,对于诗人来说就是所见所听和所触摸的外部形象与内在情感的结合。

中国近代以来,新诗的诞生被胡适称为"百年来一件大事",古诗的形式、语言、韵律和意象受到极大挑战,新诗的锐意进取和革故鼎新的脚步没有停止。它一方面举起了推翻古典诗歌的革命大旗,一方面在理论和实践上积极向西方各种诗歌流派学习,特别是法国象征主义和英美现代诗学习。对于新诗中的意象如何理解,虽然一开始没有太多直接的论述,但我们也可以从其中相关诗论中找到一些与意象相关

---

① 王国维:《人间词话全鉴》,东篱子解译,北京:中国纺织出版社 2016 年版,第 3、6、893 页。
② 王国维:《人间词话全鉴》,东篱子解译,北京:中国纺织出版社 2016 年版,第 92 页。

而有价值的观点。

例如康白情认为诗是主情的文学,没有情绪不能作诗,情绪不饱满也不能作好诗。他认为诗人是宇宙的情人,宇宙原只是一个真实存在的客观之物,没有美丑之分,由于人的主观认识把他看作美或不美。情绪是主观的,而引起或寄托情绪的是客观的。"我们要对于宇宙绝对的有同情,再让他绝对的同情于我,浓厚的情绪就不愁不有了。"对于新诗的创造,他认为第一步就是要选意,要有深刻的感兴,迫于艺术冲动不得不作。其次,还要布局,就是诗意的整理,把这首诗的所有意境搜出来。最后是环境化,即要把自己化入这个诗意的环境,或者让这个诗意的环境化入自己的想象,使感兴更深,使印象更觉得鲜明。对于什么是感兴,康白情认为就是诗人要在自然中活动,诗人的心灵和自然的神秘互相接触时,感应而成的。① 从康白情提到的"选意""感兴""意境""印象""感应"等诗学关键词可以看出,他关于新诗创作的观点既有中国传统诗论的影子,也有对西方象征主义诗论的有益借鉴。

同样,宗白华提出诗应该有绘画和音乐的特征,文字是诗的"形",而意境与诗人的感想情绪就是诗歌的"质"。诗人应该"感觉自然的呼吸,窥测自然的神秘,听自然的音调,观自然的图画。花草的精神,水月的颜色,都是诗意诗境的范本。"②郭沫若给宗白华的一封信里说道:

> 诗人的心境譬如一湾清澄的海水,没有风的时候,便静止着如象一张明镜,宇宙万汇的印象都涵映在里面;一有风的时候,便要翻波涌浪起来,宇宙万类的印象都活动在里面。这风便是所谓直觉,灵感,这起了的波浪便是高涨着的情调。这活动着的印象便是徂徕着的想象。③

---

① 康白情:《新诗底我见(有引)》,杨匡汉、刘福春编:《中国现代诗论》(上),广州:花城出版社1995年版,第38~39、43~45页。
② 宗白华:《新诗略谈》,杨匡汉、刘福春编:《中国现代诗论》(上),广州:花城出版社1995年版,第31页。
③ 郭沫若:《论诗三札》,杨匡汉、刘福春编:《中国现代诗论》(上),广州:花城出版社1995年版,第55页。

第四章　中西象征主义诗论的比较考察

郭沫若用诗人而不是理论家的语言生动、准确地描述了什么是诗歌中的意象,以及意象如何形成的问题。只不过他没有用到这个意象概念,用了"印象""情调""直觉""灵感""想象"等相关词而已。

二十世纪二十年代左右,当西方象征主义初入中国之时,相当多的青年学者就新诗的创作、内容与形式进行了广泛的探讨,他们大多有西洋的留学经验,读过相关理论书籍的原文,又有中国古文的底子,所以很快就能够找到中西诗学理论的共通之处,便加以自己的思考和阐释。这是中国新诗诞生与发展的基础和它天生的优越性。

穆木天和梁宗岱是法国象征主义理论的追随者和阐释者。穆木天在《谭诗》中说,"我忽的想作一个月光曲,用一种印象的写法,表现月光的活动与心的交响乐。"[①]他想学魏尔伦,营造诗歌的听觉与视觉意象,他没有作成理想的月光曲,却写了《苍白的钟声》这样成功塑造了视听觉综合意象的诗篇。

梁宗岱认为最高的象征境界是景即是情,情即是景,而非景中有情,情中有景。因为前者是物我或相看既久,或猝然相遇,心凝形释,物我两忘,不知何者为我,何者为物。后者则是以我观物,物固着我的色彩,我亦受物的反映,可是物我之间,依然各存本来的面目。他提到象征的两个特征之一是融洽和无间,即一首诗的情与景,意与象的惝恍迷离,融成一片。象征是"借有形寓无形,借有限表无限,借刹那抓住永恒"。对于象征意境的营造,梁宗岱遵从波德莱尔的"契合"之道,即诗人陶醉在自然的怀里,心灵与自然的脉搏息息相通,融会无间地交织出来的仙境。这样的境界是形神两忘的无我境界,主与客、我与物之间的分辨也泯灭了,沉入一种恍惚非意识,近于空虚的境界。"我们内在的真与外界的真协调了,混合了。我们消失,但是与万化冥合了。我们在宇宙里,宇宙也在我们里:宇宙和我们的自我只合成一

[①] 穆木天:《谭诗——寄沫若的一封信》,杨匡汉、刘福春编:《中国现代诗论》(上),广州:花城出版社1995年版,第93页。

体,反映着同一的荫影和反应着同一的回声。"①

梁宗岱认为外界的事物总是呈现出两幅面孔。当我们运用理性或意志去分析的时候,它们只是无数不相联属的无精彩、无生气的物品。

> 可是当我们放弃理性与意志的权威,把我们完全委托给事物的本性,让我们的想象灌入物体,让宇宙大气透过我们的心灵,因而构成一个深切的同情的交流,物我之间同跳着一个脉搏,同击着一个节奏的时候,站在我们面前的已经不是一粒细沙,一朵野花或一片碎瓦,而是一颗自由活泼的灵魂与我们的灵魂偶然的相遇:两个相同的命运,在那一刹那间,互相点头,默契和微笑。②

梁宗岱认为诗人的观察向外的同时又是向内的,对内的自省越是细微,对外的认识越是深刻。人的心灵活动可以借助于外物来表达和完成,所谓寓理于象,用具体事物来替代抽象的概念与情感。

戴望舒是中国三十年代现代派的代表诗人,他很多诗歌观念有意与西方象征主义保持距离,但不可否认他翻译过很多象征主义诗歌作品,他的早期诗歌创作与之关系密切。譬如他认为,"诗是由真实经过想象而出来的,不单是真实,亦不单是想象","诗应将自己的情绪表现出来,而使人感到一种东西,诗本身就像是一个生物,不是无生物"③。他不曾直接谈及意象问题,但是他诗歌中的很多常见的意象与魏尔伦有很多相似之处,语言的风格、诗意的营造亦多相仿,这一点将会在下一节提及。孙作云曾在《论"现代派"诗》中总结了以戴望舒为代表的现代派诗的特点:

> 诗人们欲抛弃诗的文字之美,或忽视文字之美,而求诗的意

---

① 梁宗岱:《象征主义》,杨匡汉、刘福春编:《中国现代诗论》(上),广州:花城出版社1995年版,第174页。
② 梁宗岱:《象征主义》,杨匡汉、刘福春编:《中国现代诗论》(上),广州:花城出版社1995年版,第178页。
③ 戴望舒:《流浪人的夜歌:戴望舒作品集》,北京:中国华侨出版社2012年版,第235页。

象之美。现代派诗是一种混血儿,在形式上说是美国新意象派诗的形式,在意境和思想态度他们取了十九世纪法国象征派诗人的态度。①

戴望舒曾写过一首诗歌,诗名为《印象》,这首诗恰巧非常到位地体现了诗歌中意象的表现方式。

是飘落深谷去的/幽微的铃声吧,/是航到烟水去的/小小的渔船吧,/如果是青色的珍珠;/它已堕到古井的暗水里。//林梢闪着的颓唐的残阳,/它轻轻地敛去了/跟着脸上浅浅的微笑。//从一个寂寞的地方起来的,/迢遥的,寂寞的呜咽,/又徐徐回到寂寞的地方,寂寞地。

其实这是一首描写日落景象的诗歌,诗人第一节完全没有写到日落,而是用"深谷里的铃声""烟水中的渔船""坠入古井的珍珠"等意象来表述,这些都是落日给诗人带来的直觉上的印象。通感、视觉与听觉的交互在这里表现得非常出色。第二节正面描写了残阳,"敛去了浅浅的微笑"——这个意象的使用又非常精彩,它不是简单的比喻,而是达到了客观外物与主体心灵的瞬间沟通,让诗歌立刻呈现一种朦胧、神秘而深刻的美感,只有这样才会自然地过渡到第三节的"寂寞"的氛围中去。所以戴望舒这首诗就是对于什么是意象,以及如何运用意象等问题最好的回答。

实际上,自二十世纪二十年代后期到新中国成立后,朱光潜对于诗歌中的意象问题都有过非常深入的理解和阐述。主要体现在以下几个方面。首先,对于什么是好的现代诗,朱光潜认为可以从两方面呈现。"第一,它的意境是否新鲜美妙?第二,它的语言是否恰好传达它的意境?"他把意境提升为评判一首诗歌质量的标准。这和王国维

---

① 孙作云:《论"现代派"诗》,杨匡汉、刘福春编:《中国现代诗论》(上),广州:花城出版社,1995年版,第226~227页。

的"境界"论有承继的关系。但是朱光潜强调诗人的直觉和灵感,认为诗歌的境界如果不能在直觉中成为一个独立自足的意象,那就还没有完整的形象,就还不成为诗的境界。而意象(image)是什么呢？他说:"比如看到寒鸦,心中就印下一个寒鸦的影子,知道它像什么样,这种心境从外物摄来的影子就是意象。"[①]它和情趣(feeling)构成每一首诗的境界,一首完整的诗应该呈现一个独立自足的意象(关于这一点还值得商榷,因为一首诗也可以有多种不同的意象)。他认为"孤立的意象,无比较,无分析,无旁涉,结果常致物我由两忘而同一,我的情趣与物的意态遂往复交流,不知不觉之中人情与物理互相渗透"。关于意象的产生,朱光潜认为不必全由视觉产生,各种感觉器官都可以产生意象。不过大多数人形成意象,以来自视觉者为最丰富,在欣赏诗或创造诗时,视觉意象也最为重要。对于视觉意象的追求成为大部分诗人和诗歌读者的共同心理,而这一点会要求诗歌表现得清楚明白,也就是要有明确清晰的意象。

所以朱光潜从较为宏观的角度把诗歌分为两种:"明白清楚"和"迷离隐约"。两者都有存在的理由。他从文艺心理学的角度来分析这个问题,因为人们有两种不同的心理原型,即偏"理解型"和偏"感官型"。前者爱好抽象的概念,追求逻辑的清晰;后者喜爱事物具体生动,追求意象的丰富。这两种心理原型源于尼采所说的"达阿尼苏司的精神"(即狄奥尼索斯)与"亚波罗的精神"(即阿波罗),朱光潜还结合法国心理学家芮波(Ribot)关于"造形的想象"和"泛流的想象"来考察这两类诗歌现象。"明白清晰"的诗歌中的意象往往固定明显,诗人通过具体的意象来"运用思想",即便遇到抽象的概念和隐约的情调,他们也会"译成具体的意象"。而"迷离隐约"的诗歌属于感官类型,"以意象运用思想",情感成分更为浓厚,想象力的来源不是外在的意象而是内心的情感。

[①] 朱光潜:《我在春天里看到的:万事尽头,终将美好》,南昌:江西人民出版社2018年版,第126页。

第四章　中西象征主义诗论的比较考察

他们心里的意象是液体的,随情调变化而流动不居,没有固体的轮廓,所以非常模糊散漫。有时遇到很明显的意象,他们也把它化成一种依稀隐约的情调。

朱光潜认为法国的高蹈派和象征主义分别代表了这两种诗歌类型。

应该说这种分类还是有一定说服力的,因为法国象征主义诗歌的出现就是源于高蹈派,继而对高蹈派进行形式和内容的双重抵抗产生的结果。高蹈派的诗歌的确有"斩钉截铁式的轮廓鲜明的意象",而法国象征主义充满了"想抓住不能用理智捉摸的飘忽渺茫的意境和情调"和"不甚固定明显而富于暗示性的意象"。除此之外,朱光潜对于王国维的"隔与不隔"也进行了解读。他觉得这其实也是诗歌中的情趣与意象问题,"情趣与意象恰相熨帖,使人见到意象,便感到情趣,便是不隔。意象模糊零乱或空洞,情趣浅薄或粗疏,不能在读者心中现出明了深刻的境界,便是隔"。他还反复甄别情趣与意象的区别:

情趣是感受来的,起于自我的,可经历而不可描绘的。意象是关照得来的,起于外物的,有形相可描绘的。情趣是基层的生活经验,意象则起于对基层经验的返省。情趣如自我容貌,意象则为对镜自照。①

二十世纪三十年代末到四十年代,抗日战争爆发,中国进入为民族存亡而浴血奋战的年代,中国新诗的发展也响应时代和历史的召唤,开始走出象征主义的迷雾,不断贴近人们的现实生活,反映社会和时代发展潮流,大众化、平民化,宣传性和战斗性的诗歌占据主流,对于诗歌"清楚明晰"的要求也愈加明显。

这个时期作为主流诗歌的代表,艾青也发表了很多对于新诗创作

---

① 朱光潜:《心理上个别的差异与诗的欣赏》,杨匡汉、刘福春编:《中国现代诗论》(上),广州:花城出版社1995年版,第274~487页。

与进步的观点,对于诗歌意象的相关问题也有所涉及。他认为:"诗是由诗人对外界所引起的感觉,注入了思想与情感,而凝结了形象,终于被表现出来的一种'完成'的艺术。"①诗歌不仅是感觉的关联,也不仅是情感和思想的表现。艾青不满足于朦胧隐晦的隐喻,他主张明确固定的意象,可以感触的、真实的美,"有重量与硬度的体质;无论是梦是幻想,必须是固体"。"感觉只是认识的钥匙",诗人要善于把自己对于外界的感受和内心的思想融合起来,"意象是从感觉到感觉的一些蜕化。意象是纯感官的,意象是具体化了的感觉。意象是诗人从感觉向他所采取的材料的拥抱,是诗人使人唤醒感官向题材的迫近"。艾青把意象看作是一种诗歌创作的艺术手段之一,把意象与象征、想象、联想并置,而所有这些手段都服务于一个目标,就是塑造完美的艺术"形象"。他用一首小诗来描述什么是意象:

> 翻飞在花丛,在草间,/在泥沙的浅黄的路上,/在静寂而又炎热的阳光中……/它是蝴蝶——/当它终于被捉住,/而拍动翅膀之后,/真实的心态与璀璨的颜色,/伏贴在雪白的纸上。②

值得提及的是,他用"蝴蝶"来比喻诗歌中的意象,很容易让人接受。首先,蝴蝶是自然界中美的精灵,美丽而灵动的化身。它扑闪着翅膀在花草间跳动,诗人的灵感也随之蹁跹起舞,灵感有可能瞬间即逝,善于捕捉灵感的诗人才是好诗人。一个完美意象的获得亦是如此,它要体现诗人的真实心态,又必须拥有璀璨而显著的外观,就如最终"伏贴在雪白的纸上"的蝴蝶,意象成为诗人笔下乖巧的猎物。其次,"蝴蝶"之喻自然让人想起许多典故,例如庄子梦蝶,即物化论、天人合一思想的最好体现;胡适的第一篇白话文诗篇《蝴蝶》,以及戴望舒所作《我思想》里的蝴蝶意象。原来从古至今,中国诗歌中最好的意象代表便是翩翩于自

---

① 艾青:《论诗》,杨匡汉、刘福春编:《中国现代诗论》(上),广州:花城出版社1995年版,第336页。
② 艾青:《论诗》,杨匡汉、刘福春编:《中国现代诗论》(上),广州:花城出版社1995年版,第355页。

然界、宇宙间的蝴蝶,它如西方诗人心中的精灵,融合了所有感官的美好感受,代表诗人心目中最为神秘、真实而宝贵的审美体验。

中国新诗自五四时期发展至上世纪三四十年代,主要新诗潮流大致经历三个时期。首先是以李金发为代表的中国早期象征主义诗歌,其次是徐志摩为代表的新月派诗歌,最后便是以戴望舒为代表的现代派诗歌。抗战爆发,中国新诗响应时代号召,发展成为宣传和服务革命为目的革命浪漫主义诗歌。但秉承现代派风格的诗歌依然继续存在和发展,这群诗人后来被称为九叶派。有学者把三十年代的现代派和九叶派的诗歌统称为中国后期象征主义诗歌,我认为是可行的。因为从诗歌的风格、主题、语言等方面考察,他们有颇多相似之处,而且这些诗人大多有过留学英法的经历,既是诗歌创作者,也是诗歌翻译者。如李金发、戴望舒、梁宗岱、穆木天等人,他们阅读波德莱尔、魏尔伦、瓦雷里等象征主义诗人的诗歌并把它们翻译到中国,介绍给青年诗歌爱好者;卞之琳、路易斯、穆旦、冯至等人对西方后期象征派的诗歌情有独钟,积极进行中国诗歌现代化的探索,并与前期象征主义主情的风格不同的是,他们开辟了一条现代诗主智的路径。

尽管在很多层面这些中国诗人都主动学习和模仿西方象征主义诗歌,但中国诗歌传统依然发挥重要作用,诗人的个人生活以及社会经历也影响他们的创作。中西象征主义诗人在意象的选择和运用上既有共同点也有不同之处,下一个章节将通过文本的对比研读来清晰地认识到这些问题。

第五章 中西象征主义文本对话

　　从比较的视野看,中国早期象征主义无论创作上还是理论上都无法和西方早期象征主义媲美,在资料的丰富性、理论阐释的深度和广度、理论构建的后续影响力上面和西方象征主义也不可同日而语。值得庆幸的是,以戴望舒为代表的新诗创作者们在象征主义的指引下,有意识地继承和发扬中国古典诗歌的优良传统,开始新诗现代化的历程。1932年《现代》诗刊的创立就是一个有标志性意义的事件。施蛰存、戴望舒、卞之琳、何其芳、林庚、金克木等诗人各自都有自己的诗歌特色,但是他们又有共同的目标,就是他们希望创造"纯然的现代诗"。这种现代诗就是现代人通过现代的语言排列成行的表现现代生活与现代情感的诗。

　　在语言风格上,现代派诗人追求意蕴含蓄,摒弃李金发式的晦涩诡谲;在审美追求上,现代派提倡一种散文化的诗学,有意识地弱化象征主义所追求的诗歌格律的音乐性、建筑美等特点。现代派更加贴近日常生活,关注诗人个体的内心体验,也逐渐将诗歌引向智性与哲理的高度。西方后期象征主义诗人叶芝、里尔克、艾略特对于现代派诗人的影响不容忽略,从这一点上来说,中国现代派诗人也可以理解为后期中国象征主义诗人。

　　为了更加清晰地体现每个历史阶段的诗学发展特征,中国现代文学史并没有把和西方象征主义有深厚的理论渊源和紧密关系的现代派归于中国象征主义诗人,或者称为后期象征主义诗人,这是可以理解的。象征主义早已无法概括后来出现的这些诗歌的特征,包括后来的九叶派诗歌等,但他们之间有内在的精神联系,有共同的诗学追求,强烈的主体意识和关注个体,关注自我和内在情感状态让这些诗人有别于同时代的其他诗人。

  本章将从文本细读出发,比较中西象征主义诗歌中诗人的自我形象、核心意象和身体言说等三个方面的问题。这些诗歌既包括早期的,也涉及后期的中西象征主义诗人及其作品。通过文本的对比研读,可以让我们更加直观地看到中西象征主义诗人在诗歌创作方面,包括题材、意象、形式和语言的选择上的异同,更有利于我们体会到中西诗歌,甚至中西文化的对话和互相影响。

第一节　中西象征主义诗歌中的诗人自我形象

  不论是在诗歌领域,还是文学艺术的其他领域,象征主义一直都被认为是现代主义的开山鼻祖。其中一个非常重要的因素是象征主义者对于个体、自我的认识有别于他们的前辈。浪漫主义诗人中的自我形象是热情奔放、自由浪漫的,他们追求的个人解放和人的平等、博爱并没有实现完全。随着现代工业和城市化的发展,个人与他人、与世界的关系变得疏远、冷漠,个体感到前所未有的孤独、虚无和叛逆。十九世纪末至二十世纪,世界范围内持续不断的战乱和社会动荡又加深了个体的不安全感,人们不断面临饥饿、背弃、流浪和死亡。敏感的诗人们身处其中,但又不敢直面现实,只能用隐喻和象征的手法,幻想和虚构另一个理想世界和另一个自我。这种现象在中西象征主义诗人的作品中都有所体现,但又不尽相同。

一、弃妇与圣徒

(一)"弃妇"之古今穿越

李金发是中国象征主义诗歌第一人。他早年留学法国,以一个穷学生的身份游荡于塞纳河边,耳濡目染着西方文明给他带来的惊喜和冲突。他是一个美术系的学生,却喜爱诗歌,借此排遣远在异国他乡的忧虑和孤独感。《题自写像》是一首他给自己的自画像题写的诗,这首诗也毫无疑问地成为诗人对自我的一次认识与描画。自画像在西方艺术史上有悠久的历史传统,一开始只是在众多人物中悄悄画上自己,后来发展到以自己为模特,为自己画像。例如伦勃朗一生画了一百多张自画像,各个人生阶段的都有。但李金发给自己的画像题诗,这又是具有中国特色的行为,因为中国画,特别是山水画有留白的传统,画家或者他人喜欢在留白处题上一首诗,赞美画面的意境或抒发自己的感情等。李金发的题诗行为可能是一种潜意识的冲动,也是中西文化在此处碰撞与交流的表现。本诗分为三节,属于自由诗体,没有押韵。诗人通过自上而下的视觉顺序,结合奇异的想象和内心的真实情感进行了描述。第一节如下:

即月眠江底,/还能与紫色之林微笑。/耶稣教徒之灵,/吁,太多情了。

有人说李金发的诗太过西化,甚至不知道怎么用"本国语言",白话和古文都不合格。这未免言过其实。这首诗的第一句就是非常古典的中国式意象,月亮刚刚从辽阔的江面徐徐升起,一个"眠"字颇具新意,此处可能就是指画面上诗人那忧悒迷离的眼神。诗人年纪尚小,初来乍到遥远的他乡求学,自然心境有些迷惘和不知所措,但他努力保持一种体面的"微笑"面对现实。"紫色之林"应该实指画面的背景色,"紫色"在中西方文化中都是一种体现尊贵和高雅的颜色,中国有"紫气东来"一说,西方基督教里的紫红色代表至高无上的权威和来自上帝和圣灵的力量。一种神圣而神秘的宗教气氛油然而生,然而诗人没有自比虔诚的基督教徒,那似乎是太过自作多情了。因为作者来自遥远的东方,并没有基督教信仰,即便有所心动,心中又未免怕被拒绝,这种复杂的心理和微妙的尴尬可能只有经历过相同经验的人才能深有体会。第二节,诗人将视线转移到了他的身体:

第五章　中西象征主义文本对话

> 感谢这手与足,/虽然尚少/但既觉够了。/昔日武士被着甲,/力能搏虎!/我么!害点羞。

对于自己的身体,诗人也存在矛盾的心理。首先他觉得基本满意,虽然"尚少"但是"够了",转而又和"昔日的武士"相比,力量上的悬殊立刻体现出来。与虎搏斗的精神也许还在,但是实际的战斗力却是"害羞"了点。诗人虽然没有正面描写自身的消瘦或孱弱,但通过武士的形象的反衬,让我们了解到他对于自己身体的自卑和不悦。如果说第一节体现了诗人在精神和灵魂领域无法融入西方世界,那么第二节则直指诗人在物质和肉体上的悲观和不自信。

遥想一百年前,相比于现代文明发展迅速的西方,中国贫穷、落后,中国人野蛮、愚昧,这并不是诗人独有的心理,它已经是具有普遍性和广泛意义的意识形态。在这样的状况下,一个年轻的敏感的诗人,凭借自己的能力来到了强盛的西方学习,虽然对自己的出身还有才华尚且满意,但始终无法建立强大的自信。这种矛盾、焦虑的心态在第三节中更加明显:

> 热如皎日,/灰白如新月在云里。/我有草履,仅能走世界之一角,/生羽么,太多事了呵!

第一句实指天气的闷热,也可能是诗人内心焦躁不安的体现。"灰白"指衣服的颜色,更是诗人内心真实状态的描绘,一种一切都在云里雾里遮蔽着的迷茫心情。脚下的"草履"应该不是实写,只是体现一个"穷"学生在物质生活上的拮据。诗人肯定不满意自己只是偏安于"世界的一角"聊以度日,他多么希望有一双飞翔的翅膀能够遨游苍穹,这是每一个有志青年的梦想。可是这梦想转眼又被自己否定了,真是无私乱想、多此一举啊。整首诗歌读下来,一种难以捉摸的、自相矛盾的压抑感扑面而来。诗人在每小节的开头似乎都有正面的、积极的自我评价,转而对自己的判断充满质疑,最后只好自我调侃、自我揶揄。"呀,太多情了。""我么!害点羞。""太多事了呵!"——一个自

175

卑、多情、害羞、自嘲的"穷学生"的形象跃然纸上。

如果说《题自写像》如李金发的绘画一样，是一幅写实主义作品，《弃妇》则是典型的象征主义诗作。弃妇题材的文学写作在中国有悠久的历史，《诗经》中有《召南·江有汜》《邶风·柏舟》《卫风·氓》等数十篇，汉乐府中有妇孺皆知的《孔雀东南飞》，曹植的《弃妇诗》，杜甫的《佳人》等，历朝历代的闺怨诗则更多，但是这些大多由男子所写，一方面如实描写了古代女子的悲惨婚姻和生活，同情她们没有自由、独立的命运，另一方面则是诗人自我形象的投射，他们通常因为在政治官场上屡屡受挫，空有一番抱负而不被当权者重视，所以产生了自比女性的心理。

《离骚》中屈原就自喻为品格高洁的美人，感叹"恐美人之迟暮"，其实是对于自己前途的担忧，希望得到统治者的垂青。从此，中国文人或多或少写过或者有过这样的情结，要么自比为被抛弃的、无处依托的悲惨女性；要么竭尽所能在诗文中夸耀某个理想女性的美，包括外在的形体美和内在的道德美。说到底，这些都是传统社会里男性对现实主体的质疑、否定或对于理想中的完美主体人格的追求。

诗歌第一句就给读者展现出一个落魄甚至疯癫的妇女形象："长发披遍我两眼之前，/遂割断了一切羞恶之疾视，/与鲜血之急流，枯骨之沉睡。"这幅极具画面感的景象，首先给人以视觉上的震撼，"长发"遮住了妇女的脸，也许是主观故意的行为，她不想与世界有任何关联，也不想别人看清她是谁。但更有可能这是被生活、世界折磨蹂躏后的结果，别人"羞愧"与"凶恶"的眼光对她而言已经不再重要，"鲜血""枯骨"等意象让人联想到死亡的恐怖。

"黑夜与蚊虫"象征社会的丑恶势力，他们毁坏女人的清白，专门干着丧尽天良的坏事，如"狂风怒号"，我颤抖、"战栗"，无力与之搏斗。唯一的依靠是"一根草儿"，凭借着它"与上帝之灵往返在空谷里"。这是诗人的理想精神空间，"草儿""空谷""山泉""悬崖""红叶"都是自然界的美好之物，唯有在这样安宁、美好的事物围绕下，"我"才感到安全和慰藉，所以"我"希望能与自然万物合一，"从烟突里飞去，/长染在游鸦之羽，/将同栖止于海啸之石上，/静听舟子之歌。"那将是多么悠然、惬意的事情,相信那一刻的"弃妇"形象在诗人心中早已不存在,她(他)归隐于自然山水之间,成为远离尘世的世外高人。

然而这毕竟是瞬间的幻想,"隐忧""烦闷"还在,"衰老的裙裾发出哀吟",诗人从思想的远游中归来,"徜徉在丘墓之侧",前面第一节中的死亡主题再次呈现,可即便是死亡,也只是这世间多了一座"无泪"的孤坟,成为"世界之装饰"。读及此处,笔者不禁热泪盈眶,不是为某一个"弃妇",而是这"弃妇"象征了无数被社会抛弃的悲惨、孤独、恐惧的个体。这是多么强烈的控诉,又是多么残酷的现实。瑞恰兹说:

> 悲剧的特性是由怜悯和恐惧这两组冲动之间的关系所规定的。悲剧经验中的特有的平衡状态也产生于这种关系。①

这首诗给人以深刻的悲哀感,也是因为结合了"怜悯"和"恐惧"的两种情感体验,构建了一个仿佛充满矛盾、残酷而恐怖但真实存在的命运怪圈。不仅是诗人自己,每一个人可能成为被现实抛掷的"弃妇"。

(二)羁于尘世的圣徒

兰波曾说:"波德莱尔是第一位通灵者,诗人的皇帝,真正的皇帝。"②瓦雷里则说:"波德莱尔的最大光荣在于……孕育了几位伟大的诗人,无论魏尔伦,还是马拉美,还是兰波,倘若他们不是在关键的年龄阅读了《恶之花》,也就不会有后来的这几位诗坛大家……魏尔伦和兰波在感情和感觉方面继承了波德莱尔,马拉美则在诗歌的完美和纯粹方面延伸了他。"③这位诗人眼中的"皇帝",不仅孕育了法国象征

---

① [美]艾·阿·瑞恰兹:《想像》,杨匡汉、刘福春编:《西方现代诗论》,广州:花城出版社1988年版,第182页。
② [法]阿尔蒂尔·兰波:《兰波作品全集》,王以培译,北京:作家出版社2011年版,第308页。
③ [法]保尔·瓦莱里:《波德莱尔的位置》,戴望舒:《戴望舒译诗集》,长沙:湖南人民出版社1983年版,第117~118页。

主义的几位大师,还在某种意义上开创了世界范围的文学现代性的诗人,是如何认识和塑造自我形象的呢?

波德莱尔眼中的诗人是上帝的圣徒,带着瑰丽冠冕的圣人。他自觉地把诗人推上了一个至高的位置,即诗人如神一般的存在,是受过神的恩赐的人。我们来看长诗《祝福》的第一节:

当诗人奉了最高权威的谕旨/出现在这充满了苦闷的世间,/他母亲,满怀着亵渎而且惊悸,/向那垂怜他的上帝拘着双拳:

这里描述的诗人的诞生让我们想起《圣经》中耶稣诞生的场面,圣女玛利亚奉上帝的旨意将诞生基督耶稣,他将以拯救世间苦难为己任,成为救世主。诗人同样"奉了最高权威的谕旨","出现在这充满了苦闷的世间",诗人的责任同耶稣一样神圣伟大。接下来,波德莱尔并没有继续从正面描写诗人诞生后发生的奇迹,而是转而以母亲的口吻,对诗人进行"控诉":"这样的妖相""我的孽障""侏儒的怪物""病瘵的蓓蕾"。得不到母亲的怜爱仿佛是诗人的宿命,当然这也与波德莱尔童年的悲惨经历有关系,他父亲早逝,母亲带着他改嫁,从小就过着严酷的寄宿生活。后来和继父的关系又非常恶劣,他没有家庭的归属,没有家人的陪伴,一种被嫌弃、被抛弃的孤独感伴随着他的一生。也许在他的潜意识里,自己就像偶然降落在这个世界的精灵,对于母亲来说就是个多余物和累赘。而死去的父亲也许在波德莱尔眼中就是冥冥中保佑他的神灵,如上帝一般的存在:

可是,受了神灵的冥冥的荫庇,/那被抛弃的婴儿陶醉着阳光,/无论在所饮或所食的一切里,/都尝到那和胭脂的仙酿。//他和天风游戏,又和流云对话,/在十字架路上醺醺地歌唱,/那护他的天使也禁不住流涕/见他开心得像林中小鸟一样。

诗人虽然从小缺少母亲的关爱,就像"被抛弃的婴儿",但他是上帝的孩子,有神灵的"荫庇",阳光雨露就如"神膏""仙酿",他在大自然的怀抱中顽强生长。他的家人就是天上的风和流云,是善良的天使,是林中的小鸟,自然界中一切都和他有隐秘的、内在的亲和关系,就如另一首被称为象征主义的"宪章"诗歌《应和》写的一样:"自然是座大神殿,在那里/ 活柱有时发出模糊的话;/行人经过象征的森林下,/接受着它们亲密的注视。"波德莱尔将自己看成是大自然的组成部分,也只有诗人的身份才能洞察到这份神秘的感应和契合,才有机会深入领略到"物我合一"的深邃境界。

  一个人最大的悲惨莫过于遭到自己所爱之人无情的诅咒、背叛和抛弃。波德莱尔在诗中不仅描绘了一个世所罕见的恶毒的母亲,接着用了六个诗节的内容讲述了他的爱人对自己的惧怕、愤恨,一个竭尽所能折磨、侮辱和诅咒自己的丈夫的妻子,"他想爱的人见他都怀着惧心,/……在他身上试验着他们的残忍",她引诱他,想要得到他的崇拜,又用"锋利的指甲,像只凶猛的鹫","劈开条血路直透他心里","从他胸内挖出这颗红心","轻蔑把它往地下扔","让那宠爱的畜牲吃一顿饱!"多么恶毒的女人,多么残酷的人性!而这种人性的恶不是个性,是存在的普遍性,波德莱尔想通过描写最深刻的"恶"让人们体会到最纯粹的"美"。波德莱尔说过,"诗的本质不过是,也仅仅是人类对一种最高的美的向往"①。这种美不能轻易获得,诗人的职责就是"从恶中挖掘出美来","丑恶经过艺术的表现化而为美,带有韵律和节奏的痛苦使精神充满了一种平静的快乐,这是艺术的奇妙的特权之一"②。作为受到上帝庇佑的圣徒,诗人对自己遭受的苦难毫不在乎、泰然自若,他"定睛望着那宝座辉煌的天上,/宁静地高举虔敬的双臂",认为上帝赐予的苦难,是"洗涤我们的罪污的圣药","至真至纯的灵芝仙丹",是为了"修炼强者去享受那天都极乐"。波德莱尔用最美的诗行歌颂诗人,将诗人打造成一个至高至伟的形象,这可能也是波德莱尔心中最理想的自我形象:

---

  ① [法]波德莱尔:《波德莱尔美学论文选》,郭宏安译,北京:人民文学出版社 1987 年版,第 206 页。
  ② [法]波德莱尔:《波德莱尔美学论文选》,郭宏安译,北京:人民文学出版社 1987 年版,第 85 页。

> 我知道你为诗人留一个位置/在那些圣徒们幸福的行列中,/我知道你邀请他去躬自参预/那宝座,德行和统治以至无穷。//我知道痛苦是人的唯一贵显/永远超脱地狱和人间的侵害,/而且,为要编织我的神秘冠冕,/应该受万世和万方顶礼膜拜。

诗人就是幸福的圣徒,在神圣的天堂宴会上,上帝的身旁有属于诗人的位置,经历"痛苦"只是帮助他脱离和超越地狱,显示他的高贵和德行的方式。诗人的"神秘冠冕"无比"庄严""璀璨"和"辉煌",世界上任何的金银财宝都无法编织这顶王冠,因为诗人本身就是一道"原始的""圣洁的光",应该受到万世万代的顶礼膜拜,只是肉体凡胎之流无法领略到他的神圣和美好而已。波德莱尔写这首《祝福》的时候正遭受自己母亲和妻子的误解和轻视,来自社会的道德谴责和压力更大。他显然想借此抒发烦躁的情绪,也充分体现了他性格中的自信、偏执和狂傲。从更深刻和广泛的意义上来看,波德莱尔想为所有的诗人正名,树立诗人的光辉形象,让世人把他们当作救世主般的人物顶礼膜拜,因为诗人歌唱这世界最高贵、纯粹的美和爱。

当人们谈论象征主义诗歌时,总会毫不犹豫地给这些诗人扣上颓废、忧郁、世纪病等标签。波德莱尔曾经过着花天酒地、醉生梦死的浪荡生活,但也曾走上街垒,参加巴黎工人的武装起义,为更多人的自由和权利发声。后来诗人将笔触伸向生活的最苦难,人性的最丑陋之处,将眼光放在乞丐、老人、妓女、小偷、蛆虫甚至腐烂的尸体身上,因为他认为世界上不止有一种花,肮脏的地方也有花朵的开放,肯定恶的存在并不等同于罪恶,也不是赞美罪恶,而是让人们发现美、珍惜美、崇尚美。如果读过波德莱尔的诗歌《高翔远举》,我相信有些人对他的成见一定有所改变。

> 飞过池塘,飞过峡谷,飞过高山,/飞过森林,飞过云霞,飞过大海,/飞到太阳之外,飞到九霄之外,越过了群星灿烂的天宇边缘。//我的精神,你活动轻灵矫健,/仿佛弄潮儿在浪里荡魄销

魂,/你在深邃浩瀚中快乐地耕耘,/怀著无法言说的雄健的快感。

诗歌前两节波德莱尔以无比快乐的心情、明快的节奏和丰富的想象力描绘了一个有着自由灵魂的诗人在高山湖泊之上,浩渺宇宙之间遨游的景象。整齐的句式,一系列的排比、叠词的运用增加了诗歌铿锵有力的节奏感,景物的描写由近至远,由低到高,诗人将我们的视线引向了辽阔无比的天宇,同时也将我们的思绪从现实引向了遥远的未来。一定是被现实压抑已久的人才有这种迫不及待的渴望,也只有勇于尝试和敢于抵抗的人才会得到这样的快感。"轻灵矫健"的"弄潮儿""雄健的"男性形象一定是诗人想要拥有的,也是这首诗最终留给读者的。

接下来的两节,波德莱尔有力地控诉生活的"腐秽与污浊","压人的烦恼和巨大的悲痛",他希望"远远地离开","在洁净空气中洗涤罪恶","鼓起强劲的翅膀","冲向那宁静光明的地境"。诗人生活在丑恶黑暗的现实之中,但他的灵魂向往洁净的所在。如《祝福》里头戴冠冕,站在上帝身旁的圣徒一样,波德莱尔始终认为诗人不同于凡夫俗子,他应该有尊贵的地位、神圣的使命、坚强的意志和澎湃的激情,是引导世人走向光明和美好的精神导师。就如诗歌的最后一节所写:

驰骋的思想,像麻雀一样,/奔向清空的早晨,自由飞翔,/——谁能凌驾于生活之上,/不难领悟那百花和沉默万物的私语!

众所周知,李金发的诗歌创作深受法国象征主义的影响,在诗歌主题、形式、语言和结构等各个方面,李金发和波德莱尔有很多相似性。例如他们对于死亡、丑恶、虚无、恐怖题材的偏好,以及晦涩、忧郁和颓废的语言风格等。但诗歌中描述的诗人自我形象大相径庭,李金发笔下的诗人怯懦、自卑、羸弱,没有远大的理想和抱负,更是被社会抛弃的而自怜自哀的"弃妇"。波德莱尔始终以一个时代的叛逆者、丑恶的揭发者的形象出现,他将诗人捧上了艺术的神坛,同时将自己的形象塑造成信仰上帝与缪斯的虔诚圣徒。李金发更多的是哀叹和自怜，而波德莱尔没有陷入自我怜悯的泥潭，展现了更多的自信、勇敢和反抗的能力，站在更高的层面为所有诗人代言，为他们呐喊，对于现实与人性的丑陋进行更为深刻的鞭挞。

　　童年生活和跌宕起伏的人生经历往往决定诗人看待这个世界的独特角度和方式，也会成为其文学创作的情感基调。波德莱尔的童年经历使他对家庭和社会失望至极，一生沉溺于声色犬马的生活和精神的绝望中。他善于发掘人生与社会中无处不在的恶，大胆而毫无保留地揭露人类精神的苦痛、存在的罪恶、人性的虚伪、理想的幻灭、救赎的不可能等，并用象征性的诗歌语言暗示与启迪。这些被反复强调的恶，实则反映了他内心深处对于美好、善良和理想生活的向往。

　　李金发生于广东梅县（今梅州市梅县区）小康之家，虽算不上大富大贵，但从小衣食无忧，并能接受非常良好的教育，前后于上海、香港等地求学，后顺利公费赴法、德学习雕塑艺术。可以说完全依照自己的喜好，没有任何后顾之忧地生活至成年。他诗中的颓废与忧郁一方面来自远游异国他乡的个人情绪，另一方面源于当时中国的贫穷、落后与战乱。他醉心于诗歌创作，并非有如波德莱尔一样的自觉意识和反叛精神，也不在乎是否能够引领中国新诗向现代转型和发展。他的成功更像出于偶然与巧合，当时中国新诗诞生伊始，胡适等人的白话新诗引起极大争议，特别是诗歌语言的直白粗浅与诗意的缺失让读者难以接受，而李金发的诗像"一支异军"突起，给中国诗坛注入了新鲜的空气，引起了广泛而持久的关注。李金发诗歌中的丑陋、朦胧、暗示与神秘都是中国新诗所缺乏的，所以说他开辟了中国新诗一条象征的、现代化的新路并不为过。他诗歌中塑造的自我不完全是现实中的诗人形象，更多是象征了二十世纪初中国社会中的青年知识分子形象，即风起云涌的大动乱时代卑微无力、怯懦悲苦的个体生命形象。

二、流浪者与盗火者

　　流浪是中西文学一个永恒的主题，无论是时代的急剧发展和动荡不安造成了人在行动上的实际流浪，还是个体处于精神或情感上的流浪,两者都成为文学家书写的对象。流浪在行动上可以分为主观意图型和客观被动型,前者表现为一种自我放逐,往往是探险者与寻梦者的角色,而后者则表现为一种自我逃避,自卑者和孤独者的角色。在中西象征主义诗歌中,我们也大致可以分为这两种类型,前者以法国象征主义诗人兰波为代表,后者以中国后期象征主义诗人戴望舒为代表,将两位在诗歌语言和风格上大相径庭的诗人做比较是不多见的,两者对于自我的认识与书写也存在较大差异,但正是这种差异让我们更加深入地了解到中西象征主义诗人在创作意图、过程以及结果上的区别。

以戴望舒为代表的中国象征主义诗歌中也出现了很多流浪的主题,以及流浪者的角色。这些诗歌形象具有普遍性和象征涵义,代表了在风起云涌的时代里弱小个体的悲苦命运,但在更具体的意义上反映了诗人的自我评价和诗人自我形象的建构。戴望舒早期诗歌表现出与西方象征主义很多相通之处,表现在诗歌的形式、主题和意味上。但是他以及后来更年轻的一批诗人在象征主义的基础上有了更新的发展,主要表现在将中国古典诗中具有东方审美韵味的意境的营造和西方自由诗融会贯通,既有象征主义的朦胧、暗示,又有中国人熟悉的哀而不伤的情调,是中西现代诗歌成功结合的典范。在不同的时期,戴望舒结合自己的亲身经历和所思所想,在诗中塑造了很多种不同的自我形象,当然也不完全描述的自己,例如他塑造的流浪者、夜行人、游子、寻梦者都具有一定的普遍意义,代表了那个时代一大批有着同样遭遇的,迷茫徘徊和孤寂的年轻知识分子的形象。《流浪人的夜歌》是戴望舒早期的一部作品,收了他出版的第一部诗集《我的记忆》之中。

残月是已死美人,/在山头哭泣嘤嘤,/哭她细弱的魂灵。/怪枭在幽谷悲鸣,/饥狼在嘲笑声声,/在那莽莽的荒坟。/此地黑暗的占领,/恐怖在统治人群,/幽夜茫茫地不明。/来到此地泪盈盈,/我是飘泊的狐身,/我要与残月同沉。

戴望舒虽然明确反对过象征主义过分注重诗歌音乐性的特征,但不可否定他初期的诗歌都有明显的格律诗的特点,当然也是受到当时流行的新月派的影响。《流浪人的夜歌》句式匀称,三行为一节,每一节行数相等,每一行三处停顿,押韵和韵位固定,平仄相间。诗歌一开头就采用了中国古典诗词里的起兴和比喻的修辞手法。所谓起兴,就是联想,触景生情,因物起兴。"兴者,先言他物以引起所咏之辞也。"(朱熹)把"残月"比作已死的美人,在山头哭悼的魂灵,造成一种悲伤、荒凉甚至恐怖的氛围,也让人联想起李金发描写的弃妇的形象。

如上文所写,中国诗人自古就有自比女性的写作方式,以求获得别人的同情、怜悯和关照。"怪枭"本意指奇怪的鸟,但"枭"字在中国传统文化当中还有其他的意义,比如"枭雄"有首领、雄健之意。"怪枭"哀鸣而"饥狼"嘲笑,大有虎落平阳被犬欺,怀才不遇、壮志难酬之悲哀。"黑暗与恐怖"笼罩在人群之上,现实如此残酷,而未来更是茫然不可预期。"我"如同一只四处漂泊的孤独的狐狸,没有同伴,没有栖身的家园,"我"的命运将和天边的残月一样,最终沉没。整首诗歌气氛阴沉、诡谲,给人以孤苦、压抑和绝望的情感体验。

另一首《游子谣》(1932)和这首诗有相似的主题,似乎代表了那个时期戴望舒对自我形象与精神状态的体认和呈现方式。

> 海上微风起来的时候,/暗水上开遍青色的蔷薇。/——游子的家园呢?//篱门是蜘蛛的家,/土墙是薜荔的家,/枝繁叶茂的果树是鸟雀的家。//游子却连乡愁也没有,/他沉浮在鲸鱼海蟒间:/让家园寂寞的花自开自落吧。//因为海上有青色的蔷薇,/游子要萦系他冷落的家园吗?/还有比蔷薇更清丽的旅伴呢。//清丽的小旅伴是更甜蜜的家园,/游子的乡愁在那里徘徊踯躅。/唔,永远沉浮在鲸鱼海蟒间吧。

戴望舒是一个十分痴情的人,他一生为情所困,为情所伤。即便漂洋过海去法国留学也并非自己所愿,大部分是为了满足当时未婚妻的虚荣要求所致。当他孤身一人在大海上漂泊时,自然萌生思乡之情。全诗共五节,已摆脱了严格的韵律限制,全凭隽永飘逸的语言构成诗的天然的节奏和旋律。整首诗像是孤独的诗人在反复地自问自答,自我解释与安慰,散发出往返迂回、浓稠不化的乡愁与忧怨。第一节描写乡愁之起因,微风拂过海面,荡漾的波浪像是随风飞舞的"青色的蔷薇"。诗人家园里也有独自开放的蔷薇吧,可是现在人去楼空,家园成了"蜘蛛""薜荔"和"鸟雀"的家。一种凄然和冷清扑面而来,出门在外的游子能拥有什么呢?恐怕连短暂的乡愁都无法拥有,因为人世沉浮,历经波澜,就如在"鲸鱼海蟒"间穿梭,苟且偷生已经万幸,怎还奢求顾及远方的家园。还是正视现实,掌握住眼前的人事吧,不是还有"比蔷薇更清丽的旅伴"吗?诗人像是找到了一根救命的稻草,满心期待和欢喜,盼望着更加"甜蜜的家园",旅伴能否给予游子以暂时的安慰呢?那是爱情的力量吗?真的能让他忘却乡愁?恐怕还是难以实现,诗人似乎只是一厢情愿,他充满了许多的怀疑、矛盾和不自信。因为"乡愁在那里徘徊踯躅",它不愿离去,难以排解,最后诗人只能悲叹,继续沉浮于"鲸鱼海蟒"。

一个多情、忧郁、孤独和矛盾的戴望舒仿佛就站在我们面前,他有满腔的爱意,也有挥之不去的乡愁;有远去的决心,也有对家园故土的牵绊。他仍是一个在茫茫大海找不到归途的流浪人和远游人。戴望舒其实对于自己有非常清醒的认知,如果说《流浪人的夜歌》和《游子谣》还有普遍的象征意义,可以代表那个年代有类似经历的绝大部分的年轻知识分子的形象的话,那么他的《我的素描》(1930)则是独属于戴望舒的自我勾勒和评价。

> 辽远的国土的怀念者,/我,我是寂寞的生物。/假若把我自己描画出来,/那是一幅单纯的静物写生。/我是青春和衰老的集合体,/我有健康的身体和病的心。/在朋友间我有爽直的声名,/在恋爱上我是一个低能儿。/因为当一个少女开始爱我的时候,/我先就要栗然地惶恐。/我怕着温存的眼睛,/像怕初春青空的朝阳。/我是高大的,我有光辉的眼;/我用爽朗的声音恣意谈笑。/但在悒郁的时候,我是沉默的,/悒郁着,用我二十四岁的整个

的心。

这首诗中没有纯熟的技巧,没有戴望舒一贯的隽永含蓄的语言或悠远深沉的意境,它只是一个诗人对自己的单纯的白描,一幅单纯的"静物写生"。戴望舒为什么把自己比喻成一幅静物画呢?是指他的性格沉静寡言,不善言辞吗?不尽然。静物画其实是十分讲究的,从物品的选择、色彩的搭配,从构图到光线、明暗等都非常考验画家的水平。从美学的角度讲,静物画并不是单纯地向人们展示某些物品及其特性,而是要传达出某种语境和情绪,以物传情,寓情于画,体现出自然本质以及其与人们精神的某种神秘联系。因此,静物画往往有非常丰富的内涵、深刻的能指。静物画也往往具备使复杂趋于单纯,躁动趋于平静,感性趋于理智的心理暗示作用。

由此可以理解戴望舒把自己描述成一幅静物写生是有其更深层的原因的。由于从小得过天花,虽然捡回了一条命,但原本俊俏的脸上留下了很多麻子,这一点让戴望舒一生都难以释怀。他有美好的内心,是个大才子,却必须接受丑陋的外表,这让他在所爱之人面前抬不起头,让自己变得更加自卑、敏感和郁郁寡欢。"衰老和青春的集合体""健康的身体和病的心",在朋友间无比"爽直""爽朗",在心爱的人面前却手足无措,是个"惶恐"的"低能儿",因此更多的时候他是"沉默"和"悒郁"的——这些都无比坦率地表现了戴望舒对自己十分中肯又充满矛盾的评价,当然也是现实自我与理想自我之间存在的巨大差距。在另一首诗歌《夜行者》里,戴望舒化身为一个孤独的与黑夜相伴的怪人。

这里他来了:夜行者!/冷清清的街道有沉着的跫音,/从黑茫茫的雾,/到黑茫茫的雾。//夜的最熟稔的朋友,/他知道它的一切琐碎,/那么熟稔,在它的熏陶中,/他染了它一切最古怪的脾气。//夜行者是最古怪的人。/你看他在黑夜里:/戴着黑色的毡帽,/迈着夜一样静的步子。

从象征的层面来讲,诗中的这个夜行者具有普遍的指向性,它可以象征那个时代内忧外患、尚在黑暗中摸索前行的中国,也可以是任何时代的任何人,所有在人生的迷雾里跌跌撞撞、摸爬滚打的人。但我更愿意把这个夜行者看成是戴望舒对自我形象的认识和描述。什么样的人喜欢在黑夜里行动而不愿走在阳光之下呢?就像前一首诗中戴望舒写道:"我怕着温存的眼睛,/像怕初春青空的朝阳。"诗人似乎有某种程度的社交恐惧,不太愿意敞开胸怀与人交往,不愿在阳光下暴露自己的缺陷。

第一节诗人站在旁观者的角度,用倒装和感叹两种非常西化的句式开头,造成一种视觉的震撼和情感的张力,这是他所熟悉的情景,肯定不止一次出现在他的眼前。夜晚的街道行人稀少,分外冷清,夜行者的脚步声也显得更加清晰。"从黑茫茫的雾,/到黑茫茫的雾。"并非简单的重复句式,雾水本是无色,在黑夜的笼罩下竟也成了黑色,可见黑夜的强大渗透力。这种强大的力量也渗透到这个夜行人身上,在这茫茫的大雾中他要去向哪里,能去向哪里?就好像走在一个永无止境的圆环内,没有起点也无所谓终点,没有今天也无所谓明天。一种巨大的悲哀和无可奈何的感觉扑面而来,四周仿佛有挣脱不了的无穷的羁绊,但又无影无踪、朦朦胧胧,叫人捉摸不定。第二节写到这个喜欢与黑夜做伴的人是"夜的最熟稔的朋友",他们互相影响,有着相同的古怪的脾气。这个时候的诗人仿佛不再是一个旁观者,他已经成为夜行者本人。最后一节最为精彩,诗人与夜已经合二为一,分不清你我,戴着"黑色的毡帽"的人迈着安静的步子,消失在黑夜之中。

总的说来戴望舒的诗大多反映出多愁、伤感的情调,他生活的年代是所有真诚敏感的诗人感觉情绪失落和理想幻灭的年代,他所塑造的这些诗歌形象既是他自己的情感体验的投射,也是整整一代人的群体形象。

兰波从小展现出诗人的天分,但性格叛逆,放荡不羁。本有机会攻读大学,但因为在墙上写下"杀死上帝",被学校开除。几番离家出走,参加巴黎公社暴动,在人们眼中是一个彻头彻尾的坏小子。他年少成才,对自己的诗歌天赋自信满满,十七岁时写下一首自荐性质的

《七岁的诗人》给保罗·德梅尼,并要求他烧毁之前所有的诗作,以表明这首新作的价值。此诗不是严格的格律诗,但每一行音节基本相同,并采用双行押韵的方式。整首诗节奏明确,自然天成。诗中描写了兰波的童年生活,他对严苛的母亲的反抗和厌恶,如诗歌前两节所写:

  母亲合上作业本,满意地走了,/很为儿子感到骄傲,却没有看见/他高额头下的蓝色眼睛里/充满厌恶的神情。//整天为顺从捏把汗;他很聪明,/可脸上黑色的抽搐和挖苦的表情/似乎只能证明他身藏尖刻的伪善。/穿过走廊上发霉的窗帘投下的阴影,

从诗中可见兰波的母亲对其非常严厉,他父亲常年在外服役,后来干脆和母亲分居,家庭的不和睦与压抑的氛围给兰波童年生活投下阴影。他"厌恶"母亲,但不得不想方设法"顺从"她的意愿,内心的抗拒无法藏匿,不然兰波就会觉得自己"伪善""尖刻",这种深刻的自我反省似乎不适用于一个七岁的孩子。其实他只是天生躁动,向往自由,不服管束而已。"有人看见他站在高处,手扶栏杆,/在屋檐下的一片明亮的海湾长吁短叹。"小时候的兰波是否经常把自己想象成了在大海上乘风破浪的船长呢?肯定是的。

他富于丰富的想象力,总是活在自己的幻想世界里:"为了让幻象穿透迷离的双眼,/他倾听着墙角果树的沙沙声。"他和大自然最为亲近,在自然的怀抱中天马行空、纵横驰骋:"七岁,他开始写小说,/写大漠中自由放荡的生活,/森林、太阳、河岸、草原!"七岁的孩子本是接受宗教信仰的最好时期,可是兰波偏偏反其道而行之:

  梦想夜夜在他的小屋里压迫着他,/他不爱上帝,却在昏黄的傍晚,/凝视着那些穿工作服的黑色人群……他梦想着爱情牧场,/那莹莹草浪、金色绒毛、神圣的馨香,/时而静静漂移,时而碧波荡漾。

第五章　中西象征主义文本对话

兰波不爱上帝,但对于贫穷的普通人始终充满同情、怜悯和爱,因此他后来支持公社革命,并积极参与其中。他的梦想总是很遥远,青青的广阔草原、空无人烟的沙漠、波涛汹涌的大海始终是他魂牵梦绕的地方。我们来看本诗最后一节的内容:

喜欢体味幽深的事物,/他躲进蓝色的小阁楼,/关上百叶窗,呼吸着屋内的潮湿,/他读着自己日夜酝酿的小说,/字里行间布满低垂的红云和沼泽森林,/肉花开满繁星点点的树间,/眩目、飘零、散乱、悲悯!//——这时,楼下街区传来喧闹之声,/——独自一人枕着帆布,/感觉到海船那激荡的征帆!

从这里可以看出兰波是一个与众不同的孩子,他喜爱思考,喜欢探索神秘奥妙的事物。蓝色的小阁楼是他的童年秘密基地吗?蓝色在这首诗中出现过很多次,它是眼睛的颜色,是大海和天空的色彩,象征着灵魂与肉体的自由自在、无拘无束。他躲进了这样的世界,不想被外界打扰,热情地筑造自己想象的理想王国,"红云""沼泽""森林""繁星"成为亲密伴侣,他"独自一人枕着帆布",有些"炫目""慌乱"但并不孤独,远方在呼唤,大海在呼唤,他激情饱满,随时准备起航。兰波写这首诗时才十七岁,可是自我认识、定义和评估的能力已经非常出色,他对自己的诗歌天赋深信不疑,对未来充满信心和勇气。有学者评价这首诗,"把难以共存的童年烂漫的创造力和青年敏锐的表现力拧结在一起,于是作者的天命、挫折和幸福感都融汇在这个过程中"[1]。

在诸多西方象征主义诗人中,兰波最具有流浪气质。同样是在十七岁,他出走巴黎,得到魏尔伦的支持,后来发展出一段不被世俗接受的恋情。在欧洲各地流浪一年多后两人关系决裂,从此兰波放弃诗歌创作,早早结束自己作为诗人的身份,那时他才十九岁。从此,兰波以

---

[1] Noulet, Emilie: Le Premier Visage de Rimbaud. Bruxelles: Palais des Académies, 1973, p. 93.

一个行动派的果决开始在世界各地漂泊、流浪和探险,实践着自己少时的梦想和理念。兰波在《流浪者》中记录了他和魏尔伦之间在这一点上的截然不同。魏尔伦颇为兰波"身上有一种奇特的纯真"而担忧,兰波则嘲弄魏尔伦的弱点,认为他只会做"愚蠢而忧伤的梦"。他坦承由于自己的过错,将再度"漂泊天涯,过着奴隶的生活",他满怀诚心要恢复魏尔伦"太阳之子"的原初状态,他邀请魏尔伦"一起流浪,去岩洞里饮酒,在路上吃干粮"。兰波认为这才是他想要确立的一种生活。可以想象也许这正是他与魏尔伦最终分道扬镳的根本原因。

其实,不管是在兰波的信件还是诗歌里,关于流浪、关于自由几乎是他最喜欢谈论、最关心且急切的事情。在给乔治·伊桑巴尔的信中,兰波这样写道:"我彷徨、痛苦、狂躁、愚钝、神魂颠倒;我渴望沐浴灿烂阳光,无止境地漫步、歇息、旅行、冒险,总之,想云游四方。""我在平庸、恶意与灰暗中沉沦、死亡。怎么说呢,我疯狂地迷恋着自由的自由……我甚至今天就想重新上路。我能够做到:穿上新衣,卖掉手表,自由万岁!——好多次我都想重新上路。——上路,戴上帽子,裹着风衣,双拳插在兜里,出发。"①

他总是相信远处会有更好的、更自由的生活。在很多诗作里,兰波也表达了自己对于流浪的渴望,对流浪者的敬意。譬如这首《流浪》:

　　拳头揣在破衣兜里,我走了,/外套看起来相当神气;/我在天空下行走,缪斯!我忠于你;/哎呀呀,我也曾梦想过灿烂的爱情!/我惟一的短裤上有个大洞,/——正如梦想的小拇指,我一路/挥洒诗韵,我的客栈就是大熊星,/我的星辰在天边发出窸窸窣窣的响声。//坐在路旁,我凝神谛听,/九月的静夜,露珠滴湿我的额头,/如浓郁的美酒。//我在幻影中吟诵,拉紧/破鞋上的松紧带,像弹奏竖琴,/一只脚贴近我的心!

---

① [法]兰波:《兰波作品全集》,王以培译,北京:作家出版社2011年版,第297、301页。

这首诗给我们展示了一个无比真实的兰波,可以想象他每一次说走就走的旅行大概就是这样一幅图景。"拳头揣在破衣兜里","外套看起来相当神气","我在天空下行走",年轻的兰波外貌俊俏,天性聪慧,这样的人无论到哪儿都会自带光芒,让周围的人与物黯然失色。他是被"缪斯"附体的孩子,他的诗才如同梦想一样散发着奇妙的光彩。"九月的静夜",大熊星座就是天空中最亮的星星,他总能让敏感的诗人诗兴大发,文如泉涌。此刻的兰波如同希腊古老的神祇,拉起了象征诗歌与音乐之美的竖琴,在天地间自由驰骋。他说诗人应该是一个"通灵者",他努力使自己成为一个通灵者。

在创作的过程中,如酒神陷入迷狂,没有时间与空间的概念,只有难以名状的诗情的狂舞。兰波认为:

> 诗人需要经历各种感觉的长期、广泛的、有意识的错轨,各种形式的情爱、痛苦和疯狂,诗人才能成为一个通灵者,他寻找自我,并为保存自己的精华而饮尽毒药。在难以形容的折磨中,他需要坚定的信仰与超人的力量;他与众不同,将成为伟大的病夫,伟大的罪犯,伟大的诅咒者,——至高无上的智者!——因为他达到了未知!他培育了比别人更加丰富的灵魂!他达到未知;当他陷入迷狂,终于失去了视觉时,却看见了视觉本身![1]

兰波不仅是这样想的,也是这样做的,他用短暂的生命实践着自己的诗歌理想,把生活谱写出了一首伟大的赞歌。

在不同的诗里兰波不断重复地表达一种渴望,那就是"出发""远行""流浪"。在《感觉》一诗里他是一个轻松上路的梦想家:

> 夏日蓝色的傍晚,我将踏上小径,/拨开尖尖的麦芒,穿越青青草地:/和梦想家,我从鞋底感觉到梦的清新。/我的头顶凉风习习。/什么也不说,什么也不想,/无尽的爱却涌入我的灵魂,

---

[1] [法]兰波:《兰波作品全集》,王以培译,北京:作家出版社2011年版,第305页。

/我将远去,到很远的地方,就像波希米亚人,/顺从自然——快乐得如同身边有位女郎

在另一首诗《出发》里,兰波成了愤世嫉俗的现代生活的批判者:

> 看透了。形形色色的嘴脸一览无余。/受够了。城市的喧嚣,黄昏与白昼,日复一日。/见多了。人生的驿站。——噢,喧嚣与幻象!/出发,到新的爱与新的喧闹中去!

城市和现代化,及其对于传统、人性与自然的破坏是西方象征主义诗人们书写的主题。令人深感矛盾的是,兰波一方面不断想要逃离他出生的小城市,去巴黎寻找更好的生活,同时惊讶于城市古老的历史与辉煌的建筑;一方面却对大城市的一切抱有深深的怀疑。"我是现代大都会中的一介蜉蝣,一个情绪不算太坏的公民,因为所有的情趣都躲进了室内装潢和室外装饰,连同那些城市蓝图。"① "城市,带着烟雾和纺织机的噪音,远远地跟在我们身后。"② "我所有的轻蔑都有原因:因为我逃离。我逃离。我自我辩解。"③ 兰波在放弃诗歌创作后的十几年里,从一个地方到另一个地方,从欧洲到非洲,从非洲到中亚,再回到欧洲,似乎从未停止过脚步,他用双脚丈量着各个城市之间的距离,每一次奔赴意味着最后的逃离,每一次逃离意味着再一次奔赴。他似乎总有不满足,总在寻求,他的身上有一种永恒的向前的冲动和魔力,就如他自己所说的:"我只有去旅行,驱散头脑中凝聚的魔力。我热爱的大海仿佛能洗清我浑身的污垢,——在海上,我看见欣慰的十字架冉冉升起。"④

他的另一诗歌名篇《醉舟》就描绘这样一幅漂泊与流浪的全景图:

---

① [法]兰波:《兰波作品全集》,王以培译,北京:作家出版社2011年版,第229页。
② [法]兰波:《兰波作品全集》,王以培译,北京:作家出版社2011年版,第227页。
③ [法]兰波:《兰波作品全集》,王以培译,北京:作家出版社2011年版,第198页。
④ [法]兰波:《兰波作品全集》,王以培译,北京:作家出版社2011年版,第196页。

沿着沉沉的河水顺流而下,/我已感觉不到还有纤夫引航:……我已抛开所有的船队,/……河水便托着我漂流天涯。/……我狂奔,松开缆绳的半岛/也从未领受过如此壮丽的混沌。/进入大海守夜,我接受风暴的洗礼,……静静地吸烟,在紫气中升腾,自由自在,/有如穿墙而过,我洞穿了赤色上苍,/……披着新月形的电光,我疾速奔流,/如疯狂的踏板,由黑色海马护送,/……你就在这无底的深夜安睡、流放?/夜间金鸟成群地飞翔,噢,那便是蓬勃的未来?/……噢,让我通体迸裂,散入海洋。

这是兰波一生狂放、自由精神的写照。他如那大海中肆意漂流的"醉舟",被梦想与激情灌醉,永远渴望暴风雨的洗礼,向着未知的远方奋力前进。魏尔伦以"履风诗人"形容他永不停息的精神追击,马拉美说他是"流亡的天使",赞美其诗歌理想的炽热和纯真,而作家、哲学家加缪则称他为"最伟大的反叛诗人"。而兰波在《童年》中早已说过:"我是那圣徒,在空地上祈祷——""我是那智者,坐在阴暗的椅子上""我是那行旅者,走在密林间的大路上""我会是一个弃儿,被抛在茫茫沧海的堤岸""或是一位赶车的小马夫,额头碰到苍天""飞鸟与清泉远在天边!再往前走,想必就到了世界尽头"。他一生都在践行童年时的梦想,也是每一个现代人的自由梦想。

兰波心中理想的诗人形象就是"盗火者"和"通灵者",而他对于自己形象的描述是极其立体和复杂的。这不禁让人想起他的另一句名言,"我是我的另一个"。这句话充满诗意的迷惑,诗人其实并没有如诗歌中的洒脱和自由,他在不断解读和认清自己,就如一个旁观者不断审视自己的创作:"我目睹了我思想的孵化:我注视它,倾听它,我拉一下琴弓:交响乐在内心震颤,或跃上舞台。"[①]在兰波看来,认识自我是当一名诗人的前提,诗人要研究自身,寻找其灵魂,审视、观察和耕耘它。兰波对经典和传统不屑一顾,并以厌恶和反抗前人标榜自己,但是他对来自古希腊神庙上的神谕"人啊,认识你自己"却是深信

---

① [法]兰波:《兰波作品全集》,王以培译,北京:作家出版社2011年版,第304页。

不疑。兰波最后真的认识了自己吗？真的找到了"另一个我"吗？这真是一个不得而知的问题。

戴望舒与兰波在个性、气质与天赋秉性上存在很大差异。戴望舒是家中最小的孩子，且是唯一的男儿，从小得到女性温柔的呵护与关爱，因此在感情上比较脆弱，容易受到挫折而自怜、痛苦。因疾病使得原本俊美的外貌变得丑陋，饱受别人的嘲讽与冷眼，这让天性敏感的他更加内向和自卑，因此在他早期的爱情诗里我们看到的总是一副愁云惨雾的情场失败者的形象。戴望舒生活的年代正值中国改天换地的大动乱时期，国家和民族经受了近代以来长久的战乱，内忧外患、积贫累弱，这让空有一番抱负的年轻人感到迷茫和绝望，这也就是为什么在戴望舒的诗中，有这么多"漂泊的孤身""与月同沉的身影""乡愁满怀的游子""青春与衰老的集合体""低能儿""寂寞而古怪的夜行者"的形象。这既是戴望舒不同侧面的自我描画，也是对于他同时代的迷惘的青年学子的准确书写。

兰波从小就是一个叛逆孩子，母亲对他的粗暴与疏远让他没有感受到多少人与人之间的温暖，而父亲教育的缺席可能使他原本不受羁绊、自由自在的天性得以畅通无阻的发展。他父亲也是一个不愿意被家庭责任束缚的人，宁愿长期在外漂流也不愿享受人伦亲情，兰波在某种程度上是跟随着他父亲的脚步不断远离家庭，放逐自我的。兰波一生都在流浪中度过，但没有人逼迫他，是他自愿、自动的选择，这一点和戴望舒笔下的流浪者有本质的区别。前者的流浪更像是和自我的一场无休止的斗争，象征着现代人精神的虚无和永不满足，同时又奋不顾身地去寻求某种神秘和理想天堂的结果。世间万物更像是一个布景、一个陪衬，个体的形象越来越清晰和高大，他不知疲倦、永远在激情的驱使下行走在路上。当他停下来的时候也是焦虑和怀疑的时候，对现代生活的怀疑、对人与自然的怀疑、对自我与他者的怀疑。一会儿觉得自己是"智者""天使""圣徒"，一会儿觉得是一个"弃儿""逃离者"，是"另一个自己"。从这点出发，我们会发现兰波的一生和他的诗歌一样具有某种普遍象征意义，象征了现代人对自我认识的欠缺和自我身份的焦虑，以及为了找到其解决方案不断求索，又不断逃离的过程。

第二节 中西象征主义诗歌中的核心意象

中西象征主义诗人都认为诗人应该与自然保持亲密关系,从自然中吸取诗歌养分,诗人的心灵能够与宇宙万物感应、契合。从波德莱尔的"应和"论,到魏尔伦的"诗的艺术",从马拉美认为诗是"夜的孩子"到兰波说诗人是"通灵者",西方象征主义始终把自然当成诗歌生长的摇篮。中国传统中的天人合一、物我两忘的思想更是深入诗人的骨血,自古以来诗词中就不乏各种各样的自然意象,月色、流水、斜阳、杨柳、落花、芭蕉、鸿雁、杜鹃、鸳鸯,无论自然景观还是动植物都是诗人歌咏的对象和寄托情思之物。

一、黄昏中的恋曲

中西象征主义诗人好像对于黄昏与夕阳情有独钟,波德莱尔写过《薄暮》《黄昏的和声》《一天的结束》等诗篇,"迷人的黄昏到了,它是罪恶的帮凶"。黄昏又是可爱温柔的,它抚慰着疲惫了一天的灵魂。黄昏之后是黑夜,象征着希望的泯灭与生命的结束。波德莱尔用黄昏来象征工业社会的罪恶与古老秩序的崩溃,充满控诉的力量和对底层社会苦难的深刻同情。魏尔伦笔下的黄昏与夕阳却像一支略带忧伤的华尔兹,在充满音乐旋律感的诗行中体现个体命运的乖张与生活之无奈。《夕阳》一诗是其中的代表作:

> 衰微了的晨曦/洒在田野上,/那忧郁的/沉落的夕阳。/忧郁,甜蜜地/高吟低唱,/我的心,忘记/忘记了夕阳。/而沙滩上面/沉落的夕阳/奇异的梦一般;/幽灵,映着红光/不断地闪现,/闪现,好像/那沙滩上面/巨大的夕阳。

魏尔伦被称为"法国最纯粹的抒情诗人之一,现代词语音乐的创始人,是从浪漫主义诗人过渡到象征主义的标志"①。他是象征主义中不折不扣的"音乐至上"主义者,他在《诗的艺术》中写到"音乐先于一切",这一理念注定了魏尔伦的所有诗歌都首先表现为一首显而易见的乐曲,也难怪后来德彪西等音乐家为他的诗歌谱曲,他的诗以乐曲的方式得以延长自身的生命。

这首《夕阳》原文每行由三到四个音顿组成(按朱光潜的说法,法语诗歌没有音步而应称为顿),整首诗有严格整齐的尾韵(abab,abab,cdcd,cdcd),加上"忧郁""夕阳""忘记""闪现"等中心词语的跨行重复,形成低回往返、徘徊缭绕的形式美感和音乐性。前面六句,诗人作为自然的观察者对即将沉落的夕阳进行客观描述,夕阳也可以理解为象征了诗人心目中逐渐沉沦的现代社会。接着诗人完全忘记了自我,将自己沉浸在眼前的景色之中,达到物我两忘的境界,夕阳就像"奇异的梦",又像闪着红光的"幽灵",与波德莱尔一样,魏尔伦对于现代社会与工业文明的发展有一种天然的抗拒,在《巴黎速写》《夜的印象》《巴黎的夜歌》等诗中有更明确的表达。在诗人眼中,人类精神面临前所未有的挑战,现代化的幽灵不断闪现,冲击人们的感知与灵魂,这一切让人不禁产生"世纪末"的忧郁与绝望感受。魏尔伦没有用直白、激昂的语调表露,而是通过温和、朦胧的暗示将自己的情绪隐藏在诗句中。

魏尔伦反对浪漫主义式的情感宣泄,他主张隐匿主体,客观呈现,另一首《黄昏》就体现了这种特色:

> 一轮红色的月亮在雾蒙蒙的天边;/雾气在舞蹈,草原在迷蒙中/沉沉睡去,而群蛙在叫喊,/在芦苇丛中有战栗在蠕动。// 水上群花的花冠紧闭着/白杨的轮廓浮现在远远的地方,/它们的模糊的幽灵依旧正直严肃;/在灌木丛中有黄萤在游荡。// 森鸮醒来了,无声无息地/用厚重的翅膀搅动大地的沉郁,/天空中充满

---

① 姜椿芳:《简明不列颠百科全书》第8卷,北京:中国大百科全书出版社1986年版,第242页。

了幽微沉滞的光粒。/苍白的维纳斯出现了,而这就是夜。

诗人始终以一个旁观者的角色观察、聆听、思考着周围的所有事物及其所承担的意义。全诗分为三节,每一节四句,韵式整齐有序。诗人的目光由远而近,由模糊至清晰,仿佛他随着自然万物完成了一场灵魂远游,他与黑夜同时归来,这黑夜就如一位随同的尊贵客人,美与爱的象征——维纳斯。诗中各类意象纷纷登场,动静结合、高低相间,既有"沉沉睡去的草原""紧闭的花冠""无声无息的森鸦",也有"叫喊的群蛙""舞蹈的雾""游荡的黄萤",它们似乎在合奏一曲黄昏的挽歌。草丛中"有战栗在蠕动",模糊的幽灵"依旧正直严肃","大地沉郁",维纳斯苍白的脸孔与天空中红色的月亮形成视觉上的强烈对比。貌似热闹的氛围笼罩着不安,对于黑暗与死亡的恐惧如影随形,却被诗人不动声色地隐匿于若有若无的意象之中。

魏尔伦迷恋黄昏与夕阳,以其为整体意象,并冠之以题的诗就有数首,作为独立意象进入其他诗歌的次数更多。但迷恋不一定是真正的喜欢,实际上,他内心深处应该有某种本能的抵制,试问谁又热衷于希望的陨落与无尽的哀伤呢?在《神秘之夜的黄昏》中,魏尔伦明确表达了自己对黄昏的另一种感受:

> 回忆伴随着黄昏/在火热的天际发红、抖颤/燃烧着的希望后退着/增大着,就象一堵/神秘的墙,那儿,无数鲜花/——大丽菊,百合,郁金香,毛茛——/立在栅栏四周,散发出/,那恶味/—— 大丽菊,百合,郁金香,毛茛——/淹没了我的感官、灵魂和理智/在一阵巨大的昏厥中,混杂在,/伴随着黄昏的回忆里。

这首诗和魏尔伦一贯的温柔、忧郁的风格略有不同,全诗原文尾韵为 ababbabaabaab 模式,一气呵成、行文流畅;第一句和最后一句,第六句和第十句重复,前后对应;跨行灵活而自然,气息急促而不间断。诗歌中矛盾修辞手法运用高超,全诗充满浓郁,甚至迷狂的情调,"回忆"明显是热烈而执着的,燃烧的激情与希望在天边颤抖、退却。诗人将内心炽烈的情感托付于即将消逝的黄昏,显然十分错误,那堵"神秘的墙"来自何方,是红尘俗世的象征吗?那儿有无数艳丽的"鲜花",却散发着恶臭,"沉重、温热的花香/病态的气息"让人难以忍受。仿佛诗人正在饮用一种让人欲罢不能的毒,它损耗着诗人的身体、灵魂和理智,让他感到昏厥的快感和"往事只能回味"的绝望。他的回忆里有兰波吗?这是肯定的。

　　黄昏或夕阳在中国文化里有表达时间流逝、生命短暂和人事沧桑之意,如"斜阳草树,寻常巷陌,人道寄奴曾住""已是黄昏独自愁,更著风和雨""夕阳无限好,只是近黄昏"之句;也有借黄昏抒发无限闲愁离恨之词,如"夕阳西下,断肠人在天涯""日暮相关何处是,烟波江上使人愁""梧桐更兼细雨,到黄昏,点点滴滴,这次第,怎一个愁字了得?"但也有将夕阳、落日来表达隐逸情怀或抒发豪情之句,如"山气日夕佳,飞鸟相与还""斜阳照墟落,穷巷牛羊归""大漠孤烟直,长河落日圆"等。所以在中国古典诗词中黄昏的意象是多元化、多层面的,

　　自中国新诗伊始,黄昏自然也成为诗人们咏怀的对象,如闻一多就写过"黄昏是一头迟笨的黑牛""黄昏是一头神秘的黑牛"等诗句,颇具象征主义色彩。这样意象运用在古典诗词里绝不会出现,它实际上标志着新诗现代性的发生,一是体现在语言形式上的简洁凝练,二是起到了更新人们的审美观念的作用。黑牛的迟笨、神秘更让人产生对生命、时间的形而上思考,从而加深诗歌的哲理意境,而不仅仅是古典诗词里的"感物伤怀"。中国早期象征主义诗人写了很多关于黄昏的诗句,例如李金发的"夕阳之火不能把时间之烦恼/化为灰烬"(《弃妇》),"日落时秋虫之鸣声,/如摇篮里襁褓之母的安慰"(《生活》);王独清的"啊,冷静的街衢,/黄昏,细雨!"(《我从 Café 中出来……》);冯乃超的"忧愁的圣母默现在空间/守护着灵魂的日暮"(《默》);蓬子的"夕阳倦得不会甸动了/伏在西方的山之巅;/像少妇临死时的留恋,/凝视着远近的村落"(《新丧》)。

　　在魏尔伦和戴望舒的诗歌中我们也发现了很多相似的自然意象,例如"黄昏""夕阳""夜""月""秋""雨"等。戴望舒早期诗歌无论在诗歌的语言、主题和风格,诗歌的音乐性质以及诗歌中的意象运用方

面,都和法国象征派诗人魏尔伦有颇多相似之处。例如有学者研究戴望舒的《雨巷》与魏尔伦的《秋歌》有相似的风格、情调和音乐性,是魏尔伦影响下的一首杰作。的确,戴望舒早期翻译过很多法国象征主义的诗歌,并用具有中国古典诗词的语言风格来翻译魏尔伦的诗歌。

戴望舒自己虽然没有明确说过自己的诗歌创作受到过魏尔伦的影响,但他的好友施蛰存曾经提及:"望舒在神父的课堂里读马丁、缪塞,在枕头底下却埋藏着魏尔伦和波德莱尔","他在译道生、魏尔伦的时候,正是写《雨巷》的时候"[1]。杜衡也曾说象征派诗歌的独特的音乐性让戴望舒入迷,使他不再受缚于中国旧诗词严格的音律规则。卞之琳则指出:"在这个阶段,在法国诗人当中,魏尔伦似乎对望舒更具有吸引力,因为这位外国诗人的亲切和含蓄的特点,恰合中国旧诗词的主要传统。"[2]可见,戴望舒对魏尔伦诗歌情有独钟并积极模仿是极有可能的。两人性格极为相似,都是内向、忧郁而敏感的人,外表冷静严肃、不善言辞,其实内心情感炽烈而执着。两人生活在不同的国度和年代,但个人感情生活同样不尽人意,加上社会动荡不安,理想难以实现,诸种"内忧外患"皆是两人能够突破语言与文化的障碍,在诗歌领域找到共通与契合之处的原因。

魏尔伦的《多情的散步》也以夕阳为题材,而戴望舒专门描写夕阳的诗并不是很多,《夕阳下》便是其中一首。下面我们将对这两首在内容、风格和表达方式上有很多相似之处的诗歌进行对比研读。

魏尔伦:《多情的散步》

夕阳倾洒着最后的霞光,
晚风轻摇着苍白的睡莲;

---

[1] 施蛰存:《戴望舒译诗集》,长沙:湖南人民出版社1983年版,第2页。
[2] 卞之琳:《戴望舒诗集》,成都:四川人民出版社1981年版,第3页。

巨大的睡莲,在芦苇中间
在宁静的水面凄凄闪亮。
我带着创伤,沿着水塘,
独自在柳林中漫游,
迷茫的夜雾显出一个
巨大的白色幽灵,它
失望、哭泣、声如野鸭,
野鸭拍着翅膀
在我带着创伤
独自漫游的柳林中
浮想联翩;厚厚的浓黑
在这白浪里,淹没了夕阳
最后的霞光,淹没了芦苇间,
宁静的水面上巨大的睡莲。

戴望舒:《夕阳下》

晚云在暮天上散锦,
溪水在残日里流金;
我瘦长的影子飘在地上,
象山间古树底寂寞的幽灵。

远山啼哭得紫了,
哀悼着白日底长终;
落叶却飞舞欢迎
幽夜底衣角,那一片清风。
荒冢里流出幽古的芬芳,
在老树枝头把蝙蝠迷上,
它们缠绵琐细的私语,

在晚烟中低低地回荡。

幽夜偷偷从天末归来,
我独自还恋恋地徘徊;
在这寂寞的心间,我是
消隐了忧愁,消隐了欢快。

这两首诗的形式结构并不相同,《多情的散步》没有明确的诗节,但根据内容大致可以分为三个部分,前面四句为第一部分,客观描写夕阳中的景色,突出睡莲的意象;中间到"浮想联翩",这里有一个分号,可以化为第二部分。正面描写诗人自己的经历和情感体会,"幽灵"与"野鸭"的意象让人印象深刻,其实是诗人自己在林中孤独漫游的影射。后面四句为第三部分,重新回到诗歌开头的意象,夕阳西下,黑夜已经来临,芦苇与睡莲连同诗人自己被黑暗淹没,给人带来一种深深的忧郁和绝望的情绪。

本诗句子的跨行技巧多次使用,既延长了诗句的气息,也柔和了诗歌的整体节奏。"苍白""巨大""宁静""独自""漫游""创伤""霞光""夕阳""芦苇""野鸭""睡莲"等词语前后重复使用,仿佛一首乐曲的主旋律不断响起,让人不自觉地沉浸到诗人营造的孤独而忧伤的黄昏诗境之中。这首译诗基本保留了原诗的句尾押韵,呈现了原诗的韵律美,但是要全部呈现原诗的音乐美显得有些力不从心。

《夕阳下》四行一节,共四节,每一行基本可以分为三到四个音顿,整首诗的尾韵为整齐的 aaba ccdc eefe gghg 格式。这首诗是戴望舒早期的作品,所以还没有完全摆脱音律的束缚,也有新月派诗歌的影子。戴望舒后来慢慢意识到诗歌的音乐性不能仅仅体现在音律的创新上,应该找到诗人自己内心的节奏,情感的节奏。"诗的韵律不在句子的抑扬顿挫上,而在诗的情绪的抑扬顿挫上,即诗情的程度上。"[①]这就

[①] 戴望舒:《流浪人的夜歌:戴望舒作品集》,北京:中国华侨出版社 2012 年版,第 232 页。

是戴望舒所说的自由诗要丢掉音乐的成分的意思,不是不要音乐性,而是要体现内在的、情绪的、灵魂的乐感,弱化外在的、语言形式的乐感。

从诗歌内容上来看,《夕阳下》其实也可以分为三个部分。第一节为第一部分,首句"晚云在暮天上散锦"与魏尔伦的"夕阳倾洒着最后的霞光"相似度很高,句子结构基本相同,说不定就是戴望舒的翻译版本,不过无从考证。第二句"溪水在残日里流金"就完全是戴望舒的创新了,"流金"一词似乎生硬,实则非常准确,是一种超前的语言表达,完美呈现了夕阳下溪流的色泽与动感。魏尔伦的诗里也写了水,不过是"水塘"的"宁静的水面"而不是流动的溪水,体现的是一种静谧、安宁的美。接下来三、四句写到"我的影子"像"寂寞的幽灵",这和魏尔伦的第二部分中的"迷茫的夜雾显出一个/巨大的白色幽灵"亦有相似之处,仿佛是把魏尔伦朦胧含蓄的表达用更加主观、清晰的语言说出来了。

《夕阳下》的第二节和第三节可以看作是第二部分,由远至近,将"远山""落叶""清风""荒冢""蝙蝠""晚烟"全都纳入诗人的视野之中,有悲哀的"啼哭",也有轻盈的"飞舞",有象征离别与死亡的"荒冢"(这是中国象征主义诗人特别喜欢的一个意象),也有"缠绵的私语"。这一部分的意象比《多情的散步》多了很多,因此它们呈现的诗意也更加丰富、复杂。到底是离别还是重聚,是忧伤还是快乐呢? 也许两者兼有,或两者兼无。因为到了最后一节,诗人写着"我是/消隐了忧愁,消隐了欢快",他虽然还在"恋恋地徘徊",还有深深的"寂寞",苦苦等待的那个人也许根本不会来,但是诗人已经无所牵挂,他沉浸在现实与想象的黄昏,与大自然物我合一,不分你我了。在这里,我们仿佛又看到了一个中国传统文人的隐世情怀,回到了"山气日夕佳,飞鸟相与还。此中有真意,欲辨已忘言"的古典诗意空间。

二、月夜里的情思

黄昏之后便是黑夜的降临,人往往喜欢光明而厌恶黑暗,这也许来自人类早期的生活记忆,黑夜意味着未知、危险和恐惧,被黑暗笼罩会让人感觉无助、孤独和寂寞。但对于诗人来说,这正是他们敏锐的感官大展身手的时候,他们在黄昏里表达对黑夜来临的焦虑,可真正到了夜里,他们反而身心活跃起来,皎洁的月光与闪烁的星辰便会成为他们新的缪斯。诗人往往在夜晚诗兴大发,也许大多数人白日里为生计忙碌,无暇整理情绪和照顾自己的内心,只有静谧、温柔的夜色最能让人放松,灵魂得以暂时休憩。诗人的情绪与想象力随着夜色弥漫,或快乐或悲伤,在夜的笼罩和保护下,他们将心底最为真挚的情感表露出来。

描写夜晚的中国古典诗词如"柴门闻犬吠,风雪夜归人""姑苏城外寒山寺,夜半钟声到客船"表现旅途奔劳;"天阶夜色凉如水,卧看牵牛织女星""昨夜西风凋碧树/独上高楼,望尽天涯路"表达寂寞孤苦的心境。"今夜鄜州月,闺中只独看""海上生明月,天涯共此时""露从今夜白,月是故乡明"表达思恋与思乡之情;也有如"随风潜入夜,润物细无声""深林人不知,明月来相照""星垂平野阔,月涌大江流"的诗句表达人生喜悦或情趣的高远、豁达之意。值得一提的是,很多关于夜晚的诗歌都会写到月亮,古今中外皆是如此,也许月夜是诗人眼中最美的,也最能引发他们创作欲望。下面我们将把这两种意象放在一起来讨论戴望舒与魏尔伦的诗歌。

戴望舒写了很多有关夜晚的诗篇。例如《夜坐》《流浪人的夜歌》《静夜》《夜》《秋夜思》《夜行者》等作品。前面章节分析过《流浪人的夜歌》和《夜行者》两篇诗作,在诗中塑造了"流浪者"和"夜行者"的个体形象,这既是作者对自我的认识和描绘,也象征着二十世纪三四十年代的一代青年知识分子的集体形象。《夜坐》写的是诗人在万家团聚的中秋月夜"独自对银灯,/悲思从衷起",和相爱之人"盈盈隔秋水",相忆不相见的相思情怀。这首戴望舒早期创作的诗歌整体上略显幼稚,口语化的表达夹杂着古典诗词里的意象与辞藻,具有中国新诗诞生之初,诗人进行中西诗学结合与创新的实验性特征。

另一首《静夜》也是一首情诗,实际上"夜"只作为一个时间与空间的背景出现,诗歌的主题是爱情。全诗三节,每节四句,每句基本是三至四处停顿,效仿西方诗歌韵式排列为 abab, cdcd, efef。叠词叠韵的应用也让诗歌的音乐性有所增强,例如"盈盈地""嘤嘤地","低泣""低头""不停""不宁"等。诗歌开头和结尾都非常精彩,体现了戴望舒特有的"幽微的精妙处"。"像侵晓蔷薇的蓓蕾/含着晶耀的香露"将哭泣中的情人写得如此之美,可见诗人用情至深。

戴望舒是一个感情至上主义者,对自己喜爱的人有近乎执拗的执着。早期的情诗多半为美丽的施绛年而作,他甚至可以为这位"雨巷"情人自杀,或者违背自己的意愿远赴他国求学。其实这基本只是诗人的一厢情愿,他所钟爱的人终究离去,而他也只能空叹:"在这幽夜沉寂又微凉/人静了,这正是时光。"这最后一句和魏尔伦《皎洁的月》的最后一句非常相似:"阔大而温柔的/宁静/仿佛降自/天庭,/群星辉耀宇宙……/这是最美好的时候。"夜色如水,那是属于热恋中的情人最美好的时刻。在皎洁的月光下相依相偎、互诉衷肠,漫长的夜不再冰冷孤寂,这是人世间最美好浪漫的事情。

另一首《夜》也是一首情诗,但又不是单纯地书写爱情,其中有了更为深刻的内涵。

> 夜是清爽而温暖,/飘过的风带着青春和爱的香味,/我的头是靠在你裸着的膝上,/你想微笑,而我却想啜泣。//温柔的是缢死在你的发丝上,/它是那么长,那么细,那么香;/但是我是怕着,那飘过的风/要把我们的青春带去。//我们只是被年海的波涛/挟着飘去的可怜的 épave, épave,/不要讲古旧的 romance 和理想的梦国了,/纵然你有柔情,我有眼泪。//我是害怕那飘过的风,/那带去了别人的青春和爱的飘过的风,/它也会带去了我们的,/然后丝丝地吹入凋谢了的蔷薇花丛。

这首诗的意义在于它不是单纯地抒发甜蜜的爱恋。它对时间与青春不可挽回的流逝,对生命中最本质的悲哀提出了思索。人最美好的事情莫过于拥有"青春和爱",这是对生命最高的礼赞,可它让人快乐的同时,也让人忧愁。"我却想啜泣",因为"我是怕着,那飘过的风/要把我们的青春带去"。人的生命何其短暂,死亡如一阵飘过的风,它终将带走一切。épave 是指遗弃物、漂流物的意思,人又不是汹涌的时间之海里的 épave,属于青春的 romance 和理想又怎能逃得开命运的审判? 诗人清楚地认识到了生命的真谛,他"害怕"但同时也坦然地面对,并把这种担忧坦然地向所爱之人倾诉。如果不是深爱,怎么可能担心死亡的别离;如果不是对爱的极度珍惜,又怎么会在应该尽情享受爱的甜蜜的时刻,徒生悲哀与恐惧。这样强烈的快乐与悲伤的情感冲突就是这首诗的可贵和动人之处,它不是肤浅的情爱悲喜,而是对人生、命运、死亡有哲学意味的玄想的诗。

实际上,除了最早的诗集《诗经》里那些淳朴、直率的爱情诗,中国传统诗歌里对爱情的直接赞美与歌颂真是少之又少,因为那样的诗会被称为"艳诗淫曲""有伤风化",是登不上台面、入不了主流的作品。中国古典诗词里的真挚而热烈的爱情似乎只能去"闺怨诗"和"悼亡诗"里寻找,从而整体上来说更多表现的是爱而不可、爱而不得的幽怨与痛苦。到了新诗的时代,爱情显然也开始摆脱传统思想的束缚,在诗歌的领域获得了更多的表现机会。在戴望舒的早期作品里,绝大部分都是有着生活中具体对象的情诗,或悲或喜、或痴或怨,他笔下的爱情就如《雨巷》中那个"结着丁香般愁怨"的女子,若隐若现、若即若离,像梦一般迷茫又寂寥。所以在整体上来说,戴望舒情诗中表现的爱与中国古典诗词里的爱是一致的,不是欢快与热烈、直率而坦诚,更多的是迂回朦胧的暗示与缕缕不绝的嗟叹惋惜。唯独这一首《夜》,我们仿佛看到了一些改变,它和西方的爱情诗,特别是魏尔伦的爱情诗有了更多的相似之处。

对于中西爱情诗的比较,朱光潜曾有过十分中肯的评论:

> 西方诗人要在恋爱中实现人生,中国诗人往往只求在恋爱中消遣人生。中国诗人脚踏实地,爱情只是爱情;西方诗人比较能高瞻远瞩,爱情之中都有几分人生哲学和宗教情操。[①]

[①] 朱光潜:《诗论》,北京:人民出版社 2010 年版,第 55 页。

他之所以得出这样的结论,主要考虑了中西文化和伦理价值观上的差异,例如西方文化侧重个人主义,爱情在个人生命中的重要性不言而喻,一个诗人的恋爱史往往就是他的生命史;而中国文化侧重家国人伦,不以个人为重,爱情甚至比不上亲情、友情重要。应该说,这是非常具有说服力的,爱情始终是西方诗歌里一个首要的主题,也是诗人们表现个人情操、人生理想的重要手段。但西方自浪漫主义诗歌之后,那种满腔热忱、直抒胸臆的爱情诗逐渐不受追捧,如法国的巴那斯诗派(高蹈派)就明确主张冷静、客观、无我的诗歌,抛弃浪漫主义的主观情感的发泄,要求诗人变得克制、理性,追求形式的音乐美和雕塑美。魏尔伦与兰波其实一开始都是追随这种诗歌风潮的,因此他们早期的诗歌就明显带有这样的风格。前面提到的魏尔伦几首关于黄昏的诗歌就是如此,客观"再现"自然的景物,表面上不评判不动感情,更多的体现暗示与象征的广阔意义。

就如学者所言:

> 魏尔伦落笔点在于描写那些与情感相对应的客观事物,以此来表现诗人自己哀婉纤细的心境。因为在象征派的艺术家们看来,自然界万物互相应和象征,客观事物与人的心绪往往彼此感应契合,艺术就是要使意念具有触摸得到的形貌。[1]

《小夜曲》创作于早期,这是年轻的魏尔伦学习与模仿波德莱尔的一个证明。它是一首爱情诗,但没有传统爱情诗里的甜言蜜语和美丽的情人形象。第一节进入读者视野的就是"死人"与"墓穴","好像死人的声音,他唱着/在深深墓穴,/爱人,请听我唱起羞涩的歌,/它乖戾又凄恻。"这是完全颠覆传统的反常的意象,在魏尔伦的其他爱情诗里也极为少见,但我们可以在波德莱尔的《死后的悔恨》中找到了对应物。

---

[1] 江伙生:《诗人诗作论·魏尔伦》,《法语诗歌论》,成都:四川人民出版社2000年版,第169页。

我黑色的美人,当你就要安睡,/在那黑色大理石的纪念碑下,/作为你放床凹室和居住老家,/只有漏雨地窖和深陷的墓穴/……坟墓是我的无限梦想的知己/因为坟墓总是能够理解诗人

在《美的赞歌》里有这样的诗行:"气喘吁吁的情郎俯身对着美女/好像垂死的人在坟墓上抚摩"。波德莱尔完全颠覆了我们对于美与丑的理解,"丑恶经过艺术的表现化而为美,带有韵律和节奏的痛苦使精神充满了一种平静的快乐,这是艺术的奇妙的特权之一"。对美的追求是他的一贯主张,只是挖掘美、发现美的方式却独具一格,他指出应该把人间的事看作是与上天的应和,通过诗与音乐,"灵魂窥见了坟墓后面的光辉"。

《小夜曲》里神秘的曼陀铃声音是来自天堂的缪斯的召唤,同样,情人的肉体——世俗的美也值得歌颂,"我歌唱你黄金和玛瑙的眼""我歌唱你的胸——我的忘川""你的浓发——冥河",死亡的意象再次出现,被肉体吸引的激情为世俗所不容,欲望与道德进行殊死搏斗,但诗人仍痴迷不悔,"我歌颂你的肌肤""我记得它那浓郁的芬芳/那些不眠之夜""我歌颂你的红唇""你的温柔给我折磨"。全诗弥漫着忧伤、凄美的旋律,对爱情的忠贞呈现出道德的完美,同时诗人又大胆而热烈地表达对肉体的欲望,这种矛盾的极端的情感与审美体验贯穿整首诗歌。

在西方象征主义者看来,诗歌不能寻求道德的目的,道德会损害诗歌的美和力量。

诗的本质不过是、也仅仅是人类对一种最高的美的向往,这种本质表现在热情之中,表现在对灵魂的占据之中,这种热情是完全独立于激情的,是一种心灵的迷醉,它同时也完全独立于真实,是理性的材料。因为激情是一种自然之物,甚至过于自然,不能不给纯粹美的领域带来一种刺人的、不和谐的色调;它也太亲切,太猛烈,不能不败坏居住在诗的超自然领域中的纯粹欲望、优

雅的忧郁和高贵的绝望。①

　　这里波德莱尔指出热情不等于激情，后者体现在浪漫主义的直抒胸臆与情感宣泄中，而象征主义要克制激情，不能太过猛烈，才能表达"纯粹欲望、优雅的忧郁和高贵的绝望"。

　　魏尔伦以夜为题的诗歌并不多，除了《小夜曲》，还有《夜的印象》《传统的五朔节的夜晚》《巴黎夜歌》等。这几首诗均来自他的第一部诗集《忧郁诗章》，这部诗集出版于1866年，多数诗篇反映了一个年轻而敏感的心灵对于自身情感的迷茫，对于社会动荡不安的焦虑，以及对于前辈诗人的尊敬与模仿。这个魏尔伦心目中的诗歌前辈就是波德莱尔，1857年出版的《恶之花》引起法国诗坛的剧烈震动，巴黎的卫道士们称之为"渎神"之作，因其中几首"伤风败俗"的诗，波德莱尔还被告上法庭。可是对于年轻一代的诗人来说，这些惊世骇俗的诗歌才是他们心中最纯净、最崇高的诗的世界。波德莱尔将诗人的笔触深入巴黎的每条大街小巷，将生活在那里的每一个平凡而卑微的生命纳入他的视野之中。年老的妓女、乞讨者、梦游般的盲人、酒鬼、拾荒者、穷人、恶人……一切看起来不能进入诗歌殿堂的人与物都成为波德莱尔笔下的主角，于是一幅关于在现代工业文明摧毁下的肮脏、丑陋的都市图景在人们面前铺展开来。魏尔伦就生活在其中，他一定熟悉波德莱尔笔下每一个人物，每一幅景色，他们心心相通，在诗歌里找到彼此的知音。

　　　　像这种可怕的景物，/凡人从来没有见过……我睁开火热的眼睛，/看到陋室不堪入目，/感觉可诅咒的愁情/深深刺入心灵深处（波德莱尔:《巴黎的梦》）。

　　魏尔伦的眼中也有同样的巴黎和塞纳河，心中也有同样挥散不去

---

①　[法]波德莱尔:《波德莱尔美学论文选》，郭宏安译，北京：人民文学出版社1987年版，第75页。

的愁情,因为他的《巴黎夜歌》当中也有相似的情景。

> 奔流吧塞纳河,翻卷你那慵懒的波涛——/在你毒雾缭绕的桥梁下面/送走了多少死尸,腐臭难闻……塞纳河呀,你却一无所有。你只有两条马路,/两条肮脏的沿河马路,从头至尾/充斥着发霉的旧书和趾高气扬的人。

写到这里的时候,读者自然想起了波德莱尔笔下"像一朵花一样开放的壮美的尸体",(波德莱尔:《腐尸》)还有"塞纳河的女神/她一定和煤炭工人一样/脸上肮脏不堪"等句子。(波德莱尔:《塞纳河的美女》)

> 黑暗逼近,燕子逃逸,/你会看到忧郁的蝙蝠飞来飞去……一切,还有回忆,一切都飞散了,逃走了,/只留下孤独的人与巴黎,与波浪和黑夜同在!……永远奔流吧,塞纳河,在巴黎脚下/如古老的巨蟒,匍匐蜿蜒,/满身泥污,把运木船、运煤船/和运尸船送往你沿途的港湾(《巴黎夜歌》)!

这不也是波德莱尔笔下"忧郁的巴黎"吗?一个贫富悬殊、拥挤而孤独,充斥着庸俗与虚伪的世界。这一切在《夜的印象》中,凸显出更加令人毛骨悚然的一幕。

> 夜。雨。被高楼和塔尖撕裂的/阴沉的天,用一片遥远的灰暗显示/一座古老的哥特式城巾的剪影。

一幅底色灰暗的油画浮现在眼前,哥特式的艺术风格代表着诡异、恐惧、死亡和超自然的主题,它通常与黑夜、古堡、古老的巫术与深渊相关联。法国是哥特式建筑的发祥地,这种在原初意义上旨在沟通尘世与天堂,让世人无限接近上帝的建筑,在实际生活与虚构的文学领域都远离了它原本的含义。在魏尔伦的这首诗里象征着巴黎这座古老城市阴暗、颓废和野蛮的一面。

平原。挂满了绞架的萎缩的尸身,/在小嘴乌鸦贪婪的鸟喙下摆动/像在跳快步舞,在黑色的空气中/不顾饿狼在啃食着他们的脚。

其实,这样客观而残酷的细节描写在魏尔伦的诗歌中比较少见,这是非常贴近波德莱尔的风格的语言与意象,像是他的有意模仿,或是像他的偶像致敬的另一种方式。尸体与恐怖的死亡场景在波德莱尔的诗中很普遍,这些令常人难以接受的丑陋、污秽甚至残暴的场景是他用来创新人们的美学观念的工具,"从丑中挖掘出美来",以此真实反映人们内心的精神骚动,"以丑为美""化丑为美"也是他毕生追求的目标。魏尔伦作为他的追随者,这首《夜的印象》更像是他交出的一份合格的作业。

一些散乱的荆棘丛;冬青散布着/它们的叶子的憎嫌,时右时左,/像一幅速写,由阴暗杂乱的背景衬托。/而围绕着三个活着的赤脚的囚徒,/二百二十五个持枪的士兵在走路,/他们的直直的枪头,像钉齿耙尖/对着雨的长矛,寒光闪闪。

魏尔伦非常擅长对自然景物不动声色的客观雕琢,但这几行关于荆棘丛与冬青叶的描述显得潦草而仓促,因为它们沦为人物的背景,三个赤脚的囚徒与二百五十个持枪的士兵才是画面的主角,双方的人数与力量都形成强烈的对比,囚徒与士兵代表着截然不同的社会等级,又像是邪恶与正义的交锋,表面上正义站上了道德的高地,他们有权利结束这些囚犯的生命。但在诗人的眼中,这些尖利的长矛令人不寒而栗,它们对准了不造成任何威胁的"雨",暗示着这些囚徒的无辜与悲惨命运。这首诗的确是一幅巴黎夜景的速写,也许不是真实发生过的场景,但无疑象征着激烈的社会矛盾与冲突,预示着社会动荡的开始。实际上,在《忧郁诗章》出版五年后,巴黎公社运动爆发,魏尔伦甚至曾和抗议的工人一起走上街头,为争取一个更为公正、公平的社会而努力。

《传统的五朔节的夜晚》以神话为原型塑造了一个虚构的狂欢世界。五朔节是一个有悠久历史的欧洲民间节日,欢庆春天的来临与万物复苏,通过祭祀、舞蹈、狂欢等形式祈祷神灵保佑丰收与健康。在魏尔伦的笔下,五朔节象征着严肃的传统与历史,也代表了古典的诗学原则,这种"规则,可爱又荒谬"。

作为年轻的诗人,魏尔伦不满于恣肆磅礴、雄辩滔滔的浪漫主义诗体,还有禁锢诗人思想的严格的原理原则,他赞同巴那斯派用类似音乐家与雕塑家的技巧与手法来创造诗歌,所以在这首诗中也暗示了在他后来的《诗的艺术》里的诗学主张。"一个有节奏的夜会,有节奏,最有节奏","一种忧郁的调子,一种低沉、徐缓、甜美的狩猎调","号角的模糊的鸣响从远处传来,感觉的柔情/抓住了灵魂的恐怖,在他们的狂欢/里面,出现了悦耳的不和谐的乐音","诗人的思想,或是他的懊恼、他的愧悔,/这些骚动的幽灵,在一个有节奏的群集里"。诗人似乎成为狂欢节的主角,他沉浸在音乐与节奏的世界中,像一群"在不可抗拒的眩晕里,/骚动的幽灵",音乐唤起了诗人不可抑制的诗情,他们就如中了魔一样,"手拉起手""围着青铜像、雕塑和树丛"跳起了舞。诗人如同巫师,他有与神灵沟通的能力,他本身就是神一样的存在。这就是魏尔伦从波德莱尔那里继承下来的思想。波德莱尔认为诗人具备某种神圣的品质,诗歌的语言就像"富有启发性的巫术"。

实际上,西方象征主义认为诗人在一种恍惚、麻醉和梦幻般的状态下最能感受到灵魂的悸动,能够自由地让自己来往于现实与想象的世界,展开梦幻的羽翼,遨游于纯粹而神圣的诗歌世界。波德莱尔在《疯子与维纳斯》中写到一个扮成疯子的小丑其实是一个为了欣赏和感受不朽的美而生的人,他望着不朽的女神,陶醉在自己的疯狂之中。[1]维纳斯作为美与爱的象征不断出现在波德莱尔的诗篇中,相似的

---

[1] [法]波德莱尔:《巴黎的忧郁》,胡小跃译,南昌:江西人民出版社2016年版,第34、41页。

是,在魏尔伦这几首关于夜的诗歌当中都出现了维纳斯的形象,她就像诗人的缪斯,是诗人精神的指引者与理想自我的投射。而疯狂的小丑又何尝不是指向现实中的诗人自己,波德莱尔甚至尝试通过吸食大麻等方式让自己陷入一种精神的恍惚与错乱中,以捕捉诗歌的灵感。这种极端的方式当然是不可取的,但也反映了诗人在创作过程中如痴如醉的状态。

同样,兰波也认为诗人要经历各种形式的情爱、痛苦和疯狂,才能成为通灵者,《妄想狂》就描述了这样一位热衷于癫狂与幻想的诗人:"我习惯于单纯的幻觉,我真切地看见一座清真寺出现在工厂的位置上……我用文字的幻觉来解释我的魔法。我最终发现,我精神的混乱是神圣的。"①他将诗歌创作看作是一场语言的炼金术,诗人就是那个在幻想之炉前忘我劳作的炼金师,更准确地说是魔法师,人类语言与想象力的魔法让诗人获得至高无上的神圣感,也让他陶醉在自己的迷狂之中不可自拔。

马拉美曾提到梦有"不容置疑的翅翼",梦是一种神秘的力量,能"使人们在所有分散的矿床中抓住金色的粉末"。②而创造一个朦胧、含混、幽晦、虚无和难以凑泊的诗歌境界正是他的毕生理想。如《骰子一掷》中所写:"幻想之帆/宛如一个手势的幽魂/自萦念中喷薄/蹒跚的/跌落的/疯狂/永远取消不了。"③疯狂的诗歌理想让马拉美成为那个永远在路上的朝圣者,他的追随者们也继承了他这种锲而不舍的精神。例如,瓦雷里谈到诗情的特征:这种感受总是力图激起我们的某种幻觉或者对某种世界的幻想……诗情的世界显得同梦境或者至少同有时候的梦境极其相似。④叶芝接着说:"当一个人忙于做这做那的时候,他离开象征最远,但是当恍惚或疯狂或沉思冥想使灵魂以它

---

① [法]兰波:《兰波作品全集》,王以培译,北京:作家出版社2011年版,第191页。
② [法]雅克·朗西埃:《马拉美:塞壬的政治》,曹丹红译,开封:河南大学出版社2017年版,第40~41页。
③ [法]马拉美:《马拉美诗全集》,葛雷、梁栋译,杭州:浙江文艺出版社1997年版,第126~127页。
④ [法]瓦雷里:《纯诗》,杨匡汉、刘福春编:《西方现代诗论》,广州:花城出版社1988年版,第218页。

为唯一冲动时,灵魂就在许多象征之中周游,并在许多象征之中呈现自己。"①

总之,中西象征主义者们对于幻想、梦境都情有独钟,夜晚最能提供可靠的客观条件,在夜的庇护下诗人的思绪天马行空般自由,他们如脱缰的马驰骋于诗的梦境,跟随缪斯的指引不断接近理想的诗歌天堂。

第三节 中西象征主义诗歌中的身体书写

西方个人主义的兴起与现代性的追寻是十九世纪末与二十世纪初重要的人文命题。英国学者伊格尔顿曾说:

> 现代化时期的三个最伟大的美学家——马克思、尼采和弗洛伊德——所大胆开始的正是这样一个项工程:马克思通过劳动的身体,尼采通过作为权力的身体,弗洛伊德通过欲望的身体来从事这项工程。②

人们开始思考"以身体为准绳""身体乃是比陈旧的灵魂更令人惊异的思想""对身体的信仰胜于对精神的信仰"③等命题会给人文学科带来怎样的震撼与启示。实际上,在尼采于世纪末高呼对身体的信仰以前,西方诗人已经在诗歌领域进行了先验性的试探,波德莱尔诗歌充满了对肉体的关注、描述甚至崇拜。《恶之花》里一系列关于猫的诗篇是对女性身体美与性的赞美,关于腐尸、蛆虫等篇章又充满了极度反讽的意味,象征着现代生活与精神的堕落。后期西方象征主义诗人艾略特继承和丰富了波德莱尔对身体的书写,在身体的象征与隐喻

---

① [爱]叶芝:《诗歌的象征主义》,杨匡汉、刘福春编:《西方现代诗论》,广州:花城出版社1988年版,第229页。
② [美]特里·伊格尔顿:《审美意识形态》,王杰等译,桂林:广西师范大学出版社2001年版,第192页。
③ [德]尼采:《权力意志》,贺骥译,北京:中央编译出版社2000年版,第37、38页。

的深度和广度上继续前行。

　　思想解放与身体解放在世纪之交传入中国,有志之士携手"科学、民主、博爱"等纷繁驳杂的西方现代观念开启了民族救亡与个体启蒙的双重历史变革。李金发等早期中国象征主义诗人的诗作里开始有诸多与身体(肉体)相关的现代书写。追究其影响因子,自然会想到波德莱尔的诗句,如"生命是死神唇边的笑""弃妇之隐忧堆积在动作上""粉红之记忆,如道旁朽兽,发出奇臭",这些充满现代意识的身体话语完全背离中国诗学传统,将文学从纯粹的精神领域引向身体与物质。但整体来看,中国新诗还是缺乏对身体(肉体)的关照。对于国人精神上的改造和启蒙是五四以来知识分子普遍接受的共识,也是他们自愿承担的历史责任,所以他们——

> 对人首先是身体的存在这一基本事实并不关心,也无兴趣做更多的哲学探究,他们注重的是从文化对国民的精神进行改造,人被看作是一个抽象的文化存在,而不是一个身体性的真实肉身的存在。[①]

　　前文说到中国象征主义诗歌中的"流浪者""夜行者""乞讨者"等形象无疑也是身体话语在诗歌中的呈现,但对身体没有本体意义上的认识,也缺乏深层次的精神隐喻,现代性主体意识通过身体言说没有得以全部展开。这一情况直到后期象征主义诗人——穆旦的诗中才有所改变。

一、艾略特诗歌中的身体文本类型

　　现代性的身体概念应该包括以下几个方面,一是生物学或医学意义上的血肉之躯,即肉体,或称形体;二是人类从"神"回归到"人"的自我认识,是有充分个体特征的生命实体;三是被置于权力角逐场所

---

① 李蓉:《中国现代文学的身体阐释》,北京:中国社会科学出版社2009年版,第51页。

的"话语的身体",它与政治、时代、权力纠缠;四是一种具有意向性的能够产生意义和言说自身的主体性存在。①以此为引导来研究诗歌中的身体问题无疑会更为全面,也是对现代身体学说发展的回应。诗歌中的身体文本是基本诗歌文本和文化、历史语境产生的身体书写现象,或称身体意象。它可以是一种客观身体形象的描述,包括外貌、体型、身体的某一部位或身体的行动;它也可以是与身体相关的体验、知觉经验、欲望、疾病和死亡等。诗歌乃至文学中的身体其实无处不在,存在方式也多种多样,"所有写下的诗歌都是身体性意义的证言"②。此话虽有些夸张,却提示了一个重要议题,即现代诗歌在何种程度上体现了身体的象征能力,又如何呈现出更为显著的现代性意图。

艾略特是一个有伟大抱负的诗人,他自称"文学上的古典主义者、政治上的保皇派、宗教上的英国国教高教会派",却被后人称为"现代主义的先知""现代诗的先锋"。《荒原》中对现代生活的空虚、无聊、碎片化和绝望式呈现,以及《四个四重奏》里对时间与永恒、人类苦难的深刻挖掘与思索,最终都归于一个目的,即"回到过去,回到我们的最初的世界",那是人可望而不可即的精神家园,是流浪灵魂的最终归宿。在艾略特看来,人应该恢复对上帝的信仰,以求得宽恕与谅解,获得拯救。人生而有罪,赎罪是人存在的根本使命,这一根深蒂固的宗教思想是我们思考艾略特诗歌中的身体现象时应该考虑的。因此,艾略特诗歌里不可能出现完美的人和身体,甚至正常的人和身体也难得一见,而衰老、疾病、变形、残缺构成其诗歌中最主要的几种身体文本类型。

从无到有,从年轻到衰老,从兴盛到败落,是生命不可回避的一个自然发展过程,由于它如此普遍,如此不可逆转、无法抗拒,似乎有某种不可阻挡的力量控制着它的演进,衰老意味着青春的逝去,预示着死亡的来临,所以让人感到无助和绝望。艾略特的许多诗歌都有衰老

---

① 卢絜:《论身体视角下的文学史书写》,《西安建筑科技大学学报》(社会科学版) 2015 年第 4 期,第 66 页。

② Mark Johnson:The Meaning of the Body: Aesthetics of Human Understanding. Chicago: Chicago University Press ,2007, P. 219.

的人物意象,通过他们的遭遇与话语探索这一永恒的生命主题。J.普鲁弗罗克本是一位年轻的绅士,可他"头发中央"长了"一块秃斑","头发越来越稀","胳膊腿那么细",不断发出"我老啦……我老啦……"的感叹,以及"我敢吗?我敢吗?""我敢不敢,将宇宙扰乱?"的自我质疑。这哪里像是还唱着情歌的年轻男子,俨然一副老态龙钟、暮气横秋的形状。

《小老头》里的主人公"既无青春,亦无壮年",是"一个在干枯的季节里等雨的老人"。他居住在"朽烂的房子里","一个多风的空间里一颗迟钝的脑瓜","我没有魂","在租住的房屋中变僵硬","我已失去激情","我已失去视觉、嗅觉、听觉、味觉和触觉","被季风驱送着/去往一个令人昏睡的角落"。整首诗歌的确像"一颗干枯的脑袋在干枯季节里的胡思乱想",小老头是物质与精神上的双重贫乏者与困顿者,如果说身体上的衰老让他失去了对生活的所有感知能力,让他陷入无色无味的生命泥淖无法自拔,那么精神的衰老要更加严重。他没有信仰,怀疑知识与理性,怀疑英雄主义与道德的力量,他充满迷茫和失落,但毫无主动改变的愿望。"等雨"其实就是等着被拯救,等着上帝之手的垂怜,等着生命之源的灌溉。这首诗本来是《荒原》的第一部分,后来被艾略特单独拿出来成为一首独立的诗,可以看出他对这首诗的重视。小老头是生活在现代"荒原"里的一个普通人,他代表了艾略特自己以及同时代的绝大部分人的生活状态,浑浑噩噩、得过且过,也反映了经历第一次世界大战劫后余生的人们的麻木而毫无意义的生命状态。

实际上,衰老的意象在艾略特的诗歌中随处可见,例如那个喋喋不休的"阿波林纳克斯先生"笑起来像是"隐藏在珊瑚岛下的海中老人";《荒原》开头艾略特引用古希腊神话中的人物西比尔,阿波罗爱上她并赐予她永生和预言的能力,却无法青春永驻,她不断衰老,肉体成为空壳,求死而不能。《荒原》第三部分里提到的忒瑞西阿斯是古希腊神话里的盲人先知,"是个长着皱巴巴女性乳房的老头"。第四部分里的腓尼基人弗里巴斯"他度过了老年和青春时期","他曾经和你们一样英俊高大",也是一个已经死去的老人形象。

第五章　中西象征主义文本对话

肉体的衰老、死亡象征着现代社会与人心的堕落、沉沦,"我们的身体就是社会的肉身"①。身体和社会形成一个互动的关系,一方面它被社会、文化、历史所规范和训诫,另一方面它自身成为一部活动的文化、历史书,它如实反映了所处世界的形态和构成。十九世纪末到二十世纪初,人类对自身,特别是身体及其组成部分的认识进入新的科学阶段,达尔文进化论的思想逐渐被人接受,人们对上帝的信仰有所动摇。艾略特作为一个出生在有浓厚宗教氛围的家庭中的孩子,对宗教的信仰几乎是存留在他血液里的基因,因此在他看来现代社会的一切问题归因于信仰的缺失,而解救之法只有舍弃肉体,追求纯粹的精神庇佑,才能最终摆脱由此产生的苦闷、欲望和空虚感。死亡,当然是肉身的死亡意味着精神的重生,意味着人作为实在性主体的重生,这成为现代主义诗歌中一个常见的命题。

拉康曾提出死亡成为抗拒他在性的一个必要的途径,"哪一种死亡,是生命带着的死亡还是带着生命的死亡?"②实在性主体由于符号(话语)主体的遮蔽总处于沉默状态,而后者的消亡会凸显前者的存在价值。

艾略特诗歌中扑面而来的死亡意象无疑是"带着生命的死亡",就如《荒原》以《死者的葬礼》开头,到第四部分《死在水里》写尽了荒原上一切悲惨与恐怖的死亡景象,然而最后一部分——《雷霆的话》给人间带来了渺茫的希望。诗中描写荒原之上一片死寂,只有石头没有水,"曾经活着的人而今已死/我们曾经活着而今正在死亡/带着些许耐心","春雷"在山那边响起,这是希望和拯救的声音,我们需要多点耐心,安静等待。死亡似乎不是一件坏事,而让人充满了死而后生的期待感。接着艾略特发出了这样的疑问:"总在你身边的第三人是谁?""总是另有个人走在你身边,/悄悄地,一袭棕色披风,戴着兜帽/我不知道是男人还是女人/— 你另一边那人究竟是谁?"第三者

---

① [美]约翰·奥尼尔:《身体形态——现代社会的五种身体》,张旭春译,沈阳:春风文艺出版社1999年版,第17页。
② [法]雅克·拉康:《拉康选集》,褚孝泉译,上海:上海三联书店2001年版,第621页。

字面上可以是人的影子，或者幻觉，也可以理解为拉康所说的实在性主体，即人的灵魂与精神性存在，而不是可以被看见的肉体存在，它如影随形，充当肉身的陪伴者与引领者的角色。更进一步说，第三者也许就是拯救者，就是上帝本身，其实他一直在我们身边，等待着我们自身的觉醒和皈依，就如诗的最后给出了自我拯救的方法："舍己为人。同情。克制。"这样也许就能获得内心的宁静与"平安"。

文学中的疾病通常具有多种隐喻和象征的含义，疾病给人带来的痛苦往往会更加显著和强烈，能让读者感同身受，即刻产生共情的效果。艾略特的许多诗写到了很多患病的人，也不乏对疾病的直接描述。《J.普鲁弗罗克的情歌》的开头写道："那么我们走，你和我，/当夜晚背衬着天空伸展开/像手术台上麻醉过的病人。"夜晚和天空是生活的广阔背景，我们就生活在这样的世界当中，而它像麻醉过的病人，毫无知觉地平躺在手术台上，等待着它的不知是好运还是死亡。在艾略特的眼中，现代社会就是一个满目疮痍的病怏怏的肉身，而现代人自然也好不到哪里去。《四个四重奏》有这样的诗句：

> 受伤的医生挥动着钢刀/细心探究发病的部位;/在流血的双手下我们感觉到/医生满怀强烈同情的技艺/在揭开体温图表上的谜。/我们仅有的健康是疾病/如果我们听从那位垂危的护士——/她坚定不移的关注不是使我们欢欣/而是提醒我们和亚当蒙受的灾祸,/一旦灾祸重临,我们的病必将变为沉疴。/整个世界是我们的医院/由那个不幸的百万富翁资助,/在那里,如果我们的病况好转,/我们就将死于专制的父爱的关注,/它须臾不离引导着我们,不论我们身在何处。

《四个四重奏》是艾略特晚期的成熟作品，他因此诗"对现代诗先锋性的卓越贡献"荣获诺贝尔文学奖。艾略特借用音乐创作的模式在诗中表达了自己的宇宙观、人生观、世界观和宗教观。诗中对于时间的永恒、文明的兴衰、历史的变迁、人类的苦难和救赎等主题有深入的思考与阐述，意义宏大而庞杂、难以尽述。

第五章　中西象征主义文本对话

在第二部分《东科克村》中,那是他的祖先在十七世纪离开英国去往美国前居住的村庄名字。艾略特通过讲述这个村庄的历史和现实,这里的人们经历的幸福与灾难,隐射整个人类文明的兴盛与衰落。"我的终结在我的起始之中"一句在诗中反复出现,表达了艾略特强烈的寻根思想和天道轮回的宿命论观点。而以上这段诗句讲到现代社会的病态,以及如何寻求解救之法。这是一幅医生诊断疾病的生动画面,当然他要诊断和治疗的是这个社会的问题,是人类的原罪,而人类面临的"灾祸"是指末日的审判吗?我们不得而知。"我们仅有的健康是疾病","整个世界是我们的医院/由那个不幸的百万富翁资助",在艾略特的眼中"疾病"变得司空见惯,每个人都是病人,世界就是一个巨大无比的医院。"百万富翁"的出现提醒我们其实这种疾病与其说是身体上的,还不如是精神上的疾病,是现代人追求物质财富,沉溺于感官享受和金钱崇拜所得的精神上的空虚与荒芜。而"专制的父爱"象征的是历史和传统的力量,是艾略特提出的诊疗方案之一,但是显然他不是那么有把握,还是充满质疑,需要做更多的"尝试与探索"。最终,艾略特提出的解救路径还是转向了上帝。他在《河马》里写道:

那肩宽背厚的河马/肚皮搁在淤泥里休息;/它在我们眼里结实无比/却也只是一副血肉之躯。/血肉之躯脆弱不牢靠,/易受神经冲击的影响;/真正的教会却永远不倒,/它的根基在磐石之上。

非常明显,艾略特将最后的希望寄托在宗教信仰上。

上文提到的"神经的冲击"也让我们想起艾略特诗歌中出现的诸多种类的疾病,其中精神方面的疾病就很常见。这也许和他的第一次婚姻有莫大关系。他第一任妻子薇薇安极有艺术天赋,但有长期的精神病史,经常陷入极端的情绪状态,艾略特的散文诗《歇斯底里》更像是一段他和薇薇安婚姻生活的客观描述。《挺立的斯威尼》写道,和斯威尼鬼混的妓女如"床上的癫痫病患者",同样患了"歇斯底里症"。苏珊·桑塔格曾说,"在二十世纪,被当作高超感受力的标志、能够显示'超凡脱俗的'情感和'愤世嫉俗的'不满情绪的那种讨厌的、折磨人的疾病,是精神错乱……对疾病的罗曼蒂克看法是:它激活了意识;以前是结核病充当着这一角色;现在轮到精神错乱了"①。

二十世纪以前的文学对于疾病(特别是肺结核)有一种特别的"有趣"的偏好,甚至以此表征人物的与众不同和个性魅力。进入二十世纪以后,肺结核不再成为绝症,人们对大脑与心理的兴趣愈加浓厚,这也许和相关科学研究的发现有关系,也许是艾略特个人经历的文本呈现,或两者兼而有之。其他身体上的残缺或疾病在艾略特的诗中频繁出现,如《不朽之喁语》中"无胸的生物""无唇的嘴""疟疾""热病";《艾略特先生的礼拜天晨祷》中提到"一个人的异期复孕""产生了衰弱的奥利金",而奥利金是自阉的希腊教会神学家,其次还有"长疖子的年轻人""双性别者"等;《荒原》里的"索索斯特里斯夫人,著名的神视者,/得了重伤风",还有多次出现的"独眼商人""被绞死的人""淹死的腓尼基水手"等。诗中提到"变形的菲洛梅拉"被姐夫色雷斯王忒柔斯强奸割舌,后变成夜莺;在岸边垂钓的渔王是没有生育功能的可怜人;忒瑞西阿斯是个长着女性乳头的老头,一身兼具两种性别;《空心人》里被稻草填塞的空心人"无形体的形状,无色的影子/瘫痪的力气,没有动作的姿势""没有眼睛",有"断裂的颚"。

苏珊·桑塔格曾对疾病的隐喻给予极为丰富的阐释,她提及:"疾病是通过身体说出的话,是一种用来戏剧性地表达内心情状的语言:是一种自我表达。"②艾略特诗歌中的身体书写无疑也是他内心情状的自我表达,但作为一种隐喻和象征的含义,揭露了现代世界的种种病症,特别是精神的麻木、空虚,道德的堕落、沦丧,人性的丑陋、异化。实际上,艾略特提倡"非个人化"和"客观对应物"的诗学主张,认为"诗歌不是感情的放纵,而是感情的脱离;诗歌不是个性的表现,而是

---

① [美]苏珊·桑塔格:《疾病的隐喻》,程巍译,上海:上海译文出版社2003年版,第34~35页。
② [美]苏珊·桑塔格:《疾病的隐喻》,程巍译,上海:上海译文出版社2003年版,第41页。

个性的脱离"①。艾略特要摒弃个人的感情,而要求诗人充当一个媒介,将各种印象、经验和感受通过出人意料的方式结合起来,这样的诗歌才是具有普遍性和客观性特质,能够表达更为广阔和深远的意义。从身体角度来分析艾略特诗歌中的这种普遍意义,可以看出他在诗歌创作中努力实践了这一诗学主张。

二、穆旦诗歌中的身体文本类型

身体在中国文学中一直处于被遮蔽和压抑的状态,老子说:"吾所以有大患者,为吾有身",身体竟然可以被认为是国家忧患的根源;儒家要求君子"以礼正身""杀身成仁,舍生取义",用各种道德伦理来约束我们的身体,以获得"仁与义"的精神上的成就。因此,传统中国文学中的身体没有独立于精神,或取得与之平等的身份和地位,这一情况直到二十世纪初才得以改观。布莱恩·特纳曾强调,"一个社会的主要政治与个人问题都集中在身体上并通过身体得以表现。"②二十世纪初的中国经历了传统社会的"死亡"与现代社会的"分娩",就如死亡和分娩对于人的身体产生的巨大疼痛感一样,社会的裂变和冲突也给现代文学中的身体带来类似的感受。

穆旦属于"九叶派"成员之一,诗歌成就的取得则主要集中在三十至四十年代。把他归为中国象征主义晚期诗人,主要的原因在于他继承了象征主义隐晦、暗示的语言特质,又深受叶芝、艾略特和奥登等西方诗人的影响,对个体生命与心灵状态给予极大关注,秉承了现代主义的诗学理念,拓宽和加深了中国现代诗歌的主旨和哲理性。

关于穆旦诗歌中的身体书写,其实已经被很多前辈学者提及,例如王佐良先后在不同的场合评论穆旦的诗,"常把肉体的感觉和玄学的思考结合起来"③;穆旦写的《春》"不止是所谓虚实结合,而是出现

---

① [美]艾略特:《艾略特文学论文集》,李赋宁译,南昌:百花洲文艺出版社2010年版,第11—12页。
② [英]布莱恩·特纳:《身体与社会》,沈阳:春风文艺出版社2000年版,第1页。
③ 王佐良:《论穆旦的诗》,《穆旦诗全集》,李方编著,香港:中国文学出版社1996年版,第5页。

了新的思辨,新的形象,总的效果则是感性化,肉体化"①;"他总给人那么一点肉体的感觉,这感觉之所以存在是因为他不仅用头脑思想,他还'用身体思想'"②。王佐良是穆旦的好友,他的看法具有一定的权威性和代表性,同时也是十分客观和中肯的。"感觉与玄学的结合""用身体思想"等观点给后来的研究者提供了依据和启示。其中涉及现代身体观念的革新和个人对身体现代性的追求,"思想的知觉化"和"肉体的形而上"问题随着现代消费社会的发展越来越变得突出和棘手,而穆旦无疑远远地走在时代的前头,将中国新诗中的身体书写提前了近半个世纪,因此显出其独特性和弥足珍贵。

从文本类型和历时性角度来分析,穆旦诗歌中的身体书写可以分为以下几种:第一类,疲倦与苦难的身体;第二类,野性与反抗的身体;第三类,归顺与臣服的身体。《流浪人》(1933)是穆旦高中时代的作品,诗艺和语言略显幼稚,但已出现从个体感觉出发,从身体出发进行创作的端倪。

> 软软地,/是流浪人底两只沉重的腿,/一步,一步,一步……/天涯的什么地方?/没有目的。可老是/疲倦的两只脚运动着,/一步,一步……流浪人。//昏沉着的头,苦的心;/火热般的身子,熔化了——/棉花似地堆成一团/可仍是带着软的腿/一步,一步,一步……

流浪者在中国象征主义诗歌中是一个常见的意象,戴望舒、冯至等人会更多从精神、心理层面描写流浪者,而穆旦将目光集中到流浪者的腿上,仿佛所有的苦难故事都能被其揭示,"软软的""沉重的""疲倦的""昏沉的""火热的"等形容词是身体物理特征的描述,同时也是流浪者内心世界的准确刻画。重叠词的运用也独具匠心,不仅构成了这首诗特有的沉郁节奏,也将读者的听觉与视觉引向一个未来的

---

① 王佐良:《谈穆旦的诗》,《读书》1995 年第 4 期,第 6 页。
② 王佐良:《一个中国新诗人》,李怡、易彬编:《穆旦研究资料》(上),北京:知识产权出版社 2013 年版,第 280 页。

方向,而这正是流浪的本质所在。身体的疲惫与困顿在穆旦的多首诗中出现,如《两个世界》(1933)中劳作了一天的女工:

> 丝缸里,女人的手泡了一整天,/肿的臂,昏的头,带着疲倦的身体,/摸黑回了家,便吐出一口长气……/生活?简直把人磨成了烂泥!

这首诗对比生活在不同世界的女人,一个"高贵、荣耀、体面",而另一个却辛劳而疲倦,对社会的贫富不均和人的不平等地位进行控诉。《一个老木匠》(1934)表现了同样的题材:

> 那老人,迅速地工作着,/全然弯曲而苍老了;/看他挥动沉重的板斧/像是不胜其疲劳。//孤独的,寂寞的/老人只是一个老人。……老人的一生过去了;/牛马般的饥劳与苦辛,/像是没有教给他怎样去表情

一个处于社会底层的劳动者的形象浮现眼前,没有人关心他的"苍老与疲倦""孤单与寂寞",漫长而苦难的岁月早已把他磨成了没有"表情"的工作机器。同样,《更夫》一诗里描写了一个不断行走的疲倦的身影:

> 怀着寂寞,像山野里的幽灵,/他默默地从大街步进小巷//把天边的黑夜抛在身后,/一双脚步又走向幽暗的三更天,/期望日出如同期望无尽的路

疲倦、麻木似乎成为这些人物共同的特点,他们努力地生活、工作,却不知道目的是什么,希望的尽头又在何处。这些哀老的形象和艾略特诗歌中的"小老头""空心人"等形成显著的对应和互文关系。如果说艾略特的目光在凡人、圣人与神人之间不断游移,而穆旦则始终聚焦于中国底层社会卑微的劳动者,给予他们极大的关注与同情。

就如谢冕所说：

> (穆旦写的)不是远离人间烟火的纯诗,他的诗是丰满的肉体,肉体里奔涌着热血,跳动着脉搏……穆旦把他的诗性的思考嵌入现实中国的血肉,他是始终不脱离中国大地的一位,但他又是善于苦苦冥思的一位,穆旦使现世的关怀和永恒的思考达于完美的结合。①

如果说前面几首都是针对劳动阶层的身体上的疲倦,那么《华参先生的疲倦》则转向城市里的青年中产阶级(或许也是知识分子)的精神上的疲态。即便是公园里的浪漫约会也充满了人与人之间的隔膜、虚伪和装腔作势：

> (杨小姐与华参先生)谈着音乐,社会问题,和个人的历史,/顶喜欢的和顶讨厌的都趋向一个目的,/片刻的诙谐,突然的攻占和闪避,/……我看过讨价还价,如果折衷成功,/是在丑角和装样中显露的聪明。

即便是恋爱也让人感觉是一场交易,双方都心不在焉、互相揣度,不愿付出真心,偶尔表现出的"诙谐"与"聪明"也让人感觉只不过显得逢场作戏。

> 我的脸和心是平行的距离,/我曾经哭过笑过,里面没有一个目的,/我没有用脸的表情串成阴谋,/寻得她的欢喜,践踏在我的心上

从这里我们可以看出华参先生是一个将内心隐藏得很深的人,他

---

① 谢冕:《一颗星亮在天边——纪念穆旦》,李方编著:《穆旦诗全集》,香港:中国文学出版社 1996 年版,第 15 页。

不会轻易将真情实感表现在脸上,或者他压根儿就不知道自己的真情实感是什么,他的所作所为都没有"目的",不存在"阴谋",却是让人唏嘘的麻木与无聊。"我决定再会,拿起了帽子。/我还要去办事情,会见一些朋友,/和他们说请你……或者对不起,我要……"最终,他也不知道自己要去做什么,又有何能力做什么,他想表现出一个"强者"的姿态,去做一些有意义的事情,却不断沉溺于毫无趣味的琐碎日常。"孤独的时候,安闲在陌生的人群里,/在商店的窗前我整理一下衣襟,/我的精神是好的,没有机会放松。"华参先生还是有一定的自我认识和自省能力的,他也在寻求精神突破的出路,感到孤独的时候会去人群里寻求安慰,会非常留意自己的外表与精神状态,但充满矛盾的是人群是"陌生的",他的精神并"没有机会放松"。

值得我们留意的是,华参先生和艾略特诗歌中的 J. 普鲁弗罗克非常相似,他们生活在现代城市,有一定的知识水平,对自己的生活并不满意却没有足够的勇气和能力去改变什么,他们忙于庸常的日常生活,对未来充满迷茫和焦虑。这是现代个体普遍的生存状态,当启蒙理性被彻底否定,感性的浪漫精神逐渐远离,留给现代人的似乎是无尽的疲惫和无所适从,他们"悲观的撕裂自我,抑或疯狂地钻进本能和生命的深渊"[①]。应该说这首《华参先生的疲倦》是穆旦向西方象征主义大师学习与模仿的优秀作品,也是他"用身体思想",将"现世的关怀和永恒的思考"相结合的开始。

伊格尔顿曾说:"肉体中存在反抗权力的事物。"[②]身体是属于个人的,也是属于社会的,社会的病变也会让身体发生病变,社会的野蛮与文明会在身体上有所表征,社会的冲突矛盾会激发身体的原始兽性,也会导致身体的激烈反抗。穆旦生活的时代面临这样的身体与精神的双重困境:一方面人们要脱离传统社会的牢笼,让个体获得全面的自由与独立,但个体的解放意味着失去传统力量给予的安全感,另

---

① [德]卡尔·施米特:《政治的浪漫派》,冯克利、刘锋译,上海:上海人民出版社2004年版,第18页。
② [美]特里·伊格尔顿:《美学意识形态》,王杰人、付德根、麦永雄译,桂林:广西师范大学出版社1997年版,第17页。

一方面,总体性思想启蒙和解救国家民族危亡的历史使命要求忽视个体的感性存在,即身体的感性欲望得不到适当的满足与发泄,甚至被要求顺应时代发展潮流,使身体归顺于道德与精神,使个体话语归顺于国家民族话语。我们在穆旦诗歌的身体文本里也可以发现这种摇摆不定、徘徊迷惘。《古墙》(1937)是颇具象征意义的一首诗,同时也是身体书写的一次全方位展示。

  古墙寂静地弓着残老的腰,/驼着悠久的岁月望着前面。/一只手臂蜿蜒到百里远,/败落地守着暮年的寂寥。//凸凹的砖骨镌着一脸严肃,/默默地俯视着广阔的平原;古代的楼阁吞满了荒凉,/古墙忍住了低沉的愤怒。//野花碎石死死挤着它的脚跟,/苍老的胸膛扎成了穴洞;当憔悴的瓦块倾出了悲声,/古墙的脸上看不见泪痕。……//古墙蜿蜒出刚强的手臂,/曾教多年的风雨吹打;/……怒号的暴风猛击着它巨大的身躯,/沙石交战出哭泣的声响;//……苍老的腰身痛楚地倾斜,/它的颈项用力伸直,瞭望着夕阳。//……当一切伏身于残暴和淫威,/矗立在原野的是坚忍的古墙。

这首诗在形式上也非常接近西方象征主义的诗歌特征,比如严谨规整的押韵体现了诗歌的音乐性和节奏感,每一个诗节四句,压"abba"的尾韵,每一行诗句由四至五个"顿"组成,形成铿锵有力又延绵不断的旋律美。"古墙"呈现出衰老、痛楚,但坚韧、顽强的生命特征,它无疑象征了有着悠久文明和历史的华夏民族历经磨难仍屹立不倒的精神面貌。"残老的腰""凸凹的砖骨""苍老的胸膛""刚强的手臂""巨大的身躯"等身体化细节描写既是对古墙的还原与写真,也将拟人化的艺术手段、诗人的内心情感巧妙而自然的融合起来。这是一首身体的颂歌,也是一首坚忍不拔的民族精神的颂歌。另一首《野兽》(1937)也体现了类似的诗学特征,在情感的表达上更加直接而强烈。

  黑夜里叫出了野性的呼喊,/是谁,谁噬咬它受了创伤?/在坚实的肉里那些深深的/血的沟渠,血的沟渠,灌溉了/翻白的花,在青铜样的皮上!/是多大的奇迹,从紫色的血泊中/它抖身,它站立,它跃起,/风在鞭挞它痛楚的喘息……它拧起全身的力。/在黑暗中,随着一声凄厉的号叫,/它是以如星的锐利的眼睛,/射出那可怕的复仇的光芒。

如果说《古墙》还带有传统中国诗歌"借物咏怀"的特点,那么这首《野兽》就基本上是具有现代主义风格的诗歌了。野蛮意味着原始本能、非理性、反抗性,这是现代主义的内在品质,是被理性与规范强力制约下反抗的力量,是个体现代性追求关键性的一步。

> 现代性不仅是一场社会文化的转变,环境、制度、艺术的基本概念及形式的转变……是人的身体、欲动、心灵和精神的内在构造本身的转变;不仅是人的实际生存的转变,更是人的生存标尺的转变……现代人的形成意味着人的形而上学品质或实质性本质的解体,人只被视为各种自然生理和历史社会因素的总和。[①]

穆旦的这首诗因此具有了现代性和先锋性特征,"野性的呼喊"既是他发现内在自我的方式,也是向外界宣告主体存在的方式。"野兽"的吼叫源于它受到了"噬咬"和"创伤",它的反抗源于本能的自卫,虽然会受到巨大的阻碍,会受伤流血,会轰然倒地,但"它抖身,它站立,它跃起",它竭尽全力要向对手射出"复仇的光芒"。这种力量是前所未有、不可阻挡的,它夹杂着个体对自由的渴望,同时诗人巧妙地把这种情绪隐藏在群体性的反抗意愿之中。1937年是抗日战争全面爆发的一年,民族存亡面临空前挑战,如果没有"野兽"般的原始爆发力,没有面对"死亡"的"狂暴"与"凶残",所谓"复仇"又从何谈起。当时的穆旦风华正茂,由于战乱他不得不跟随学校南迁至长沙,后又徒步至昆明西南联大继续求学,其中的艰难与痛苦可想而知,但诗行间可见

---

① 刘晓枫:《现代性社会理论·绪论》,上海:上海三联书店1998年版,第19~20页。

积极乐观的浪漫式抒情。

梅洛·庞蒂曾说：

> 身体是在世界上存在的媒介物，拥有一个身体，对一个生物来说就是介入一个确定的环境，参与某些计划和继续置身于其中……我通过我的身体意识到世界。①

穆旦诗歌中的身体始终处于个体与世界的矛盾与纠结之中，一方面他希望能够承担起国家民族解放的使命，积极响应"青年知识分子入伍"的号召，所以很快放弃了学校的教职工作，投笔从戎。他报名参加入缅远征军，经历残酷的战争，见过白骨成堆、血流成河的惨况，侥幸得以保全性命。他见证过的以及经受过的身体上的苦痛要比很多现代诗人强烈得多，也真实得多，任何一场战争首先是对身体和生命的摧残，穆旦对此深有体会。"为了和平又必须杀戮"，为了"让一个民族站起来"，必须放弃个人的得失，"个人的哀喜/被大量制造又该被蔑视/被否定，被僵化，是人生的意义"（《出发》）。唐湜曾提出：

> 他（穆旦——作者引）把自我分裂为二：自然生理的自我和心理的自我。生理的自我是他的主宰，他的潜意识的代表，心理的自我是他的理想，他的半意识甚至意识的代表，前者与社会没有关联，后者与社会是永远联结着的，不可分的。他的努力是统一二者，使思想与感情，灵与肉浑然一体，回返到原始的浑朴的自然状态。②

实际上，对于"生理的自我"能否成为他的主宰，穆旦也是心存疑虑的，身体对他来说是一个永恒的"谜"，是一个难以开启的潘多拉之盒。就如《春》（1942）所写：

---

① [法]梅洛·庞蒂:《知觉现象学》，姜志辉译，上海:商务印书馆2001年版，第116页。
② 唐湜:《新意度集》，北京:生活·读书·新知三联书店1990年版，第104页。

> 蓝天下,为永远的迷惑着的/是我们二十岁的紧闭的肉体,/一如那泥土做成的鸟的歌,/你们被点燃,却无处归依。/呵,光,影,声,色,都已经赤裸,/痛苦着,等待伸入新的组合。

身体是被忽略、被遮掩和被压制的,中西传统皆是如此。身体没有发言权,没有自己的语言,它只能攀附在精神的神龛上定位自己。年轻的诗人感到热血在奔涌,个体欲望随时有被点燃的可能,但肉体是"紧闭"的,找不到发泄的出口。"无处归依"几乎指出了现代性身体的宿命性下场,它"赤裸着""痛苦着",寻找"新的组合"。那是灵与肉、身体与精神、生理自我和心理自我的合二为一吗?此时的穆旦显然并不能给予肯定的回答。

这种矛盾和迷茫在诗歌《我歌颂肉体》(1947)中出现了显著的改变。"我歌颂肉体,因为它是岩石/在我们的不肯定中肯定的岛屿。"从题目中明确的态度和肯定的语气里,我们看到穆旦对于身体的迷惘感几乎已消失不见,此刻的他大声"歌颂","那被压迫的,和被蹂躏的","那和神一样高,和蛆一样低的肉体",这需要何等的勇气和决然。在诗人眼中,"肉体"没有高低贵贱之分,它是每一个人存在的根基,可以和"神"一样媲美,又不会回避它自身的缺陷,它是立体的、明确的、丰富的。历经生死考验,经历过现代西方思想洗礼的诗人终于意识到"它(身体)原来是自由的和那远山的花一样,丰富如同/蕴藏的煤一样",他感到"一切的事物令我困扰,/一切事物使我们相信而又不能相信,就要得到/而又不能得到,开始抛弃而又抛弃不开,/但肉体是我们已经得到的"。现代人的生活远没有传统社会中的稳定感和安全感,社会流动性的增强让人随时处于身体和精神的远游中,像一块随波逐流、无处可依的浮木。诗人似乎找到了一个可靠的支点,那便是"肉体",它能成为我们与世界沟通的桥梁,成为我们历史的一部分。

布鲁姆曾说:"现代诗人保持平衡的艰难就在于要在唯我主义的远端维持一种姿态,在那儿他以其自身的存在而宣布:'我看到的和我听到的一切无不来自我自身'。但是他同时又承认:'我一无所有,但我'在',我在故我在。"①对于现代主体的极力宣扬和赞美应该说在惠特曼的诗歌中表达得最为淋漓尽致,穆旦显然除了受到艾略特的影响,也被拜伦、雪莱和惠特曼式的崇高激情所感染。这首《我歌颂肉体》和惠特曼的《我歌唱带电的肉体》形成中西诗歌史上的身体的绝唱。而前者无论从题目还是立意上显然要受到后者的深刻影响。惠特曼从诗的开头诘问:"如果肉体不是灵魂,那什么才是灵魂?",到结尾再次高呼"啊,我要说这些不仅是肉体的构成和诗篇,也是灵魂的构成和诗篇,/啊,我现在要说这些就是灵魂!",他充满自信且始终如一地将身体置于与灵魂同一的高度,灵与肉的完美结合才是惠特曼心中完美的现代主体人格。

然而,穆旦却缺乏这样的信心与乐观,他继承了艾略特式的怀疑精神,甚至同样盼望着神的降临与救赎,例如以下的诗句所写:"而我匍匐着,在命定的绵羊的地位"(《我向自己说》)"在你我之间是永远的追寻:/你,一个不可知,横越在我的里面/和外面,在那儿上帝统治着/呵,渺无踪迹的丛林的秘密,"(《诗》)"如果我们能够看见他"(《祈神二章》),"让我们看见吧,我的救主"。

  在我们的来处和去处之间,/在我们的获得和丢失之间,/主呵,那目光的永恒的照耀季候的遥远的轮转和山河的无尽的丰富/枉然:我们站在这个荒凉的世界上,/我们是廿世纪的众生骚动在它的黑暗里,/我们有机器和制度却没有文明/我们有复杂的感情却无处归依/我们有很多的声音而没有真理/我们来自一个良心却各自藏起(《隐现》)。

与艾略特一样,穆旦对于现代世界的黑暗面进行无情的披露和讽刺,一方面他将身体视为主体存在的基本方式和生存意义的来源,他希望肉体与精神具有同等的现实价值,另一方面他却无法忽视身体在

---

① [美]哈罗德·布鲁姆:《影响的焦虑——一种诗歌理论》,徐文博译,南京:江苏教育出版社2005年版,第22页。

越来越发达的物质世界的"沉没"。

> 身体一天天坠入物质的深渊,/首先生活的引诱,血液的欲望……呵,耳目口鼻,都沉没在物质中,/我能投出什么信息到它窗外?/什么天空能把我拯救出"现在"(《沉没》)?

此时的穆旦已经经历了人生最黑暗的时期,自从五十年代末在政治上受迫害以后,穆旦多年不曾提笔,而步入人生的末年之后,他再也无法保持沉默,他仍有理想和智慧的追求,虽然他深知"又何必追求破纸上的永生,/沉默是痛苦的至高的见证"。(《诗》),他仍然想要像"大雁"一样"翱翔",像"蛟龙"一样"翻腾",因为"只有在我深心的旷野中,/才高唱出真正的自我之歌"(《听说我老了》)。

三、现代性主体的分裂与重塑

身体总在以一种隐匿或直接的方式述说着人与世界的调和或冲突:人通过身体表达对世界的看法和态度,世界也通过各种方式不断影响和建构人的身体,身体是一个历史实践的过程,它在创造和推动历史发展的同时也在塑造和改变自身。从思想史的角度来看,现代性的演进的驱动力之一就是人对自我的认识和重塑,对人的主体性的追寻。"现代性赖以立身的规范就是它自身,也就是黑格尔所强调的人的主体性。"[1]对自我的不断认识、反省和塑造贯穿着穆旦短暂而波澜起伏的一生。不仅通过身体的书写体现了他的现代主体观念,也有数篇直接以"我"为题材的诗作,从中我们可以了解穆旦以及他所代表的很大一部分有过相似经历的中国现代知识分子的自我形象。如早期创作的(《我》):

> 从子宫割裂,失去了温暖,/是残缺的部分渴望着救援,/永远是自己,锁在荒野里","遇见部分时在一起哭喊,/是初恋的狂喜,

---

[1] 张旭春:《现代性:浪漫主义研究的新视角》,《国外文学》1999年第4期,第13页。

想冲出樊篱,/伸出双手来抱住了自己","幻化的形象,是更深的绝望,/永远是自己,锁在荒野里,/仇恨着母亲给分出了梦境。

这是一个乳臭未干的年轻诗人对自我的一次认真而热烈的剖析,道出了与母体分离的焦虑与迷惘,对外部世界充满好奇而恐惧,有幻想更害怕绝望,不敢走出自我的荒原,渴望着被拯救。然而谁是拯救者呢？谁能听到他的呼救？

在《我向自己说》(1941)中穆旦把希望寄托给了上帝：

> 我不再祈求那不可能的了,上帝,/当可能还在不可能的时候,/生命的变质,爱的缺陷,纯洁的冷却/这些我都继承下来了,我所祈求的//……而我匍匐着,在命定的绵羊的地位……虽然不断的暗笑在周身传开,/而恩赐我的人绝望的叹息,/不,不,当可能还在不可能的时候,/我仅存的血正恶毒地澎湃。

诗中所说"那些不可能的"东西也许是穆旦心中一直追求的理性与智慧,虽然他"匍匐"在上帝身边忏悔自己的罪,但他仍听到年轻的热烈的血"正恶毒地澎湃",诗人内心的纠结与争斗还在继续。实际上,穆旦诗中表现出的主体性挣扎和分裂始终未停歇,在《葬歌》(1957)中他由于受到政治运动的冲击,对"过去的自我"产生强烈的厌恶感,甚至不断地高呼"埋葬,埋葬,埋葬！"让人感到他的绝望与"视死如归"。可是即便到了晚年,他依旧无法真正地"认清自我","不知那是否确是我自己"(《自己》1976)；在回顾自己的一生时,他感叹："一个我从不认识的人/挥一挥手,他从未想到我,/正当我走在大路的时候,/却把我抓进生活的一格"(《我的形成》1976)。最终他发出了灵魂的拷问："我冲出黑暗,走上光明的长廊,/而不知长廊的尽头仍是黑暗;""心呵,你竟要浪迹何方？"(《问》)

从这些诗句里我们可以看到一个具有强烈现代自我意识的人的悲哀和孤苦。也许就如弗洛姆所言：

第五章 中西象征主义文本对话

对现代人来说,自由有两方面的含义;他冲破了传统权威的束缚获得了自由,并成为一个"个人",但他同时又变得孤立、无能为力,成为自己之外的目的的工具,与自我及他人疏离;不仅如此,这种状态伤害他的自我,削弱并吓坏了他,使他欣然臣服于新型的奴役。①

从这个意义上来说,穆旦所感受到的主体性分裂和不自由是一个普遍性问题,而不是他独有的。但穆旦的个人性格、人生遭遇和他所乐于接受的西方现代思想产生更为激烈的冲突,在中国这段特殊的历史时期,个人话语始终要让位于国家民族话语,主体的自由要让位于全民族的解放与自由。

理查德·沃林说:"身体是某个不可还原的实存棱镜,我们只有通过它才能造就出关于世界的意义。"②通过对艾略特和穆旦两位后期象征主义诗人诗歌文本的细读,我们发现了两者有许多共同之处,例如两者对通过身体话语表达了一种现代性的情绪焦虑和倦怠。但是艾略特是对人类文明与人性的堕落产生的总体性焦虑和倦怠;穆旦表达的是一种个体性焦虑和倦怠,个体面对社会动荡、战乱产生的身体和生命体验。艾略特对于这种现代性病症提出的方案是回归宗教信仰,致力于自我反省与赎罪;穆旦早期也有过宗教皈依的想法,但最终被囚禁于现实,个体愿望被政治意识形态所淹没。艾略特始终以旁观者的角度观察、诊断、思考现代社会与现代人的身体与精神病症,将非个人化与客观对应物的诗学观念贯彻于创作中,克制自我、内省、给予、慈悲、奉献的主体选择。抑制主体的兽性、人性,挖掘和发扬主体神性,实现人与他人、自然与神的合而为一。对于穆旦而言,他的内心与行为,理想与现实构成紧张的对立关系,主体由于持续受到外界的

---

① [美]埃里希·弗洛姆:《逃避自由》,刘林海译,上海:上海译文出版社2015年版,第182页。
② [美]理查德·沃林:《文化批评的观念》,张国清译,上海:商务印书馆2000年版,第172页。

威胁、压迫,失去稳定的自我安慰与鼓励。在"命定的绵羊"与"呼喊的野兽",在"绝望"与"希望",在"控诉"与"赞美",在"活下去"与"活不下去""该不该活着"之中徘徊、沉沦,以至于想要"埋葬过去的自己",却渴望得到"同志们的帮助"改造自己。

艾略特心目中的现代性主体是残缺的、分裂的、歇斯底里的,他在早期诗作《荒原》中塑造的都是这样一些天生就有缺陷的人物,因为他们都是亚当的后代,都是原罪的承受者。而唯一完美的主体形象就是上帝,人类只有听从上帝的旨意,通过一生不断地自我约束、赎罪,发挥仁爱与奉献精神,才能获得内心的平衡,完成主体性再造。"探索的终点是开始的起点""在我的开始是我的结束"——这是艾略特在晚期诗作《四个四重奏》中的名句,也体现了艾略特对于主体重塑的可能性的肯定。与穆旦相比,艾略特似乎将自己放在道德的制高点,对现代社会与现代人品头论足,并给予自认为无可厚非的建议,将宗教皈依看作是问题解决的最终途径。穆旦并没有那么自信,他一次又一次毫无保留地把内心的冲突与矛盾展示给世人,将自己撕裂,又艰难拼贴,最终还是伤痕累累、充满遗憾地走完了一生。

第六章　象征主义视角下的当代诗歌

第六章　象征主义视角下的当代诗歌

中西象征主义带给现代诗歌的影响是巨大的,这一点无论多么强调都不过分。可以说现代诗歌的开端,无论中西,都是从象征主义开始,并不断向理论多元化和形式多样性发展的。象征主义给后人留下了永远都不会过期的诗歌理论宝库和现代诗样本,作为一份宝贵的人类文明遗产应该得到重视和继承。中国当代诗歌突飞猛进,借助于互联网的发展和现代人碎片化阅读习惯的形成,诗歌在历经相当一段时间的沉寂之后开始得到社会前所未有的关注。曾经停笔多年的诗人再次回归诗坛,风采不减当年,而年轻一代的诗人迅速成长,成为中国新诗创作的生力军和未来的希望。本章将选取老、中、青三位当代诗人的最新力作作为文本案例,运用象征主义理论进行阐述与分析,从"诗歌之境""感官化诗学""个性化与去个性化"三个视角探讨当代中国新诗的发展,同时也力图进一步拓宽象征主义诗论范畴,推动诗歌理论与实践的结合。

第一节　诗歌的理想之境
——论玉珍的诗歌审美特征

巴尔蒙特曾赞美象征主义是永恒的思想家,而现实主义只是单纯的观察者。"这一个还在做物质的奴隶,那一个已进入理想性的境界。"[1]

---

[1] [俄]巴尔蒙特:《象征主义诗歌浅谈》,翟厚隆编选:《十月革命前后苏联文学流派》(上编),上海:上海译文出版社1998年版,第16页。

这样的说法未免太过极端,现实主义也不会答应。然而却提出了象征主义对于理想诗歌境界的追求确属一个普遍现象。象征主义者不会单纯地反映和记录现实,他们往往更乐意经过对现实的思索、加工、再造,开拓一个唯美的、纯粹的理想世界。但是,后期象征主义者,特别是瓦雷里、叶芝、艾略特为代表的诗人,似乎逐渐放弃了这种纯粹的精神层面的追求,反而更加关注现实世界中喜怒哀乐,让诗歌成为反映现实、参与现实的工具。

一、象征主义的诗歌之境

作为西方象征主义精神上的引领者,爱伦·坡和波德莱尔都有将丑恶的现实改造升级的能力。前者不仅是诗人,还是一位著作颇丰的侦探、推理和幻想小说家,后者擅长挖掘丑中之美,将诗歌的审美领域不断拓宽、加深。法国象征主义诗人魏尔伦用清新、优美的语言为自己建立了一个忧郁的音乐性的诗歌王国;马拉美则将诗歌的神秘性、诗人的神圣感推崇至极,他对诗歌能带给人们的精神洗礼深信不疑,这一点前与兰波的"通灵说"遥相呼应,后与瓦雷里的"纯诗论"息息相通。总之,西方象征主义对于建立诗歌的理想之境乐此不疲、代代相传,他们希望依靠独特的人格与个性,依赖诗人自身超强的感官体验和精神幻想,一定能够建立一个至纯至美的诗歌世界。

中国象征主义诗论家梁宗岱以西方象征主义诗人的诗论作为基础,结合中国传统文学观和宇宙观对"诗歌之境"进行进一步的阐述。他认为诗歌的"最高境界"是看不出诗人的"心机与手迹",纯粹和自然是他认为的诗歌的优秀品质。"清水出芙蓉,天然去雕饰"是属于中国式的品位和审美,语言质朴纯洁、音乐节奏舒缓和谐,将诗人内在的真实情感与外在的世界协调统一,才是诗歌的最高境界。"我们内在的真与外界底真调协了,混合了。我们消失,但是与万化冥合了。"[①]这种与宇宙万物合为一体,从而达到精神境界的最高澄明是中国传统文化中最为宝贵的"天人合一"思想的体现。人与天地在本质上相通

---

① 梁宗岱:《梁宗岱文集Ⅱ·评论卷》,北京:中央编译出版社2003年版,第67~68页。

相系、互为一体,人与自然、与世界万物交融相和就是这一理想境界的体现。

玉珍的这组诗《看不见的事物》发表于《十月》杂志 2017 年第 3 期。"看不见的事物"指的是什么？这是我阅读时脑海中出现的第一个问题,也是始终萦绕于怀,需仔细揣酌的一个问题。从哲学的角度看,认识这个世界和苏格拉底所说的"认识你自己"成为人存在的根本使命,是人脱离动物性的首要任务,人与物似乎成为永恒的对立面,物我两分的二元对立思想亦由此而来。"事物"存在有其客观性,然而如果不被人看见,其存在的价值是值得怀疑的。

作为存在的主体,人具有选择如何认识和看待"事物"的权利。"事物"之所以"看不见",原因有两个:一是事物本身拥有不可见的属性;二是人的参与,是人主动或被动选择的结果。所以我们分析这组诗时,要从这两个方面去探讨"看不见的事物"究竟是什么,以及为何会让人"看不见"。从时间的角度看,"看不见的事物"要么存在于过去,要么存在于未来,虽然当下也存在这样的事物,但显然这组诗里描述的,无论具体或抽象,更倾向于前者所指,最后一首"我所向往的未知的葱茏"可以看作是诗人遥望未来的一种姿态。从空间的角度考虑,"看不见的事物"存在于诗人的目光无法触及,身体早已离开而精神却驻足不前的那个地方。那些事物即便看不见也不断地被提及和言说,让她魂牵梦绕。通读全组诗后你会发现,这个地方便是"故乡",看不见的事物便是记忆中的"童年""父亲""星空""星罗山""楼山坡""乌拉河"……

依上所述,诗人选取这个标题是经过认真思索且有明确目的的,一个中心主题逐渐浮出水面,即"回到过去""回到童年",回到诗人生命之旅的出发点和灵魂的最终归宿——永远的故乡,或者说回到理想的诗歌之境,一个现代诗者的存在之境。

二、精神"还乡"与灵魂"守望"

读玉珍的诗,总会不由自主地想起她青春年少的模样,美丽的脸庞、清澈的大眼睛,坐在农家小院里逗小狗,躺在自家屋顶数星星,在星罗山上放牛,在村里的大树下做梦,在田野里狂奔……这一切多么美好又亲切!当我写下这些文字,脑海中出现那些画面,实际上已经在回忆自己的童年。是的,我和玉珍一样,有着自由自在的童年,我们是山野的孩子,是阳光雨露的孩子,是星星的孩子,过着物质相对贫穷而精神异常富足的生活。我们看到的景物如此相似,经历的人事如此雷同,甚至让我觉得她的诗歌不是她一个人的,也是我的,是我们这一代人共同的记忆财富。

"还乡"是古今中外文学中一个永恒的精神命题。海德格尔曾说:"诗人何为?诗人的天职就是还乡,接近故乡就是接近万乐之源,故乡最玄奥、最美丽之处恰恰在于这种对本源的接近。"①故乡是一个人生命的起点,精神的发源地,是诗人永远无法穷尽的记忆宝藏。玉珍的这组诗,甚至她的绝大部分诗都带有"还乡"的主题色彩。然而,漂泊在故乡之外,早已在城市群落中迷失自我的诗人要如何回到故乡,回到曾经无比熟悉的群山的怀抱呢?也许是出于习惯、下意识的本能和一种心灵感应,玉珍的眼光在寻觅天边那颗闪亮的"北极星"(本组诗中的第一首),它"永远在那里。它永恒不变",它可以为诗人指明方向。

玉珍在散文《我与星辰》中写道:"春去秋来乾坤变幻,无论你何时何地仰望天空,星辰永远在那里。它永恒不变。如果让我举例这世上无论在任何时候任何地方对待你都始终如一永恒不变的事物,我首先会想到星辰,其次是爱。""在北面群山的尽头,最清晰的一颗星永远在那里,它似乎总是最早升起,最为明亮,那是北极星。每天的傍晚我都会在门前看一看北极星,当它升起来时,就代表黑夜即将到来。因为它的存在,我永远知道了天空中的方向,知道哪里是北哪里是南。"②有过农村生活经历的人都知道,干完一天的农活后往往已是漫天星斗,星星为漆黑的夜晚带来微微光明,帮助人们指认方向,找到回家的路。"当我从寂静的楼山坡下来/清凉的星星,钻石般躺满了天

---

① http://www.sohu.com/a/149810406_752169,2018/4/3.
② http://blog.sina.com.cn/s/blog_97bfb0920102x45l.html,2018/4/4.

河",许多人心中有类似的记忆。大自然的美景不仅能驱赶身体的疲惫,还能治愈灵魂的疾苦。"天空真美啊/让人想痛哭一场",这是一种怎样的心灵震撼,看见最纯粹最真实的美时忍不住要放声大哭,就像在最信赖的人面前毫无保留地释放自我。

提及年少时放学晚归,玉珍曾说:"我全是靠着星光回家的,这几乎成了山里长大的孩子不以为然的一种能力。""我常常因为找不着牛而在山野间转悠到天黑才回家,全是凭借直觉和星光找到路。"[①]所以说玉珍对星星、星空有一种本能的依赖,这种依赖就如一个孩子对父母的情感,是一种精神的皈依和信仰。实际上,这也是没有被现代工业文明所破坏的最原始而古老的人类情怀,是人与自然和谐相处的最好例证。"北极星,我永恒的北极星/此刻在山顶望着我/像一只哭过的动人的眼睛",看到北极星,就如归航的水手看见港湾的灯塔,就如漂泊的游子看见"父亲在井边抽烟/不停吐温柔的烟圈"。北极星是诗人心目中最可信赖的"事物",是父亲般的存在,是她精神"还乡"的引领者,永远在故乡的山顶"守望"孩子的归来。然而那眼睛分明是哭泣过的,诗人自己的眼睛也一定早已湿润,因为一切都"看不见",只是记忆和幻想,是一次次无可奈何的精神还乡,是远隔千山万水的彼此"守望"。

在接下来的《归隐》《时间望向我》《从寂静的楼山坡下来》和《未知的葱茏奇遇》几首诗中,均可见诗人不断走向童年、走向故乡和亲人的步履。如"倦鸟隐入丛林,丛林隐入夜晚",我"隐于家族疲惫的/鼾声,用一次休息返回童年"。回归出生之地,隐入家族的历史中,甚至退回母亲的子宫,因为那无疑是诗人强大无比的精神支撑和蓬勃诗意的灵感来源,因为那里有"群星与野花""干净的冬夜""萤火中的光芒"和"美丽的天空"。尽管生活清苦,父亲还在劳作没有回家,母亲也在"遥远的地方","我破烂的衣角还没谁为我缝补",但是在故乡的怀抱中,有灿烂星空的陪伴,诗人的心灵仍然是愉悦而富盈的。

玉珍的这些诗组合在一起营造出了一个梦境般的"故乡"与"童

[①] http://blog.sina.com.cn/s/blog_9？btb0920102x45l.html,2018/4/4

年",一个带有原始神秘性的南方小村庄的意象得以显现。这就是诗人心中的理想"诗境",一个永远到不了却永不会消失的空间。在象征主义诗人那里,诗境、梦境、幻境几乎可以等同,他们都是不知不觉地、容易消逝地、反复不定地非常不规律地存在于诗人的脑海之中。"我们突然把它捉住,又常常突然把它失掉。"①审美活动是一种在感性和理性间取得某种平衡的精神活动,审美过程强调的是心领神会和顿悟。这种优美的诗境犹如梦一般神秘莫测,但又是可以被感知的,是来自"一种玄妙非凡的境地"②。

三、理想的"灯塔"与沉默的"事实"

不可否认,玉珍的许多诗歌都给人一种与其年龄和阅历不相匹配的沉重感和虚无感。她喜欢提及死亡,如《只有死亡像极了我的沉默》《深夜里死亡的白雪》《死亡与记忆之门》,这些都是她诗作的题目,但她坦承"原谅我常常写到死亡",因为要从"那黑暗的笔锋中/攫取到得意的光明"。她勇敢地向死亡挑战,"将死亡撂倒在白昼",她宣称"死是不需要战胜的,死只是个仪式,需要战胜的只是自己/自己是自己的上帝,自己是自己的死神"。她承诺"我会认真度过此生,因为爱/我会爱着度过此生,因为认真"。③ 因此,当有学者认为玉珍"过早地发出了关于虚无、孤独以及死亡的黑色叹息",如"恍惚的夏日,恍惚的策兰之黑"④时,我不置可否。并非人人都需要经历如诗人策兰般的悲惨命运,被抓进纳粹集中营并奇迹般地存活下来才能认识到生命的本质与恶。死亡与黑暗就如生存与光明,是伴随着我们一生的"存在的悖论",是人人迟早都要面临的命运之神的裁决。诗人,作为最为敏感和生性良善的群体,自觉承担人类命运的探索者与诘问者也是情之所至和理所当然的。

---

① [法]瓦雷里:《诗》,杨匡汉、刘福春编:《西方现代诗论》,广州:花城出版社1988年版,第202~203页。
② [法]瓦雷里:《诗》,杨匡汉、刘福春编:《西方现代诗论》,广州:花城出版社1988年版,第211页。
③ http://blog.sina.com.cn/s/blog_97bfb0920101cbp0.html,2018/4/4.
④ 罗玉珍:《数星星的人》,北京:中国青年出版社2016年版,第1、3页。

第六章　象征主义视角下的当代诗歌

诗人安琪也曾发出类似的疑问：

> 作为一个尚在校就读的九零后，玉珍的诗作有令人震惊的沉痛悲悯，关于生命、关于爱。玉珍的语言有令人震惊的沉稳老练，她似乎一下子跃过了稚嫩而直达炉火纯青。这个女孩到底有着何种不同寻常的人生体验？她迄今的行程经历了哪些刻骨铭心的失望和打击？她彻骨的厌世厌人厌己情结从何而来？以她如此看透世事之心之眼如何和周围的一切安然相处？①

我认为这种"沉痛和悲悯"，这种"刻骨铭心的失望和打击"恰恰来自于诗人对世界和生命的爱，对真理和理想的不息追问与探寻。如果说玉珍的诗有"厌世厌人厌己情结"显然是有失公允的。否则她怎会有"跑向田野"的激情，有"热爱这水落石出的一生"的"宁静"情怀，怎会有"那时我在山坡上放牛"，"我的心纯净得像个仙女"的悠然自得，她曾称自己是一个"光芒万丈的孩子"。②

实际上在这组诗中，频频望向"我"的不仅有北极星，还有"时间"（见《时间望向我》），还有"生死""记忆""伤痕与复活""死人与活人""被粉碎过的梦想""被惊吓的孩子们""疼痛的泪水""无数相似的孩子""哭泣的我""那裂开的镜子""陌生的太阳"。这些看似杂乱无章的意象排列，隐藏着一条内在的思考逻辑，也许就是艾略特所说的"想象的秩序"和"想象的逻辑"，笔者则从中看到了诗人或者说芸芸众生的喜怒哀乐与悲欢离合。时间望向诗人的同时，也是诗人回顾生活的时刻，一切都仿佛在"一瞬间"回来了：充满"群星与野花香气"的记忆，经历的苦痛与伤痕复活了，死去和活着的人们向"我"招手；梦想虽然破碎如镜子，孩子受到惊吓，"我"仍在哭泣，可"我"依然在陌生的太阳下，努力"拼凑"自己。

由此可知，诗人在品尝了人生的酸甜苦辣，可不想与时间为敌，与

---

① http://blog.sina.com.cn/s/blog_48c557e20102e8tb.html，2018/4/4.
② 罗玉珍：《数星星的人》，北京：中国青年出版社2016年版，第22、105页。

自我为敌。时间是"爱我"的,因此即便需要"如此漫长"的一生去修复它带给"我"的苦痛或伤害,"我"依然无怨无悔。时间也属于"看不见的事物",诗人用一系列看得见的事物使之呈现,这些事物或颓废或令人伤感,但诗意的最终指向是明朗而充满希望的。要不然,诗人也不会在《归隐》一诗的最后说:"所有人都睡了,昏沉如死亡的假象/真理在其中秘密地躲藏"。死亡只是假象,不管这假象是源于生命的本真还是人类的美好幻想,我们都不应该丧失前行的勇气,真理就在这假象之中隐藏,它既是理想的"灯塔",也是诗人最后的灵魂"守望"。

随后的《事实》与《琴手》两首诗似乎游离了精神"还乡"的主题,与"故乡""童年"渐行渐远。然而,我们不妨认为这是诗人暂时从精神游离和美丽幻想的状态中回归现实的一种状态。实际上,从理想回到现实也是中西象征主义诗人最终的目的,例如波德莱尔对现实中的丑陋近乎无情的揭露,瓦雷里在生命的后期逐渐回归家庭,如他笔下的泰斯特最终回到妻子的怀抱,如浮士德一样感叹:

> 在我的外部生活中,最纯粹的一瞥,最细微的感觉,最细小的行动和活动,都获得了与我内在思想的构思和意旨同样的尊贵……这是最高的境界,在其中任何事物都可用一个词概括:生活。①

从理想的精神之境回归生活之境,算不算是诗人的一种妥协和无可奈何呢?算不算是历经沧桑之后心灵的归宿?现实终究和理想存在巨大的差异,现实或者说"事实"往往有着铁一般的坚硬和冰冷。诗人该如何自处?

"艰难"——玉珍不断重复这个词,"说出事实"比"知道事实"艰难,"逃避"事实同样艰难,而"强忍"比"残忍"更为艰难。玉珍在这里尝试说出的不是个人经验,而是人类的普遍存在状态,是人的存在之

---

① [英]查尔斯·查德威克:《花非花——象征主义诗学》,柳扬编译,北京:旅游教育出版社1991年版,第50页。

境。对存在的追问由来已久,柏拉图说"理念"是最真实的存在,笛卡儿说"我思故我在",海德格尔说"存在先于本质",黑格尔一再强调"存在即合理"。黑格尔并没有给存在本身添加任何的限定和修饰,什么样的存在或"事实"才算合理？难道我们要把善与恶、卑贱与崇高、黑暗与光明混为一谈？难道我们要乐于接受所有的不公与欺骗,要原谅所有的"战争与死难"？答案显然是否定的,因此我更倾向于存在主义哲学家加缪在《局外人》中所说的一句话："我的灵魂与我之间的距离如此遥远,而我的存在却如此真实"。玉珍诗中的所谓"事实"便是"存在的真实",她之所以选择"沉默"并不是因为不知道秘密,"我的嘴"就是"真想的主人",是在清楚存在的悖论后自由选择的结果。萨特就主张"存在主义是一种人道主义",人有选择的自由,人应该追求的就是这种自由。所以无论是玉珍选择沉默和寂静,还是"琴手"选择"弹奏昼夜",忠实记录人世沧桑,都应该是人主动自由选择的结果。

　　面对事实,有人选择沉默,有人选择呐喊；有人选择回到过去,开始精神的还乡之旅,有人走向未来,迎接"未知的葱茏奇遇"。这是我们存在的自由,这也是诗人玉珍的自由。最后一首诗是诗人打通过去、现在、未来,试图达成某种统一和谐的尝试。"童年快被用尽了",被"提前消耗了",可"我还想回到过去",童年的"未完成的事业"是什么？是尽情在故乡的怀抱嬉戏,享受阳光雨露的馈赠,在屋顶数星星,在田野里放牛,割草,奔跑歌唱,做一个光明的孩子。而这些和成长后的现实"隔着巨大的沟壑",使"我感到一种失去的惊惶"。诗意行进至此已进入尾声,表面上诗人还有无限的失落和怅惘,未来难以预知,然而"我"还是愿意"完成一种蜕变",不管那"盛世的花朵"是否真的会"从荒原里生长"。一种潜在的意义转折悄然发生,未来是什么？是"看不见的事物",也是万物生长的希望,是"我向往的葱茏奇遇"。断断续续的时间叙事在这首诗中终于连接成一条清晰的线,诗人携带着语言在这条线上心存疑虑、惊慌失措,但终究还是将目光伸向遥远的未知。

　　这组诗是诗人玉珍的一次精神"还乡"之旅,也勾勒出一位现代诗者,或说所有现代人的存在之境。时代洪流滚滚向前,史无前例的变化就好像在一瞬间发生:城市在扩张,乡村在退缩;街道两旁郁郁葱葱,田野却荒芜哭泣;霓虹灯挤对浩瀚星辰,高楼把魔爪伸向苍穹,喇叭在怒吼,灰霾在肆虐,人选择沉默……这是诗人玉珍眼中的"荒原",也是诗人艾略特眼中"荒原"。艾略特在《荒原》的最后告诫人们:"舍己为人。同情。克制。"才能使世界再次充满生机活力,人们获得永久的"平安"与宁静。而笔者通过阅读玉珍的这组诗歌,以及她写下的许多其他文字,不禁想起康德的名言:"世界上有两件东西能震撼人们的心灵:一件是我们心中崇高的道德标准;另一件是我们头顶上灿烂的星空。"做一个良善的人,永远仰望星空,保留最原始最纯真的情感,我们才能诗意地栖居在大地上。

第二节　诗歌的感官化存在
——论张战的诗歌审美特征

说到感官化或感官主义(Sensuality),很多人容易误解甚至贬低,并和肉欲主义、享乐主义联系在一起,与以"快感为唯一目的""快乐至上"等道德与伦理批判相关联。实际上这是非常片面的看法。人类对感官的认识是人自我认识的第一步,人的一切知识首先来源于感觉和感受,在实践过程中通过感官与世界沟通获得。人离开母体的第一声啼哭就来自于他自身对外部世界的感官体验以及人体自然产生的反应。同样,诗歌也产生于人类的感官体验。出于人类对外部世界的理解、交流和共处的目的,诗人充当了人类与世界、宇宙联系的中介,成为法国象征主义天才诗人——兰波眼中的"通灵者"。

  诗人需要经历各种感觉的长期、广泛的、有意识的错轨,各种形式的情爱、痛苦和疯狂,诗人才能成为一个通灵者,他寻找自我,并为保存自己的精华而饮尽毒药……因为他达到了未知!他培育了比别人更加丰富的灵魂!他达到未知;当他陷入迷狂,终

第六章　象征主义视角下的当代诗歌

于失去了视觉时,却看见了视觉本身!①

兰波不仅是这样思考,也这样身体力行,他用短暂的生命积极实践人的感觉所能获得的诗歌理想。

一、人与世界万物的感应

兰波的诗歌观念实际上来源于波德莱尔。在波德莱尔看来,诗人似乎并不需要具备理性和思辨的能力,而直觉、感应世间万物的能力更为重要。他在《应和》一诗中表达了自己的这种诗学主张:

> 自然是座庙宇,那里活的柱子/有时说出了模模糊糊的话音:/人从那里过,穿越象征的森林/森林用熟识的目光将他注视……如同悠长的回声遥遥地汇合/在一个混沌深邃的统一体中/广大浩漫好像黑夜连着光明——芳香、颜色和声音在互相应和。②

这里涉及诗人如何与外部世界沟通的问题。他提到的"活的柱子""模模糊糊的话音",涉及视觉和听觉两种感官能力,在一个混沌的世界中,诗人与自然界万物之间的相互呼应。各种感觉器官的阻碍被逐一打通,人与自然进入一种混沌而深邃的统一状态。此刻,万物合而为一,没有人与世界的区别,没有物质与精神的区别。优秀的诗人似乎都有这样超常的感官体验能力,或者我们可以称之为一种超验的感官化写作。

张战发表在《诗刊》(2019.04)上的《沅江》一组诗就体现了这样一种特色。在《和谁一起看拂晓时的月亮》中,诗人以"我一定要说的话,/是关于那只撞上玻璃的鸟"开头,用第一人称的手法将一只鸟因失误撞上玻璃而死的遭遇描述出来,人与鸟仿佛合二为一,不分你我,

---

① [法]兰波:《兰波作品全集》,王以培译,北京:作家出版社2011年版,第305页。
② [法]波德莱尔:《恶之花》(全译插图本),郭宏安译,北京:中国戏剧出版社2005年版,第15页。

让人产生感同身受的悲哀。一只鸟为了"树枝一样的灯"撞上了玻璃，而人在爱情中的遭遇又何尝不是如此。飞蛾扑火一般爱过后"要学会慢慢慢慢地告别"，"不要让眼泪只为自己而流"，世间万物在诗人眼中都是情感的载体，都能体会到人的感受。在《剥板栗的时候你在想什么》一诗中，毫不起眼的板栗成了诗人情感体验的代言者，人有善恶、悲喜、爱恨，自然界的一切也是如此。

　　风停下来/晃一晃头/就变成雾白的芒草//蒲公英种子心肠变硬/翅膀就会变成针。抱紧着自己的板栗子/皮肤炸裂了也紧抱/刺尖只对着外面。

　　诗人显然对此持有质疑的态度，她用细腻而犀利的眼光剥离板栗的层层自我保护，何尝不是在剥离自我，披露人心的深不可测。"人老，是骨头越来越硬/心肠越来越软吗/板栗刺球老了更扎人/可是老板栗，当剥开刺壳/烤出了桂花香/粉甜的/粉甜的啊"。人与板栗在这一点上真的如此相似吗？随着年龄、阅历的增长，人变得理性、成熟、勇敢、坚定，似乎能扛过人生任何风雨，但人的内心是否还存有当初的善良和纯真呢？就如板栗的成熟的"心"有着桂花香的粉甜味道？诗人并没有给出确定的答案，而细心的读者却从中体会到了善良的美好与可贵。同样在《没有比秋刀鱼更好听的名字了》，诗人写到"愿世上的刀/像秋刀鱼肚那样软/如你纤手//秋刀鱼骨那样细/如你穿针时的棉线//秋刀鱼脊那样/淹一痕不褪的海水/如你的眼含泪"。善良与美好应该成为诗歌的永恒主题，这也是张战在这一组诗歌中展现出来的普遍主题。

　　《喝了一碗鹅汤》中的诗句让人印象深刻：

　　　　想尝尝鹅菜的味道呀/白米粥里放点鹅菜多么清香/用粗陶的锅子慢煮着/田埂上挨着鹅菜长的是莎草和马绊筋//我抱过一头吃鹅菜长大的大白鹅/它结实、沉重、雪白/带着暖扑扑的尘土气//……喝了鹅汤身上就暖和了/深秋的雨凉转寒了/抱大白鹅时我像抱一个男子/我赞颂它美壮有力//然而喝鹅汤的时候还是喝着鹅汤了/同样虔诚地赞美鹅汤清甜的啊/一只碗就这样满了

又空了

读完不觉哑然失笑,有过农村生活经验的人,亲密接触过大自然里这些和人类一样尊贵的生命的人一定会同感。这也是人类最初的、最朴实无华的情感体验,粗壮"结实"的大白鹅,带着温暖的尘世的味道,抱着这样的大白鹅让人感觉踏实和安全,就像抱着自己深爱的情人。在这里,我们不会感到人类对其他物种的无情冷漠或与生俱来的优越感,"我赞颂","虔诚地赞美"。"一只碗就这样满了又空了"充满失去所爱之后的空虚与遗憾的情绪。

《五月十日夜空》描写月亮与"我"的互动,充满奇妙的想象力。

月亮侧过脸/像卷起的一张书页/于是书页上的字符纷纷跑散……月亮用四角缀着银钉的网/把他们沉沉地打捞上来/把我从天河里捞上时/我是银网中漏下的一个水字符……

诗人笔锋一转,把第三人称的侧面描写变成了第一人称的正面抒情,原来我也是那逃逸的"字符"之一,这里的"字符"可以理解为诗人的诗思,或诗歌的情绪。说到诗歌的情绪,瓦雷里有过很好的表述:

这种感受总是力图激起我们的某种幻觉或者对某种世界的幻想……我们所熟悉的有生命的或无生命的东西,如果可以这样说的话,好像都配上了音乐;它们相互协调形成了一种好像完全适应我们的感觉的共鸣关系。从这点上来说,诗情的世界显得同梦境或者至少同有时候的梦境极其相似。①

诗境与梦境在诗人的笔下何其相似。诗人在美丽的月色中诗情弥漫,诗思缥缈,早已分不清物与我,现实与梦境。

---

① [法]瓦雷里:《纯诗》,杨匡汉、刘福春编:《西方现代诗论》,广州:花城出版社 1988 年版,第 218 页。

我滑溜溜吗/我凉吗/我笔画清晰吗/最后那一笔,像尾巴一样翘吗/我就像一条鱼那样不安稳吗……我的读音是一件青色纸衣/浸在水里消融了/但我闪闪发亮,你可以读我作钻石/我水汽淋漓,你可以读我作雨滴/我变幻不定,你读我为烟云/我转眼即逝,你读我为光影

　　多么美妙的诗行,短短几句充满触觉、视觉、听觉、味觉的感官盛宴,"我"是现实的、主观的、实体的,"我"同时是想象的、客观的、虚构的,"我"的存在就是自然的存在,是万物相应和的存在。这样,我们就可以理解戴望舒所说的"诗不是某一个官感的享乐,而是全官感或超官感的东西"①这句话的意思了。

二、诗歌之美与音乐性的表达

　　美,是一切艺术的终极追求,当然对美的定义有很多种,但最核心的一点是它能给人以一种愉悦的感官体验。实际上,美学(Aesthetic)这个词来源于希腊文,它本意就是指感觉、感官的体验和享受。而诗(poetry)一词在希腊文中是"创造"的含义,所以我们可以这样理解:诗歌写作的过程实际上是一种创造美的过程,诗人就是创造美的匠人,是美的缪斯。美国诗人爱伦·坡认为真实、真理不再是艺术的目的,"美""愉悦""效果"才是诗人应该追求的目标。"文字的诗可以简单界说为美的有韵律的创造","我把美作为诗的领域"。波德莱尔则是爱伦·坡关于美的观念的忠实继承者,他说:"诗的本质不过是,也仅仅是人类对一种最高的美的向往。""艺术家之为艺术家,全在于他对美的精微感觉,这种感觉给他带来醉人的快乐,但同时也意味着、包含着对一切畸形和不相称的同样精微的感觉。"②美是艺术的最高级形态,追求美自然成为诗人的最高目标。这里我们需要清楚的是,美

---

① 戴望舒:《流浪人的夜歌:戴望舒作品集》,北京:中国华侨出版社2012年版,第202页。
② [法]波德莱尔:《波德莱尔美学论文选》,郭宏安译,北京:人民文学出版社1987年版,第207页。

与丑不是决然对立的,波德莱尔穷其一生就是要"从丑中挖掘出美来",他的思想给我们极大的启示,虽然美是诗歌的终极追求,但创造美的过程是曲折、偶然和极具个性化的。如果没有一双诗人的慧眼,我们自然没有办法从日常的庸俗事物中分辨出美来。"板栗""秋刀鱼""火锅""鹅汤"本身并没有一般意义上的美感,而优秀的诗人能从中看到美,感受到美,优秀的读者能读出其中的美。

诗人对诗歌音乐性的要求其实来自他们对美的追求。而这种要求有时候是下意识的、不自觉的,是诗人内在生命的音乐性的需求。这不仅是诗歌的形式问题,也涉及诗歌的主题、美学和哲学问题。传统意义上的诗歌音乐性不同于现代诗中的音乐性,前者是语言本身呈现出来的听觉和视觉意义上的韵律、节奏,而后者范畴更为广泛,它不要求统一的格律形式,但讲究个人化的、内在的,涉及人的全部感官体验的音乐美学表达。诗的音乐性指向"形式,姿态与运动,光和色,声音与和谐",是"诗句的音乐性与自然深刻的和谐相适应"。[①]在现代诗歌的先驱诗人魏尔伦那里"音乐高于一切",而——

> 追寻音乐高于一切,并不意味着仅仅注重节奏与音调,而是在反对话语分析模式时,孕育另外一种话语逻辑,一种框架。目的是让词汇演奏,恰如音符之于音乐,色彩之于印象派画家。从此,词语失去了严格意义上的词义和准确表述,成为暗示艺术的素材。[②]

诗人通过语言的排列、停顿、延续获得音乐性,词语之间相互流动、进行节奏的变化,如同音乐家对于音乐符号的运用。诗歌形式本身包含丰富的诗意、思想和深刻的美学价值,所以把音乐性看成是诗歌的最重要和最根本的特征,是从诗歌的思想性和哲学性来考虑的。

初读张战的诗歌,会被其中清晰而灵动的音乐性所吸引,甚至让

---

① [法]波德莱尔:《波德莱尔美学论文选》,郭宏安译,北京:人民文学出版社1987年版,第96页。
② Bertrand Marchal: Lire le symbolism, Paris: Dunod, 1998, p. 87.

人想起《诗经》里面那些千百年来被一代代中国人吟诵、传唱的诗,其中大部分作品是民歌、民谣或祭祀歌曲,一句两个或三个节拍,具有很强的节奏感,有许多重章叠句、双声叠韵,造成回环往复,余音绕梁的音乐效果。非常可贵的是,张战的诗里也具备这样一些特点,更带有孩童般的天真与无邪。例如《如果甜不能吃还有什么可吃》里的诗句:

好吃的东西都甜/红薯悬在屋檐下被风吹甜/收割后稻田里稻茬秆好甜/巴茅草的白根那女孩子嚼/她做了母亲后乳汁甜//人和影子分开睡后做的梦甜/75%的黑夜加25%的月亮做成巧克力好甜/苦舌头上的毒药甜/空衣袋里还藏着一点点羞耻/那一撮碎星星的尘屑甜//挨过你衣角的那只手甜/全心全意爱不了解的人/用尽全力抱紧不存在的人/一触即燃的水啊/好甜

整首诗的每一句几乎都是以"甜"字结尾,显然不是为了押韵的效果,如果这样就真成了一首歌词。从"红薯""稻杆""巴茅草"到"母亲的乳汁",从"睡梦""夜色""星星的尘屑"到难以言说的"爱",以实入虚,名在实写,情为虚写,层层递进,读完之后甚至觉得嘴里也甜甜的。这种文字传递出来的感官享受真是神奇,而这种感受是由诗歌内在的韵律实现的,这种韵律没有表现为诗句的抑扬顿挫或整齐划一的字句,而是在诗歌的内在生命的抑扬顿挫之上。所以说,诗歌的音乐性不单是一个押韵与否的问题,也不单是一个节奏、停顿的问题,它是一个整体性诗歌境界的问题。音乐和诗歌语言不是分离的关系,而是交融为一体的关系,它们之间互为表里,互为表征,共同完成诗歌的象征功能。就如别雷所说:"当世界来到我们心灵时,音乐就鸣响起来。当心灵已成为世界时,音乐就将在世界之外。"①

另一首诗《沅江》在音乐性的形式上则表现更为突出。

---

① [俄]别雷:《象征主义是世界观》,翟厚隆编选:《十月革命前后苏联文学流派》(上编),上海:上海译文出版社1998年版,第24~25页。

第六章 象征主义视角下的当代诗歌

白鹭惊起时慌慌的/女人喊你时声音碎碎的//他唱着野山歌痛痛的/你要去的渡口/那里的青石板空空的//野鸭子生蛋青青的/风吹着野苇火/野苇的灰烬白白的//沅水流得笨笨的/它的声音是低低的。

全诗不长,共四个诗节,第一节和第四节两行,其余每一节三行,每一行的节奏基本相似,三到四处停顿,形式上构成比较完整的旋律感。而譬如"慌慌的""碎碎的""痛痛的""空空的"……这些叠词的使用让诗歌在听觉和视觉上更具备音乐的特质。这是一首爱而不得的情诗,读这样的诗使我们有一种天然的亲切感,似乎早已形成在脑海中的一种审美图景会被激发、还原,非常顺利地能够获得诗歌无论在形式、内容还是情感上的熟悉感与共鸣。

究其原因,我们发现这样的诗歌其实具备中国古典诗歌的独特韵味,特别是与《诗经》里的爱情诗存在很多审美上的共性。例如《野有蔓草》:"野有蔓草,零露漙兮。/有美一人,清扬婉兮。/邂逅相遇,适我愿兮……"又如《关雎》:"关关雎鸠,在河之洲。/窈窕淑女,君子好逑。/参差荇菜,左右流之。/窈窕淑女,寤寐求之。/求之不得,寤寐思服。/悠哉悠哉,辗转反侧……"同样是爱情诗,同样是爱而不得、求之不得的忧思,"白鹭""渡口""青石板""野苇""沅水",是古典诗歌里常见的自然图景,青山绿水、白云悠悠,男女邂逅、相恋、分离,古今不变的深情款款,这种淳朴的、直率的情感原来仍然存留在我们的内心深处。孔子说,"诗三百,一言以蔽之,曰思无邪",那是人类纯真的时代最纯真的爱情诗篇,而张战的这首诗体现的也正是这样一种"无邪"的情愫。

三、唤醒麻木的感官

英国哲学家乔治·贝克莱曾有句著名的论断:存在即被感知(To be is to be perceived)。对此可能有人会有不同的理解,但有一点是肯定的,即人类对世界和自我的认识从感觉开始,而这种感觉是可以被认知的,感觉与想象又总是息息相关的。亚里士多德认为视觉和听觉是较为高级的感觉,而触觉与味觉是低级的感觉,康德说嗅觉是"最得不偿失并且显得多余的感官"①,黑格尔更为武断:"艺术的感性事物只涉及视听两个认识性的感觉,至于嗅觉,味觉和触觉则完全与艺术欣赏无关。"②这些传统而又权威的观点无疑影响了艺术、文学的发展,于是视觉与听觉总是以绝对的优势将其他三者排除在审美范畴之外,或使之以讽刺、诙谐的方式存在。诗歌创作也受限于这样的文化规则,例如声音就是诗歌的最初和最外在的表现,诗歌给予听觉以本体论的意义,诗歌的音乐性之所以如此重要就在于此。对此,《毛诗序》里也有类似的描述:

> 诗者,志之所之也,在心为志,发言为诗,情动于中而形于言,言之不足,故嗟叹之,嗟叹之不足,故咏歌之,咏歌之不足,不知手之舞之足之蹈之也。

所谓"嗟叹之""咏歌之""手之舞之""足之蹈之"皆与听觉、视觉相关,而味觉、触觉与嗅觉就未曾被提及。我国著名诗论家梁宗岱说过:

> 所谓纯诗,便是摈除一切客观的写景,叙事,说理以至感伤情调,而纯粹凭借那构成它底形体的元素——音乐和色彩——产生一种符咒似的暗示力,以唤起我们感官与想像底感应。③

穆木天认为:

> 在人们神经上振动的,可见而不可见,可感而不可感的旋律之波,浓雾中若听见若听不见的远远的声音,夕暮里若飘动若不

---

① [德]康德:《实用人类学》,邓小芒译,上海:上海人民出版社2005年版,第159页。
② [德]黑格尔:《美学》第1卷,朱光潜译,上海:商务印书馆1979年版,第4页。
③ 梁宗岱:《梁宗岱文集Ⅱ·评论卷》,北京:中央编译出版社2003年版,第26页。

动的淡淡光线,若讲出若讲不出的情肠,才是诗的世界。①

无独有偶,他们共同想要强调的仍然是诗歌中听觉与视觉因素的重要性,其他感官似乎被传统诗人与诗论家们整体遗忘了。值得庆幸的是,越来越多的现代诗摒弃了这样传统落后的观念,人的感官并没有上下、优劣的等级差别,它们都是人感觉系统的一部分,是组成人身体与精神平衡、融洽的一部分。

在张战的这一组诗中,有大部分诗和"吃"相关,有非常明确的味觉、嗅觉、触觉体验。仅仅看这些诗歌的题目——《喝了一碗鹅汤》《吃火锅的人来了吗》《如果甜不能吃还有什么可吃》《剥板栗的时候你在想什么》《没有比秋刀鱼更好听的名字了》,就会让人顿时胃口大开,心生欢喜。在传统的诗歌观念里,这些关于"吃"的话题可没任何诗意和美感可言,也不太可能成为诗人关注的对象。实际上,"吃"是生命最基本的需求,是人存在之根,是最直接的快乐来源,实在不需要难为情。对食物的热爱就是对生命的热爱,对人的自然天性的尊重,更何况在诗人的笔下,它还能调动我们所有的感觉器官对世界进行探索,对生活、生命进行哲学的思考。譬如诗中这样一些描述——"多么清香""清甜""粉甜""香脆""桂花香""那样软""那样细""我滑溜溜吗""我凉吗""薄脆的梦"。阅读过程中,我们可以体会到声、色、香、味相互交流与转换,各种感官相互交错与通达,肉体与精神、形而下与形而上的世界高度融合。

随着社会与思想的不断进步,我们逐渐认识到其实所有感官功能之间没有绝对的界限,每种特定的感觉都用于不同的目的。②人的所有感觉是一个自然、自发的过程,如果在其中加入道德、伦理、政治等因素,只会增加人与感觉的疏远,降低人审美的能力与自由。实际上,随

---

① 穆木天:《谭诗》,杨匡汉、刘福春编:《中国现代诗论》(上),广州:花城出版社1995年版,第98页。
② [美]苏珊·斯图尔特:《诗与感觉的命运》,史惠风等译,上海:上海外语教育出版社2013年版,第28页。

着科学技术的发展,人的感觉的确处于退化的危险境地。这种退化由来已久,其中一个根本的原因是人类与自然的亲密关系受到破坏,我们早已不再拥有古老祖先们与自然、宇宙直接对话的能力。机器、电子产品、虚拟的网络横亘在人与自然之间,代替了自然在人心目中的神圣位置,这些冰冷的物质只会钝化我们的感官,麻痹我们感知世界的能力。因此,诗人作为有相当敏感性和直觉能力的人,应该调动自身一切感官能力,将独特的自我感受与心灵体验在诗歌中呈现出来,自觉承担起重新唤醒人们对自然世界、对美的欣赏能力与判断力,那样的诗才是不断接近神秘、神圣和完美的。所以,当我读完张战的诗后,我的最大感受就是:中国现代诗要进一步向前、向更深更广处发展,那么诗人就有必要成为感官更为发达、细腻而深刻的,兰波眼中的所谓"通灵者"。

第三节 诗歌的个性化与去个性化
——兼评起伦的诗歌创作

西方后期象征主义诗人艾略特对于诗歌理论的主要贡献在于提出"非个人化"和"客观对应物"理论。前者提倡诗人将自我感情隐藏,用技术的手段淹没自己的个性,从而更好地体现诗歌的客观性和普遍性。在艾略特看来诗歌创作是一个去个性化和去私人感情化的过程。所谓"客观对应物"是"用一系列实物、场景,用一连串事件来表现某种特定的情感"[①]。诗人应该将自己的情感与心血寄托在这些客观事物、场景和意象之中,从而展现诗歌客观价值而不是诗人的主观情绪。诗人不应该急于表现"个性",应当充当一个"特殊的媒介","它并不是一个个性,通过这个媒介,许多印象和经验,用奇特的和料想不到的方式结合起来","诗歌不是感情的放纵,而是感情的脱离;诗

---

① [美]艾略特:《哈姆雷特》,《艾略特诗学论文集》,王恩忠译,北京:国际文化出版公司1989年版,第13页。

第六章　象征主义视角下的当代诗歌

歌不是个性的表现,而是个性的脱离"①。艾略特的这种诗歌理论受到不少人的诟病,特别是在主体性得到空前化,个性与特殊性得到不断张扬的今天。

一、当代诗歌面临的机遇与挑战

中国新诗自诞生开始就提倡个性化的追求,中国象征主义诗人李金发、梁宗岱、戴望舒、冯至、穆旦等都创作了极具个性的诗歌,他们引领的中国新诗的现代主义这一条线一直都是"个性化写作""个人化写作"的积极倡导者,所以对艾略特的"去个性化"似乎产生许多的不认同感,当然改革开放以前至上世纪五十年代的诗歌创作由于深受政治意识形态的影响,被迫失去了"个性化"的声音,又另当别论。近年来有许多诗人重提诗歌的"人民性""大众化""历史性"等问题,而这一点又恰恰和艾略特的诗学主张有一定的契合度。艾略特在《诗的社会功能》中说道:"真正的诗只限于表达人们都能认识和理解的情感。"②这样的观念已经和西方早期象征主义诗人,如马拉美的"晦涩""暗示"的诗学主张相去甚远。艾略特写的《荒原》《四个四重奏》等名篇其实并不好懂,他表达的"非个人化"的情感更是丰富、复杂,似乎和他的创作理念不符,但这并不妨碍我们理解他所说的诗应当为普通人服务的观点。"美国工业城市青年的经验,可以入诗;而一向被人视为枯燥难堪,毫无诗意的平凡性事件,也可以入诗。"③诗人将关注点转向现实,转向我们的日常生活,一切客观存在物都可以成为诗歌的原始材料,诗人只是拿来加工、处理、再造。艾略特在《F. H. 布拉德雷哲学中的知识与经验》一文中指出:

　　没有任何视角是原初的或最终的;当我们探究真实世界时,

---

① [美]艾略特:《传统与个人才能》,《艾略特文学论文集》,李赋宁译,南昌:百花洲文艺出版社2010年版,第9、11页。
② [美]艾略特:《传统与个人才能》,《艾略特文学论文集》,李赋宁译,南昌:百花洲文艺出版社2010年版,第242页。
③ T. S ELIOT:What Dante Means to Me,To Criticize the critic. Harcourt Brace Jovanovich. 1965,p. 126.

我们指的是各种有限中心视角中的世界,这些视角就是各个主体,我们所说的真实世界是对我们而言的当下的世界。①

　　随着网络的兴起,自媒体的日益普及,中国当代诗坛可谓热闹非凡。诗歌准入门槛降低,任何人都可以在网络上发表自己的作品,自诩为诗人;新诗标准不统一,甚至没有标准,只要是分行的文字,几乎都被纳入诗歌的范畴。在这个碎片化阅读的时代,越来越多人把诗歌当作消遣和娱乐的文字,而很多诗人也只是借助诗歌宣泄个人欲望与愁绪。一方面,曾经沉寂多年的这一文学体裁重新进入公众视野,大有重回巅峰的势头。在二十世纪八十年代诗歌热潮中冲锋陷阵,后迅速销声匿迹的诗人在相隔二三十年后重新提笔写诗,被称为"归来派"或"新归来派"诗人。而"八零后""九零后",甚至"零零后"等新生代诗人不断被挖掘,效仿娱乐明星的走红方式,被过度包装和宣传,这其中就少不了许多诗歌主流刊物的推波助澜;另一方面,诗歌主题和内容日趋狭窄,诗人们似乎并不关注除自身以外的其他人与事物,沉浸在自我的小情绪和琐碎的日常体验之中难以自拔。诗歌形式和语言上的追求显现出两个极端,要么是口语化的寡淡无味和满地鸡毛,要么坠入语言的迷阵,不知所云。而诗歌与生俱来的思想与精神上的先锋性质,历史与现实的责任感几乎被消磨殆尽。总的来说,中国当代诗坛的各种乱象很大部分源于诗人以"写作是个人的事"为由,对于历史与现实采取双重回避策略,事不关己,高高挂起,绝口不提诗歌的历史责任与现实担当。所以,当我看到起伦的这两首诗时,一种新鲜感和敬佩感油然而生。

　　起伦成名较早,二十世纪九十年代就有大量诗作发表在《诗刊》《人民文学》《解放军文艺》等国内重量级诗歌刊物上,曾获得全球性华人诗歌大赛的大奖,并参加2000年第十六届"青春诗会"。之后由于工作关系,起伦淡出国内诗坛达十一年之久,直到近几年才又重新拿起手中的笔进行诗歌创作。因此,起伦称自己在诗歌创作上"不是

---

① T. S ELIOT: Knowledge and experience in the philosophy of FH Bradley. Columbia University Press,1989,p. 145.

第六章 象征主义视角下的当代诗歌

个有长性的人"。这当然是谦虚的说法,但也说明起伦不是一个以写诗为职业,或视诗歌为生命中必不可少和最重要的事情的人。坦诚地说,他首先是一位军人,一位工作繁忙且地位重要的大校,其次才是一位诗人。交代这些并不是想指出起伦诗歌创作的某种随意性或缺陷,而是想说这是当代中国许多诗人创作的状态。诗歌创作与阅读早已不复二十世纪八十年代的盛况,诗人无法以诗歌创作为职业,并赖以生存。其次,起伦的职业特性也将有益于我们进一步解读他的诗歌,他是军人里的诗人,但更是诗人里的军人。

起伦的《雷场开设在雷公岭》(外一首)发表于《诗刊》2018年8月上半月刊。首先让人印象深刻的是诗歌题材的独特性,当前诗坛军事题材的诗歌确属少见,写得好的更是寥寥无几;其次通过其诗歌细读,我们应当思考诗人如何处理历史与传统、历史与现实的关系。艾略特认为诗人应该具备一定的"历史意识","有了这种历史意识,作家便成为传统的了。这种历史意识同时也使一个作家最强烈地意识到他自己的历史地位和他自己的价值"[1]。艾略特本人是一个极为尊重历史、尊重传统的诗人,他的诗里充满了《圣经》、希腊神话、欧洲历史上的真实或虚构的人物,他将但丁、济慈、波德莱尔等西方诗人的诗句直接运用在他的诗行中。历史通过一种对话与互文的方式存在于艾略特的诗歌创作之中。中国当代诗歌缺少这种厚重的历史意识,不仅缺少,很多诗人甚至有意回避之,特别是当这种历时性可能破坏掉诗人的个体性和个人话语时。起伦则似乎没有这方面的顾虑。

《雷场开设在雷公岭》一诗在标题里就交代了发生的事件和地点,作为一次常规性军事训练的雷场埋雷,地点却选在雷公岭,这到底是有意还是巧合?首先,两个"雷"字并排一处,在语音和语义两个层面给人以紧张急迫感,增强了战斗的气息和气势。其次,"雷公"作为具有中国神话色彩的人物,掌管天雷和闪电,扬善惩恶,是力量与正义的化身。作为此次训练的参与者,诗人自然也会感受到这种威严和震

---

[1] [美]艾略特:《艾略特诗学论文集》,王恩忠译,北京:国际文化出版社1989年版,第3页。

撼,并把这一感受成功传递给了读者。值得一提的是,雷公岭位于广东信宜市,在古代称"招义山",地处山间小盆地中央,若天有雷鸣,则山涧回响声不绝,雷声也因地势、水声相互作用产生音响效果而被放大,因此被称为"雷公岭"。位于祖国西南边陲的这座小山一定是二十世纪中国对越自卫反击战的亲历者,它见证了人民解放军为了保卫祖国领土浴血奋战,最终取得胜利的过程。

战争虽然已经结束,但后来者不会忘记这些历史。"我们假装不激动","借着夜色掩护,在雷公岭集合/仿佛复仇者联盟"。复仇者联盟是一部科幻电影,讲述了六位超级英雄集合在一起,为了保护地球安全共同携手抵御黑暗势力的故事。此时的作者和他的战友们组成了如"复仇者联盟"一样神圣的战斗同盟,他们通力合作、配合默契,为了一个共同的目标而努力。"不能有丝毫马虎、走神/不能有任何闪失",无论在战争年代还是和平年代,我们的战士都展现了同样高超精湛的战术和一丝不苟的职业精神。此情此景在三十多年前也同样发生过,历史世界与现实世界在此得以重合,过去与现在、前人与后人得以交流。这是一种思想与灵魂的交流,无论时代如何变迁,战士承担着保家卫国的重责。他们在最美的青春年华放下个人情感、利益,克服个人困难、欲望,服从祖国安排,勇敢从容地走向战场。他们也有相思之人,可不会畅想"雷场有没有相思树";他们也有"原来的暴脾气",可此时"已学会克制";他们就如"天上的天雷、地下的地雷"一样,是"最好的情绪管理者"。"让闪电盘踞内心/轻易不说话/一旦开口,便石破天惊",这既是实写天雷与地雷的本质特征和巨大威力,也象征了战士们临危不惧、视死如归的战斗精神。战争时期因为这样无畏而智慧的战士,国家领土和利益得以保全,人民的幸福生活得以继续。而在和平时期,我们更需要这样的战士为我们的祖国发展保驾护航。

最后一节,作者回忆了自己年轻时期正值"西南边陲,战端未休",他毅然"写好参战血书","投笔从戎"。此处,个人记忆与历史记忆得以重合。战争在宏观意义上可以成为一个国家和一个民族的共同记忆,但不可否认它也是一个个微不足道的战争参与者的个体记忆。历

第六章　象征主义视角下的当代诗歌

史学家们往往习惯从整体上来描述一场战争的始末,强调关键历史人物和英雄的事迹,而忽略掉其中渺小个体的积极参与。新历史主义认为这种单数大写的历史(History)应该被小写复数的历史(histories)代替。无数普通人、边缘人物组成的小历史无疑更值得我们关注和记忆。

起伦原是数学系毕业的高才生,却满含一腔报国热情参军入伍,到祖国最需要的地方去,这要何等的勇气。试想今天又有多少年轻人有这样的豪情壮志呢?他们大多数思考的不是自己能为国家、社会做出什么贡献,而是想着如何在短时间内发家致富或扬名立万,成为"明星",成为"网红",成为他们眼中的富人和名人。所以当我们成天计较于个人得失,沉迷在小我的爱恨情仇之中时,这样具备开阔视野和精神气魄的诗歌有醍醐灌顶、振聋发聩之效。诗的最后引用沈从文墓碑上的一句话"一个战士,不战死沙场,就回到故乡",荡气回肠,发人深省。众所周知,沈从文也有过从军的经历,军队培养了他历经苦难仍保持赤子之心的品格,这段经历也是其文学创作的源头和起点。此处,起伦自比沈从文,当然有自勉之意,也表达了他的真情实感。虽然作者没有机会上真正的战场,不能大义凛然、为国捐躯,但在自己的岗位上兢兢业业、勤勉工作,也是报效祖国的一种方式。

在《破障队》一诗里,起伦用近乎白描的手法叙述了一次军事训练的过程。除了许多军事专业术语外,诗歌语言平实而节奏密集,让读者身临其境。其中给我印象最深刻的有下面这几句:"战争永远在战争的迷雾中进行/必须学会在微光中前行","有人想让胜利举步维艰/必有勇士趟开血路/——只有流血和倒下/才能使一部战争史厚重起来"。首先,这些诗句体现了一种视死如归的战斗豪情,此处不再赘言。但更值得一提的是其中包含了一种新的历史观念。传统历史观强调历史发展的单一性、整体性和规律性,认为规律支配着历史进程,允许对于人类发展做出长远的预测。然而自克罗齐的"一切历史都是当代史"到波普尔的"历史命运之说纯属迷信",至福山的"历史终结论",传统历史观不断受到挑战,得以革新。新历史主义认为"大写的历史"应该被"小写的历史"取代,"国王和英雄的历史"应该被"小人物和边缘人物的历史"取代,强调历史的断裂性、偶然性和文本性,这是值得我们思考和肯定的。

此处,"战争的迷雾"即历史的迷雾。战争的发生、发展和结局到底是怎样一个过程,敌我双方永远有不同的说辞,同一场战争在不同人的眼中,甚至在不同历史学家那里都有不同的叙述和解读。所谓战争,永远是一个历史谜题。海登·怀特说:

> 为了说明过去实际发生的事情,史学家首先必须将文献中记载的整组事件,预构成一个可能的知识容体,这种预构行为是诗性的……就其结构的构成性而言,它也是诗性的。[1]

"在微光中前行"此处既是实写,也是一种象征性隐喻手法。无论战争史还是人类发展的历史都极为复杂丰富,充满戏剧性,但我们也不要陷入相对论和绝望的泥淖。心中永远保有一线光明,坚信正义总能战胜邪恶,战士的鲜血不会白流,历史也会记住他们的丰功伟绩。

二、诗歌的社会功能与诗人的现实担当

艾略特在谈及诗歌的社会功能时,曾说:"诗歌可以有它自觉的、明确地为自己制定的社会任务。"[2]例如在人类的最早期,诗歌被用于宗教仪式之中祈福、驱魔。叙事诗和英雄史诗用来记录和传递英雄事迹,让后世铭记祖先的功德。在我国有"诗以言志、歌以咏怀"的古老传统,白居易提倡的"文章合为时而著,歌诗合为事而作"成为历代文人关心时事、介入现实的有力口号,和军事题材相关的"边塞诗"更是我国诗歌宝库里最为璀璨的明珠。这些诗歌大多题材开阔,昂扬奋发,表达思乡之情以及保家卫国的高尚情操,集思想深刻性和想象丰富性为一体。这种传播高昂士气和社会正能量,反映时代精神面貌的

---

[1] [美]海登·怀特:《元史学:十九世纪欧洲的历史想象》,陈新译,南京:译林出版社2004年版,第40页。
[2] [美]艾略特:《诗歌的社会功能》,杨匡汉、刘福春编:《西方现代诗论》,广州:花城出版社1988年版,第83页。

诗歌在当下诗坛的确是太少了。这样的诗歌甚至会招来轻蔑和耻笑,被看作是倒退至文学为政治、为意识形态服务的年代,而那样的年代带给我们的惨痛经历还让人记忆犹新。

正因为如此,当下作家们(当然包括诗人)既没有正面历史的勇气,也没有关注现实的兴趣。他们退居书斋,躲藏在文学的象牙塔里,耕耘内心的一亩三分地,不敢也不屑于对外面的世界做出回应。他们似乎忘记了文学的基本功能之一便是介入社会,回应现实。

在追求个人化写作的今天,自由意志似乎成了我们明哲保身最为可靠的借口。事实上,诗歌自形成的那一刻开始就在等待和寻找它的阅读者,作为诗人也绝不希望自己的作品永远被埋没在旧纸堆里。诗歌应该面向他人,面向公众发声,这是它的本质特征,也是它与生俱来的使命。诗人也应该如战士一样,保留心中信仰的光明,在历史和现实的"微光"中前行,这是让一部现当代文学史变得厚重起来的途径。

关于主体与世界的关系是二十世纪一个重要的哲学命题。福柯说:

> 世界被认为是我们得以体验自身的东西,是我们得以认识我们自己的东西,是我们得以发现我们自己的东西,是我们得以揭示我们自己的东西。而且,在此意义上,这个世界,这个 bios(生活),也是一种训练,即根据它,通过它,由于它,我们将会培养自己、改变自己,迈向一个目标或一个目的,直至完美的境界。①

格林布拉特的自我塑性理论与此相通,他认为自我的产生是一个历史事件,在丰富多样的历史、社会和文化语境中有无数种可能,它是发展变化的,处于主体间不断敞开和闭合,不断被他者及自我影响和塑造之中。诗人和他所在的世界也是这样一种错综复杂的关系,一方

---

① [法]米歇尔·福柯:《主体解释学》,余碧平译,上海:上海人民出版社2005年版,第505页。

面他们要保持独立的个体,另一方面不断被拉扯回世界之中,与权力系统进行谈判协商。艾略特在谈到诗人与读者、世界的关系时说:

> 第一种声音是诗人对自己说话的声音——或者是不对任何人说话时的声音。第二种是诗人对听众——不论是多是少——讲话时的声音。第三种是诗人创造一个用韵文说话的戏剧人物代替自己的声音。①

从这里可以看出艾略特并不全部否定诗人的个体性,自白式的语言是诗人和自己交谈的方式,诗人的听众当然是读者,也是诗歌的接受者,他们的主动性和理解能力是诗歌得以交流的基础;第三种声音则是诗人的创造物,它不仅替诗人说话,还替更多的普遍性的他者说话,他是世界的声音,是诗人去个性化之后发出的声音。

起伦则说:"好的诗人应该像孤岛,与模糊不清的大陆划清界限。"这里他强调的是诗人要保持一种清醒的自我认识,保持独立的人格和精神品质,不能人云亦云、盲目跟随大流。同时,起伦也曾谈及:

> 我的文学之根扎在两块土壤里。其一,我所经历的现实生活,包括少时乡下的生活、后来的城市生活和军旅生涯,这些是我诗歌的源泉也是我表达的对象。其二,我所有阅读过的文学和非文学作品,它们启迪了我的心智,引发了我的思考。

文学绝非空中楼阁,它应该有牢固的现实基础,有参与生活、表达世界的渴望。起伦曾有诗云:"有时,我刻意让自己目光越过低矮的生活/试着用蓝天的辽阔来放大灵魂疆域/并找到几朵堪可比拟或相对应的白云。(《一个冥想的下午》)"诗人似乎想避开琐碎的现实生活,驰骋于心灵的辽阔空间,这是一种理想的状态,是作者进行冥想时的

---

① [美]艾略特:《艾略特诗学论文集》,王恩忠译,北京:国际文化出版社1989年版,第249页。

幻觉。在另一首诗里他写道：

> 辽阔这个词我已彻底弃用／我一生追求的大气象，不再与我沾边／愚顽的中年，被虚光占领／明白这一点不算太晚，也无须太难为情／生而为人，能将人做好殊非易事(《空悯》)。

这时的诗人似乎有意回归于现实，和世界握手言和。这不是什么令人羞愧的事情，因为本不存在超然的普遍性主体，主体本应是历史性、不稳定性、协商性和可塑性的。虽然对自由和独立主体的追求是我们的理想，但是人的社会属性也是其天性之一，人不可能脱离于他人，脱离于社会而存在。

诗人到底应该如何处理他和时代的关系？应该如何在保持主体性自由的同时对世界和现实勇敢发声？也许查理·奥尔丁顿说的一段话值得我们借鉴："(诗人)既不应该有意识地排斥现实、它的外貌、它的时代精神，也不应当宣称自己是它的解说员。""他的创作只能是他所能认识与理解的那种时代精神的反映。"①这是一个发展和转型的时代，也是一个酝酿与模糊的时代，我们不能全面否定和排斥它的种种丑恶、颓废现象，但应该充满希望，积极吸取各种新思想，勇于承担历史与现实的责任，让混乱、模糊的时代具备秩序、和谐的新特征。

---

① [英]查理·奥尔丁顿：《诗人及其时代》，杨匡汉、刘福春编：《西方现代诗论》，广州：花城出版社1988版，第234页。

结　语

无论在西方还是中国,象征主义都是诗歌这一文学体裁走向更为宽广和自由的现代化的最强劲动力之一。象征主义被认为是西方现代主义乃至后现代之先驱,其文学和文化意义自不必多言,它在二十世纪初进入中国后有力推动了中国白话文运动,特别是新诗运动的发展。本书以西方文论中的中国问题为研究视角,从学术史的角度梳理中西象征主义诗学自诞生至今的发展状况,历时最长,考察较为全面。研究重在进行中西象征主义诗歌文本的细致对比、分析和阐述,把中国象征主义看作是西方象征主义一个重要的组成部分,继而探索象征主义诗学的当代建构。

本书从两个维度进行研究,一方面是历时的维度,追溯了西方象征主义的发展脉络,分析了作为代表的法国象征主义的精神谱系及其影响。从历史与文化逻辑的层面,探寻象征主义的来龙去脉,说明它的思想基础、理论前驱等。另一个历时的研究是考察西方象征主义自二十世纪初进入中国到四十年代,以及改革开放以后到当下的"理论旅行"与"生存境况"。西方象征主义经过本土文人和学者的大量译介与传播,其作品和理论在中国被逐渐接受和阐释,这一过程大体可以分为发轫期、探索期、深化期和衰歇期四个阶段。象征主义作为一个诗歌流派虽然已被载入历史史册,但它留给后人的诗学主张、理论资源和大量诗歌作品成为后人研究和参考的对象。改革开放以后,学界对于中西象征主义的研究从未停止过,一代又一代的学者和诗人从象征主义中吸取精神的养分,推动当代诗歌与诗论的发展。这种西方诗学在中国的冲突与融合过程，反映了本土政治、文学、文化的现实需求与接受潜力，其选择与转化的路径体现了中西思想碰撞、化合、生成的跨文化对话效果，也展现了中国现代诗学阐释的思路与方法。

空间的、共时的、横向对比的维度是这本书更为主要的方面。所谓的空间主要是指一种文学研究的路径和方式，象征主义源于西方，尤其是法国，而本书要考察它进入中国之后的情况，它和中国象征主义产生的涉及各个层面的互动关系。西方象征主义进入中国时正值新诗诞生之初，它改变了新诗简单、粗鄙的语言模式，成功与中国古典诗歌传统进行对接，并加以改造，完成了中国新诗蜕变之路。这既是文学自律性发展的必然，也是社会历史、文化语境推动的结果。中国诗论与诗歌就在这样一个动荡不安的年代里，借助于这种外来的文学理论，成功脱胎换骨、涅槃重生，走上了诗歌现代化的道路。中西方在诗学审美原则上有许多相通之处，但是西方审美中流传甚广的"模仿论""崇高论"，以及启蒙运动之后主张的理性审美原则并不适用于近代中国。国人实用主义和功利主义的审美趣味在新旧更迭、反封建反传统的时代发挥了重要作用，一批知识分子意图从文化、文学入手改造中国人的审美品位和精神面貌，所以欣然接受了西方象征主义的美学观念，这也符合"开启民智""提倡美育"的实际社会需求。中国象征主义开拓者们的创作丰富了现代汉语的诗性特征，开拓了中国新诗的美学范畴，拓宽了中国文学审美版图。

西方象征主义对中国的影响是创作先于理论，中国象征主义诗人对于象征理论的阐述一开始并不热衷，而诗歌的拟写与模仿显然更加明显。中国象征主义从一开始就呈现出来的先天性理论缺陷，直到今天也没有得到很好的弥补，这不得不令人遗憾。本书虽然就诗歌的本质、诗歌神性与现实性、诗歌的音乐美学特征等方面，对中西象征主义理论进行了仔细梳理和异同比较，但总的来说对中国特有的象征诗论的建构保持谨慎的态度。这可能来自多方面的原因：首先，中国新诗发展才一百年的时间，且一开始就是站在西方现代诗论的基础上进行理解、阐释和应用的。要在这么短的时间内建立一套中国独有的现代诗歌理论体系显然有些缺乏底气和力不从心。其次，中国诗人历来不善于也不屑于诗歌理论的阐述与建构,他们对于理论能否反映、说明和推动诗歌创作始终心存疑虑,对于诗歌批评有时会反感,或者不置可否。与之相对应的是,中国古典诗论非常丰富且仍在某种程度上影响和制约当代新诗的发展。当然,有些诗歌理论具备这种跨时空性的价值,但是如果我们总是留恋老祖宗留下来的东西,不思改革和创新,势必会养成思考的惰性和理论的依赖性。

如果说时间和空间、历时与共时的维度属于整体性、宏观性的研究的话,那么最后一章对于当下具体诗人和文本的研究则属于微观的、细节的研究,这种点与面相结合的叙述方式能够较为全面和深入地展示西方象征主义与中国新诗共存与共建的历程与结果,帮助我们审视近百年来象征主义中西互补与融合的曲折路径,阐述在全球化与现代化的世界文学格局中,中国新诗理论与实践如何确立自己独立存在的地位和价值。笔者希望能够通过具体文本的考察,在象征主义理论的基础上,结合当代人文学科的前沿理论,从身体的、感官的、自然的、历史的角度进一步推动中国新诗理论的建构,扩大中国现代诗学在国际上的影响,摆脱西方社会认为中国只有古典文学和文论的刻板印象。显然,这是一条任重而道远的道路,需要更多学者的参与,还有长期不懈的努力。

汤一介曾说:"未来中国哲学发展的原动力依然来自于西方哲学的刺激,进一步发展和取得突破的方向应是跳出与超越中西'体用之争'。"[①]哲学如此,文学也一样。中西之争实无存在的必要,我们也绝不可能彻底去除西方现代思想的影响,因为那是全人类的共同财富,也是人类文明继续发展的推动力之一。但是,我们有选择的权利、对话的权利和构建民族文学话语的权利。这是一种平等交流、互通有无、双向逆行的运动,也是中西文论融合的基本途径。

西方在现代文学基本理论、研究方法和学术规范上曾经给予中国学术界极大的影响,但中国文化中独有的审美旨趣、艺术品位,兼容并

---

① 汤一介:《中国本土化视野下的西方哲学》,汤一介主编:《20世纪西方哲学东渐史》,北京:首都师范大学出版社2007年版,前言第3页。

结　语

包、有容乃大的治学传统都将决定中国现代文论的未来走向。当代的中西文论对比研究难以突破传统的中西二元对立模式，或者"西方刺激，中国反应"模式，而"西方文论中的中国问题研究"这一视角的开辟，让我们看到了一种新的可能，这就是把中国看作是世界的中国，把中国问题看作是西方文论本身的、内在的问题，继而思考中国在西方理论中的意义，以及中国对西方理论的影响和贡献，寻求一种"西化"与"化西"的互动模式。将中国现当代文论还原于全球现当代文论之中，从而真正了解作为一个文化大国的理论在全球化背景下的位置、现状和价值，从而更好地参与到全球理论与思想文化的生产，促进人类文明的进步与发展。

附录一

以"象征主义"为关键词在知网上搜索的论文(其中包括硕博士论文)数据总汇表。

有关"象征主义"的论文数据汇总表(1)

附录1-1

内容/篇数 年份 (总篇数)	关于西方象征主义的译介与评论	中西象征主义(关系)比较研究	关于象征主义理论本身的研究	运用象征主义进行文本阐释	中国象征主义及诗人作品研究
1979(2)	2	0	0	0	0
1980(1)	1	0	0	0	0
1981(10)	7	1	1	0	0
1982(13)	6	1	2	1	3
1983(14)	2	3	2	4	3
1984(8)	3	1	1	1	2
1985(10)	4	2	1	0	3
1986(14)	1	6	1	2	4
1987(12)	1	1	3	0	7
1988(25)	3	7	6	0	9
1989(19)	5	2	4	0	8
合计(篇数)	35	24	21	8	39

有关"象征主义"的论文数据汇总表(2)

附录 1-2

年份（总篇数）	关于西方象征主义的译介与评论	中西象征主义（关系）比较研究	关于象征主义理论本身的研究	运用象征主义进行文本阐释	中国象征主义及诗人作品研究
1990(16)	6	3	3	0	4
1991(18)	3	4	0	2	9
1992(21)	8	3	3	2	5
1993(9)	3	1	1	1	3
1994(21)	5	3	2	3	8
1995(18)	2	2	5	1	8
1996(34)	13	6	2	1	12
1997(23)	4	2	3	3	11
1998(25)	8	3	6	2	6
1999(25)	5	6	3	2	9
合计(篇)	57	33	28	17	75

有关"象征主义"的论文数据汇总表(3)

附录 1-3

年份（总篇数）	关于西方象征主义的译介与评论	中西象征主义（关系）比较研究	关于象征主义理论本身的研究	运用象征主义进行文本阐释	中国象征主义及诗人作品研究
2000(36)	5	8	6	5	12
2001(37)	5	6	4	1	21
2002(40)	6	3	4	5	22
2003(43)	9	10	3	3	18

续表

内容/篇数 年份（总篇数）	关于西方象征主义的译介与评论	中西象征主义（关系）比较研究	关于象征主义理论本身的研究	运用象征主义进行文本阐释	中国象征主义及诗人作品研究
2004(46)	7	1	10	5	23
2005(48)	11	7	7	5	18
2006(66)	15	10	14	4	23
2007(59)	14	12	4	3	26
2008(68)	18	12	4	3	31
2009(35)	9	4	8	3	11
2010(57)	11	10	5	7	24
2011(56)	13	9	3	4	27
2012(48)	14	12	4	5	13
2013(46)	9	10	2	9	16
2014(46)	13	9	7	6	11
2015(30)	9	8	2	4	7
2016(45)	17	5	5	8	10
2017(40)	10	4	3	7	16
2018(12)	2	4	1	0	5
2019(20)	6	2	3	2	7
合计（篇）	203	146	99	89	341

附录二

以"象征主义"为关键词在知网上搜索的论文(其中包括硕博士论文)数据统计图。

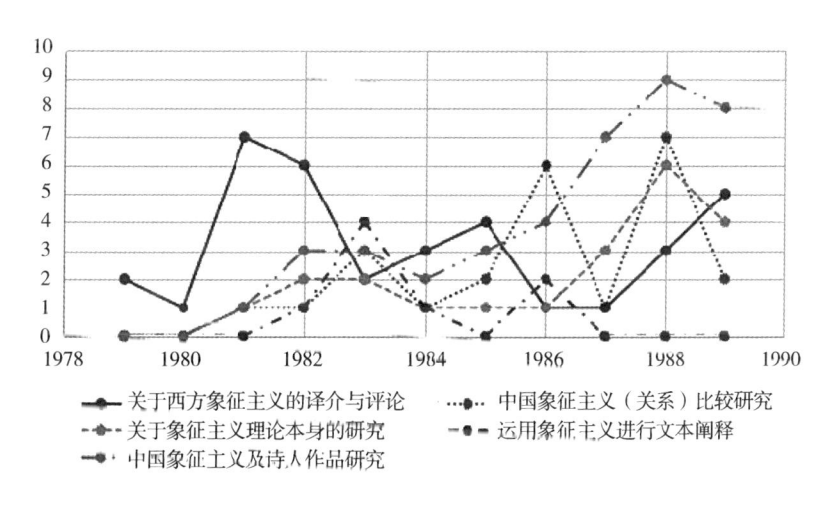

附录 2-1　有关"象征主义"的论文数据统计图(1)

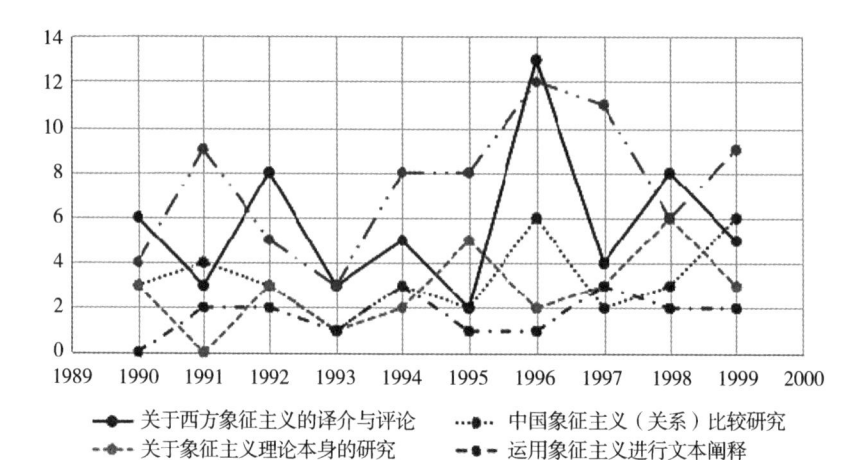

附录 2-2　有关"象征主义"的论文数据统计图(2)

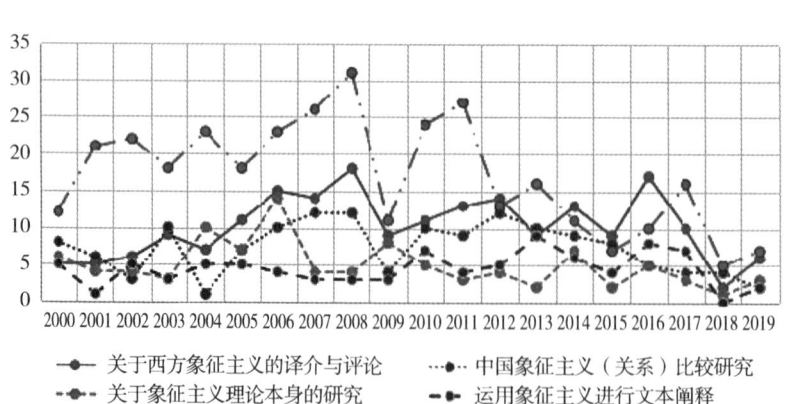

附录 2-3　有关"象征主义"的论文数据统计图(3)

参 考 文 献

一、国内专著

1. 陈淳主编:《西方文学史》(第二卷),成都:四川人民出版社2003年版。

2. 陈平原、夏晓虹编:《二十世纪中国小说理论资料》(第一卷),北京:北京大学出版社1997年版。

3. 戴望舒:《戴望舒译诗集》,长沙:湖南人民出版社1983年版。

4. 戴望舒:《流浪人的夜歌:戴望舒作品集》,北京:中国华侨出版社2012年版。

5. 葛雷、梁栋:《现代法国诗学美学描述》,北京:北京大学出版社1996年版。

6. 胡适:《谈新诗》,《胡适文集》,北京:人民文学出版社1998年版。

7. 江伙生:《法语诗歌论》,成都:四川人民出版社2000年版。

8. 姜椿芳:《简明不列颠百科全书》第8卷,北京:中国大百科全书出版社1986年版。

9. 李方编著:《穆旦诗全集》,香港:中国文学出版社1996年版。

10. 李蓉:《中国现代文学的身体阐释》,北京:中国社会科学出版社2009年版。

11. 李怡、易彬:《穆旦研究资料》(上),北京:知识产权出版社2013年版。

12. 梁宗岱:《梁宗岱文集Ⅱ·评论卷》,北京:中央编译出版社 2003 年版。

13. 刘晓枫:《现代性社会理论·绪论》,上海:上海三联书店 1998 年版。

14. 柳扬:《花非花——象征主义诗学》,北京:旅游教育出版社 1991 年版。

15. 潞潞:《面对面——外国著名诗人访谈、演说》,北京:北京出版社 2003 年版。

16. 罗玉珍:《数星星的人》,北京:中国青年出版社 2016 年版。

17. 骆寒超:《新诗主潮论》,上海:上海文艺出版社 1999 年版。

18. 穆木天:《穆木天的诗》,北京:北京大学出版社 2016 年版。

19. 孙玉石:《中国现代主义诗潮史论》,北京:北京大学出版社 2010 年版。

20. 汤一介:《20 世纪西方哲学东渐史》,汤一介主编,北京:首都师范大学出版社 2007 年版。

21. 唐湜:《新意度集》,北京:生活·读书·新知三联书店 1990 年版。

22. 王国维:《人间词话全鉴》,东篱子解译,北京:中国纺织出版社 2016 年版。

23. 王运熙、顾易生:《中国文学批评史新编》,上海:复旦大学出版社 2007 年版。

24. 伍蠡甫:《西方文论选》下卷,上海:上海译文出版社 1988 年版。

25. 杨匡汉、刘春福:《中国现代诗论·上编》,广州:花城出版社 1985 年版。

26. 袁可嘉等:《现代主义文学研究》,北京:中国社会科学出版社 1989 年版。

27. 翟厚隆:《十月革命前后苏联文学流派》(上编),上海:上海译文出版社 1998 年版。

28. 张沉:《颠覆与重建——西方现代主义文学》,沈阳:辽宁大学出版社1996年版。

29. 张大明:《中国象征主义百年史》,开封:河南大学出版社2007年版。

30. 朱光潜:《诗论》,北京:人民出版社2010年版。

31. 朱光潜:《我在春天里看到的:万事尽头,终将美好》,南昌:江西人民出版社2018年版。

32. 朱自清:《中国新文学大系·诗集》,上海:上海文艺出版社2003年版影印本。

33. 宗白华:《美学散步》,上海:上海人民出版社2005年版。

34. 洪子诚、刘登翰:《中国当代新诗史》,北京:北京大学出版社2005年版。

二、国外译著

1. [德]黑格尔:《美学》第一卷、第二卷,朱光潜译,北京:商务印书馆1997年版。

2. [德]卡尔·施米特:《政治的浪漫派》,冯克利、刘锋译,上海:上海人民出版社2004年版。

3. [德]康德:《实用人类学》,邓小芒译,上海:上海人民出版社2005年版。

4. [德]尼采:《权力意志》,贺骥译,北京:中央编译出版社2000年版。

5. [法]波德莱尔:《波德莱尔美学论文选》,郭宏安译,北京:人民文学出版社1987年版。

6. [法]波德莱尔:《恶之花》,郑克鲁译,长沙:湖南文艺出版社2014年版。

7. [法]波德莱尔:《恶之花》(全译插图本),郭宏安译,北京:中国戏剧出版社2005年版。

8. [法]茨维坦·托多罗夫:《象征理论》,王国卿译,北京:商务印书馆2010年版。

9. [法]兰波:《兰波作品全集》,王以培译,北京:作家出版社2011

10. [法]马拉美:《马拉美诗全集》,葛雷、梁栋译,杭州:浙江文艺出版社 1997 年版。

11. [法]梅洛·庞蒂:《知觉现象学》姜志辉译,上海:商务印书馆 2001 年版。

12. [法]米歇尔·福柯:《主体解释学》,余碧平译,上海:上海人民出版社 2005 年版。

13. [法]瓦莱里:《文艺杂谈》,段映虹译,北京:生活·读书·新知三联书店 2017 年版。

14. [法]魏尔伦:《这无穷尽的平原的沉寂:魏尔伦诗选》,罗洛译,北京:人民文学出版社 2016 年版

15. [法]雅克·拉康:《拉康选集》,褚孝泉译,上海:上海三联书店 2001 年版。

16. [法]雅克·朗西埃:《马拉美:塞壬的政治》,曹丹红译,开封:河南大学出版社 2017 年版。

17. [美]哈罗德·布鲁姆:《影响的焦虑——一种诗歌理论》,徐文博译,南京:江苏教育出版社 2005 年版。

18. [美]埃德蒙·威尔逊:《阿克瑟斯的城堡:1870 年至 1930 年的想象文学研究》,黄念欣译,南京:江苏教育出版社 2006 年版。

19. [美]埃里希·弗洛姆:《逃避自由》,刘林海译,上海:上海译文出版社 2015 年版。

20. [美]艾略特:《艾略特诗学论文集》,王恩忠译,北京:国际文化出版公司 1989 年版。

21. [美]艾略特:《艾略特文学论文集》,李赋宁译,南昌:百花洲文艺出版社 2010 年版。

22. [美]海登·怀特:《元史学:十九世纪欧洲的历史想象》,陈新译,南京:译林出版社 2004 年版。

23. [美]雷纳·韦勒克:《文学思潮和文学运动的概念》,刘象愚选编,北京:中国社会科学出版社 1989 年版。

24. [美]理查德·沃林:《文化批评的观念》,张国清译,上海:商

务印书馆 2000 年版。

25. [美]苏珊·桑塔格:《疾病的隐喻》,程巍译,上海:上海译文出版社 2003 年版。

26. [美]苏珊·斯图尔特:《诗与感觉的命运》,史惠风等译,上海:上海外语教育出版社 2013 年版。

27. [美]特雷·伊格尔顿:《二十世纪西方文学理论》,伍晓明译,北京:北京大学出版社 2007 年版。

28. [美]特里·伊格尔顿:《美学意识形态》,王杰人等译,桂林:广西师范大学出版社 1997 年版。

29. [美]雷纳·韦勒克、沃伦:《文学理论》,北京:三联书店 1984 年版。

30. [美]雷纳·韦勒克:《近代文学批评史》第二卷,杨自伍译,上海:上海译文出版社 1997 年版。

31. [美]约翰·奥尼尔:《身体形态——现代社会的五种身体》,张旭春译,沈阳:春风文艺出版社 1999 年版。

32. [英]布莱恩·特纳:《身体与社会》,沈阳:春风文艺出版社 2000 年版。

33. [英]查尔斯·查德威克:《花非花——象征主义诗学》,柳扬编译,北京:旅游教育出版社 1991 年版。

三、国外原著

1. Arthur Rimbaud: *Rimbaud Poems*, Everyman's Library, 1994.

2. Bertrand Marchal: *Lire le symbolism*, Paris: Dunod, 1998.

3. Charles Baudelaire: *Charles Baudelaire Selected Poems*. Penguin Group, 2004.

4. Edgar Allan Poe: *Great Tales and Poems of Edgar Allan Poe*, Simon &Schuster Paperbacks, 2007.

5. Fredric Jameson, *The Political Unconscious*. Cornell University Press, 1981.

6. Fredric Jameson, *The Cultural Turn: Selected Writings on the Post-*

modern（1983—1998）. Verso, 1998.

7. Jonathan Culler, *Literary Theory：A Very Short Introduction.* Oxford Paperbacks, 2000.

8. Michel Foucault, *The Foucault Reader.* Paul, Rabinow. eds. New York：Pantheon Books, 1984.

9. Mark Johnson：*The Meaning of the Body：Aesthetics of Human Understanding.* Chicago：Chicago University Press ,2007.

10. Paul Verlaine：*Paul Verlaine Selected Poems.* Oxford University Press,2009.

11. Noulet,Emilie：*Le Premier Visage de Rimbaud.* Bruxelles：Palais des Académies, 1973.

12. Raymond Williams, *Marxism and Literature.* Oxford：Oxford University Press, 1977.

13. Roman Selden, *A Reader's Guide to Contemporary Literary Theory.* Hemel Hempstead：Harvester Wheatsheaf,1997.

14. Terry Eagleton, *Literary Theory：An Introduction.* University of Minnesota Press, 1996.

15. Terry Eagleton, *After Theory.* Penguin Books Ltd, 2004.

16. T・S ELIOT：*The Complete poems and Plays*, Faber and Faber Limited Bloomsbury House, 2004.

17. T・S ELIOT：*What Dante Means to Me*, To Criticize the critic. Harcourt Brace Jovanovich,1965.

18. T・SELIOT：*Knowledge and experience in the philosophy of FH Bradley.* Columbia University Press,1989.

19. W. B. Yeats：*Collected Poems*, Macmillan Collector's Library,2016.

20. W. H. Auden：*Collected Poems*, Vintage Books, 1991.

二、国内期刊

1. 白烨：《西方现代文论在新时期的绍介与引进》,《文艺理论研究》1996年第4期。

2. 卞之琳：《今日新诗面临的艺术问题》，《诗探索》1981年第3期。

3. 保尔·瓦雷里：《诗四首》，卞之琳译，《世界文学》1979年第4期。

4. 卞之琳：《新诗与西方诗》，《诗探索》1981年第4期。

5. 曹顺庆：《"风骨"与"崇高"》，《江汉论坛》1982年第5期。

6. 曹顺庆：《"移情说"、"距离说"、"出入说"——中西美学理论研究札记》，《江汉论坛》1982年第11期。

7. 曹顺庆：《亚里士多德的"Katharisis"与孔子的"发和说"——中西美学理论研究札记》，《江汉论坛》1981年第6期。

8. 陈慧：《象征手法、象征主义和象征主义手法》，《河北学刊》1982年第3期。

9. 陈希、李俏梅：《论中国新诗对象征主义"纯诗"论的接受》，《武汉大学学报》（人文科学版）2006年第6期。

10. 邓程：《新诗象征派的理性主义本质》，《重庆社会科学》2003年第5期。

11. 丁力：《新时期朦胧诗与西方象征派诗》，《广东民族学院学报》（社会科学版）1994年第1期。

12. 耿黎、冯光华：《庞德中国诗歌英译对西方象征主义诗歌发展的影响》，《安徽文学》（下半月）2013年第6期。

13. 郭绍虞：《浪漫主义和象征主义的互相渗透——新诗的第一个十年研究之一》，《东南学术》2002年第3期。

14. 何林军、施奕青：《西方浪漫主义的象征理论》，《中国文学研究》2006年第2期。

15. 何云波、李连生：《象征及象征主义文化探源》，《外国文学研究》1998年第2期。

16. 黄季英：《通感——象征主义的风格标志——中西文论中通感现象比较研究》，《西南政法大学学报》2002年第3期。

17. 江柳：《泛论象征派诗歌》，《黄石师院学报》（哲学社会科学版)1981年第1期。

18. 蒋述卓、闫月珍:《二十世纪八十年代以来中西比较文论研究述评》,《上海社会科学院学术季刊》2001年第4期。

19. 乐黛云:《当代西方文艺思潮与中国小说分析(二)》,《小说评论》1985年第3期。

20. 乐黛云:《西方文艺思潮与小说分析》,《小说评论》1985年第2期。

21. 李建英:《兰波与中国象征主义》,《中国比较文学》2013年第3期。

22. 李景冰:《中国象征主义诗歌的两极——由戴望舒、梁宗岱想到的》,《文艺评论》1996年第3期。

23. 李双:《新文学象征主义诗论探微》,《中国现代文学研究丛刊》1990年第2期。

24. 李怡:《卞之琳与后期象征主义》,《四川外语学院学报》1994年第2期。

25. 李应志:《突破语言的牢笼——简论象征主义诗学与哲学的语言难题》,《钦州师范高等专科学校学报》2006年第1期。

26. 李作霖、孙利军:《作为语言的诗——从象征主义到形式主义》,《长沙大学学报》2001年第1期。

27. 李思屈:《寻找"文论之思":西方文论的输入与中国文论话语的重建》,《中外文化与文论》1999年第6期。

28. 刘淮南:《象征主义与浪漫主义不同论》,《忻州师范学院学报》2000年第3期。

29. 刘淮南:《中西象征主义之比较》,《中国文学研究》1999年第4期。

30. 刘以焕:《"象征主义"探源》,《学习与探索》1982年第2期。

31. 刘长华:《"生命共感"意识与中国象征主义诗学"契合"论》,《中国文学研究》2013年第2期。

32. 刘正强:《"象征主义说"质疑——〈野草〉创作方法辨》,《昆明师范学院学报》(哲学社会科学版)1983年第4期。

33. 卢絮:《论身体视角下的文学史书写》,《西安建筑科技大学学报》(社会科学版),2015年第4期。

34. 吕永、周森甲:《关于"创作方法"界说的探讨》,《湘潭大学学报》1985年增刊。

35. 吕永、周森甲:《象征主义也是一种基本创作方法》,《文艺研究》1985年第4期。

36. 吕永:《中西交汇的"象征"说》,《湘潭大学学报》(社会科学版)1991年第2期。

37. 钦文:《鲁迅不是象征主义者》,《文艺研究》1982年第1期。

38. 秦旭卿:《论象征》,《湖南师院学报》(哲学社会科学版)1981年第4期。

39. 荣光启:《诗歌空间的自律——围绕法国象征派诗的一次叙说》,《广西师范大学学报》(哲学社会科学版),1996年第2期。

40. 史福兴:《鲁迅与象征艺术》,《齐齐哈尔师范学院学报》1985年第1期。

41. 孙景尧:《打破"欧洲中心"改换比较文学视角》,《中外文化与文论》1996年第1期。

42. 孙景尧:《全球主义、本土主义和民族主义》,《中国比较文学》1997年第3期。

43. 孙景尧:《消解还是被消解——当代文论发展和比较文学发展的管见》,《中国比较文学》1996年第3期

44. 孙景尧:《中西文学关系研究的"有效化"——兼论"影响研究"和"世界性因素"》,《中国比较文学》2001年第3期。

45. 孙玉石:《〈野草〉与中国现代散文诗》,《文学评论》1981年第5期。

46. 陶长坤:《象征主义与"五四"新文学》,《内蒙古师大学报》(哲学社会科学版)1990年第4期。

47. 王宇:《"超验"与"悟道"——象征主义与中国古典诗学》,《郧阳师范高等专科学校学报》2005年第5期。

48. 王泽龙:《法国象征主义诗歌对中国现代主义诗歌的影响

(上)》,《湖北经济学院学报》2003年第2期。

49. 吴凤祥:《论〈野草〉的象征体系》,《江汉大学学报》1986年第4期。

50. 吴晟:《象征派诗、朦胧诗异同论》,《江西师范大学学报》1990年第1期。

51. 吴小美、封新成:《"北京的苦闷"与"巴黎的忧郁"——鲁迅与波德莱尔散文诗的比较研究》,《文学评论》1986年第5期。

52. 吴晓东:《象征主义与中国现代文学批评》,《中国现代文学研究丛刊》1996年第2期。

53. 吴学先:《西方文论在中国的引进过程——兼评〈西方文论史〉》,《哈尔滨师专学报》1994年第3期。

54. 伍丹、杨经建:《神话·游戏·象征——对象征主义艺术的存在论阐释》,《湖南师范大学社会科学学报》2016年第4期。

55. 伍蠡甫:《西方文论中的非理性主义》,《外国文学研究》1982年第2期。

56. 伍蠡甫:《现代西方文论漫谈》,《文艺研究》1981年第6期。

57. 谢有顺:《乡愁、现实和精神成人》,《文艺争鸣》2008年6期。

58. 谢昭新:《试论〈野草〉的象征主义》,《安徽师大学报》(哲学社会科学版)1982年第2期。

59. 熊玉鹏:《将彼俘来,自由驱使——〈野草〉与象征主义》,《中国比较文学》1984年第1期。

60. 许祖华:《西方文论与五四新文学的本体论》,《外国文学研究》1992年第2期。

61. 杨经建:《"废墟美学"上的象征化诗歌——论中国早期象征诗派的存在主义创作倾向》,《江汉论坛》2013年第7期。

62. 杨经建:《"音乐"与"纯诗":存在主义诗学上的建构与升华——兼论中国早期象征诗派与法国象征主义诗潮的通约性》,《暨南学报》(哲学社会科学版)2013年第4期。

63. 杨经建:《20世纪中国存在主义文学的象征化》,《广东社会科学》2011年第5期。

64. 杨经建:《存在主义诗学与象征主义诗艺——兼论法国象征主义诗潮与中国早期象征诗派的诗学通约性》,《社会科学》2014 年第 9 期。

65. 杨玉珍:《象征主义:无法实现的同一性》,《吉首大学学报》2002 年第 1 期。

66. 殷国明:《中国文学与象征主义》,《广东社会科学》1991 年第 5 期。

67. 尹鸿:《试论文学的象征手法》,《文谭》1983 年第 7 期。

68. 尹康庄:《新文学的人类观念与宇宙意识——中国现代象征主义的一个美学阐释》,《广州大学学报》(综合版)1999 年第 1 期。

69. 尹丽、刘波:《探索"象征主义"的现代资源》,《四川外语学院学报》2006 年第 4 期。

70. 袁可嘉:《从现代主义到后现代主义 20 世纪英美诗土潮追踪》,《外国文学研究》1990 年第 2 期。

71. 袁可嘉:《关于欧美现代派文学》,《外国文学评论》1992 年第 2 期。

72. 袁可嘉:《西方现代主义文学的成就、局限和问题》,《文艺研究》1992 年第 3 期。

73. 袁可嘉:《西方现代主义文学在中国》,《文学评论》1992 年第 4 期。

74. 袁可嘉:《象征主义诗歌(上)》,《外国文学研究》1985 年第 3 期。

75. 袁可嘉:《象征主义诗歌(下)》,《外国文学研究》1985 年第 4 期。

76. 臧棣:《现代诗歌批评中的晦涩理论》,《文学评论》1995 年第 2 期。

77. 张海明:《中西比较诗学的历史与发展》,《北京师范大学学报》(社会科学版)1998 年第 1 期。

78. 张敏:《象征:从局部走向整体——象征主义诗艺与传统诗艺纵论》,《学习与探索》2005 年第 4 期。

79. 张清华:《传统与现代:中国新诗象征主义美学意蕴的比较关照》,《聊城师范学院学报》(哲学社会科学版)1991年第2期。

80. 张仁福:《〈狂人日记〉创作方法申议——兼谈中国象征诗潮的兴衰》,《赣南师范学院学报》1985年第2期。

81. 张旭春:《现代性:浪漫主义研究的新视角》,《国外文学》1999年第4期。

82. 张英伦:《法国象征主义诗歌概观》,《诗探索》1981年第1期。

83. 赵小琪:《蓝星诗社对西方象征主义表情论的接受和化用》,《诗探索》2002年第1期。

84. 赵毅衡:《意象派与中国古典诗歌》,《外国文学研究》1979年第4期。

85. 支宇、罗淑珍:《西方文论在汉语经验中的话语变异》,《外国文学研究》2001年第4期。

86. 宗培玉:《中西象征主义诗论审美价值取向异同比较》,《湖州师范学院学报》2001年第5期。